台湾の皆様、楽しんでください。

爆

バクダン

BOMB

彈

吳勝浩
著
GO KATSUHIRO

陳綠文
譯

目次

星期天的秋葉原竟如此擁擠，細野由香里感到十分沮喪。從JR總武線月臺搭乘手扶梯下樓時，周圍的行人幾乎緊貼著肌膚。踏上地面與山手線的乘客匯合時，密度已經膨脹到幾近要窒息的程度。從後方趕路的男性撞上由香里的肩膀，她幾乎要停下腳步，此時，後背又被另一位乘客撞上。由香里慌慌張張向對方道歉，那人卻不屑一顧逕自離去。出了剪票口，一群裝扮成動漫角色的少女向四周綻放笑容。旁邊站著幾名男孩。先前雖聽說過這種事，但親眼目睹時反倒覺得不太真實。她加快腳步走過，此刻腋下早已滲滿了汗水。

以九月的天氣而言略顯悶熱。與其說是氣溫，由香里覺得更像是自街道蒸騰而出的熱氣。一部分街道成了行人徒步區，人群穿梭其間，她清楚感受到眼前的人們各自懷著殷切的心思。那讓她覺得不自在，就像是一名局外人為了融入要好的小團體來參加活動一樣。

明明不必穿那種輕飄飄的裙子，不必戴那種裝模作樣的眼罩，只要畫普通的妝容、穿普通的衣服，反而是普通的打扮還比較可愛……由香里相信這才是「普通的」，但走在街道上，卻仍讓她感到幾分愧疚。她低下頭，一邊盯著手機的地圖應用程式確認路線，一邊前進。

夕陽將雜亂無章的大樓染得通紅。驀然停下腳步回頭一望，行人徒步區就恍如大樓間的節慶集市般。遠處高架橋上一輛電車駛過，車窗上映照出夕陽的姿態。此處散發出惋惜著祭典結束的氛圍，同時交織著對夜晚的期待，醞釀成一股不可思議的暑氣。

由香里走上人行道，輕咬著嘴脣抑制懊惱的心緒。

來這裡的目的是參加社團的酒會。性格內向的由香里在系上還沒交到朋友，只能依靠剛入學時被拉進的社團。但酒會這種活動還是教她備感鬱悶。成年之前，她就私下被灌過酒。可能體質並不適合喝酒，她完全不覺得酒哪裡好喝。真喝醉了也不覺得快活，僅僅是耗費金錢罷了。話雖如此，要是不偶爾在活動上露個臉，還真的會失去容身之處。會被人遺忘。

不過就幾個小時嘛。

儘管這麼想，但愈接近集合地點，那股鬱悶就像一條條又溼又黏的蟲子般爬滿全身，身體也似乎變得不舒服，甚至怯弱地萌生就此掉頭離開的念頭。然而，由香里很清楚自己其實想與人見面，並且在群體間對話。今天來的都是比較熟悉的面孔，若是那位熱心腸的同學，應該會每三十分鐘就拋話題過來吧。畢竟都兩年了，沒有人會再對由香里要求什麼。平凡的話題也好，沒有結論的趣事也罷，大家都會順口應和著傾聽。他們並不壞，只不過……

手機傳來一封訊息，由香里忽然一陣心驚。揣著不祥的預感默默點開後，果然，那位熱心腸的同學因為感冒無法出席。

「哎呀，細野同學！」不過數公尺遠，幾名社團成員正聚在一起。這邊、這邊！對方朝自己揮手，由香里也生硬地揮著手。就在擠出笑容的那瞬間，由香里內心的一處陰暗角落不覺嘀咕起來：

此刻，要是有隕石掉到街上就好了。

第一部

1

總覺得，你看起來很愜意呢……

聽到等等力功這麼說，那個男人一臉難為情地露出笑容，搔了搔頭皮。他留著彷彿長滿黑色苔蘚的平頭，平頭下是寬大的額頭。眉毛粗大、鬍子沒刮，還垂著明顯的雙下巴，臉頰豐厚飽滿。

你不是第一次進這種地方嗎？

這個嘛……對，真不好意思。

等等力聽著男人的回答，一邊緊盯現場制服警察提交上來的筆記。筆記上以方方正正的字跡寫著男人的名字。鈴木田吾作，四十九歲。

「你就別做這種事了吧。」等等力故意粗暴地將筆記摔到鋼桌上。

「什麼意思？」男人瞪大眼睛。那豐滿的體態和圓睜的雙眼，簡直令人嫌惡地相配。

「我說名字。老實說出你真正的名字吧。」

「哎呀，警察先生，你誤會了。雖然常常被人懷疑，但我真的姓鈴木，是千真萬確的鈴木田吾作。」

「我說啊……」等等力嘆了一口氣。「這種事只要查了就知道喔。就算你說謊，我也沒打算對你發脾氣，況且你的罪行並不會因此而加重。雖然也不會變輕。我想說的是，難道不能好好溝通嗎？」

男人直直睜著雙眼。「好好溝通？」一副欽佩似的喃喃自語。眼前的刑警和偵訊室看來完全不為所動。採集的指紋和數據庫中的資料似乎也有很高機率匹配成功。

「好，先這樣吧。」

等等力靠在摺疊椅上，攥緊桌上的筆記。他察覺到身後做筆錄的後輩正注視著自己。多半在責怪自己該認真一點偵訊吧。但他的情緒並未出現波動。

「鈴木先生，你喝醉後朝酒鋪的自動販賣機踹了一腳，又毆打上前阻止你的店員，我說的沒錯嗎？」

「是的，我向天地神明發誓的確如此。真是丟臉啊。」

「你還記得那名店員的年紀和外貌嗎？」

「記得。年紀和我差不多，身材比我瘦，穿著Polo衫，髮量也比我多很多。」

啊，他沒有鬍子。鈴木接著補充了一句。這番形容的確很神似剛才在刑警室見到的酒鋪店主。

「鈴木先生，你今天為什麼會喝醉呢？」

「我在家裡喝了三罐碳酸燒酒。警察先生，你看棒球錦標賽嗎？是日間比賽。我是中日龍的球迷，超級討厭巨人隊。」

那是一場在東京巨蛋對戰、絕對不能輸的重要比賽。從比賽開始，我就坐在電視機前。然後啊，球賽一開打，就被巨人隊打成五比一的大慘敗。是五比一喔！退一百步來說，就算輸球也沒辦法，但是擊出六支安打卻只得到一分，究竟是怎麼回事？雖然我也早習慣了啦，但不曉得為什麼今天就是特別火大，還窩囊地哭了出來。比賽結束後，我愈想愈生氣，只靠便利商店的碳酸燒酒也抑制不了我的火氣，便走去附近的酒鋪買瓶稍微高級點的酒來喝。我幾乎失去冷靜，整個人豁了出去。但是等我走到酒鋪門口後才發現一件事。那就是我身上沒錢。不是口袋裡沒有錢包喔，是錢包裡沒有錢。一千圓的鈔票、一百圓的硬幣，什麼都沒有。傷腦筋啊。我覺得很丟臉，實在忍無可忍，就朝眼前的自動販賣機發洩了……

「不管是對那間店，還是對那位店員，我都沒有半點怨恨。我覺得很抱歉。但我想，誰都遇過這種情況吧。」

「就算有，一般來說也不會真的打下去。」

這樣啊，原來如此，就像你說的呢。鈴木誇張地點頭，哈哈哈地笑出聲來。接著整個人又彷彿洩了氣。這個國家還真是和平呢。

「被打的店主說，只要你能賠償自動販賣機被踢凹的修理費，還有他的治療費，他就不打算將事情鬧大。」

「這樣嗎？那還真是幫了我大忙。話說，大致要賠多少錢？」

「誰知道。我又不是自動販賣機的廠商，也不是醫生。但至少包個十萬圓比較像樣吧。」

「十萬啊……」

鈴木慢悠悠地仰天長嘆。那身不起眼的毛衣和看似廉價的外套，一看就知道沒錢。那個連一張千圓紙鈔都沒有的錢包，增加了這番推測的可信度。況且，光看那一身穿著也令人懷疑，是否真的有他口中能收看棒球轉播的住處。說實在的，警方無意對這麼點程度的傷害事件立案。至少等等力毫無這打算。既然被害者也希望簡單處置，那麼對所有人來說，盡早圓滿解決問題才是幸福之道吧。

當然，前提是鈴木要有錢。

「就算我拚死拚活也生不出十萬圓來。」他略為自嘲地說出意料之中的事。

「要多少你才拿得出來？」等等力不抱期待地問。「多少啊……」他故作糊塗反問：「警察先生，你不能借我嗎？」

等等力一愣，連氣都嘆不出來了。鈴木就是個徹頭徹尾的混蛋。身後負責打字記錄的年輕巡查伊勢，正暴躁地敲擊著筆記型電腦的鍵盤。

「不然，你覺得這樣如何？我可以為你效勞，相對地要請你幫我想辦法說服那名受害人。」

「什麼為我效勞……」等等力一臉嘲諷地笑了出來。「你要幫忙指揮交通嗎？」

「怎麼可能。讓我去只會增加事故風險，會完蛋的。連我都覺得自己實在是個笨手笨腳又一無是處的人。」

他停頓半晌。

「只是，我從以前就對靈異現象的感應能力有點自信。說不定我能預知未來，告訴你接下來會發生什麼案件。」

這男人酒還沒醒嗎？等等力又看了鈴木一眼。臉頰沒泛紅，說話也沒有口齒不清。不如說，他看起來清醒得讓人懷疑是不是真的因為喝醉酒而鬧事。這麼一想，等等力便收起訕笑的表情。

「你有什麼可靠的線索？是聽說了哪裡正暗中策畫竊盜，還是哪裡要進行毒品交易？」

「不不不，怎麼可能。我才沒膽去接觸那種可怕的世界。打從出生以來，我就只是個無足輕重的膽小鬼。唔……對了，請問現在幾點了？」

「……十點。再過五分鐘就十點。」

「這樣嗎。嗯……我突然靈光一閃。怎麼說呢，好像要發生什麼事了。哎呀，是在哪裡呢？是不是在秋葉原附近啊？應該算不上太嚴重的事啦。」

「喂！你在說什麼？」

「十點整，秋葉原附近一定會出事喔。」

「你給我適可而止！這可不是鬧著玩的。」

「可是警察先生，你不打算借我十萬圓吧？」

「別說得那麼簡單，我月薪也沒多少。」

「我可是完全沒薪水吔。」

鈴木聳了聳肩膀。

「就像個死人一樣嘛。」

「你這傢伙……」

等等力頭一次從正面看向鈴木。「你真正的名字叫什麼？」

「不就說了叫田吾作嗎？無所作為的田吾作。」

等等力感覺地面傳來一股震動。當然，那應該是錯覺。但突然間，他順著預感轉頭看向身後的伊勢。兩人四目相交，性急的後輩隨即快步走出偵訊室。

回過頭，眼前的鈴木一副嘻皮笑臉的模樣，看上去相當愚蠢。真是卑劣的面孔啊。但看起來的確不像是喝醉了。

「球賽是幾點開始的？」

鈴木立刻回答是兩點。你剛說你喝了幾罐碳酸燒酒？三罐。那麼球賽結束的時間是……。五點。

「三罐居然夠你喝啊？」

「我沒錢。沒錢到很誇張喔。」鈴木一臉自豪地說著。

「但你還是打算去買高級的酒來喝？」

「畢竟喝醉了嘛。」

「才喝三罐。你酒意還沒消嗎？」

「附近的便利商店放了很烈的酒。」

「……接到報案的時間是在八點之後，距離比賽結束已經過了三小時。」

鈴木一臉笑咪咪的，彷彿是尊人畜無害的大黑天神。

「你到底在盤算什麼？」

門被推開了。室內猛然灌入一陣強風，伊勢也同時飛奔進來。只見他臉色大變，幾乎要喊出來似的在等等力耳邊低語。

秋葉原發生爆炸事故。詳細情況不明。

「警察先生。」鈴木喊了一聲。臉上掛著一貫的笑容。

「我看上你了。除了你之外，我不想和任何人說話。還有，根據我的靈能力，從現在起會發生三次爆炸。接下來爆炸會發生在一個小時後。」

資料庫中並沒有和鈴木的指紋相符的前科犯。他的隨身物品只有一個空錢包。裡面不只，而真的是什麼都沒有。

「連地址都問不出來嗎？」

「他堅稱不記得了。」

聽等等力這麼說，剛從家中趕來的鶴久課長一臉憤慨地緊咬著牙。眼看休假日的夜晚毀了，這男人狠狠握住手中的電子菸，像要發洩壓力似的反覆打開又關起主機上蓋。

「什麼叫堅稱不記得！這番鬼話說得通嗎？」

「不管說不說得通，既然他不坦白，我們也無能為力。」

「讓他坦白不就是刑警的工作嗎？」

等等力將手背在腰後，俯視著膚色白皙的上司。像這樣如此適合捶桌、刺耳咆哮的男人，還真是不多見。

「秋葉原那邊怎麼樣？」

「聽說負責的刑警正趕過來。」

鶴久一臉不悅地抱怨。「不只是萬世橋，連總部也是吧？」

等等力點了點頭，暗忖著管轄秋葉原地區的萬世橋警察署有沒有熟人，但腦中並沒有浮現出人選。距離等等力等人所屬的野方警察署最近的車站，是ＪＲ總武線的中野車站。到秋葉原為止，中間還夾著環狀山手線的外圍，東西相隔約十公里遠。

事故的性質尚不明確。爆炸地點位於遠離繁華街區的一棟大樓，具體位置是面向街道的三樓房間。這棟承租人早已搬離的空置大樓在防範措施上十分馬虎，只要花點心思就能夠破壞。也還未查清爆炸物的種類。但從現場狀況來看，很難認為只是一起意外事故，推測應該是使用某種定時裝置。專家判斷，可能是以瓦斯自製的炸彈。

準確的爆炸時間是九月二十七日晚間十點零一分。隨著一聲巨響，該棟大樓三樓的窗戶應聲破裂，玻璃碎片往外噴灑至街道上。這棟大樓雖位在市中心外，但不管怎麼說，這一帶依舊是星期天的秋葉原。一對行經的路人不幸受到爆炸衝擊後當場倒地，身體直接被玻璃碎片擊中。還有一名騎腳踏車的青年倒臥路邊，失去意識。超乎尋常的巨響讓幾名路過的年輕人一時間失去意識。幸運的是，包括遭玻璃碎片割傷的那兩人在內，所有人都沒有生命危險。

事發現場周邊沒聽到目擊可疑人物的證詞，目前正在徹查附近的監視器影像。沒有人出面自稱是犯人，也沒有任何犯罪聲明。當前僅向媒體宣稱為意外事故，但要是又發生第二起爆炸案，就得撤回這種說法了。

現在唯一稱得上是線索的，就只有在同一時刻因涉嫌傷害被帶到野方警察署，自稱喝醉酒，又自報姓名為鈴木田吾作的男人，突然在偵訊途中預言爆炸這件事。

身高約一百七十公分，體重八十公斤出頭。全說日文的中年男子。

「也就是說，目前什麼都還搞不清楚。你要我向萬世橋和總部的人這樣報告，向那些傢伙低頭嗎？」

「我會盡力的。不會讓你丟臉。」

一道充滿深仇大恨的眼神瞪視過來。可以的話，真想換個更聽話的部下。那多半是鶴久的真實心聲吧。我也正有此意啊……等等力都想嘆氣了。但是既然對方指名自己，無論是主動退出或被撤換都有風險。

難以想像鈴木的預言只是偶然。眼下只能設想第二次、第三次爆炸都會發生。在這個基礎上，要想提前阻止這場荒唐的恐怖行動，最便捷的做法就是直接和這名自願被帶到警署的預告犯合作。反過來說，要是壞了對方的好心情，或是放棄採取行動，對警方可沒任何好處。倘若到頭來某處仍發生爆炸事件，甚至造成傷亡，警方肯定會遭外界大肆圍剿吧。

最先被攻擊的對象就是我吧……

等等力返回偵訊室。已經超過晚上十點十五分。離鈴木預言的第二次爆炸，只剩下不到四十五分鐘。

2

等等力走進偵訊室時，鈴木正恍惚地望著偵訊室的毛玻璃窗。一旁看守的伊勢對等等力緊蹙雙眉，輕輕搖了搖頭。雖然吩咐過伊勢在他離席時稍微試探一下，但似乎徒勞無功。

「鈴木先生，發生爆炸事件了。」

鈴木轉過身來。等等力將背靠往摺疊椅，誇張地擺出一副困窘的神情。

「你的靈能力還真準吔。不過，在時間那麼緊迫的情況下預測，根本就無濟於事嘛。畢竟爆炸很快就發生了，你的忠告也失去意義了啊。」

「這樣嗎？哎呀……的確，說得也是。」

看著一臉難為情自嘲的鈴木，等等力接著說：

「三名行人被捲入爆炸案身受重傷，其中一人可能撐不了多久。」

鈴木皺起眉頭。「這樣嗎？」但從那張臉上，看不出一絲動搖的跡象。

等等力雙手放在桌上，以閒聊的口吻說：「聽說兩個女孩特地排好了一起休假，從外地來東京玩，沒想到回飯店的路上遇上爆炸，破裂的玻璃窗碎片似乎還直接刺穿其中一人的右眼和喉嚨。」

「真可憐呢。」

那是一句巧妙的「真可憐呢」。聲音和表情都模仿著哀傷的樣子，那副頹喪是彷彿能在教科書中找到的駝背姿勢，流露出廉價的同情。

「看來我真的沒辦法借你十萬圓。」

「咦，為什麼？」

「要是借給人類就算了，但面對怪物，我可一毛都不想借出去。畢竟，怪物並不會還錢吧？」

「我這體型的確是臃腫了點，但也是個貨真價實的人類啊。」

「是這樣嗎？我倒不會將傷害了他人還一臉若無其事的傢伙稱為人類。」

「你在說我嗎？別說成這樣吧，爆炸又不是我引起的，我只是靈能力突然發揮了作用。」

「我不管你到底是害死路上的女孩還能嘻皮笑臉的炸彈客，或是透過靈能力預知犯罪的超能力者，這兩種都稱不上是正常的人類吧？」

「正常的人類嗎……」

「對。就算我們不認得某些人的姓名或長相，也能將他們視為共同讓這個社會運作起來的伙伴。從厭煩社交的宅配小弟到在公園裡餵鴿子飼料的老人，所有人都一樣。」

「就算是罪犯也一樣嗎？」

等等力交叉雙臂，壓抑著情緒。

「在警察先生眼中，我還比不上他們？」

「目前是這樣沒錯。」

「那我要怎麼做，才能成為你所謂正常的人類？」

「總之，你要先告訴我下一場爆炸的地點。」

「這樣就可以了？」

「我是說總之先告訴我。」

鈴木兩眼圓睜，將頭探了過來。

「可是，就算發生爆炸，其實也無所謂吧？」

「你說什麼？」

「某個地方發生爆炸，有人因此死亡，可能也有人為此感到悲傷，但反正那些人也不可能借我十萬啊。況且，就算我死了，也絕對沒有人會為我難過，甚至不會試圖阻止我去死。」

近距離感受到鈴木的氣息，等等力不由得渾身緊繃起來。

「……看到有人倒在自己面前，至少會叫救護車吧？」

「不倒在自己面前就不行嗎？照這樣說來，現在我面前就只有警察先生你一個人喔。這表示會幫助我的人，以及我必須關心的人，都只有警察先生你一個人，對吧？」

內心湧上一陣騷動。原本平靜的心思掀起了波瀾。

等等力不自然地提起半邊嘴角，從喉嚨深處冷冷地乾笑著，接著像是要掩蓋僵硬的笑容，不自然地瞥了一眼手錶。離晚上十一點還剩下二十分鐘。

「其實剛才說的全是假的。我說那女孩快死了是騙你的。受害者全是輕傷。」

是嗎？鈴木雖回了一句，但看不出是感到放心了，還是佯裝成放心的樣子。

「所以你還不是殺人犯。」

看著愣眼巴睜的鈴木，等等力再次試探。

「你不知道下一次的爆炸地點在哪裡嗎？」

接著又補充一句，不管是靈感或第六感都行啦。「就算是第二次，周圍的人也未必會得救，造成民眾身亡的機率還是很高。你啊，到時就成了殺人犯，還是隨機殺人犯。」

等待他的反應。靜靜地盯著他看，看他會怎麼回應，或是迴避視線。

鈴木起初似乎很意外，一下子愣住了，但隨即露出諂媚的微笑。他頭一次顯得坐立不安，姿態扭捏。像是因為被緊盯著而感到難為情。只能這樣形容他奇妙的舉止。

靜默了約一分鐘，等等力終於開口：

「要怎樣你才願意說？」

「什麼？不是啦，警察先生。這不是想不想說的問題。」

「好了吧，你就說說看你希望我怎麼做。」

「咦？嗯……變弱了呢。」他刻意微微偏著頭，「不管怎麼說，這就只是一種靈能力嘛，我也沒辦法完全掌控它。」接著又誇張地聳聳肩膀。

「但搞不好在接收到更多刺激後，靈感就會降臨了。比如電視或收音機，或那位警察先生正在用的筆記型電腦。有iPad也可以。」

「你的手機呢？」

「我也不知道，好像在哪裡搞丟了吧。真無奈，畢竟我喝醉了嘛。」

等等力內心尚有疑問。秋葉原的爆炸案固然看似大張旗鼓地炸飛玻璃窗，但也看得出將傷害降到最小的企圖。人煙稀少的地點、相對較晚的時刻、三樓而不是二樓，或許都是為了降低爆炸造成的衝擊。

假使眼前的男人，不是打從心底發狂的殺人魔……

那麼第二顆炸彈，會是假的嗎？

「不能讓我看一下電視嗎？」

「……不行。況且這裡也沒有電視的天線接頭。」

「應該有Wi-Fi吧？」

「也不行。」

這樣嗎。他沮喪地垂下頭，頭頂上露出一個比十圓硬幣略小的圓形禿。

「我只是覺得有點刺激應該會比較好啦。」

等等力看了看手錶。快十一點了。還有十秒。九秒、八秒……

時間一到，他轉過頭。伊勢點了點頭，操作起能上網的筆記型電腦。

一分鐘過去了，後輩還是一句話也沒說。

「……看來你的靈能力失效了。」

「我本來想看電視。職棒新聞。我只期待那個了。」

就在等等力嗤之以鼻地冷笑時，身後傳來猛然起身的騷動。伊勢手裡拿著筆記型電腦，急急忙忙湊了過來。他展示的十四吋螢幕上正在播放一則新聞。雖然影片調成靜音，但從主播看著新聞稿的神情中，已經能看出緊急快訊的慌張感。

畫面上出現字幕：「東京巨蛋周邊發生爆炸」。

等等力不加思索地轉頭看向鈴木。

鈴木噘起嘴，鬧著彆扭喃喃嘀咕著。「我不就說過了嗎。」

「今天晚上應該沒辦法在特別節目中看到比賽的精采回顧了。」

要眾人不將這一小時內發生的兩起爆炸案連結在一起，實在有點強人所難。媒體紛紛湧向萬世橋警察署，以及管轄東京巨蛋城的富坂警察署和警視廳，嚴厲質問兩樁案件的來龍去脈。

所幸，沒有任何一隻優秀的獵犬能嗅到正留置在野方警察署這名自稱靈能力者的存在。對等等力來說，這是唯一的好消息。

沒錯。唯一的。

「現在是命危狀態。」

等等力默默聽鶴久說著。探究內心深處的疼痛，抑或是恐懼。

這次炸彈放置在東京巨蛋和東京都幹道之間，一個與購物中心並建的遊樂設施周邊。爆炸點沿著設施周圍壁面種植的花草叢。這個位置能抬頭仰望約在八十公尺高空行駛的雲霄飛車，一對正在散步的夫婦不幸被這次的爆炸波及。

「聽說走在靠人行道的太太直接被爆炸引起的強風襲擊，失去了意識。走在車道一側的先生也被護欄撞飛，脊椎嚴重碎裂。」

「不是燒傷吧？」

坐在桌上的鶴久一臉嫌惡地將電子菸弄得喀喀作響。似乎的確不是火藥。是否正如專家推斷，是以瓦斯自製的炸彈？

「秋葉原那邊的進展如何？還有，確認鈴木到酒鋪前的行蹤了嗎？」

「還真是貪心吔。」他帶著嘲諷的口吻。「一出現重傷者，血液就沸騰起來了嗎？」

面對雙眼垂視默不作聲的等等力，鶴久像在找理由般撇著那泛白的嘴唇挖苦道：「不然你這傢伙哪裡會提起幹勁嘛。」

「課長，」等等力若無其事地說：「你要是想命令我，就請直接說那是命令。不管是正坐還是低頭下跪，我都會照做。」

鶴久的眼中燃起一絲敵意。等等力內心激不起對這位上司的忠誠。鶴久性情急躁，老愛裝腔作勢，要說優點，就只有善於周旋、處事圓滑周到吧。通稱「七十五分的男人」。

「請告訴我新的情報。」

「不需要。」

「……什麼意思？」

「這案子不是你這種人能處理的。」

身後傳來一陣動靜。幾雙硬邦邦的皮鞋踩踏聲愈來愈接近。是嗎，這樣啊。等等力心想，同時轉過身去。

「我是警視廳搜查一課特殊犯搜查係的清宮。」

一位頂著花白頭髮的中年紳士停下腳步，輕輕點頭致意。等等力讓出位置後，清宮只是注視著鶴久，迅速踏出一步。

兩位男性跟隨在後。較年輕的是清宮的部下，自報姓氏為類家。他穿著不合身的大件西裝，配上一雙全白運動鞋，頭上頂著蓬亂的自然捲，鼻梁上架著一副圓眼鏡。等等力見他散發出不通人情的氣息，忍不住皺起眉頭。

提到特殊犯係，一向予人精英匯聚的形象，專門偵辦綁架或挾持人質等當前重大刑案，是一群累積眾多談判技巧和作戰策略等訓練經驗的專家。看著類家那副庸俗土氣的模樣，等等力油然感到眼前這男人背離了自己心中的期望。

另一名男性剃著有稜有角的平頭，隸屬於警備部。他有著寬大的肩膀、銳利的目光，看起來比清宮年長，卻絲毫不顯老態。
「是誰負責偵訊嫌犯？」
「是我。」
清宮首度將目光投向等等力。
「你就是等等力？」
「是。鈴木正由我們署裡的年輕人看著。」
等等力簡單陳述本案件發生至今的經過。看來他們早已收到呈報，僅露出一臉「知道了」的表情，輕輕點頭聆聽。
「我就直接問……」
等等力說完後，清宮開口問道：
「鈴木的嫌疑大嗎？」
那說不上是威迫，也並非傲慢，而是深信合理提問就會得到合理答覆的口吻。
等等力潤了潤嘴脣，答道：
「他不可能和炸彈無關。」
「根據在哪？」
「鈴木兩次都在爆炸快發生前暗示爆炸發生的地點。」
他最初明確說了秋葉原，接著東京巨蛋城那次又主動提起棒球的話題。
「我不認為這是偶然。」

「他是單獨犯案嗎？」

「雖然沒有完全的把握，但我想應該是。」

「為什麼？」

「我沒辦法想像那男人一邊和別人商量，一邊制定計畫的樣子。」

他自知這根本算不上依據，但的確也是自己內心的真實想法。

清宮追問：「動機呢？」

「這個嘛……完全搞不清楚。」

警備部的平頭男一臉煩躁地哼了一聲。類家則是仰頭望天，一臉困惑的表情。

但清宮並沒有顯露出失望的態度。他多半認為區區警察署裡的一名搜查員，也就只能有這點程度的理解了吧。等等力也有同感。倒是因為部下的無能而露出不悅神情的鶴久，反倒顯得有些愚蠢。

「辛苦你了。接下來就交給我們，你去負責周邊搜查吧。」

「但鈴木說除了我之外，他不和任何人說話……」

「嗯，辛苦了。」

說完，清宮將視線從等等力身上移開。

「等等力！」鶴久憤怒地咆哮著。「你給我去檢查監視器！」

瞬間，等等力感覺像被什麼刺中般湧上一股熱意。但那股燥熱隨即就消散了。被免除這份職務，難道不是件好事嗎？

「呃，等等力先生。」

被叫住之後轉頭一看，視線下方是一團亂蓬蓬的頭髮。等等力俯視類家呈對峙的姿態。在那副圓眼鏡底下，是一雙直勾勾的銳利目光。

「你剛才的意思是，你能想像鈴木自行制定計畫，並且獨自製造炸彈的樣子嗎？」

這個提問讓他當場愣住了，似乎得讓腦袋再緩上半拍，才能去思考答案。

「……不是，倒也不是這樣。」

「那你怎麼想？」

「那傢伙的性格……我沒辦法澈底掌握他到底是什麼樣的人。」

見到類家保持沉默，要他接著說下去，等等力又伸手摸了摸領帶結。「要將常見的故事套到別人身上很容易。一個身無分文、自甘墮落又良心麻痺的中年男子，已經沒有任何事物可以失去了。他就是世人口中的那種『無敵的人』。但我不認為只是這樣。這也不是說他是個精於算計的人。雖然沒辦法說個清楚，但總覺得……」

「總覺得？」

「……他是個天真的人。」

才說出口就後悔了。連他都覺得這僅是個光憑印象的無稽之談。類家那副積極的視線讓等等力感到有些難為情。「這只是我一時想到的說法。」他別過頭，試圖蒙混過去。

「我再怎麼說都沒用，請你自己確認吧。」

「你會待在署裡檢查監視器嗎？」

「什麼？對……在樓下的視聽室。」

「沒事啦，請別見怪。」他忽然像演戲般伸出手，擺出道歉的手勢。「我懂你的心情，你肯定覺得不痛快吧。但我們並不是瞧不起你，只是老老實實地按照組織決定的職務來分派任務。」他的音量愈來愈低，「我們係上的清宮就特別講究形式上的規矩，該說是墨守成規的官僚習性吧。關於這一點，我相信再多花點時間馴服，就能發揮出更大的實力。」

無視聽得瞠目結舌的等等力，類家迅速在筆記本上寫下一串文字。

「抱歉，等等力先生。在案件解決之前，請你先查清楚他的住址。也麻煩你待在我們隨時能聯絡上的地方，畢竟我們不知道鈴木什麼時候會想找你。」

還有……他邊說邊撕下寫著文字的那一頁。「有事就叫一聲吧。要是想到什麼，請傳訊息給我。我想，之後要通話可能會比較困難。」

塞進等等力手中的紙片上，寫著一組手機號碼。

「麻煩你了。請務必遵守男人與男人之間的約定。」

「也就是說……」

等等力叫住正要回到上司身邊的爆炸頭男人。

「也就是說，我可以當作是命令吧？」

「等等力先生。」

看著轉過身來的類家，等等力覺得他彷彿是個真身不明的可疑小鬼。

他舉起食指豎在嘴前，一本正經地低語：

「這是男人之間的約定。」

這傢伙究竟是怎麼一回事……望著那男人離去的背影，等等力不禁露出懷疑的眼神，緊緊攥皺手中的紙片。

走下昏暗的階梯，等等力想像著接下來的事態發展。從總部派出特殊犯係這一點，顯然並未輕忽這起案件。儘管類家方才那樣說，但也難以想像能在掌握全國警力的警視廳中混出名堂的清宮會是多無能的刑警。

即便現場的主導權落在搜查一課手上，但想必決策還是由更高層的幹部來決定。緊跟在清宮身旁那個平頭男所屬的警備部是總管機動隊的部門，發生這種案件時被派來擔任要員也稱不上哪裡不妥，但另一方面，也能想像這之中透著其他含意。儘管作為獨立部門的警視廳是個例外，但各都道府縣的警備部皆隸屬於公安課。

與治安較好的已開發國家相比，日本國內發生炸彈恐怖攻擊的情況算是極為罕見。政治犯、愉快犯、宗教狂熱者……不管怎麼說，高層無疑希望能迅速、穩妥地解決這樣的事態。一旦這種針對不特定多數人攻擊的消息傳播開來，必然會引起群眾不安，甚至可能在社會上引發猜忌和恐慌的風險。倘若出現模仿犯，狀況就會更加難以收拾。

雖說如此，一旦隱瞞消息卻導致損害擴大，迎面而來的就是究責的問題。

等等力在樓層平臺停下腳步，向空中呼了一口氣。先拉了拉領帶，將領帶結繫緊。這隱隱的窒息感，可能和鶴久總不停撥動電子菸上蓋的焦躁有些相似。

再次邁開腳步時，腦中浮現鈴木的面孔。那推短的平頭，和一味裝糊塗的眼神。

難道是政治犯？不會吧？

那麼，他到底是何方神聖？

自己向清宮和類家陳述的想法並無虛假。一個身無分文、自甘墮落，而且良心已麻木的中年男子。已經沒有任何事物可失去的「無敵之人」。但另一方面，等等力卻不認為只是這樣而已。這些都是他的真心話。

清宮究竟會如何判斷？在秋葉原爆炸事件之後，鈴木做出了「現在起會發生三次爆炸」的預言。如果將這番話照單全收，就意味著還剩下兩顆炸彈。倘若為真，有辦法讓那傢伙坦白招供嗎？能問出炸彈放置的地點嗎？要是辦不到，又會遭受多大程度的損害？會造成多少人受傷、導致多少人死亡？說到底，那傢伙的目的究竟是什麼……

算了，別瞎操心了。只要完成交辦的任務就好。調查鈴木至今的行蹤。毫無疑問，這是逮住那傢伙的野方警察署該做的工作。只是一份工作而已。

正要從階梯踏入走廊，等等力停下腳步，將手伸進口袋，摸到了類家遞給自己的紙片。透過這種方式拿到了其實只要稍微打聽就能知道的搜查員聯繫方式，背後也透露了違抗僵化官僚體制的意圖。同時，那傢伙也是在以這張紙片質問：你站在哪一邊？你有突破規範的骨氣嗎？

內心在騷動著。背叛了剛才說給自己聽的那些話，不可否認的欲望。

還想再試一次，再回到鈴木面前。

等等力拿起手機，按下紙片上的號碼。

3

從見到他的第一眼就覺得反胃。鬆垮的臉頰、啤酒肚、愚鈍的諂笑。在伊勢勇氣的眼中，這名自稱鈴木田吾作的男人正是這個世界墮落的縮影。每當鈴木開口說話，伊勢都會深深皺眉。那伴隨著言談散發出的腐臭，就與自己近七年警察生涯中遇到的社會邊緣人如出一轍。這不是口臭或體臭的問題。那些人無論是發言或舉止都流露出淺薄的價值觀。以及自虐。我怎麼可能做到融入社會這種事啊！總是任性地擺出理直氣壯的態度。

要是無法融入社會，那去死不就好了嗎。

看著筆記型電腦中輸入的文字。鈴木和等等力的對話毫無遺漏地被記錄了下來。由於在文學系時期培養的打字能力備受賞識，因此經常有機會協助偵訊。坦白說，也不是沒想過使用更準確的錄音或錄影方式，但既然都要做筆錄，總比事後還得聽打錄音檔來得好。被提拔到刑事課也要兩年了，親眼見識過各式各樣的嫌疑人、事件相關人士，以及心懷叵測的男女老幼。這些全是自己無形的財產。當然，犯罪者的言行舉止早已深深烙印在記憶中。

除此之外，還學習到前輩「設圈套」的訣竅。從令人神往的熟練技巧，到恍然大悟何以討厭錄音的理由等各種讓人信服的「灰色地帶」手段。

眼下，鈴木的嫌疑僅涉及對酒鋪店主的暴行，並不符合義務實施視覺化的裁判員制度案件。要是犯嫌變更，就必須準備器材，改為進行「品行端正」的偵訊。但伊勢認為，那只是徒勞的表面工夫。

不由得對低頭發呆的鈴木投注強烈視線。不知鈴木是直覺極度靈敏，或是一直在留意伊勢，他很快就發現了。愣了半晌，他「嘿嘿嘿……」地擠出笑容，乍看之下似乎是出於善意，但試著向他搭話也不見回應。只見他以手摀嘴，傻子似的將頭傾向一旁。對於這般孩子氣的舉動，伊勢不得不抑制住內心激動的情緒。

等等力先生對他太寬容了。對付這種傢伙，就應該像往昔那樣拳打腳踢，直接拷問身體才行。

「警察先生。」

「什麼？」頭一次被鈴木搭話，伊勢不自覺拉高了音調。

「我能去廁所嗎？」

為了不讓面露難色的鈴木察覺到自己內心的不安，伊勢乾咳了幾聲。

「……現在就要去？」

「不是。唔，也沒那麼急啦。」

「那你就忍耐一下吧。」

「還是得問上級才行嗎？」

「嗯，算是吧。畢竟你是重要嫌疑人。」

「這樣嗎，真棘手呢。」

鈴木帶著些許憐憫的語氣。彷彿被同情般，伊勢感覺全身的血液都在沸騰。然而，鈴木卻一副事不關己，咕嚕咕嚕地喝下署裡提供的瓶裝水。他一口氣就喝了約半瓶，滿足地打了個飽嗝，接著在褲襠處扠著手，拱起背來。那模樣就像一隻做壞的吉祥物。

為什麼等等力先生沒辦法讓這種傢伙招供呢？換作是我……

「我說，警察先生。」

「幹嘛？」

「警察先生，你是大學畢業嗎？」

「……哦，是啊。」

「果然，看起來就一臉聰明樣嘛。這種事我立刻就知道了，一下子就能感覺到，從以前就是這樣。在我這坨肚子還沒這麼大、也還沒有圓形禿的時候，就是這樣。沒想到因為直覺太準了，常被大家誤會呢。以為這孩子該不會其實腦袋超級聰明吧。」

鈴木「嘿嘿嘿……」地搔著鼻子。伊勢揣摩不透他的本意。等等力離開偵訊室已經十五分鐘了。這男人覺得無聊了嗎？還是試圖傳達什麼訊息？

伊勢一邊輸入鈴木的話，一邊與他對話。「感覺你的腦筋轉得很快。」

「才沒有這回事。我就是一輛慢速列車啊，是慢速列車。是個徹頭徹尾的慢郎中。和我這種人相比，警察先生就是保時捷或法拉利了吧。」

「我並不討厭慢速列車喔。」

鈴木微微揚起雙頰。不同於之前諂媚又難為情的傻笑，反倒多了幾分親切感。

「警察先生，你是在東京出生吧？咬字發音很標準吔。說不定就是因為這樣，才抱有那種浪漫的想法。但說實話，慢速列車真的不是什麼好東西。對我來說，慢速列車只剩下討厭的回憶。你想想，鄉下的車站和車站之間往往相隔很長一段距離吧？而且班次非常少。錯過一班車就會遲到這種事，在鄉下一點也不稀罕。然而每一分每一秒，其實都會改變我們的人生。」

「扯到人生是不是太誇張了？」

「不不不，一點也不誇張。比如說我們會去參加考試吧？就是大學入試中心測驗。但在我那個年代是叫共通一次考試啦。總之在鄉下，因為離考場太遠了，一旦沒搭上電車可真會要人命。」

「住在偏遠的鄉間，不是幾乎都以車代步嗎？」

「你這樣想嗎？但是警察先生，我打從以前想破頭也搞不懂，為什麼考試會定在冬天舉行？為什麼要特意選在容易感冒、還可能會下雪的時節舉行？選在秋天不就好了嗎？你不這麼想嗎？警察先生。」

「秋天也有秋天的壞處吧，還有颱風呢。」

「也許吧。畢竟大家都比我聰明嘛。既然是聰明人定的制度，就有凡人想像不到的原因吧。然後，我要說的是雪啦。是雪。就算想開車，也極可能被大雪困在路上而動彈不得。所以住鄉下才會那麼讓人困擾。但說到底，也就是因為那總是大雪紛飛的土地，才得以確立鄉下的地位吧。」

「……你在東北出生嗎？」

鈴木噘起嘴，睜大了雙眼。

「是在北海道嗎？還是信越地區那一帶……」

「為什麼會這樣想？」

「你對大雪有不好的回憶吧？」

鈴木迅速以雙手摀住嘴。這舉動看起來太過戲劇性。但在這男人身上，這樣的表現或許意外地自然。

「只是出生地應該沒關係吧？況且，只說這些也不會暴露身分。」

「……我可沒有刻意隱瞞，告訴你們的名字也是本名。」

「但你說不記得自己的地址了，這點根本說不通吧？」

「因為酒是一種很可怕的東西嘛。」

這傢伙……不知為何，原本的嫌惡感變成了苦笑。

「不然你分享一個故事吧。一個你覺得不愉快的回憶。」

「警察先生，你先說說你的名字吧。」

「……為什麼？」

「因為我接下來要說的是私人話題啊。這種事不是只會私下對朋友說嗎？」

「只要說出我的名字，我就該開心地被你劃進朋友的範圍了嗎？」

「嗯，算是吧。至少從現在起，就是我和警察先生之間的祕密對話了。」

他垂著頭說出這番話的同時，又流露出幾分期待與不安的神情，稍稍抬眼望向伊勢。內心湧上陣陣刺痛。鈴木那諂媚的眼神，簡直和伊勢從小切身體悟的感覺如出一轍。

「我叫伊勢。伊勢勇氣。」

「這樣嗎。我叫鈴木田吾作。讓我們好好相處吧。」

他笑得露出一口牙齒，看起來很高興的樣子。「總覺得有點難為情，就像回到十幾歲的年紀。」

伊勢按捺住怒氣，對他報以微笑。這就像是鴨子背蔥這種好事自行送上門來一樣，沒必要主動迴避。不，與其說是鴨子，應該說是北海獅。

「是要聊因為下雪感到困擾的事吧？」

鈴木猛然將臉湊到近前。

「我讀中學時喜歡過一個女孩子。她是我的同學，肌膚非常白，肩膀還只有這麼窄。當時她可是大家心目中的偶像。當然，像我這種人根本配不上她，甚至不會被放在眼裡。但我單方面為愛憂愁也花不上一毛錢吧？我那時還只是個純樸的毛頭小子，沒想太多，在回家的路上……就像這樣子，稍微跟在她後面望著她的背影。」

「你這是跟蹤狂吧。」

「哎呀，真丟臉。但我說的是昭和時代的事啦，昭和時代。」

這是昭和或令和的差異嗎？光是想像自己的女友被鈴木尾隨的畫面，就感到一陣寒毛直豎。

「……後來呢？」

「嗯，她叫做實里。後來，那個女孩子被殺了。」

「什麼？」

「她被殺害了。在一個大雪的日子裡。畢竟是鄉下，到處都是難以引起人們注意的地方。但那一帶本來就一片偏僻荒涼。犯人是學校的老師。他是有錢人家的三少爺，在當地就像國王一樣。那天，他在實里放學回家的路上拐走她，隨意凌辱她後，將她的臉壓進雪堆裡，讓她窒息而死。」

「……太過分了。」

「沒錯，非常過分。低劣透頂。」

鈴木目不轉睛盯著伊勢。

「但這並不是你自己遭遇的苦頭吧？」

「不，我吃盡了苦頭。你不明白嗎？該說我是那種不知變通的人，還是死心塌地的人呢？你應該也看過，不也有那種只要是已經決定好的事，就會不厭其煩重複去做的人嗎？」

「……你那天也尾隨她了？」

「你猜得沒錯。」

可是啊……鈴木看似悲傷地搖了搖頭。「我明明就親眼目睹了實里在神社附近被帶走，卻什麼都沒有為她做。因為實里看起來並沒有不願意的樣子。不如說，她看起來非常高興，就像是遇見來接她的爸爸或哥哥一樣。仔細想想，這也是當然的吧。在大雪的日子遇上學校老師，還被邀請回家，應該反而會放下心來吧？況且那個三少爺長得還算不錯，說不定實里對他也有點好感。相較之下，我不過是個舉止可疑的同學。我那時心想，要是被發現可不妙，只好沮喪地折返回家。」

「然後……」他小心翼翼地接著說：

「我就被懷疑了。」

根據鈴木表示，起因是他被目擊到尾隨在實里身後。另一方面，除了鈴木之外，沒有任何人見到拐走女孩的犯人。再加上身為關鍵證人的鈴木，也表示不清楚是誰帶走了實里。

「這都是大雪的錯。全要怪那天的大雪。」

住在實里通學路線上的一戶農家，幾乎每天都會看見一名尾隨在她身後的男同學。因此無關那天是否為下雪天，農家的居民也做出「那個人就是鈴木」的證言。

「要說我是自作自受，我一句話也沒辦法反駁。但被冤枉真的太難受了。你能懂嗎？警察先生。被強加上一個自己根本沒犯下的罪名、遭受眾人懷疑、被白眼看待。在這樣的處境下，內心逐漸堆起了黑暗的雜念。我明明什麼都沒做，為什麼非得遭受這般對待呢？既然如此，還不如當初就由我犯下那個罪行好了。」

「你說什麼？」

「……還不如當初就由我犯下那個罪行好了。不是這樣嗎？畢竟到頭來，我根本沒碰到可愛的實里一根指頭啊。」

伊勢湧上一陣強烈的嫌惡感，同時也感到一股莫名的不安。那感覺難以言喻，彷彿指甲怎麼都搔不到癢處。

「我說，伊勢先生。」

「什麼？」

「伊勢先生……」

冷不防，鈴木靠向伊勢身旁。他感覺兩人之間比自己目測得還要接近。

「你也想過這種事吧？」

想過……為了讓這男人提起興致，應該這樣回答嗎？

還是說……

「要說嗎？」

「什麼？」

「實里的事。會對其他警察說嗎？」

圓鼓鼓的眼睛直盯著伊勢。

「這件事我只對伊勢先生說。」

只對我說……

門突然喀嚓一聲被推開了。回過神來望向門口，一位身穿俐落西裝的白髮男子走了進來。

「你好，我是警視廳的清宮。」

在那之後又傳來一句「我是類家」的招呼，一位頭髮亂蓬蓬的矮個子向鈴木點了點頭。

等等力先生被剔除了。這也是理所當然的吧……伊勢一邊這麼想，目光又移回眼前的筆記型電腦螢幕。與鈴木的互動停在「哎呀，真丟臉。但我說的是昭和時代的事啦，昭和時代」這句筆錄上。

手指一動，伊勢就猶豫起來。

此時，類家將臉湊近。在那副圓眼鏡底下，炯炯有神的雙眼緊盯著螢幕上的筆錄。只見類家拉開了摺疊椅，坐到身旁，伊勢再次敲擊起鍵盤。「你好，我是警視廳的清宮。」

4

一頭整齊的髮型，沒有噴古龍水，也沒有洗臉。這是清宮輝次對鈴木田吾作的第一印象。

「接下來由我負責偵訊。」

聽見清宮這席話，鈴木緊抿著嘴，睜大雙眼。彷彿正以一種拙劣的肢體語言傳達內心的驚訝。

明顯起毛球的毛衣、破舊的燈芯絨夾克，看得出都是購買後一次也沒有送洗、穿了好幾年的衣服。也沒見到手錶或其他飾品。

吧嗒一聲。拼上了一塊拼圖。一如既往，先從角落拼起。

「剛才那位警察先生怎麼了？」

清宮仔細觀察他的嘴。乍見之下，他的齒列平凡，齒色也並未泛黃到令人在意的程度。沒有菸臭味，也沒有酒臭味。

「他回到自己的工作崗位上了。聽人說話是我的專業，如有必要，我也有權力回應你的要求。」

「但我很中意那個人，也已經約定好，若不是他我就不打算說下去。」

「等等力已經同意了。這次會替換，是因為我們認為你是非常重要的情報提供人，還請你諒解。」

「對對對，就是等等力先生。」

他的神情瞬間變得明朗。「雖然一開始問過，但我一不小心就忘了。真不應該啊，怎麼會忘記別人的名字呢。」

「我老是這個樣子……」他一臉難為情地搔了搔頭。頭頂露出一個異常顯眼的圓形禿。

鈴木的反應就如同接到呈報時所聽說的。看似純樸卻會迎合他人，還有些自虐。但另一方面，也會運用不直擊核心的奇妙話術。都是算計好的嗎？還是他的天性？等等力無法看透的那一點，對清宮來說也極其重要。

畢竟，還得推測這男人帶有多少惡意。

「果然……」鈴木開口問道：「還是沒辦法讓等等力先生回來嗎？」

「很抱歉，請放棄這個念頭。因為對我們來說，你是非常重要的情報提供人。」

清宮刻意重複強調相同的說詞，但這次稍微柔和了些。

「還是說換成等等力，你就願意坦白一切？」

「一切是什麼意思？」

「就是剩下的炸彈。」

這樣啊……鈴木啪的一聲將拳頭擊向掌心。「警察先生，這可是一場艱難的對話啊。我當然很想這樣做，也的確有預感，但要說下一次會發生在什麼時間、什麼地點，我其實一點頭緒也沒有。」

他悲戚地皺起那對粗大的眉毛。

「聽等等力說，你看了職棒新聞似乎會出現靈感？」

「對，那時候的確是這樣沒錯。但現在情況又不一樣了。等等力先生已經不在了，而且也過一段時間了吧？我心中那種……該說是蠢蠢欲動的欲望嗎？或該形容是吵吵嚷嚷的不安呢？總之，我的靈能力需要這種燃料。」

「這樣啊。」清宮將雙手交疊在桌上。「只是當作參考，你不妨說說自己通常在什麼時候才能發揮靈能力？還有，那會傳遞什麼樣的訊息給你？你要是願意說，我會很感激。」

「哎呀，警察先生，你該不會是在懷疑我的話吧？」

「懷疑你的話，就不會問這種問題了。」

他靜靜地回視。「畢竟時間也很有限。」然後觀察鈴木的反應。

「第一次爆炸發生在十點，第二次是十一點。兩次都是在整點爆炸。倘若下一次也是間隔一個小時，離十二點只剩下不到三十分鐘了。」

鈴木呆住了。應該說他正在演出一副呆住的樣子。耳邊又傳來吧嗒一聲。鈴木田吾作這組拼圖的外圍逐漸拼湊起來了。

「我認為這件事只有你辦得到。只有你能阻止這起殘忍的犯罪。」

「只有我嗎？」

清宮點點頭，接著說下去。「坦白說，就算當下這個瞬間又發生了爆炸，我們也是束手無策。就算感到懊悔、焦急，還是什麼都做不了。」

感覺背後投來一道責備的目光。是野方署的年輕刑警，名字好像叫伊勢。

「你覺得身為一名警察不該如此發言嗎？但沒辦法的事就是沒辦法。很遺憾，從現實面來看，就算動員全體警員，也不可能在沒半點提示的情況下，就在廣大的東京都找出藏匿在某處的炸彈。要是連靈能力都借不來，我們也只能咬牙等待了。眼下，這名犯人就是個神出鬼沒、引發騷動的隨機殺人犯。」

清宮始終沒將視線從鈴木身上移開。

必須先釐清兩件事。首先，鈴木是否打算毫無預告地等待下一次爆炸。

再來，這男人的目的是單純進行恐怖攻擊？還是盤算著以恐怖攻擊為籌碼，提出其他要求呢？

「只要有提示，我們就會全力應對。」

訊息應該都傳達了。要是這傢伙夠聰明就聽得懂。

你不就是自發被逮補的嗎？清宮在心中喃喃說著。故意在酒鋪胡鬧，順利來到這間偵訊室占領陣地，還向警方自揭罪狀。這不是單純想傷害他人的人會做的事。

因為被叫隨機殺人犯而傷到自尊心了？既然如此，就試著做點讓我們慌亂起來的努力吧。

「怎麼樣？腦中閃過什麼畫面了嗎？」

你想要玩一場遊戲吧？想和刑警較量智力，讓警方敗下陣來。那就玩吧。照你的規則來。痛快點，送上下一顆炸彈的提示吧。

「鈴木先生，別看我這樣，我其實非常討厭輸。我相信我一定能幫上你的忙。」

清宮沒有錯過鈴木嘴角瞬間泛起的微笑。

「但不好意思，」那個笑容很快就被醜惡又難堪的表情所取代。「真的很抱歉，果然還是不行。從剛才開始，我的靈能力就完全起不了作用。」

清宮瞥了一眼手錶。晚上十一點五十分。

換上清宮等人偵訊時，警方同時使用一種特殊的應用程式來共享搜查情報。一旦事件出現進展，情報會立即更新，將消息傳遞到現場的指揮官和總部高層。目前已經向全國的道府縣警下達緊急協作請求，也已做好將國內發生的所有可疑案件集中處理的準備。伊勢使用的筆記型電腦和類家的平板電腦都被授予了瀏覽權限。

只是，目前仍不見絲毫動靜。

十二點的爆炸，究竟會不會發生……

眼前鈴木一副扭捏造作的模樣，一邊觀察刑警的臉色，一邊露出尷尬的諂笑。清宮覺得自己彷彿能清楚看穿，那副面具底下鮮明地浮現一張吐著舌頭的臉孔。就像在說，我不會再多說什麼了喔……

焦躁的情緒就要被點燃，清宮暫且裝作沒看見鈴木的反應。

不需要情緒。自己只是在做該做的事。

不久之後，警視廳就會設立搜查總部。這也包含偽裝的意圖，好讓媒體遠離鈴木所在的野方署。目前，確認鈴木身分的搜查工作由鶴久負責，倘若他能查出鈴木的住處，就很可能進一步判明炸彈的數量和藏匿場所。一旦找到物證，便能正式逮捕鈴木，並嚴厲追究他的責任。但那並不是特殊犯係的工作。

清宮等人出場的時機，僅限於事件仍未落幕這段期間。因此，他們的使命就是做最壞的打算、盡最大的努力。必須在容許的範圍內，竭盡全力查明真相。

「要是靈能力失效了，不考慮再讓它好好發揮作用嗎？我們會盡可能提供幫助。一起尋找最好的方法，看看該準備什麼才能治好、該怎麼做才能恢復能力。」

與柔和的語氣相反，心中宛若撕裂般疼痛。清宮放緩追問的步調，選擇與鈴木展開長談。事實上，他已經打定主意放棄午夜十二點那場爆炸。

「乾脆換個地方怎麼樣？說不定環境變化也會帶來刺激。」

「啊，那倒不行。」鈴木回答得非常快。「就是這裡才好。不是這裡不行。」

他直勾勾地盯著清宮，口氣毫不遲疑。

「我就是這樣覺得。應該不要緊吧？你們都換掉等等力先生了，就算這樣我還願意協助你們。我想，這點小小的任性應該能被允許吧。」

清宮微微瞇起雙眼，一邊笑著說「真的是呢」，一邊推敲鈴木的本意。警察署內設有安裝雙面鏡的偵訊室。不過，最初僅因犯下輕微罪行被捕的鈴木，分配到的是沒有雙面鏡的房間。雖然猶豫過在不知炸彈何時會爆炸的情況下，無端浪費時間可謂相當致命，若可以，還是想轉移到適當的房間進行偵訊。

儘管如此，清宮也不打算強迫對方遵從。要是鈴木鬧起了脾氣，後果將更加不堪設想。

相比之下，他更在意鈴木意外強烈的反應。回答速度快到好像早就決定好了一樣。可以感覺到那絕不讓步的意志。究竟是為了掌握主導權而使出的策略，或其實有不想移動的原因呢？

這時，鈴木重重提起雙頰。

「話說回來……」厚厚的舌頭舔了舔嘴脣。「我突然想到，以前在書上讀過一個有趣的故事。

一個關於人心的故事。」

他弓起背，臉往清宮湊了過來。「雖然忘記是哪本書了，但應該是一本以簡單好懂的方式來解說哲學或心理學這類艱澀知識的書。這樣一來，就連我也能偶爾讀讀這類難能可貴的書呢。畢竟我沒錢買書嘛。說來真難為情，我去書店都是站在書架前看白書。但我也會上圖書館喔，雖然半年才一次或兩次啦。」

「我還會去舊書店。不是有那種像超市一樣的大型二手書店嗎？在那裡就可以無拘無束盡情讀書。」

「然後啊，我想聊聊那本書上的內容。我問你喔，警察先生。你覺得人心是什麼模樣？」

「……不知道，一點頭緒也沒有。」

「或許稍微想一下就會明白。警察先生，你應該非常博學吧？感覺你的頭腦也比我聰明好幾十倍。我想你一定立刻就能找到答案。」

「你太恭維我了。說起來還真不好意思，人心是我最不擅長的領域。」

他佯裝微微聳肩。

「這務必要向你請教答案。」

「好了好了，別這樣說，請你試著思考一下吧。就當作是猜謎，可以嗎？」

清宮臉上露出苦笑，神經卻倏地繃緊。猜謎嗎……

後方傳來「噠噠」的踏地聲。那是類家腳下運動鞋傳來的午夜零時信號。

「……要說模樣，應該和愛情或憎恨不太一樣吧？比如格言呢？好比心靈會豐富人生，或是唯有透過心靈才能獲得真正的美之類的？」

「不是不是，是更清晰一點的東西。」

「說到底就是指大腦的訊號嗎？」

「那樣就太沒意思了。與其說是感情或訊號什麼的，應該說是更具體的形狀。」

「你是說像正方形或等腰三角形嗎？」

「對，就是那樣。不過，是有著更明確含義的形狀。」

清宮暫且將身體靠往椅背，雙手交疊，擺出正在思考的姿勢。他的目光始終盯著鈴木。鈴木也從未將視線自清宮身上移開過。那眼神閃閃發亮，看起來十分享受，幾乎帶著挑釁的意味。

接獲最壞的消息時，身為一名偵訊官居然正在和嫌犯討論「人心的形狀」。顯然的，這肯定會被上司、社會輿論，還有署裡正粗暴打字記錄的年輕刑警毫不留情地大加指責。遭到調職或降職都不無可能，更何況還牽涉到人命。然而，清宮刻意不去意識這份責任的重擔。

「你能給我一點提示嗎？」

「這個嘛……」鈴木仰頭望天。「要不然這樣吧，你聽過『九條尾巴』這種遊戲嗎？」

「……沒有，第一次聽到。」

「啊，這樣嗎。畢竟是我們鄉下地方的遊戲嘛。」他倉皇地揮動雙手。「這遊戲非常簡單。接下來我會提出九個疑問。警察先生，你只要根據題目作答就行了。然後，我會在最後猜出你的心的形狀。」

「我的心的形狀？」

「沒錯，你的心的形狀。」

鈴木微微一笑的同時，依然瞪著那雙大眼。清宮全都看在眼裡。

「我本來想和等等力先生玩的。」

那語氣就像在試探。你要是拒絕了，我可是會閉上嘴巴的喔……

「你不喜歡玩這種遊戲嗎？我找你玩遊戲是不是太失禮了？」

「怎麼會。」

清宮保持微笑。

「聽起來很有趣，我們趕快開始吧。」

現在是悠哉玩遊戲的時候嗎？……清宮感到背後傳來一陣焰騰騰的殺氣。隔了一段時間，身後又響起狂暴的打字聲。他心想，自己一路走來也累積了許多經驗，多到足以失去這般年輕氣盛的氣息。

這場對決，打從一開始就是鈴木獲勝。一個對犯罪與被捕都毫不遲疑的傢伙。對於這種無法適用社會常識、脫離世間常軌的人物，根本沒有完美無缺的管束方法。倘若可以用盡手段讓這男人坦白，不僅是活剝指甲，要讓他服下自白劑都行。只是，這種手段在現代法治國家中並不被允許。

在能力範圍內做該做的事。將風險和期望值放在天平上，做出最好的評估和選擇。然後毫不猶豫實行。這個極其簡單的方針，已經超越特殊犯係對誘拐或挾持人質這類時刻變化的事件所採取的方法論，逐漸形成清宮輝次個人的信念。正因如此，周圍出現愈來愈多揶揄清宮是「學者」或「機器」的聲音。但自從果斷採取這樣的生活態度後，漸漸不那麼在乎周遭的雜音了。

縮小溝通的範圍並非上策。必須加深對話，引出更多訊息才行。但既然做出了這樣的決定，就應該保持謹慎，奉陪到底。

「說不定玩遊戲反而意外成為靈感的燃料呢。」

「沒錯沒錯，你說得對。」

鈴木亢奮到口水都噴了出來。「哎呀，真興奮。好開心呀，好高興呀。對了，請你老實回答問題喔。別想太多，相信自己的直覺就可以了。」

他整個人看起來喜不自禁。一千片拼圖，還不算太大……清宮如此觀察鈴木。雖然不如五百片拼圖簡單，卻也不到三千片拼圖那麼困難。比兒童的大型拼圖來得難解，但也不像極小型拼圖那樣令人頭暈目眩。多彩繽紛又能言善辯，相對來說是容易拼湊的拼圖。

「還有，要是其中有你不想回答的問題，不要客氣，直接告訴我就好。那樣就不算數，不會計入問題。就當作沒有這一回事。」

「可以，我們開始吧。」

鈴木晃動著圓鼓鼓的身軀，再次調整坐姿。

「我要問第一題了。警察先生，你正走在一條明亮又平緩的坡道上。你的年紀比現在年輕許多，差不多是小學低年級，最多也就高年級。你一步一步爬上坡道，可能正朝學校走，也可能是在回家的路上……話說回來，警察先生，你小時候被狗咬過嗎？」

「……這就是第一題嗎？」

「咦？嗯，對。沒關係，請回答吧。」

「那我的答案是『有』。我被狗咬過，是在我們家附近空地生活的流浪狗。」

「我也被咬過。恕我冒昧，我想我和警察先生應該是同一世代的人。我今年四十九，就快五十歲了。也就是說，我小時候正好經歷了昭和時代末、泡沫經濟正要膨脹的時期。在我居住的城鎮中，建築物雖漸漸翻新，但還是保留下一些松木林和大片草地。流浪狗常在那一帶徘徊，能手持木棒打倒牠們的勇者，就會成為眾人稱羨的對象。當然，我不過又是一名在遠處仰望英雄的無名小卒罷了。」

「第二題呢？」

「哦，抱歉。忍不住說了多餘的話。哎呀，真不愧是警察先生。像這樣和你面對面，不知不覺就想吐露所有的事呢。這就是所謂的風采吧？或者該說是人的深度嗎？果然在都市長大的人，品格也可能不一樣呢。」

「別說笑了，我家附近也有流浪狗喔。」

鈴木的嘴角露出一絲滿意的微笑。「真親切呢。雖然你可能覺得困擾，但我著實感受到幾分親切感。」

這男人只是在消磨時間吧。清宮看了一眼手錶，暗忖著時間過得比預期還快。還沒有探出新的情報。莫非午夜十二點的爆炸只是杞人憂天？心中暗暗鬆了口氣。

「接下來是第二題。平緩的坡道直直向前延伸。回過神來，警察先生也再添了些年歲，約莫是中學生，差不多到了要升學考試的年紀了，說不定手上還拿著一本單字卡之類的學習教材。

這時，坡道上出現了岔路，警察先生迷迷糊糊被吸引了過去。之所以被吸引過去，是因為坡道盡頭矗立著一棟高大的建築。漂亮的壁面、氣派的樣式，令人想一窺究竟的外觀。沒有一絲讓人感到害怕的地方，想必裡面充滿了樂趣。那棟建築物可能是一座體育館，也可能是一家餐廳。又或者是一間音樂廳；也可能是圖書館或電影院，溫泉設施、飯店、遊戲中心……那麼，警察先生。你會在那裡做什麼呢？請說出你當下腦中閃過的想法。」

「……射擊。」

「射擊。」鈴木興致盎然地重複一遍。

「對，的確就是突然浮現的想法。」

「我也在電視上看過喔。我記得是遠方放著一部機器，然後從機器中彈出一個像飛盤的物件，射手要砰一聲打穿它，對吧？」

「不是，我說的不是飛盤射擊，而是裝實彈的獵槍。我手上正拿著獵槍。」

「正拿著獵槍。」

「……我正在瞄準野鳥，或者比野鳥更大的獵物。好比熊之類的動物。」

「這樣一來，美麗的建築物內部就是一片森林了吧？建築物中有森林。好有趣。不只有趣，真的很棒。」

只是照他所說將腦中閃過的畫面描述出來，沒想到這答案似乎出乎意料地合他的心意。清宮觀察他一臉陶醉的神情，將那當作一項新情報來處理。

「我們可以進入第三題了嗎？」

「當然。只是，要是能再簡潔一點就幫大忙了。」

「哎呀，真不好意思。畢竟遊戲的玩法就是這樣。總歸來說，這些全包含在內才叫『九條尾巴』嘛。」

面對誠惶誠恐的鈴木，清宮露出一臉柔和的苦笑回應。

名為鈴木的拼圖已完成外圍。接著只要踏踏實實地一片一片向內拼，就能將整個畫面呈現出來。

拼湊各式各樣的情報組成一幅拼圖，這就是清宮的做法。整合了犯罪和罪犯的拼圖。打從踏入搜查領域，至今已經完成數百幅、甚至數千幅犯罪拼圖。從小型到大型，從複雜精細的工筆畫到廣闊無際的抽象畫，一概整齊展示在記憶的博物館內。

望著清宮的假笑，鈴木掩飾不住興奮之情嚷嚷著：「那我們就繼續嘍，沒問題吧？」

清宮驀然感覺鈴木的拼圖已經填上了三百片，還剩下七百片。想必這一次，獻給犯罪者的教訓也不會被打破吧。

愈是傲慢的人，就愈可能失策。

「接下來，你走出那棟壁面很漂亮的建築，再次爬上平緩的坡道。現在，你不是中學生，也不是高中生，而是在一間優秀的大學裡就讀的大學生。你幾乎已經是成年人了，打扮得也很好髦。然後，你面前走來一個笑容洋溢的人。請問，這位女性是何方神聖呢？」

「是女性嗎？」

「什麼？哦，對。畢竟很難得嘛。」

「說什麼何方神聖，也太籠統了吧。」

「回答誰都無妨，腦袋裡閃過的人物就可以了。猛然一問、迅速作答，就是這個遊戲的重點。」

「那我就選母親吧。」

鈴木靜靜地等待著。

「這就是答案。除此之外不需要回答更多了吧？畢竟你沒有要求我詳細說明是怎樣的女性。要是你無論如何都想知道，再出第四題來問我吧。」

「哈哈！你注意到了嗎？真不愧是警察先生。」他一邊拍著手說：

「其實遊戲的關鍵就在這裡。當一個人突然被提問，而且要迅速回答的情況下，似乎會不經意想要解釋得更多。自己究竟為什麼會選擇這個答案。性格愈是嚴謹的人，就愈想取得對方的理解。」

「你學過心理學嗎？」

「什麼？沒有沒有，怎麼可能。當然全是從書上看來的。哎呀，別說了。現在要提問的人是我。警察先生則要負責答題。」

「失禮了，那問第五題吧。」

「是第四題喔，警察先生。」

又填滿一百片拼圖了。鈴木的智商應該達到一般人的平均值，或者比平均值再高出一些。但觀察下來，他集中專注力的範圍有限。雖然精明，但性情不定。他不善於生活，缺乏耐心和持久力。比如無法戒酒，或無法長時間從事一份工作，這是所謂「意志欠缺者」的性格，在竊盜的累犯者中十分常見。此外，鈴木缺乏對他人生命的敬意，也看不出對受害者家屬及友人的憐憫之心。也就是所謂的「無情型人格」。而且，他在某種程度上陶醉於自己的行為。這是「炫耀者」或「自我展示者」的性格特徵。

人似乎會不經意想解釋得更多……清宮確信，鈴木的心理學正精準描繪了他自己。

這傢伙沉溺在自己的犯罪中，並且渴望炫耀罪行。

所以，並不會發生突如其來的爆炸。因為他認為自己能在這場遊戲中取勝。

「第四題。你已經長大成人，成為一名刑警。可是，平緩的坡道還在持續延伸。天氣很好。這應該也是人生十分順遂的證明吧。你正握著某人的手，兩人並肩走在坡道上。那人是……」

鈴木突然將臉湊了過來。清宮意識到後便笑了笑。

「在你沒明確提出問題之前，我不會作答喔。」

「哈哈！」

鈴木差點就要跳起來整個人往後仰。「太厲害了，我第一次遇到你這樣的人！幾乎所有人都會被這把戲騙到一次。」

「請提問吧。」

「好，請問那個人是長谷部有孔嗎？」

「……你說什麼？」

5

迄今為止，倖田沙良從未有過浮現莫名預感的經驗。過世的祖母不曾出現在夢中，手拿鏡上映照的也永遠只有自己一人。無論是靈能力、神通力、第六感或念力等所謂的超能力，一切俱無。她想，自己前世想必是顆隨處可見的小石頭吧。

「該說妳是遲鈍嗎？還是太過悠閒了……妳這性格實在很吃香吔。」

從三十公分高的上空傳來的聲音讓她感到微微惱怒。只見矢吹泰斗正調整著勤務帽，同時半是驚訝地竊笑著俯視她。

「能在第一時間就碰上這種案子的嫌疑人，實在難得又太幸運，而妳居然能完全按照慣例行事。這在某種意義上還真是了不起。」

沙良和矢吹走在地下停車場，朝巡邏車前去。已經超過晚上十一點。通常這個時間不需要進警視廳。更何況還是和搭檔一起被緊急呼叫過去，除了接受懲罰之外，實在想不出還有其他理由。我們搞砸什麼了嗎？才偏著頭沉思，耳邊隨即傳來鈴木田吾作這個名字。是你們兩個到現場處理的吧？希望你們能過來詳細說明有利於搜查的情報……

「看起來黏膩的平頭、有點胖、老是一臉嘿嘿嘿地傻笑……這在說什麼？也太蠢了吧，妳的語彙只有小學三年級的程度嗎？一般來說會有更多觀察吧？比如在意他的哪個特徵，或是有什麼預感之類的。」

「說謊也不好吧。」

「不是要妳說謊。我指的是事後回想起來才察覺到的徵兆。優秀的警察可是都具備這種直覺喔。」

「徵兆……那矢吹怎麼想？你當時不也在場嗎？」

「請問當初是誰指揮分工，說『由我負責嫌疑人，你去聽取受害人的說法吧！』這種話的？」

當然是在野方署沼袋派出所值勤的倖田沙良。

坦白說，她很清楚自己在得知嫌犯是個酒醉的中年大叔之後，就變得一副幹勁十足，想著絕不能在這裡敗下陣來，還刻意擺出盛氣凌人的姿態，暗忖著絕不能被大叔瞧不起，前傾身子與對方對峙。

「然後，我的身體彎得比我想像中的還要低，一個不留神就摔倒了。」

「摔妳個頭啦！蠢斃了！」

只會一再重複蠢蠢蠢的矢吹，這種語彙程度才是腦中只有蠢字的蠢吹吧。沙良沒有回嘴，只是嘟起嘴來坐上巡邏車的副駕駛座。兩人原先從派出所前往那間酒鋪，再從酒鋪將鈴木帶回野方署。才剛回派出所不久，又被叫到警視廳。短時間內被迫來回奔波。

繫上安全帶的同時，她嘔氣地問了矢吹一句：「……要是矢吹，能光憑直覺發現什麼嗎？」

「妳是指什麼？」

「比如那個鈴木哪裡可疑，或者散發不祥的氣場等等。」

「氣場？妳該不會真的在意這種事吧？」

「因為我很不甘心嘛。況且，我的確很憧憬所謂警察的直覺。」

唉唷，真是夠了……矢吹一邊嘆氣一邊發動引擎。

「所謂警察的直覺，不只是靠單純瞎猜。應該是根據在現場不斷累積的經驗，練就出敏銳捕捉資訊的天線，然後從中篩選出難以言語形容的重要細節，模模糊糊形成的一種形象吧。」

「但這應該也和才能有關？」

「要這樣說的話，幾乎任何事都是吧？」矢吹踩下油門，從警視廳將巡邏車開出櫻田大道，接著馬上轉往皇宮外圍的內堀大道。「但我們又不是運動選手，就算沒有特別突出的才能也能勝任這份工作。不如說，要是我們不能勝任就麻煩大了。要是一個管理治安的組織不靠天選之人就沒辦法成立，未免也太糟糕了吧？」

沙良想，「這算是在安慰我嗎？」又說：

「對了，你從剛才就擺出一副資深刑警說教的態度，口氣聽起來很囉唆吔。」

「妳還真難搞。比起被總部那些人瞧不起，我已經要好上一百倍了吧。」

「也是，畢竟他們常常都一臉『你們這些傢伙不過就是派出所的巡警啦』的表情嘛。」

「聽到妳那份沒半點內容的報告，也難怪會出現這種反應。」

有夠囉嗦……

「雖說如此，我還是看不慣他們那種露骨的態度。那些人幾乎和喝醉酒的老頭沒有差別，都沒將妳放在眼裡吧？」

「你是說那些老是不自然拍人肩膀的傢伙，對吧？我真的都在心裡咒罵他們去死。」

「妳就在臉上擺出一副『去死』的表情。不管是前輩還是總部的刑警，根本沒必要裝出笑臉來迎合他們。」

「哎呀……」

沙良故意以張狂的語氣回嘴：「哎呀哎呀，矢吹該不會是在嫉妒吧？你也要拍一下嗎？拍拍看這惹人憐愛的肩膀嗎？」

「妳是笨蛋嗎？無能之外，還是個蠢女嗎？」

若是和矢吹一起，就可以無所顧忌地互相說笑。話雖如此，警察組織仍是男性優位的社會也是不爭的事實。部分高層總會理所當然地將性騷擾的舉動誤以為是溝通，而且無論好壞，在現場也往往只將女警視為「女性」看待。難道二十多歲的女性都得被看成大小姐嗎？好幾次話都到嘴邊又吞了回去。

但要說這一切都教人反感，倒也不盡然。沙良本來就愛和自家人閒話家常、互開玩笑，自然難以畫分其間的界線。若單純說能力，既然這是一份關乎人命的工作，那麼考慮到力氣的差異和身體管理的難處也是理所當然。但若說女人就得為此退居在男人三步之下，那也實在令人火大。

雖說捉住他人的話柄不放，乘勢炮轟歧視的風氣讓人感到鬱悶，但她非常清楚只因放任看似微不足道的性騷擾舉動而導致問題升級，甚至加劇成為性犯罪的例子是數不勝數。

「喂，不要突然沉默啦。」

「嗯。的確，因為覺得無論怎麼做都很麻煩，就想總之先笑給他們看吧。」

「……我也不是要妳隨時都找人發火啦。」

車子在半藏門的路口左轉，接著向西前進。對向車輛的大燈顯得有些刺眼。

「話說回來，」矢吹突然激動起來。「妳差不多也該稱呼我為前輩了吧？剛才在總部的人面前也不說敬語，我差點要丟臉死了！」

「說是前輩，只不過差了三歲……」

「開什麼玩笑，這可是國中屁孩和高中生的差別喔！」

「小氣。真的好小氣……矢吹，你的器量可是比小饅頭餅乾還要小喔！」

「我啊，我只不過是沒度過那種幾乎要被埋沒的溫吞人生而已。」

沙良暗自感嘆，身為一名腦袋裡長肌肉的肉體派警察，矢吹還真是說了一句高明的話呢。

雖然年齡僅差三歲，但在警界的職涯經歷卻已差上六年。相較於大學畢業的沙良，矢吹進入警察學校時才二十出頭。雖未在高中畢業後直接入學，但並不是因為考試落榜，而是因為他曾耗費一年的時間，以職業籃球選手為目標展開激烈特訓。

當然，也不是沒感覺到矢吹多半受過幾部漫畫或電影影響，但還是發揮武士精神的憐憫之情，停止在一旁默默訕笑吧。

「妳現在一定在想什麼壞事吧？」

「哎呀，怎麼會呢。真是錯得離譜啊，矢吹巡查長大人。」

「離譜妳個頭啦！一看就在偷笑！」

「您的洞察力還真是一絕。」

「平身吧，妳這愚民。」

雖然這位前輩不喜歡被以平輩相稱，但就算不對他說敬語也不會生氣這點，正是沙良與他合得來的原因。因為兩人相處起來實在太沒有距離，同僚們常戲稱就像兄妹，甚至還誤會是情侶。沙良想盡可能維持這種舒適的相處模式，就算哪天其中一人須調動到其他單位也一樣。

儘管一邊說笑，視線仍不住投向窗外。無論是可疑的車輛或行人，還是群聚的年輕人，窺探城市中的異常狀況不僅是他們的工作，也成了嚴重的職業病。但今晚不光是如此，空氣中瀰漫著一股非比尋常、令人繃直神經的緊張感。無論何時何地、將發生多大規模的爆炸，似乎都不奇怪。初次經歷的緊急事態，遠比想像中還要沉重棘手。

保持安全駕駛的同時，矢吹也加快巡邏車的速度。他穿過新宿御苑，越過山手線的高架橋下。目的地是野方署。派出所的工作就交給前來支援的同僚，兩人被召集過去擔任協力要員，在這起被視為由鈴木田吾作策動的連續爆破事件中，負責打聽消息和處理雜務。

「老實說，對於立志成為刑警的派出所巡警而言，這樣的機會實在難能可貴。」

這正是矢吹將遇見嫌犯稱作「幸運」的原因。要從巡警成為刑警，不光是通過考試和培訓就好，更重要的是前輩推薦。這次會召集沙良和矢吹兩人，無疑是因為他們見過鈴木本人。況且對方還是一名隨機炸彈客。既然嫌犯的住所尚未查明，當然得提起幹勁，趁這個機會發揮出色的表現。

「由我們主導的情況也很不錯吧。」

調查鈴木身分的任務交由野方署的鶴久課長負責指揮。一般說到聯合搜查，通常會出現一群沒見過的搜查員殺氣騰騰地結夥闖入，擺出高高在上的姿態侵占地盤，各署則執拗蠻橫地爭奪功勞，陷入互相仇視的泥淖……這是沙良抱持的印象。雖然只是個經驗尚淺的派出所巡查腦中的妄想，但和真實情況應該不會有太大的差距吧。

「差多了！笨蛋。」

矢吹毫不留情打斷了她的妄想。「妳這是哪個年代的事啊？就連現在的電視劇都不會出現這種老套的橋段。」

「你是指大家都相處得很好嗎？」

「大家都帶著自豪認真面對這份工作啊……應該吧。我也不知道啦。」

居然不知道！沙良在心裡默默吐槽，卻也覺得他的話不無道理。不知該說是遺憾還是萬幸，近年來，野方署並沒有發生什麼大事件。頂多是數年前那樁資深刑警「丟臉的醜聞」一度引起話題。當然，不僅是在沙良任職以來如此，這一帶本來就算不上犯罪熱區。如此說來，矢吹的經驗倒也算不上多豐富。

「但搶功勞這種事，我倒是被自家人坑過。」

他嘴上說得輕鬆，臉上卻不帶一絲笑容。

「說到這個，剛才伊勢先生也在吧？」

先前將鈴木帶到野方署時，就在擔任偵訊官的等等力背後，見到伊勢抱著筆記型電腦的身影。

「他在協助偵訊鈴木，對吧？應該是負責做筆錄。」

「哼……那傢伙當書記的確再適合不過。」

聽到那帶刺的語氣，沙良不禁心下一凜。矢吹和伊勢兩人為同期。伊勢是大學畢業，年紀比矢吹稍長。他比矢吹早一步從派出所畢業，如今已是堂堂的刑警了。然而，這之中其實另有內幕。在一起案件中，伊勢從矢吹手上搶走了逮捕犯人的線索，儘管矢吹激動地表達抗議，上級卻認為那只是出於嫉妒的反抗，不予處理。據說從那之後，矢吹就遭到冷落……只不過實情尚不明確。沙良只聽了矢吹單方面的說法，她並不打算就此斷定黑白。況且她本來就與伊勢沒有交集，幾乎不了解他的為人。

「在那傢伙擔任專屬書記期間，就由我來揭穿鈴木的真面目吧。」

「搞不好早就解決了。然後說聲歹勢啦警官大人，早就全盤托出了。」

「只要是由等等力先生偵訊，這種事就不可能發生。」

沙良並不打算反駁。對於等等力，她早已不記得自己是否曾好好和他說過話，倒是聽過等等力的傳言。一位女警前輩對他的評價是「感覺很噁心」。這想必事出有因，但既然同樣身為警察，還在同一個署裡，她寧可懷著「擁有形形色色、不同樣貌的同僚不也挺好的嗎？」這樣的想法。

但不管怎麼說，等等力已經讓第二顆炸彈被引爆了。姑且先不談第一顆炸彈。但無論是高層或社會輿論，應該都認為本來確實有機會避免引爆第二顆炸彈。

「跟妳說喔，沙拉。」

矢吹直視前方，喊著倖田沙良的綽號。

「今晚我可是會拿出真本事喔！終於迎來大好的機會，我絕對不想錯過……雖然這樣說太過輕率……」

矢吹肯定會成為一名出色的刑警，但應該很難升官。

「真拿你沒轍。身為你優秀的老妹，功勞都讓給你吧。」

「免了。反正妳給的淨是些假消息吧？」

前方出現了中野車站的高架橋。即將抵達野方署。

兩人抵達小會議室時，會議正進入緊要關頭。鶴久課長指著張貼在白板上的地圖，扯起了嗓門。在場約有三十位生面孔，應該是鄰近警察署派來支援的同僚。

沙良和矢吹站在最後方，聚精會神觀察現場狀況。地圖的一部分被紅筆圈了起來，畫分為九個區域。注意到中心點就是那間酒鋪後，沙良立時感到有些氣餒。

就要迎來凌晨十二點。離第一次爆炸也快兩個小時了。目前仍在徹查監視器影像，但眼下較可靠的線索似乎還是那間酒鋪。

地圖旁貼著鈴木的照片。那張臉看來猥瑣至極。光是盯著那副怠惰的面孔，沙良感覺自己彷彿正被嘲笑一般，不覺湧上一股懊悔的情緒。

向各區域負責人員說明完注意事項後，鶴久再次鄭重叮囑：

「時間不等人。一旦確定對方和事件無關就盡快撤離，別起爭執。還有，務必小心媒體。這種事件會造成居民極度恐慌，誰膽敢洩露情報，一律格殺勿論喔！」

「課長！」面對鶴久這不適切的發言，署內的資深刑警舉手發問：

「難道鈴木不會在自家放炸彈嗎？是不是該呼籲居民避難？」

「先找出他家在哪裡吧！找出來再考慮下一步。」

「但只要存在這種可能性，就應該呼籲酒鋪周遭的……」

「混蛋！」只見鶴久將拳頭捶向白板，唾沫飛濺而出。「預測錯誤怎麼辦？一旦造成民眾騷動要怎麼收拾殘局？再說，要是民眾反倒在避難處遭到炸彈波及，你承擔得起責任嗎？」

資深刑警立時沉默。鶴久的論點確實不無道理。說到底，警方根本無法確定鈴木的家就在酒鋪附近。

但另一方面，考慮到目前的情況，幾乎可以推測鈴木家就是唯一會被選為爆炸中心的場所。這點也是不爭的事實。

鶴久露出苦澀的神情，嘆了一口氣。

「動腦的工作就交給我。你們只要閉上嘴巴、移動腳步就好。」

唉……這就是「七十五分的男人」嗎？這是沙良頭一次在鶴久的指揮下做事，但她已經在這男人的印象欄上蓋下一枚最糟糕的印記。沙良無法理解鶴久為何老是頤指氣使地發言。說好聽點是下馬威，說難聽點就只是職權騷擾罷了。但同事之間也有人讚譽為「領導風範」；無需動腦思考的命令，反而還會提振部分同僚的士氣。

但不管怎麼說，沙良也不認為自己屬於頭腦派警員。

接著，各班成員集合後互相打了招呼。這次行動分為每班四人的七班體制。班長再度向成員提醒注意事項。沙良這一班的班長，是剛才向課長發問的那位野方署的資深刑警。關於因應居民和媒體的對策，調查名義設定為正在搜索一位行蹤不明人物，因其患慢性病而急於尋獲。各班人員都拿到一張鈴木的照片，沙良一拿到便收進制服胸前的口袋。

「倖田見過鈴木吧？」

「是！」見班長這麼一問，沙良立刻精神抖擻地回覆。

「這樣一來，我們的優勢應該不小喔。妳對他印象如何？」

「啊，是的。那個……鈴木會刻意擺出一副低姿態，那副姿態透著幾分虛偽，不確定是否該說……總之全身散發出可疑的氣息。」

「那種氣息很強烈嗎？」

「這個嘛……並不是顯而易見的可疑感。我想，他應該平常就會巧妙隱藏自己的真面目，和鄰居等人則保持既稱不上疏遠、也並不親近的關係。」

原來如此。班長感嘆的同時，沙良內心略感歉疚。

「還有其他發現嗎？比如職業或家庭成員？」

「沒有了……除了年紀和名字，他巧妙迴避所有的問題，身上也只帶了一只空錢包。」

連手機都沒有嗎？一名年過三十的男搜查員插話。沙良對他點了點頭。陌生的臉孔，看來是附近警署的刑警。

班長打起精神，再次叮囑眾人：「我再重申一次，要是遇到任何異常情況，記得第一時間聯絡我。絕對禁止擅自行動！」

要出發了嗎？彷彿事先商量好一樣，大夥騷動起來。誰能立下功勞呢？從現在起就是一場競賽。眼前，矢吹的身影從人群中竄了出來，感覺背後翻騰著滿腔熱血。「別拚命過頭給人家添麻煩喔！」「什麼？你說誰給誰添麻煩了！」

正當兩人互相激勵的時候……

「慢著。」

咦？眾人疑惑地轉頭。面對眼前一票驀然被澆了一頭冷水的搜查員，鶴久一臉不悅地瞪視回去。

「……再等五分鐘。五分鐘後再行動。」

只見鶴久一邊偏著頭思索，一邊緊盯牆壁上的時鐘。後背不禁打了個冷顫。半夜十二點……鶴久的意思是，午夜零時之前必須先待命。換句話說，要等到可能發生下一次爆炸的時間過去之後才能出發。

太卑鄙了吧。不知是誰吐出了一句不滿。同樣的氛圍在四周瀰漫。只有警察知道，那個已被認定為嫌犯的男人，聲稱還有兩顆炸彈尚未引爆。

倘若到時東京都某處真的發生爆炸，甚至有人因此死亡，那麼午夜零時前毫無行動的警察，究竟該如何自處？這是丟下一句「受害者運氣不好」就能解決的問題嗎？

「別想太多了！」

頭上傳來矢吹的聲音，沙良瞬間清醒過來。沒錯。就算是鶴久，也不會一味自私自利地下達指令。確保搜查員安全，正是上級的使命。

可是……

沙良咬緊牙關，試圖碾碎心中消不去的疙瘩。

「好了。」

鶴久確認時間已到。

「出發吧。」

號令眾人行動。

沼袋派出所就位於野方署北方約一公里處。沿著平和公園街走，兩者間幾乎呈一直線。派出所就建在稍微越過公園的那一側，靠近車道和妙正寺川交叉的那座橋邊。雖說是橋，實際上僅短短數公尺長，與風光明媚相去甚遠，總之就是一條混凝土路。

出事的酒鋪位在派出所的東北方，地址是沼袋一丁目。沙良下了巡邏車，憑靠在地人的優勢引導同班成員前進。

一行人很快就碰上連接西武新宿線沼袋車站的鐵道。接近末班車的時間。與繁華的街道不同，這一帶幾乎不見行人。越過平交道後，熱鬧景象便完全消失。在這片寧靜的住宅區，何況還是星期日深夜，本來就沒有外出走動的理由。以值勤地點來說，就是個平淡至極的巡邏區。也有不少警察像矢吹一樣，並不滿足於這樣平淡的日常。

沙良是個沒有野心的人。有時這一點還令她感到有點難為情。她並不喜歡坐辦公桌，因此頗為抗拒內勤業務，還常想要是可以，在派出所待到退休都無妨。會說讓出功勞這種話，多半也是她發自內心的想法。

雖說如此，這次有機會立功的人員應該是矢吹吧。矢吹那一班負責包括酒鋪在內的中央區域。儘管鈴木家不見得在酒鋪附近，但也很難想像他會隨機選擇一個地方讓警察逮捕。他很可能早已勘察過這一帶。順利的話，說不定能獲得目擊證詞。

沙良等人負責的是北側區域。穿過一丁目後，來到沼袋二丁目一帶。右手邊是朝陽街，再往北走則是新青梅大道。

「我們就分成兩人一組行動吧。」

在班長的指揮下，兩組人馬分配好負責區域，挨家挨戶按門鈴打探消息。沙良與一位從別處前來支援的三十多歲刑警組成搭檔，聽說叫猿橋。他的襯衫被魁梧的身軀撐得緊繃，體格接近橄欖球選手。在他不容分說丟出一句「靠妳了」之後，沙良被迫成為門鈴負責人。不，其實她也理解。那副又寬又壯的肩膀、粗獷臉孔、外翹的嘴唇。要是這樣的傢伙在深夜造訪，誰都會立即報警。

由一身警察制服的沙良出面十分合理，但她心中不免還是有些糾結。畢竟沒人喜歡在叮咚一聲按下門鈴後，迎來一頓怒吼「你以為現在是幾點啊！」後的挫折感。

兩人大約拜訪了十戶居民，雖然得到比預期友好的回應，卻仍一無所獲。

「你們署裡的人真的仔細調查過監視器嗎？」

走在前往下一個地點的坡道上，猿橋不耐煩地質問：

「再這樣一戶不漏地問下去，就算有再多時間都不夠用。」

的確。究竟是東西南北，只要知道鈴木從哪個方向來，至少能更進一步縮小搜查範圍。雖然沙良也想過這一點，但聽到署內同事被指責，還是略感惱火。無論現代社會監視器再怎麼普及，這附近頂多只有地方裝設在電線桿上的那幾臺。更遺憾的是，那家酒鋪並未裝設監視器。

「就算是這樣，也不可能完全沒被拍到吧！」

「搞不好他選的路線只是為了干擾搜查，就算監視器拍到了也沒多少參考價值。也說不定他刻意閃避到監視器照不到的死角。」

「麻煩死了！」猿橋帶著不滿的口吻，噘起外翹的嘴唇。

「反正快點給我解決啦。據說偵訊沒什麼進展？看來特殊犯係也不太可靠嘛。」

這還是沙良第一次聽說。看來東京巨蛋城爆炸事件之後，偵訊官就從等等力換成總部的刑警了。在偵訊上改變策略再自然不過。要想解決這起事件，本來就該這麼做。但沙良心中總覺得有些沒意思。

趁這個機會，她默默給猿橋取了「欖球哥」的綽號。

「雖然這話也不全然是班長說的啦，但要是毫不知情的市民突然被捲進爆炸事件，還因此無辜受害，簡直就是一場噩夢。」

沉睡在寂靜中的城鎮驀地響起驚天轟鳴。的確，除了實際上造成的傷亡，更予人一股強烈不祥的預兆。

「更別說是得知有人死的那天……」

欖球哥還想再開口，兩人已經爬到了坡道上頭。左手邊矗立著一棟兩層樓高的白色公寓。即使在一片黑暗中，也能察覺到幾分蕭瑟。這棟公寓沒有大門，眼前只有一道混凝土製階梯，通往盡頭的走廊上共五戶住家。天花板的燈還亮著，但其中一盞已經熄滅。

欖球哥使了個眼色，一臉「真可疑啊」的表情。沙良則輕輕點頭回應。這是一棟專門提供單身者居住的公寓，雖然以往沒出過大問題，但房客更迭頻繁。即便在派出所執勤，也不見得能掌握所有居民的資訊。若說鈴木住在這裡也不奇怪。

沙良從一樓最靠近自己的住家按起了門鈴。由於沒有室內對講機，響起了一陣敲鐘般的噹噹聲。

門的另一邊傳來有人在磨磨蹭蹭的動靜。

「不好意思。您好，是野方警察署。」

沙良以勉強能聽見的音量向屋裡的人打了招呼。本來想見了面再報上來歷，但她擔心住戶不願意在這種時間開門。

「……有什麼事嗎？」

打開的門縫中露出一張年輕男子的面孔。戴著眼鏡，氣色不佳，穿著像是居家服的棉質衣褲。

「抱歉這麼晚打擾，我是沼袋派出所的倖田，想要請教你一些問題。」

戴眼鏡男子一臉疑慮，聽著沙良編造的謊言。

「想請你看看這張照片，你對這個人有印象嗎？」

「有的話我能得到什麼嗎？」

「什麼？」

「應該有懸賞金之類的吧？比如說找到了失物，失主也會提供謝禮吧？」

沙良一時間不知所措，但很快回過神來，清了清喉嚨。
「很抱歉，我想我們沒辦法提供報酬。」
「連感謝狀也不行？」
「是的，不好意思。」
「什麼嘛，真沒意思。」
明明看起來不像是未成年人，滿滿的幼稚感究竟是怎麼一回事呢。
沙良不打算與他爭辯，再次出示鈴木的照片。
「怎麼樣？沒見過嗎？不管是今天、昨天，或過去這幾天都行。」
「嗯……」
盯著照片的男子冷不防開了門。原本藏在腰間的右手迫近至沙良眼前。「住手！」就在欖球哥大吼的同時，傳來微微的咔嚓聲。是手機的快門聲。
「我記得警察在值勤時可以拍照吧？」
他一臉理直氣壯，又將手機鏡頭對準欖球哥。
「喂！你給我適可而止！」
「哎呀，面對善良的市民，可以用這種口氣講話嗎？明明是你們這麼晚自行找上門。」
欖球哥強忍著將原本想說的話又吞了回去。十之八九想破口大罵吧。
「那個……」沙良短暫喘了口氣，說道：「剛才你拍的照片，應該也拍到了這張照片吧？再怎麼說還是對搜查造成了困擾。很抱歉，為了確保那張照片確實被刪除，我們必須履行正式手續。」

「……這是在威脅我嗎？」

「怎麼會。但畢竟是署內的正式手續，需要經過幾道複雜流程，得占用你一點時間。」

眼看沙良一臉為難，男子不耐煩地咂了聲嘴，一邊說「刪掉總可以了吧」，一邊在兩人面前操作手機。

「你需要再拍一張只有我和同事的照片嗎？」

「為什麼？難不成你們覺得自己很可愛嗎？」

小心我揍倒你喔……沙良不露聲色地接著問話：「所以，你對這個人有印象嗎？」

「有的話我早就說了。難道你們在剛才的對話中聽不出來我什麼都不知道嗎？況且，那傢伙恐怕也不是這棟公寓的住戶，你們也不必在這裡亂問一通了，趕快離開去問別人吧。」

房門砰一聲關上。

唉……沙良嘆了口氣。心下雖明白這是常有的事，但也忍不住想發發牢騷。怎麼說我也是為了市民的和平在奔波啊……

「要是在這戶人家的廁所爆炸就好了。」

往隔壁移動的同時，欖球哥喃喃抱怨著。沙良心想，說不定自己和這人還滿合得來的。

按下第二戶的門鈴。心中懷著淡淡期待。

6

視聽室中瀰漫著沉悶的空氣。監視器調查班的成員全都面容憔悴，有人不住揉著眼皮，有人朝聽筒發洩滿腔焦躁。就說了之後必須和神奈川的人談才行⋯⋯

在這樣的氛圍中，等等力環抱雙臂，靜靜盯著手腕看。手錶上的指針就快指向午夜十二點。

「已經說過了，鈴木就是在川崎的車站前搭上了計程車。也向車行查證過了，不會錯的。」

負責指揮監視器調查班的是刑事課後輩井筒，他語帶厭煩對著話筒那頭一再強調。對方是鶴久嗎？或是他信賴的係長呢？

井筒所言不假。

四名搜查員仔細查看監視器時間，是在叫醒市役所負責人並拿到影像畫面後約莫晚上十一點。井筒負責檢查最關鍵的酒鋪影像，中途加入的等等力則從剩餘的影像中隨機查看，卻意外中了大獎。

在連接沼袋派出所和新青梅大道的單行道上，坐落著一間名為實相院的古寺。在寺院附近，發現了鈴木下計程車的身影。

聯絡了計程車車行，並詢問那部車的司機後，司機明確表示鈴木約於晚上七點從川崎車站的計程車招呼站上車。車站到沼袋距離約二十五公里遠，途中還經過了收費的山手隧道，行車時間約一小時。鈴木以現金支付車資。聽說還是遞了張一萬圓紙鈔，並向司機表明不需要找零。

不過，這也只揭穿了他先前聲稱自己沒錢的虛假證詞，除此之外，一切又再度掉入五里霧中。

鈴木究竟是住在川崎，還是從其他地方前往川崎？為了查明這一點，必須確認川崎車站的監視器。然而，這得透過神奈川縣警才能解決。除了請示上級之外，等等力一行搜查員別無選擇。

時間來到午夜十二點。內心忐忑不已。儘管並非直接聽見爆炸聲，轟鳴巨響依然在腦中揮之不去。

「知道了，我就這樣做。」

井筒粗暴地摔下話筒，鼻間噴出一股熱氣。

「他怎麼說？」

向井筒問話的白髮男子是生活安全課的成員。另兩人分別是從其他地區前來支援的警員，一名是內勤人員，一名是交通課成員。

「要我們繼續查下去。」

「繼續查下去？」

「對，繼續調查沼袋的監視器。」

面對緊蹙眉頭的白髮男子，井筒面無笑容說道：

「高層認為，不管鈴木從哪裡來，都必須著眼於他選擇沼袋的酒鋪當作目的地這一點。他們覺得其中必有玄機。」

這種論點並非難以信服。單就可能性來說，比如鈴木住在沼袋，先前往川崎，接著再返回沼袋的路線也說得通。但若其目的是混淆視聽，那就可以無視整件事的合理性。

等等力也覺得川崎這個地點可能是他的偽裝。隔著多摩川與東京都相連，且滙集多條路線的大型車站，的確適合用來掩人耳目。稍有點常識的人，應該很清楚橫跨都道府縣的搜查行動多棘手。況且，警視廳和神奈川縣警之間水火不容的傳聞也還在少數社群上流傳。

「搜索隊也照舊嗎？」

「據說什麼也沒說。現場人員應該認為我們是一群無能之輩吧。」

白髮男子大大嘆了口氣，又提出疑問：「但鈴木到沼袋之後的行蹤，大致上都查清楚了吧？」

「聽說要全部查清楚。」

「全部？」

「所有影像都要查。不管是白天或晚上，昨天和前天都要查清楚。」

監視器影像通常經過一週就會被覆蓋，因此每臺機器的總時長約有一百七十小時。

「既然鈴木不見得真的沒被任何監視器拍到，也就無法保證全面清查影像找不到他的住處。」

井筒的口吻就像是那些滿嘴拗口歪理的管理職。

「該不會沒有支援吧？」

井筒搖了搖頭，視聽室內的空氣變得更加沉重。總而言之，鶴久的指示就是無計可施的告白。

「總部呢？不然支援中心是用來幹嘛的？」

「聽說為了分析秋葉原和巨蛋的影像，他們已經騰不出人手。更別說川崎那邊的影像，多半也會交給他們處理吧。」

搜查分析支援中心是個負責詳查監視器、智慧型手機、電腦等數位裝置的部門，在數位資訊領域中發揮了超群的能力。由於沼袋範圍狹小、調查的時間帶受限，因此光靠緊急湊合的五名人力也算夠用。但要是再擴大搜查範圍，無論是人數或技術都遠遠不足。

「這下可好了……」白髮男子摸著頭嚼嘆。內勤的男職員板著臉緊閉雙脣，交通課的年輕人更是誇張地仰天長嘆。

說實在的，事已至此還不派增援，等等力對如此優柔寡斷的決策感到難以置信。但另一方面，他並不覺得鶴久對鈴木事前到過沼袋的判斷是錯誤的。沼袋既非人氣景點，交通也不算便利。要說鈴木隨機選了這個輿論不感興趣且隨處可見的平凡城鎮當作目標，實在也稱不上合理。

答案只有一個。那傢伙選擇沼袋具有明確的理由。而且，他是故意被逮捕的。

「你有什麼想法嗎？」

突然被搭話，等等力不禁一愣。抬起頭來，視線和井筒對上。不帶絲毫敬意的表情。不如說，臉上流露出明顯的嫌惡，還有畏懼。這傢伙不想在關乎人命的搜查中犯錯。井筒就是如此強烈抱持著刑警責任的那種人。

儘管腦中浮現各種推測。關於鈴木的行動，還有意圖，的確存在幾種可能性。可是……

「不，完全沒有。」

就算說了，在這間視聽室內能做的事也不會出現任何改變。

「我認為照你的指示做就可以了。」

況且，刑警這種生物的自尊心還存在一種魔力，那種魔力有時會讓人忘記搜查的恐懼。

「不管怎麼說，我們也只能做自己能做的事吧。」

不經意脫口的一句話，讓井筒面露橫眉豎目的模樣。他雖說是後輩，但與剛滿四十的等等力相比，也不過差兩歲而已。只是姑且給你這個前輩一點面子，你居然在最後一刻擺起了姿態妄下結論……等等力彷彿能聽見那道鄙視的聲音。不，這只是他不由自主的臆想。

「好了好了，這裡就交給井筒來指揮吧。畢竟交給等等力的話，還得出現死人才行啊。」

白髮男子以揶揄的語氣居中調停，交通課的年輕人也露出嘲諷的表情，譏笑地吐出「變態」一詞。

「夠了。」發出責難的是井筒。「不准再胡說八道。」

年輕人輕輕舉起雙手，像是表示同意。白髮男子也尷尬地笑著聳聳肩膀。井筒俯視等等力。這樣就可以了吧？……是吧。

對等等力而言，沒有什麼可以不可以，只要能結束這場鬧劇就好。

那我們就繼續吧。眾人重新查看監視器畫面，室內仍停滯著沉悶的空氣。即使再回溯搜查，也不見得能找到那男人被拍到的畫面。但為了不遺漏任何可能性，還是不能掉以輕心。沒有人會為了這種不著邊際的單調作業挺起腰桿打起精神。尤其是隸屬於刑事課的井筒，想必更加怨恨為何自己就不能待在離立功更近的現場。

等等力拋開雜念，專注在螢幕畫面。調查區域是鈴木下計程車的寺院周邊。這條單行道看起來是個小型商店街，雖不如車站前熱鬧，往來的人潮也還算多。

以這裡為起點，將監視器畫面串接在一起，大致能判明鈴木在途中毫不猶豫就走進了事發的酒鋪。他身上沒有行李，也沒有沿途丟棄手機、現金或身分證等物品。在某種意義上，他在隱匿身分這一點上做得非常澈底。

等等力挑了商店街中最熱鬧的場所，從鈴木出現當天的午夜十二點起播放影像，靜靜盯著幾乎沒有路人經過的監視器畫面。他對於這種單純的作業並沒有任何怨言。既然是命令就服從到底。

究竟是從什麼時候變成了這樣呢？

曾幾何時，自己只是個平凡的刑警。雖不像井筒那般汲汲營營，卻也不吝惜為工作賣命。不僅會主動思考，有時甚至不惜違背上司的指令也要取得成果。滿腔熱血之外，內心也懷抱使命感。

但過去幾年，一切都變了。無論是自己的性格，還是同僚的目光。

等等力很清楚原因。正是因為那個男人。還有那場騷動。

丟臉的醜聞……四年前，媒體就是如此大肆揶揄。無論是野方署的職員和警方相關人員，以至於上司與後輩，沒有任何人打算庇護那個男人。

等等力與其他人的看法大同小異。雖然曾與對方組成搭檔，心中也確實對這位值得學習的前輩抱持敬意，但並不打算公然擁護對方。

只不過，出於一些未能理解的情況，不禁多說了一句「也不是不能理解他的心情」。卻偏偏是對著週刊雜誌記者說。

沒想到，那句話居然持續影響至今。當時等等力根本無法想像，自己的人格就此被完全否定，甚至面臨在署內遭到孤立的窘境。

他想起自己說過，就算我們不認得某些人的姓名或長相，也能將他們認為讓這個社會共同運作起來的伙伴……包括鈴木聽到這番話時的表情；以及被追問「就算是罪犯也一樣嗎？」的聲音。

夠了。等等力切斷這場回憶。眼下最重要的是當前的任務。要是連這點事都做不好，總有一天可會真的失去立足之地。

他將視線投回萬籟無聲的商店街畫面，但一時被打斷的專注力還是難以回復。忽然間，腦海中閃過手錶指針的畫面。時刻早已超過午夜零時，今天過去了。但沒有進一步聯繫。下一顆炸彈可能在未爆中解決嗎……

放在褲子口袋裡的手機嗡嗡震動起來。取出一看，是封簡訊。雖然是未加入聯絡人的號碼，但他知道是誰傳來的。特殊犯係的小鬼，類家。

「咦？」

看著簡訊上的文字，等等力不禁失聲驚呼。他已無暇顧及井筒等人的視線，將左手掩在嘴邊自問。這就是靈能力嗎？不，不對。這是概率極高的偶然，是根據推理得到的結論。那傢伙之所以選擇沼袋，其實是因為野方署……

那封簡潔的簡訊上寫著：

「鈴木提到長谷部有孔的名字了。」

長谷部有孔。等等力才回憶起的警界前輩。那樁「丟臉的醜聞」的當事人。

7

對鶴久忠尚而言，長谷部有孔這名字就像是一根怎麼樣也無法在胃裡消化掉的骨頭。倘若將自己的警察生涯拍成一部電影，那男人絕對是被排在第二或第三順位的重要角色。鶴久如今能夠坐上刑事課長的寶座，多少也得歸功於那男人在背後的支持。這是眾人公認，且事到如今也不容扭曲的事實。

正因如此，當那樁「丟臉的醜聞」爆發時，鶴久才會比任何人都更加嚴厲、冷漠地抨擊長谷部。為了守住自己的地位，非得明確與對方切割不可。

長谷部有孔正是那種被稱為「傳統模範刑警」的男人。他兼具嚴格與溫柔，同時運用科學的理性和刑警的直覺，更毫不諱言自己最終仍靠幹勁、毅力及使命感來解決案件。彷彿要證明這份信念般，無論遇上再艱難的搜查任務，始終不畏挫折踏出步伐，反覆思考、不懈調查。實際上，長谷部每年也取得了驚人的逮捕率，不只成了刑事課的地下老大，還是連署長都心生顧忌的刑警。儘管如此，他對出人頭地絲毫沒有興趣，反而將提拔後輩視為人生重要的意義。

敬仰他的人都喊他一聲「長谷孔」。只有被他認可的人才允許使用這個稱呼。若是未經認可的人這麼喊他，即使是上司也會直接被無視。鶴久分發至刑事課的第四年，趁著取得小小功績的機會，毅然喊了他一聲「長谷孔前輩」。當聽見對方回應「怎麼了？」的當下，內心簡直激動無比。

據說警視廳曾試圖提拔他，包括新宿和池袋等案件頻發地區的警察署也想挖角他，但一律遭堅決推辭。那個男人想在野方署傾注畢生心力……這種超乎常情的任性之所以能橫行無忌，也是因為他取得眾多實績的緣故。身為野方署守門人的長谷部，原本再過幾年便達退休年齡……

四年前的夏天，鶴久當上了刑事課長，和長谷部之間成了「身分與年齡顛倒」的上下級關係。雖說如此，兩人相處仍算融洽，偶爾也會抽空一起喝酒。正因如此，當鶴久接到署內的電話，快步跑到便利商店翻開週刊雜誌時，那一片空白的腦袋一隅方才浮現一絲半認真的念頭，並且努力思索著，難道這篇報導不是時下盛行的假新聞嗎？

〈行為不檢也該有分寸？刑警的驚人嗜好！〉

報導標題的背景是一張黑白照片。照片上的男人並未察覺攝影機的鏡頭。雖然男人的眼睛被畫上一條黑線，但那張仰望天空的臉孔，無疑是長谷部有孔本人。

據報導，拍攝地點位在一座綠地公園的停車場。那裡是不久前一幫不良少年集團對同伴施以暴行，使其遭受重傷的地點。時間是在深夜時分。報導內容指稱，負責這起案件的長谷部刑警在與受害者家屬會面之後，便獨自一人前往事發現場，然後緩緩拉下褲子的拉鍊……開始自慰。

儘管照片經過馬賽克處理，還是能從私處部分的輪廓看出那並非只是站著小便而已。

這是在詳細調查過長谷部的經歷後所寫下的報導，怎麼看都不像是偶然拍到的照片。看來這位野方署守門人，肯定早被記者視為目標。也就是說，他很早就被週刊雜誌盯上了。簡言之，那男人打從以前就重複這樣的行為。前往殘酷的犯罪現場，暗自沉浸在自慰中。

據悉長谷部被監察官叫過去時，面孔一片慘白。身為直屬上司的鶴久被告知了事件始末。

長谷部承認自己的行為，並提出辭呈……

他們並沒有碰面。雖然事後曾在刑警室見面，但鶴久避開了視線。長谷部也無意主動搭話，收拾完行李就離開警署。

兩人之間中斷了聯繫。鶴久決定，縱使這位前輩來訊也不打算理會。他感到被深深地背叛了。昔日的信賴、尊敬，至今為止的時光，一概化為烏有。

「我可是接到了無數的抗議電話和信件呢。」

鶴久並不打算隱瞞。無論是事件始末，還是兩人的師徒關係，全都向總部的監察官報告過了。只是，如今卻得向這個以全白運動鞋搭配全套西裝的毛頭小子講述過去的恥辱，還是令他感到快快不悅。

特殊犯係的類家屏氣凝神，以那雙細長黑亮的眼睛直盯著鶴久。會議室中除了幾名負責接電話的人員，沒有任何人留下。再加上沒接到幾則像樣的匯報，室內十分安靜。於是，鶴久壓低音量接著說道：

「雖然那之中還存在威脅……」

「存在威脅？」

「……類家先生，你真的認為那裡會有鈴木的線索嗎？」

被派去搜索置物櫃的職員，很快就會抱著紙箱回來了吧。畢竟是知名週刊雜誌報導的獨家醜聞，引起的反響也十分驚人。別說當地居民，連外縣人士也大舉尖銳指摘並故意找碴。其中不乏頗具暴力性的舉動。常見的是寄來剃刀或右翼的恐嚇信，偶爾也會收到寫在三十張便條紙上的神祕經文；署長和長谷部向對方互露私處的合成照更讓人看了啞然失笑。不過，此等檯面下的荒誕惡意，仍教人湧上一陣寒意。

慎重起見，署方除了將所有寄來的物品全數保管之外，連電話錄音檔案也都留存下來了。俗話說，謠言僅流傳於七十五日間。但在現代資訊化社會，人們的耐心似乎不如想像中長久。這場風波一週後就驀地平息了。直到等等力失言，才引發第二波風暴。

「的確，說到我們署內近年來的明顯失分，多半就是這樁醜聞了吧。但真要說起來，一來都是四年前的事了。這樣說可能不太妥，二來這既不是誰死了，也更非冤罪。」

將貪汙和財務造假的金融犯指責為稅金小偷還能理解；平時取締違規的交警要是犯了超速或竊盜行為，也會讓人感到憤怒吧。但撇除道德上的意義，很難說在戶外自慰這種事會帶給他人多麼直接的傷害。儘管這可能觸犯了《迷惑防止條例》或《公然猥褻罪》，但事實上長谷部並未打算向公眾展示。因此，這不值一提的微小疏失才會在內部被稱為「丟臉的醜聞」。

「只因為這點程度的疏忽就要被埋怨成這樣，那恐怕在電車上連噴嚏都打不了。」

「這應該是個我們再怎麼議論也無濟於事的話題吧。一切的關鍵都在於鈴木是怎麼想的，還有他會做出什麼樣的舉動。當然，我並不相信他是出於義憤才犯下罪行。說不定這只是個毫無意義的突發奇想，或是半覺得有趣而採取的行動。低俗之人之所以追逐低俗的討論，是否就與登山家覺得眼前有山就得爬的心態如出一轍呢？」

雖然不容易解釋，但眼前這男人的一切言行都令人感到厭煩。

「不管怎樣，既然存在可能性，總不能置之不理吧。」

「難道我們不都得做好分內的事嗎？你和清宮先生都與鈴木相處約一個小時了，覺得他的反應如何？」

類家微微聳了聳肩。「目前看來，我們成功維持了夜晚的平靜。」

忍住想咂嘴的衝動。鶴久的階級為警部，而類家是低一階的警部補。儘管兩人的年紀幾乎無異於父子，但要在總部刑警面前口出惡言，還是讓他心生畏怯。

目前所掌握的偵訊進度，可以透過共享應用程式，即時瀏覽伊勢在筆記型電腦中輸入的筆錄。

「我不清楚這究竟是在玩遊戲，還是做心理測驗，但你們到底打算陪他玩到什麼時候？希望你們別讓人愈等愈焦急。」

「哪裡的話，彼此彼此。我會翹首期盼你們盡早查出鈴木的住處。」

大拇指不自覺動了起來。手上沒有電子菸，只能擺動手指空彈。看樣子該找來一枝原子筆握著。

「在無法鎖定範圍的現況下卻被寄予厚望，真教人困擾。」

「他是在川崎搭上了計程車？」

「你們要是沒辦法讓他開口，就換我來讓他開口。」

類家突然探過頭來。到底還是惹他生氣了嗎？那眼神閃爍著光芒。

「請你們做好將等等力先生帶過來的準備吧。」

「等等力？我不認為那傢伙能幫上什麼忙。很遺憾，他在搜查員中只是三流的角色。」

「哦，是嗎。他是什麼角色都無所謂。」

這種反應還真讓人不知所措。

「這是鈴木的要求嗎？」

「不是，他早就放棄了。乾脆到令人意外。」

感覺話語間帶著幾分故弄玄虛的味道，鶴久的語氣也變得尖銳起來。「既然這樣就不需要找他了吧？」

「畢竟還不知道事態會怎麼發展嘛。這只是我的直覺，總覺得不久之後……」

類家停頓，反常地猶豫起來。

「……總之，只是以防萬一。」

無視鶴久的焦躁，類家微微偏著頭說道：

「說起來，等等力先生也曾被捲入那樁醜聞吧？」

「鈴木看準這一點了嗎？」

「沒有。再怎麼說也與他無關吧？就算鈴木能主動被野方署逮捕，也很難挑選負責值班的刑警。」

野方署內超過三百名職員。如僅限於刑事課，就能大幅縮小範圍。但一般人應該無法掌握警方的勤務表。

「當務之急是查明他的身分，這也是找出剩餘炸彈的關鍵。但話說回來，受害者後來怎麼樣了？」

「受害者？」

「週刊雜誌拍到的就是那群少年的施暴現場吧？報導上不是寫到長谷部和受害者家屬見面後又回去施暴現場嗎？我想指的應該是遭凌虐的少年父母。他們對這樁醜聞有何反應？」

那當然是……鶴久不禁露出諷刺的苦笑。

當然是再糟糕不過了。少年的家屬對此感到憤怒不已，至今由長谷部負責的案件中，也有幾名受害者或受害者家屬出面，質疑長谷部是否也曾在受害現場做過同樣的事，並對此發洩滿腔的憤慨與嫌惡。

民眾之所以會出現這般歇斯底里的反應，其中一個原因是報導中斷定長谷部是慣犯。一名自稱心理諮商師的匿名者表示，長谷部有孔具有在犯罪現場發情的特殊性癖，並斷言「這種行為不可能只出現一次」。

某律師團體在取得受害者同意後，向警方提出正式的調查與報告，以及要求向社會道歉的請願書。但長谷部早已退職，況且那樣的失態介於不知能否稱做犯罪的道德界線上，因此也難以大加斥責這名閉口不談的當事人，要求他吐露真相。

在這樁醜聞的餘波盪漾中，長谷部離世了。報導出刊後第三個月的秋日，他前往離自家最近的阿佐谷車站，從月臺上一躍而下。那裡與野方署所在的中野車站僅隔兩站的距離。在最後一刻，彷彿要轟出致命一擊般，給眾人留下偌大的麻煩，野方署守門人就這樣死去。

「多虧了這件事，調查因而不了了之。畢竟那批受害者也教人懷疑到底多認真想調查嘛。只因為遭輿論煽風點火才掄起拳頭示威，其實大多數只是覺得『很噁心』的程度，不是嗎？」

「長谷部先生的家人呢？」

「聽說他和妻子離婚了。還有兩個小孩，一男一女，都差不多二十歲上下。」

鶴久也見過他們。雖然只是受長谷部邀請至家中作客，一起在餐桌前吃飯。但他那熱心腸的妻子總是滿面笑容，兄妹倆也非常好相處。

「但他們目前過得怎樣，我就不清楚了。」

「保險起見，還是確認一下比較好。」

自從那篇報導之後，彼此就沒再來往。雖然還留著聯絡方式，但想必已經換了號碼。

「說到這裡，長谷部也是中日龍的球迷。」

「是嗎？」類家表現出興趣。「很多人知道嗎？」

沒有。鶴久搖搖頭。長谷部從未在署內說過這件事。知道他是狂熱「龍派」的人，可能只有曾被他邀請到家中，在那裡看見一系列中日龍周邊商品的自己。

得知了這項情報，類家微微抬起下巴望著天花板，喃喃嘀咕了一聲「原來如此」。

「可能是對警方切割長谷部而心生怨恨，或是在追究警方沒能盡到約束長谷部的責任……」

類家低聲嘟囔的同時，鶴久也在一旁反覆咀嚼說出口的話語。只是覺得很噁心。倘若刑警在自己被凌虐的現場自慰，會是什麼樣的心情呢？在朋友被殺害的現場，在自己曾受折磨的地點，又或是在家人遇害的場所……

「算了，不管是怎樣都好。」

回過神來，鶴久朝聲音的方向看去。類家正聚精會神地對著天花板喊話。

「再怎麼想也沒完沒了，根本沒有意義。說不定鈴木提到長谷部，目的只是擾亂警方的搜查。」

瞬間，他的視線掃向鶴久。「真的很抱歉，鶴久課長。確認信件和電話的工作再麻煩你處理了。哎呀，我非常理解。沒什麼比明知道徒勞的作業還讓人覺得空虛。但就算這樣，有些事還是得做。這也是刑警的天性嗎？還是宿命呢？或者該說是社會上的規矩？真是的，公務員還真不好當。」

只見他自顧自喋喋不休。有什麼事請務必聯繫我，拜託了，再麻煩了……鶴久目瞪口呆看著那走向出口的背影，一臉茫然目送他離去。前腳才剛走了一個自然捲的矮個子，後腳又踏進另一名警員。那名警員將搬來的紙箱放在長桌上，詢問是否需要召集人員，鶴久便隨意找了五個手上沒工作的警員過來。

那名警員一離開，鶴久便感到自己像是被遺棄在會議室般。封藏在紙箱裡的一疊紙、裝著錄音帶的塑膠盒。碰觸這些物品時，腦中就浮上長谷部的臉孔，內心不覺滿溢苦澀。他總是被催促「快點出人頭地吧」，以往都坦率地為此雀躍不已。現在終於明白了，長谷部早就放棄了自己。身為一名搜查員，身為一名刑警，自己絕對不可能變得像長谷孔一樣。

那根還留在胃裡消化不了、名為長谷部有孔的骨頭。然而，那真的只是根骨頭嗎？還是說，那其實是硝化甘油……

他吩咐眼前的警員：

「你去樓下的視聽室叫等等力過來。」

8

「只要回答是或不是就可以了嗎？」

清宮將雙手交疊在鋼桌上，嘴角刻意掛著微笑。

鈴木則笑吟吟地注視著他。

九條尾巴……回答九個提問來猜出心的形狀的遊戲。第四個提問，在假想中從學生成長為警官的清宮，正漫步在一條平緩的坡道上，並且握著某人的手。

那人是長谷部有孔嗎？

「完全沒問題。」鈴木卯足全力點頭。「只要回答是或不是就好。」

「那就不是。」

一張充滿好奇心的臉龐直面清宮，而他只是靜靜回視。

「這樣第四題就結束了吧。」

整理好混亂的心情。完美控制住了。一邊確認對方的反應，一邊在桌下以皮鞋後跟踏地。身後的類家則乾咳一聲回應。十幾秒後，部下就會看準時機走出偵訊室，前去找鶴久取得長谷部的相關消息。

看來鈴木並沒有注意到兩人私下交換訊息，喜悅之情洋溢在臉上。也許是打算來場奇襲吧。但著實讓清宮在那一瞬動搖。鈴木得手了。掌握一時的勝利，以換取重要線索。

「你認識長谷部先生嗎？」

「警察先生，你應該認識吧？」鈴木迴避清宮的提問。

「畢竟你們是同行嘛。」

「其實我和他不熟。部門也不相同。」

清宮聽過長谷部有孔。四年前夏天被爆出醜聞，到了秋天自殺身亡的警部補。雖然不曾直接和這位大一輪的前輩打過交道，但也曾聽聞是一名才能傑出的刑警。

知道要來野方署偵訊時，清宮就有了預感。但令他吃驚的，反而是鈴木居然如此輕易提起了這個名字。

「我反倒想問問鈴木先生怎麼想？你認為長谷部先生是個怎樣的人？」

「警察先生，」鈴木搖晃著那顆平頭。「不知該說是遺憾還是萬幸，我對他沒有太深入的了解。不只沒見過他，沒和他說過話，更未曾受過他的關照。但倒是讀過那則有名的報導。那本雜誌我平常就很愛看。雖然都是站在便利商店的書報架前看免錢的啦，每次都很好奇摺起來的封頁內容……」他嘿嘿嘿地笑著搔頭。「你查過就知道了。我們只是互不相識的陌生人。」

那張故作糊塗的臉孔，露出無畏的天真笑容。

「不過，警察先生，像你們這樣的精英，居然也會認真看待那些八卦報導？」

我先失陪了。類家說完便站起身來。離開前湊往清宮身旁，在鋼桌上放了一張手寫紙條。

「19時川崎計程車↓沼20、支付現金」。

身後傳來關門聲的同時，清宮正將紙條收進口袋。晚上七點左右，從川崎搭上計程車，抵達沼袋約為晚上八點，以現金支付車資……

「怎麼了？」鈴木問道。
「什麼怎麼了？」
「沒有啦。因為警察先生一看到那張紙條，就一臉很開心的樣子。就像心底在說『太好了』一樣。」
「這也是感應到的嗎？看來你的狀態還是不太好吧？這地方哪能收到讓人開心的紙條呢，更別說是在這間偵訊室裡……」
鈴木略感詫異地將頭偏向一側。
「逮到犯人會開心吧？或是受害者得救，多少也會鬆一口氣吧？」
「多少？」
「啊，抱歉，我沒有特別的意思。我這人老是想到什麼就說什麼，打從以前常因此被罵。不管是在父母或師長同學面前都一樣。」
「我的確會看。」
「什麼？」
「八卦報導。好了，這樣就問完五題了。」
鈴木先瞪大了雙眼，接著又拍拍額頭。「真是服了，看來我被擺了一道。」
「被擺布的是我們吧。就因為你的裝腔作勢，讓我們一直來回折騰著。」
「裝腔作勢？」
聽見鈴木這句孩子氣的口吻，清宮腦中一角吧嗒一聲響起拼圖合上的聲音。

「你本來打算喝什麼酒？」

「警察先生，我還沒問完……」

「有什麼關係？就我被問實在不公平。你每問我一題，我也要同樣問你一題。這樣才是旗鼓相當的競賽。」

鈴木的眼睛瞪得更大了，一臉詫異。但那不過也是一場小把戲罷了。這傢伙並沒有對「競賽」一詞提出異議。

「我會一口氣問你五個問題。你可以保持沉默，不想回答也好，回答不了也罷，你自行決定要不要作答。」

應該滿有趣的吧？

清宮相信鈴木不會拒絕。他肯定會同意。而且絕對會反過來將計就計，好大肆嘲笑警方一番。

「的確。」鈴木大力點頭。「聽起來很有趣。」

「你本來打算買什麼高級的酒？」

「不知道。我不是不回答，而是因為我一直以來都過著與高檔酒無緣的人生，哪些是高級酒，哪些是便宜酒，甚至市價行情這類消息，我完全不清楚。正因為不清楚，總之就只能看看眼前哪些瓶子漂亮，還有標價。要是太便宜就沒意義了嘛，喝再多也澆不了愁。這才打算四處看看再決定。我平常大多喝啤酒或碳酸燒酒，全是罐裝酒。幾乎都忘了最後一次拿杯子喝酒是什麼時候了。」

又是吧嗒一聲。鈴木田吾作這組拼圖拼湊起來了。這男人想說點什麼。他想讓人聽他說話。

想讓人知道自己為何要做出這些事。

「好了，請問第二題吧。」

面對這滿心歡喜的催促聲，清宮彎了彎交疊的雙指。

「你說自己和高檔酒無緣，但還是買得起罐裝啤酒，又住在能收看棒球轉播的房子裡。這些都不是能無償享用的。你的錢是從哪裡來的？」

「這問題很難回答啊。像我這樣的人根本不會記帳，連收集發票和收據的精力也沒有，每天過著勉強餬口、應付了事的生活。既不需要銀行帳戶和保險櫃，也不需要藏私房錢的櫥櫃。」

所以……他咧嘴露牙齒。「要問錢從哪裡來，就是從錢包來的。」

「原來如此，是從消防署那裡來的……是吧？」

「開玩笑的。我在開玩笑啦，警察先生。你別生氣。只是……對，就是這樣。抱歉。我完全不記得了。因為失憶了，不管是錢包裡放了多少錢、是在哪裡賺到了那些錢，還有那些錢到底什麼時候消失、為何會消失，以及我到底住在哪裡，我統統想不起來了。」

看樣子是「不打算回答」？

「但我應該沒在做正經的工作。和警察先生完全相反。應該就是因為過著這樣的生活，整天遊手好閒，一點特殊的感覺都沒有，這才忘得一乾二淨吧。畢竟是一段毫無價值的人生，是個不具生產力的人。先前錢包裡的鈔票究竟從哪來的也讓人懷疑，不曉得是昨天撿到的，還是三年前偷來的。」

「你是說，你偷過錢嗎？」

「我不記得了。」

在這段小把戲的縫隙間，隱約窺探到瞬息的體溫。拼圖完美地合上了。

「能說得上是財產的，好像只剩下手機了。真的很方便。就算合約到期，也可以當相機來用，只要連上 Wi-Fi 就能上網了。」

「看來你對網路和電腦很熟悉。」

「現在網咖也很便宜吧？時間要多少有多少，還可以在那邊學點技能打發時間。畢竟這是個連做臨時日工也要在網上找的時代嘛。」

「明明是這麼重要的手機，你卻連在哪裡搞丟的都不知道？只因為喝醉酒？」

「對啊，實在太可惜了。」

「要是可以，我希望你能盡量回想。」

「我會努力的。像這樣聊下去，說不定就能漸漸回想起來。」

所以我會配合你，陪你演這齣鬧劇……

第三題。「你有家人嗎？」

「沒有。」他答得很快。「我沒有家人。真的，我不會撒這種謊。」

清宮靜靜等待。

「你是說，你撒了別的謊嗎？……要是你這樣問，我就能像剛才那樣反過來擺你一道。」

「我不會這樣問。因為你絕對不會回答。」

「哎呀，這樣說就不對了。我本來打算回答：『我只會說真話』。」

「……是說謊者悖論嗎？」
見到清宮的反應，鈴木嘴角露出一絲滿意的微笑。說謊者聲稱「我總是在說謊」的陳述，無論真假皆充滿矛盾。鈴木的說詞正有意仿效這一點。
「我從以前就有個疑問。為什麼叫做『說謊者悖論』？『誠實者悖論』不也很好嗎？就算誠實者說『我會說謊』，也是同樣的意義。」
「的確如此。」
「但那樣是不行的。這世界做不了那種事。誠實者沒辦法說謊。不是理所當然的嗎？」
「所以你說的全是謊話。你這番話，我可以這樣解釋吧？」
「沒有沒有，說到底這也只是平凡的理論罷了。我比較不一樣。我從來沒見過比我還要老實的人，幾乎可以愚鈍來形容。總之，我的人生始終在吃虧。」
習慣自嘲，沒有蒙上一絲陰霾。
「我沒有家人。你們去找也沒用。要是追溯家譜，搞不好會找到親戚的親戚的親戚。但就算將我這張蠢臉放在電視上，也絕對不會有人出面宣稱認識我。這倒有點辛酸就是了。」
「你剛才提到了同學。」
「還有老師。但那不可能，我在學校裡完全不是出風頭的學生。」
「但你說自己常常被罵。」
「警察先生，人被責罵的時候，會分成抬起頭聽和低下頭聽這兩種反應。我百分之百是會低下頭聽的人。那些罵過我的人，想必也只會記得我這顆圓圓的頭蓋骨。」

他指著頭頂，笑說當時可沒有這麼明顯的圓形禿。

「沒有人記得我是誰。就算有也不會對警察先生說。不對，就算想說也沒什麼可說的。因為那種人根本不存在。我知道，我是個會被警察先生懷疑的人，是比普通人還不如的人。像我這樣的劣等人，不會被人當人看的。每當成了話題，周遭的人就會大肆揶揄，興高采烈地談論我小時候是怎樣的人、性格如何云云。像在觀看畸形秀中的奇特動物一樣，在背後說三道四、隨意朝我丟石頭。明明大家只看到了片段，根本不了解真正的我。」

他的表情似乎變得明朗，接著說道：

「後來有一次，我覺得煩了，決定不再相信那些會在我背後說閒話的人。不只是不相信，我還決定無視那些傢伙。這應該沒什麼吧？彼此彼此嘛。」

所以我才說，就算想說也說不了什麼……

清宮直視鈴木的雙眼，找不出絲毫動搖的跡象。

眼睛會述說真相……即便如此相信，卻也明白人絕非如此簡單的生物。根據刑警的經驗，儘管不是天生的騙子，也能靠決心和膽量克制內心的動搖。不如說，有些人甚至能只靠眼睛說謊。

但實際上也無法否認，那之中還顯露出某種情緒的碎片。

寂靜的偵訊室內，瀰漫起一股不協調感。伊勢的打字聲消失了。本想確認究竟怎麼回事，但又想不該將視線從鈴木身上移開。伊勢應該不至於在打瞌睡……

啪嗒啪嗒，打字聲再度響起。相反的，清宮察覺到心中的拼圖聲正在消失。於是，他輕輕閉上雙眼。

「我沒有家人。請問第四題吧。」鈴木臉上掛著微笑。

「那有伴侶嗎？」

「什麼？」他突然驚呼一聲。「你真的要這樣問嗎？我都說沒有家人了。」

「伴侶不一定是家人啊。當然，你要保密也無妨。回答有或沒有就可以了。」

「當然沒有。怎麼可能有。」

看他刻意沉下臉來的模樣，清宮腦中的拼圖又再度合上了。

「就我這張臉？還有這坨肚子？哪可能受女性歡迎啊！警察先生，你也太壞了吧。這種問題太捉弄人了。」

「對人抱有好感很正常啊。和對方接不接受沒有關係。」

「警察先生，你會這樣說是因為你身材好，又有男子氣概。像我這種瑕疵品，連談戀愛這種再正常不過的權利都沒有。」

「鈴木先生才誤會我了。我的個性很古板，連玩笑都不會開，常被認為是個無趣的男人。我一點也不記得這輩子曾受女性歡迎過。」

「儘管你穿這身出眾的西裝？」

清宮露出苦笑。這膚淺的問題背後，隱約透露出鈴木一路走來的人生。

「我想掩飾自己乏善可陳的內在。可能是自卑感的反面吧。不知不覺中，我對儀容愈來愈講究，就算只有一點點不整齊也會讓我分心。只要領帶夾沒有夾在頸下十五公分的位置，就會渾身不自在。皮帶要繫在哪一個孔上也是決定好的。由於不想繫在其他的孔上，我決定控制飲食。

能做到這種程度，說不定我還真是個出眾的神經病。」

輕輕聳肩示意後，鈴木便表現出濃厚興趣，一邊感嘆著「這樣啊」，一邊探頭窺看。迎合對方，貶低自己，是引起共鳴的常見手段。加深犯人對交涉對象的同伴意識，有時也會讓他們盡快坦然自首。實際上，在部分衝動犯下挾持罪行的犯人當中，不少人就希望能盡早被捕，趕快從對峙中解脫。所謂談判的本領，就是在夾雜著激昂與虛張聲勢，以及無路可退的處境中，操縱犯人在下意識尋找機會終結暴行的心理，為他們找出合適的藉口脫身。

清宮已經看穿了，鈴木犯案動機的本質是自尊心。這是出於受世人輕視所心生無名怨憤的表現。始終低著頭的這個男人，終於抬起臉來。真實的我才沒有那麼卑劣。我才不是個受人輕視的存在……

倘若屈膝下跪，說不定這男人就會主動招認一切。也許看到精英哭著哀求自己的難堪模樣，他內心會頓生優越感，滿心歡喜想著真是沒轍，甚至誤以為自己正在幫助他人。

可惜這不是警察組織該採取的做法。那幾乎無異於拔指甲拷問的意義。

「我要問第五題了。」

一千片的拼圖，還剩下一半得拼。

「你剛理過頭髮吧？」

鈴木的表情僵住了。不同於以往裝腔作勢的模樣，那是一段猛地回過神來的空白。

「我剛才說過自己很講究儀容，其實對別人也一樣。我會忍不住觀察對方的打扮。雖然是個壞習慣，但我都這把年紀了，也放棄改善了。剛才我的部下不是走出去嗎？他是個很優秀的刑警，但我唯一不能忍受的就是他那雙運動鞋。都提醒他好幾次了，但現在的年輕人不管唸幾遍都沒用。」

鈴木注視著清宮，臉上沒有一絲迎合的笑容。

「你的髮尾理得很整齊，我一見到你的時候就注意到了。」

「……平頭哪來的髮尾啊。」

「當然有。看起來完全不一樣。我這雙眼睛觀察那麼多年，一眼就看出來了。」

清宮微微傾身。

「你難道不是最近才找理髮師好好整理過嗎？」

「是又怎樣？」

清宮倏地將全副精力投注在觀察上。他集中精神，以銳利的目光掃視鈴木全身，包括表情和指尖動作等細微變化，幾乎像要直搗其內心一般。

要是鈴木開始嘔氣、變得沉默不語，那就是我方落敗。必須讀懂對方內心深處幽微的心理，誘導他開口。在演繹這場對等的競賽時，也得將主導權牢牢握在手中。

「我的確理過頭髮。你猜對了。中大獎了。」鈴木前傾身體，一臉不悅地承認。「這又怎麼了嗎？我也會去理頭髮啊。哪有什麼好奇怪的？犯了什麼罪嗎？」

「完全不奇怪。我每兩個星期就會剪一次頭髮，不剪就覺得不自在。但一般來說，男性並不會頻繁剪髮。我只是想，若非偶然，你會在這種時候去美容院，可能代表當天對你來說是個特別的日子。」

「……什麼美容院，我不喜歡那種高級的地方。」

「老實說我也有同感。那些地方的裝潢和張貼在牆上的海報都很做作。更受不了的是那些膚淺的推銷話術。」

鈴木先是睜大雙眼，接著又露出害臊的模樣。「你也這樣覺得？」「對啊。我每次都會在心裡怒吼，希望他們別一邊拿著剪刀一邊說話。」「明明都去那麼多次了？」「就是因為去很多次才這樣覺得啊。」

也是啦。鈴木一臉恍然大悟似的露出笑容，表示自己也無法接受那些事。「打扮時髦的人說的話可比外國話還難懂。我每次都覺得自己好悲慘，全身不停冒汗，還常湧上一股怒氣。清宮先生有什麼不一樣嗎？去那種地方，好幾次讓他們胡亂修髮，實在是太愚蠢了，一點都不適合啊。」

「但你最近的確是去了呢。」

稍微拉了拉鬆掉的韁繩，鈴木輕輕冷笑著。對這男人來說，算是罕見的反應。

「我問完五題了。之後我們輪流提問吧。鈴木先生，接下來請你先問第六個問題。」

清宮心想，就看這一次了。此刻鈴木會問什麼問題？出於什麼目的提問？根據問題的方向，也能衡量自己設下的圈套是否夠深。

可以的話，要一舉將他拿下，還要讓他坦白招供。

鈴木一動不動地望著清宮。不是直勾勾盯著看，是帶點恍惚，卻又目不轉睛，看似在凝望的神情。屏息凝視。那神情與清宮的印象不太一致，總讓他感覺有些鬱塞，但也因此堅信自己絕對不能移開視線。

「警察先生。」

他露出得意的微笑。

「我可以先去廁所嗎？」

伊勢帶著鈴木離開後，類家就像與他們交換似的回到偵訊室。他簡要報告鶴久的話，並探頭瞧了瞧筆記型電腦。「情況怎麼樣？」一邊盯著螢幕確認自己不在時的筆錄，正眼也不瞧清宮一眼提問。雖然不禮貌，但這麼做比較有效率。清宮對此並無怨言。至少不比他那雙白色運動鞋還糟。

清宮一如往常將腰板打直，盯著鈴木早已離席的位置。一旦與犯人接觸，在案件解決之前一刻也不想放鬆戒備。即使效率不高，仍是他給自己設下的小小規矩。

「智力偏高，本人也有自覺。多半是缺乏能讓他發揮實力的環境和個性，才會因為對生活感到厭煩就犯下罪行。但他並非漫無目的行事，而是經過一番精心計畫。在執行上他毫不猶豫，不管是犯罪會帶來的後果、造成的損害，還有自身面臨的處境，他全都很清楚。」

清宮微微使力地眨了眨眼。

「沒什麼問題。雖然情況較特殊，但他是愉快犯中常見的類型。」

鈴木並不在眼前。但他仍保持著剛才兩人對峙時的緊繃狀態，直瞪著雙眼。

「他會提到長谷部，也只是找話題吧？」

「還沒辦法斷定。但我不認為他屬於那種懷著滿腔義憤和復仇心思的類型。」

儘管鈴木明確否認自己和長谷部的關係，但仍無法忽視他們同為中日龍球迷的這項共通點。

「總之，至少現在能推測他為什麼會選擇野方署，還有他不願意更換偵訊室的理由。」

他誤以為自己會被移送總部。在那裡提起長谷部的名字，就會降低衝擊性。

「不管怎麼說，我們還是要先找出長谷部的家人。不能排除他們被當成目標的可能性。」

已經請人處理了。聽聞類家的回覆後，清宮接著問：「總部那邊進展如何？」

「正在收回川崎的監視器。至於炸彈，推測秋葉原和東京巨蛋兩邊的成分是類似的。需要花點時間詳細分析，但聽說只要具備基本的知識和相應工具，就算是外行人也能製作。」

「除了鈴木以外，還有其他嫌犯嗎？」

「目前正在全面調查激進組織的餘黨和有危險性的思想家，還有鄰國的間諜……但公安否認這是組織性犯罪，況且也沒有犯罪聲明。」

無論是炸彈形式，或者犯罪現場選定，都不符合政治主張和破壞行動的特徵。

「當然，可以充分考慮存在共犯或是從旁協助者……」類家忽然轉為試探的口吻，「但是，等等力先生認為看起來像是單獨做案。你怎麼想？」

「這也是一種觀察。就這樣，目前沒什麼特別的想法。」

類家應了一聲「的確」表示贊同。在現階段，清宮並不打算妄下定論。

「對了，管理官還轉告了一句值得感謝的話：『趕快解決他，已經安排好爆炸物處理班了，隨時隨地待命出動』。」

「醫療班也安排好了？」

「實際上的問題……」類家無視那個有著明顯答案的提問，「應該是鈴木對下一顆炸彈到底有何打算吧？是否可能在對話途中突然爆炸？」

「不可能。」

未經預告的爆炸，想必是包括高層在內相關人員最大的擔憂。不過……

「那傢伙的目的不是破壞本身。他的目的是對社會主張自我、證明自己的能力。」

如果他追求的是破壞本身，就不需要走進偵訊室，只要在電視機前享受新聞的緊急快訊就好。正因為他不滿足於此，才會特意從川崎搭計程車來警察署。

如今在鈴木眼中，社會幾乎就等同於清宮。清宮順勢如此對待他，他就滿心歡喜地咬餌上鉤。

「他應該想過，一旦放棄這場對等的競賽，就形同自己敗下陣來。」

當然，所謂「對等」也僅限於對鈴木而言。將廣大的市民當作人質，強迫他人進行規則模糊的遊戲，若是將這些行為稱作對等，倒也太過荒謬。

公平這回事，僅在鈴木心中成立。該考量的，是他究竟是單純自我中心呢？還是一路走來都過著不公平的人生呢？

無須多作考量。花不上一秒鐘，清宮便斷言：

「只要沒有失手拉錯韁繩，他一定會給出炸彈的提示。模仿心理測驗的遊戲，看來也只是預言爆炸的餘興節目。」

「你覺得他會在剩下的四題中給出提示？」

「或許他打算開啟下一場遊戲。」

「順便問一下，你說的射擊是怎麼回事？」

清宮沒掌握到類家的問題，回頭看了一眼。才轉過頭，就意識到那是第二題的答案。走在坡道上，撞見一棟巨大的建築。我會在那裡做什麼呢？

「……沒什麼特別的意思。只是突然想到。」

「突然想到？」

「遊戲才剛開始，總之先暫時陪他玩一下。」

「嗯……」

這樣嗎。類家仰頭喃喃自語。這名我行我素的部下，偶爾的確會出現故弄玄虛的舉動，但清宮不打算責備他。畢竟連自己也會靠服裝儀容來認定對方的形象。每個人做法不同，都可以接受。

「我大致查過了，但怎麼找都找不到和『九條尾巴』相關的遊戲。」

「那心的形狀呢？」

類家聳了聳肩。「要是能多點時間去查流行歌歌詞，倒是可能找到。」

當然沒有那等閒工夫，也沒有必要。終歸只是一場遊戲。

此時，類家猛然將臉貼近筆記型電腦的螢幕前。「……玩文字遊戲是他的興趣嗎？」

「你是說『錢從錢包來』嗎？」

「不是，那句話只是他臨機應變。我說的是最後那句『去那種地方，好幾次讓他們胡亂修髮，實在是太愚蠢了，一點都不適合啊』。讀起來很怪。若說是指自己，『不適合』就可以結束了。但我想他應該是故意改變斷句和語調。真正的意思應該是這樣。『去給他們修了那麼多次髮型，實在是太愚蠢了，一點都不適合你啊』。」

忍不住伸手摸了摸頭髮。那傢伙還特別在前一句強調。清宮先生有什麼不一樣嗎？

清宮當時並沒有注意到。伊勢很自然地將他說的話都打了出來。在那句話背後，鈴木是不是正在嗤笑他呢。

「我個人是覺得滿適合的。」

毫無惡意脫口而出了一句多餘的話，就是類家的風格。從文字的細微差異中找出不協調感解答的能力，和那不善於人際交流的性格並存。即使被提醒也不打算改變，就是這男人的天性。

或許應該考量鈴木也有這番天性吧。隨機放置定時炸彈、主動投案，然後興致勃勃地和偵訊官玩遊戲，就是那傢伙的作風。

機靈的話術和文字遊戲不過是在戲弄他人。類家的推理未必正確。但毫無疑問，那傢伙正冒著自我毀滅的風險。倘若低估這一點，就可能冷不防遭暗算。

清宮閉上雙眼，試圖重新拼湊這組名為鈴木田吾作的拼圖。靈能力和記憶喪失顯然是謊言。難以適應社會的性格，始終無法融入群體的人生。他的智力可能比預想的要高，所擬定的計畫也可能更加縝密。倘若如此，「九條尾巴」的遊戲真的只是拖延時間的伎倆嗎？為什麼都主動來警察署了，卻要花心思隱瞞身分？是因為輕易被查明住處會造成困擾，還是出於特殊原因？

選擇秋葉原和東京巨蛋城的意義是什麼？又為何會在這時提起長谷部這位死去的刑警？

真的會發生兩次爆炸嗎？

下一次的爆炸是何時何地？再下一次呢……

清宮再次深刻體會到，追蹤定時炸彈實在是再棘手不過的麻煩。一度以為「還有炸彈」，直到最後卻證明「其實沒有」的這段期間，所有人都處在恐懼之中。那傢伙或許會在某處靜靜等待那瞬間，計算著時間的流逝。無法將從腦海中抹去這想像。為此，清宮等人不得不陪鈴木玩下去，一邊暗地企求著他的說詞。

不要猶豫。進行分析、建構方案。做出決斷、採取行動。只能盡全力做好自己能做的事。

就在清宮緊緊彎起手指時……

「啊！」

類家忽然緊盯著電腦螢幕。還來不及詢問部下狀況，他就先轉過頭來，以機械式的口吻報告剛收到的消息。

「在巨蛋前受害的那對夫妻，妻子已經去世了。」

9

「你為什麼要說那種謊？」

伊勢對著站在小便斗前的背影提問。出於對嫌犯進行偵訊的意圖。

鈴木本想轉身回答，小便卻濺了一地，搞得他慌張地哇哇叫。伊勢則站在一旁，交叉雙臂盯著這副景象。

鈴木目前的嫌疑僅止於對酒鋪店主施暴。雖然警方共享的資訊系統中顯示，爆破事件的逮捕令早已批准下來，但高層似乎認為還是得先拿到自白和證據。看樣子眼下多少足以應付公判了，只是高層仍擔心事後被批評。但伊勢認為，必須盡早關押這男人。

還在拖什麼……

眼前的中年男子半邊臉朝向自己，笑說「等我一下啊，嘿嘿嘿」。從他身上，伊勢看不到任何吆喝著律見、主張人權的反抗姿態。鈴木雖然被警方視為重點嫌犯，但像伊勢這樣監視如廁的舉動，本來就處在一條模糊的界線上。雖然他早就想好了如何辯解：這不是監視，我只是在排隊等候習慣用的小便斗。

「那個……」鈴木一邊戰戰兢兢開口，小便順勢淅瀝瀝流了下來。「你說我說謊，到底是什麼意思？」

「別裝傻了。你之前不是說學生時期跟蹤的女孩被老師殺了嗎？還說你被懷疑是犯人？」

哪裡是什麼不起眼的小孩。這不就是那些到處流傳的奇聞軼事嗎？

「我沒有說謊。」

鈴木拉上褲頭的拉鍊接著說道：「我真的是不起眼的小孩，誰都不會注意我的存在。我就像空氣一樣。不是山間或湖邊那種清新空氣，而是垃圾場裡的空氣。就是讓人忍不住想掩鼻，微微皺眉，卻也沒臭到要發火抱怨的地步。所以我才能像個跟蹤狂一樣，一直偷偷尾隨那女孩吧。」

「犯罪還敢說得那麼自豪！」

「啊，說得也是。你說的對。」

他嘻皮笑臉地走到洗手檯前，「但搞不好我本身就是垃圾。就是被妥善地綁在半透明塑膠袋裡的垃圾。因為被綁進袋裡了，所以沒什麼害處。但垃圾終究是垃圾，沒有人會正眼瞧上一眼。雖說被隨手撿起來的垃圾，總比被丟掉的垃圾好一些，但任誰都不會想看袋子裡究竟裝了什麼垃圾。」

他洗了洗手，「畢竟是垃圾嘛。」

一股憤懣湧上心頭。指甲掐進了交叉的雙臂。鈴木那過分卑屈的態度讓伊勢的內心波瀾四起。

無論是體型、髮型，或那張諂媚的笑臉，除了年齡以外一切都和那個人如此相似。那個從高二夏天就待在家裡繭居的弟弟。

連口頭禪也如出一轍。畢竟是沒用的人嘛……

既然都這樣想了，就給我振作起來啊。伊勢很想這麼說。給我抱著必死的決心努力一點啊。至少要在接受現實，在辦得到的範圍內盡力而為吧。然而在「做得到就不用那麼辛苦了」、「反正我這種人就是……」的自怨自艾下，永遠都會得到「希望你保持溫柔就好」的驕寵回應。

伊勢對此感到絕望。弟弟就是寄生在父母身上的蟎蟲。滿心怨恨，甚至一度盼望他最好在惹麻煩前就死去。

從眼前正在洗手的中年男子身上，感受到了與自己血親相通的特質。

「我可以解讀成是對這個世界的復仇嗎？」

鈴木維持洗手的姿勢，茫然地看向伊勢。

「我是說你的動機。放炸彈的動機。」

鈴木一動不動地盯著伊勢。水嘩啦嘩啦地流。

「你覺得呢？」

這個回答讓伊勢心頭一顫。他承認罪行了嗎？

「只是假設喔，我是說假設。假設真是我放的炸彈，你難道就認為那是我的動機嗎？」

即使已經準備好退路，伊勢仍感覺得到那股迎面而來的氣場。

「也只能這樣想吧。將不相干的民眾統統捲進來，到底誰、以及又能得到什麼好處？還是說，這是基於某種政治主張？」

「沒有沒有，我完全不懂政治或經濟那些複雜的事。我只曉得至少偉大的人們正在努力打造一個賢達的世界。」

「還是少不了貪汙瀆職和愚弄人民。」

「議員是大家選出來的代表吧？要是大家都認同，像我這種人根本沒資格抱怨。只能託付給大家了。」

「真不負責任啊。」

「嗯，我一點也不喜歡這種事。從以前就是這樣。我對這些事一點興趣也沒有。不管是貪汙、欺騙、正義，甚至只是一個交通標誌也好，我對改善世界的手段毫無想像。就算有人告訴我可以隨心所欲，可以照我的吩咐行動，我反而會覺得困擾。我會拒絕他們。很抱歉，我不想承擔那樣的責任。我不想背負那些事。比起變得偉大，我寧願過著隨遇而安的生活。我就是這樣的人。最好能像我至今為止的生活一樣，老老實實地服從規矩就好。」

鈴木關上水龍頭。「哦，你覺得現今社會有什麼問題嗎？」

伊勢不發一語。身為一名警察，他可不能發表會被視為批判體制的言論。縱使他本身對於多元化之類的議題根本不以為然也一樣。

「要不是對社會不滿，那是什麼？」

「你覺得是什麼？」

「現在是我問你。是在討論你的問題。」

「拜託放過我吧。我只是揍了酒鋪員工和自動販賣機而已。」

你明明都從川崎搭計程車過來了？……話幾乎要衝到嘴邊，卻仍擔心操之過急而吞了回去。清宮身為特殊犯係刑警，無疑也是刻意藏起了手中的這張底牌。他正在推敲最恰當的出手時機。

儘管如此，警視廳的刑警看來也沒好到哪去。一身昂貴西裝，一頭梳整光亮的白髮，一臉鄭重其事，可都偵訊兩個多小時了，不還只是配合鈴木的步調閒聊而已嗎？

眼下反倒是他正積極詢問具體情報。

「你為什麼要隱瞞那樁謀殺案？」

他再度質問正拿著紙巾擦手的鈴木。

「你以為你隱瞞得了嗎？警方會留下紀錄。不管是幾年前的案件都會保存下來。殺人案就是這麼回事。」

其實根本無法如此斷言。倘若是鈴木中學時期的事，也超過三十年了；就算是已解決的案件，恐怕紀錄也早被銷毀。

被害者叫做實里。不是太特殊的名字，但也沒有那麼常見。要是調查數據資料庫，說不定還比預期中容易找到。只不過……

「還是，我這麼說讓你很困擾？」

「沒有，不是這樣。但畢竟這是個人隱私，若是我自己的事情我就會說，可是對實里來說，刑警只是個陌生人。我覺得身為一個人，不應該在未經對方同意的情況下就與陌生人談起對方的隱私。我不喜歡輕率討論別人的事，也不喜歡像這樣被別人討論。」

「那你為什麼要告訴我？」

「伊勢先生很特別。畢竟我們有私交了嘛。」

鈴木將紙巾揉得皺巴巴的，轉身看向伊勢。直直注視著他。

驀然間，伊勢感到一陣茫然。眼前如暈眩般朦朧了焦點。與其說是因為面對鈴木，不如說更像從內心竄升的動搖。

「伊勢先生。」

鈴木猛然將臉湊上前。

「伊勢先生，你幫我保密了吧？你幫我向那位刑警先生隱瞞了實里的事，遵守了我們之間的約定。」

不對，我才沒有和你做這種約定。只是因為錯過了上報的時機。況且，這種事很快就會查出來了……

「我很高興。你沒有將我的隱私告訴和我沒有私交的人，我覺得你是個可以信任的人。」鈴木露出笑容，接著說：「我會坦白一切喔。伊勢先生的話，我就願意說出來。」

伊勢不禁嚥下口水。

「倘若你能遵守約定，那麼下次我們再單獨相處的時候，我一定會說。所以，請伊勢先生不要背叛我喔。」

伊勢抑制住內心的激動，只說：「嗯，我知道了。」

10

感受到背後的動搖。坐在筆記型電腦前的伊勢，得知了受害者的死訊。清宮認為，內心對他人的死亡出現動搖是一種反射，也是無關性格、智力，甚至生來冷漠與否都具備的生理現象。程度雖會受習慣和事態影響，但絕非不存在。

問題反而在於，出現的是哪一種動搖。

身為一名刑警，必須面對這起案件已經升級為命案的現實。殺人和損毀器物的嚴重性完全不同。

清宮詢問鈴木是否想吃點東西。咦，可以嗎？嗯，雖然沒辦法供應炸豬排蓋飯。沒辦法嗎？開玩笑的，想吃的話我也可以安排。真的嗎？好開心啊……

「但我正在減肥，還是算了。」

清宮再度覺得，鈴木果然是個目中無人的傢伙。腦中甚至浮上了危險的念頭。要是真遇上關鍵時刻，將自白劑混入食物讓這男人吃下去的非常手段也不無可能。當然，世界上並不存在能讓人坦白招供的魔法藥物。

「要是三明治我可以。我最喜歡便利商店的照燒雞肉蛋三明治了。」

「知道了。可能需要點時間，但我來問問看吧。」

他吩咐類家，聯繫上野方署的職員。會下這個判斷，是因為他認為至少得做好表面工夫，不想在歷經逮捕、起訴、公判等程序後，又因偵訊上的瑕疵而引起爭議。搜查人員微不足道的失誤也可能影響量刑。必須將這個男人帶上審判場。清宮知道自己正肩負著這頭一步的責任。

「要接著玩『九條尾巴』的遊戲嗎？」他故意問道。要是鈴木同意，就能削弱偵訊的強迫性。

鈴木抬起頭，撐起眼皮看向清宮。

「嗯，當然。」

那滿心歡喜的表情，看起來就像幾乎要脫口而出「我知道你的意圖」似的。

怎樣都好。只要能取得日後法庭上作為證據的承諾就好。

「是從我的第六題開始吧？」

鈴木一邊說，一邊抹去寶特瓶上的水珠。時間已經來到凌晨一點。夜靜更闌，下一顆炸彈仍悄悄沉睡著。

「呃……」

鈴木將話吞了回去。

「哎呀？」

他一臉疑惑地圓睜著雙眼，彷彿清宮是朵綻放得稀罕的好花，直直盯著他看。

「哎呀哎呀？」

「怎樣？你要跳過這題嗎？」

「沒有沒有，我要提問。」

鈴木舔了舔嘴唇。「該不會……」那兩片厚唇向左右咧開到極限。

「受害者該不會死了吧？」

「……這就是你的第六題嗎？」

對，沒錯。只見他雙眼發光，一臉期待和興奮。雙手交叉靠在桌上的清宮看透這一切，無法抑制指尖加壓的力道。

「好吧。你說對了。在巨蛋附近受爆炸波及的夫妻，其中一人已經斷氣了。」

「我就說吧。」

鈴木像敲鈸一樣擊起雙掌。「果然沒錯！我就想可能是這樣。因為警察先生突然給我一種很強烈的感覺。或許你想隱瞞我，但我對這種事可是很敏感的。從以前就是這樣，靠的是直覺。」

「什麼強烈的感覺？」

「憎恨。」

鈴木毫不猶豫地回答。

「對我的憎恨一下子變得強烈了。沒錯吧？啊，你不用回答也沒關係。我真的能夠感受到。或許是因為打從出生之後，我就一直看著別人的臉色過活吧。一定是這樣。就是因為戰戰兢兢地活著，所以我完全明白警察先生的感覺。」

「鈴木先生。」

清宮放鬆了肩膀的力量。

「你想說的就是這些嗎？」

掌控住場面了。「接下來輪到我提問。」

「了解了解，你請問吧。」

劈里啪啦，神經彷彿燒得一片焦黑。顯然，鈴木正在改變態度。在表面的舉止背後，慢慢釋放出昂揚的熱情。隱藏在虛假面紗下的謎團。那傢伙的真心。或者說是本性。正在顯露出來。清宮告訴自己，這不是個壞兆頭。鈴木冒險走上了鋼索，自己得更專注面對。

鈴木這組拼圖又往中心拼上了五十塊碎片。還剩下四百片。

「我要問第六題了。在這之前得先確認過，你絕對不會對我說謊吧？」

「什麼？怎麼會。這不是理所當然嗎？玩『九條尾巴』是不能說謊的，不然這遊戲就不成立了。所以警察先生接下來的所有問題，只要我答得出來，就一定會回答。我發誓。向神明和佛祖發誓。」

「那我問了，你最先去的是哪個車站？」

「什麼？」

「今天……不，該說是昨天吧。你到川崎車站前，去的是哪個車站？」

此時正是替換手牌的時機。雖然不小心讓鈴木得知受害者身亡的消息。他在知道自己成了殺人犯之後，會因此感到壓力嗎？還是會故技重施，偽裝失憶糊弄過去呢？

「新大久保。」

偵訊室陷入寂靜。像要蓋過吞嚥口水的聲音，響起了一陣慌張的打字聲。

「先從新大久保搭山手線到品川，再轉乘東海道本線。是這樣沒錯吧？因為要到川崎，這樣搭最方便嘛。」

「……看來你都記得嘛。」

「沒有沒有，只是被問到才突然想起來。」

「但你的確有事要到川崎一趟。」

「不就是去晃晃嗎？我好像沒去過那裡。」

「路線倒是記得很清楚。」

「就說是突然想到的嘛。被問到就想起來了。」

可能是之前打算要去就查了路線，我也不記得了。他露出從容的微笑。

「看完棒球比賽後去的嗎？」

「或許吧。可能是突然想去那裡走走。」

「但你一到那裡，就立刻搭計程車折返？」

「你從來沒有突然覺得內心忐忑不安嗎？來到一個陌生環境，連目的和要去的地點都不確定，突然心下一陣慌張，暗忖著乾脆直接回去吧。這種情況很正常吧？」

「應該沒必要搭計程車吧。搭電車不僅比較快，還更便宜。」

「單純是自暴自棄吧。看到中日龍輸得一塌糊塗，整個人惱火到不行。」

「明明可以留點小錢去買酒。」

「可能是一時得意忘形。首先，我根本不可能會跨縣搭計程車。多半是情緒一來，當自己是大老闆了。我嚮往能這樣做。這就像撒錢一樣，毫不吝嗇地花錢。畢竟這樣的生活只是一場遙遠的夢，和我之間的距離就像不同的星系般遙遠。」

「川崎也有炸彈嗎？」

「你問太多題了吧。明明說好是一問一答。警察先生，你太貪心了。」

鈴木露出困擾的表情，又很快變得和緩。

「那我就多送你一題吧。當作你陪我聊天的謝禮。不過，說到底也只是我的靈感啦，川崎應該是沒問題的，它不在圓裡面。」

「圓？」

「我一時也解釋不清楚，畢竟只是模糊的靈感嘛。」

清宮沒有餘力配合鈴木自以為的幽默。就算確認了他只是去川崎玩也毫無意義。現在除了相信鈴木以外別無他法。川崎沒問題。他去川崎車站只是為了混淆視聽。

比起這件事……

他一開始去新大久保。若以東京二十三區的範圍考慮山手線西側的地理位置，那裡的確比較接近沼袋，卻並非能輕鬆步行抵達的距離。沼袋有中野車站。或是西武新宿線的沼袋車站。目前可做出兩種假設：這傢伙在沼袋的酒鋪鬧事，就是為了被野方署逮捕，而實際住所是在新大久保附近；另一種或許與居住地無關，他去新大久保是有任務在身。

即便無法和鄰近的新宿車站相提並論，這個車站每天仍有超過十萬名的旅客流量。

「新大久保……」

「換第七題吧。我會好好回答的。」

鈴木明確說出「回答」了。這句話引起清宮的預感。目光瞄向手錶，離兩點只剩下不到三十分鐘。倘若這就是爆炸的時限，一刻也不容耽擱。

「那麻煩先讓我問第七題吧。」

「也太隨便了吧。說要照順序來也是警察先生提議的。一旦說出口，就不應該輕易改變。我沒說錯吧？這樣才是堂堂的大人吧？」

清宮使勁握住交疊的手指，強壓下內心的喧嚣。

「知道了。你問吧。」

「好，那我要問了。第七個問題。請問剛才那對夫妻，就是受害的那對夫妻，另一個人還活著嗎？」

難以捉摸他的意圖，但也找不到在這一點上和對方討價還價的好處。清宮坦白告訴他，連先生也還在命危狀態。

「所以，他還沒死吧？」

「沒有。」

這樣嗎。鈴木仰頭望天。深深吸了一口氣，又沉沉地吐了出來。

「要是我依舊被懷疑，甚至被逮捕，還被判刑，那位活下來的先生應該會想殺了我吧。應該會想揍我、踹我，將我的眼睛挖出來，費盡全力折磨我，最後再殺了我吧。」

「……心情上來說也許是這樣。但這只是你的妄想。報仇是不可原諒的。況且大多數人就算有理由，也不會真那麼簡單就去殺人。」

「不對，不是這樣。不可能是這樣。肯定會下手。一有機會就會下手。不下手是不行的。不然就會被當作不愛妻子的人。」

「不會的。」

指甲深深陷進皮膚裡。

「沒這種荒謬的歪理。復仇並不等同於愛情。」

「什麼！」他冷不防挺直仰起的身子。「真的嗎？真的是這樣嗎？那讓我舉個例子，假設現在有一條關於復仇的法律，而且是已經施行的法律，規定受害者或其遺族可以將自己遭受的傷害原封不動還給加害者。我是說假設喔，假設警察先生的妻兒被殘忍殺害了，被侵犯、挨打到不成人形、被剁成一坨坨肉末。要是警察先生不報仇，還饒那傢伙一命，你的家人和朋友，還有社會上很多很多人，那些對你妻兒的死深感同情、流下眼淚、甚至憤怒難平的人，絕對不會原諒你的。他們肯定會對你大聲咆哮，問你為什麼不復仇。」

「夠了。」

「大家都是這樣想吧。不管是闖下交通事故，或是犯下凌虐、強姦之類的案件，有時也會被判無罪吧？或是被判緩刑？說什麼難以認定懷有殺意、看不出被害者曾經強烈抵抗，或說缺乏足夠證據顯示除了被告之外還有犯人，還說可能是心神喪失！大家早發現了法律很奇怪嘛。都覺得荒謬無比嘛。」

「好了，快點回答我。新大久保有炸彈嗎？」

「可以當作第七題嗎？」

「你不快點回答嗎？」

「新大久保的話，沒有。」

他戲謔地補充：「應該沒有啦。」

新大久保的話。

「不然是哪……」

「哎呀，不行。不行這樣，不行這樣。請冷靜一點。鎮定一點。你這樣怒氣沖沖，讓我覺得很害怕。人要是一害怕，大腦的運作就會變得遲鈍。這麼一來，我的靈能力也會失準。」

這時，鈴木又比清宮搶先開口：

「現在是幾點？」

「……快要兩點了。」

「話說丑時三刻這時間啊，你知道嗎？準確來說，指的是兩點到兩點半之間。」

這種事根本無關緊要……喝斥聲幾乎要衝口而出。

「請放心。時間還沒到啦。」

忍住幾乎緊握的拳頭。鈴木以看戲般的口吻說出那句話。應該是還沒啦。

吧嗒一聲，湧上一股不祥之兆。拼圖碎片合上了。

鈴木吊兒郎當地咧嘴一笑。烏黑的平頭、粗大的眉毛、渾圓的雙眼、大鼻子和厚嘴唇，還有圓形禿。那豐滿的體態有些佝僂。就外表而言，的確是長得人畜無害。

但這傢伙散發著腐臭味。是個不折不扣的瘋子。

「接下來輪到我了吧。終於來到第八題，就要進入最後階段了。」

前傾著身子的鈴木還沒從興奮中平復過來，彷彿正從體內溢出闇黑混濁的臭氣。清宮的額頭淌下一絲汗水。

「可以了嗎？警察先生，請仔細聽喔。你已經爬上坡道了。你直直走著，然後站在坡道盡頭一處像丘陵一樣的地方。那裡非常舒適，也很安全。周圍全是你的伙伴。比如小鳥和漂亮的花草之類的。要是你討厭大自然，換成電腦和手機，或床鋪、沙發、跑車都行。女人也沒問題。不然就是家人或親朋好友。總之你待在一個讓人覺得平靜滿足的地方。」

感覺好夢幻啊。鈴木如此說道。

「偶爾，警察先生會從丘陵俯瞰另一側。街道在遠處延伸。人們辛勞地工作著。有人準備做料理，有人佯裝哭泣，應該也有人在看棒球吧。開打的是阪神虎的球賽。」

鈴木豎起右手食指。

「話說回來，你不覺得職業棒球中夾雜了很強的生物和很弱的生物嗎？比如老虎很強吧？老鷹也有勇猛的一面。但像燕子或鯉魚，我實在搞不懂為什麼會選這些動物來命名。巨人隊聽起來也很了不起吧。但說起來，龍雖然是一種可怕的怪獸，現實中的成績卻不怎麼樣，實在教人厭煩。但無論怎麼說，我想比起鯉魚，選擇天馬、牛頭人或鳳凰還比較好。這世界上還有許多虛構的生物嘛。牛頭人聽起來就很強。牠是牛頭人身的模樣吧？就是頭是牛、身體是人那樣；半人馬好像是反過來，上半身是人，下半身不是牛，是馬對吧？哎呀，我以前經常被嘲笑。在我那個年紀，很流行《鬼太郎》這類作品，我還曾被嘲笑長得很像裡頭出現過的妖怪呢。嗯，當然。我的玩伴也沒有因為這樣就變多。這甚至算不上是霸凌，他們根本不把我放在眼裡。到底是為什麼呢？除了我以外，還真沒見過這麼容易被欺負的男人呢。」

「鈴木先生……」

「但是啊，其實我滿喜歡妖怪的。該說是同伴意識嗎？總感覺他們並非與我無關。有時我會在圖書館裡翻找圖鑑，讀到學校都關門才罷休。但我不會借出去看。我那時比現在還要怕生，連向圖書管理員攀談都是一大挑戰。要鼓起的勇氣，幾乎就像從清水舞臺上跳下去差不多。」

「鈴木先生。」

「話說回來，日本也有半獸半人的妖怪。想當然一定很多啦。況且，大多數妖怪應該都是為了嚇唬人類而存在吧？因此不管再可怕，外表仍是怪獸的樣子。雖然的確可能會被嚇到啦，但總覺得，怎麼說呢，就是觸動不了內心。忍不住覺得那終究是別的生物。好比說遇到龍吧，可能會寒毛直豎，但那種恐懼就和遇到地震或隕石差不多吧？也像是打雷或龍捲風？但半獸半人就不同了。因為牠和人類相似。也因為和自己相似，才覺得可怕。就是那些和人類相處之處，才教人毛骨悚然。彷彿在告訴自己，你和怪物可沒多大差別喔！不如說，你是一個成不了怪物的失敗品喔！我想心理上多少會浮上這樣的恐懼吧。害怕人類和怪物本身，其實沒有太大的差別。」

「等一下……」

「所以，帶著一副人臉的模樣才更可怕啊。畢竟人就是看臉嘛。人之所以被看作人，還是因為眼睛、鼻子、嘴巴的輪廓嘛。當然，像我這樣的醜八怪不會被任何人當作同伴啦。既沒人會關注我，也沒人會理睬我，反倒還可能來踢我一腳。要是我擁有牛一般的壯碩身軀，是不是就變得很可怕了？說不定從此引起大家注意了呢。再加上靈能力，你不覺得這像是預言未來的力量嗎？」

「你還不停下來嗎！」

在清宮的喝斥聲中，鈴木豎起右手的兩根手指，宛若勝利手勢。見到這瞧不起人的態度，清宮的理性彷彿被狠狠痛擊了一番。

「你的問題就這樣嗎？我只要回答像或不像就……」

「清宮先生。」

背後傳來一聲尖銳的嗓音。下意識回頭，只見類家伸手制止了清宮。他的目光直直盯著鈴木。那副嚴肅的眼神正如此訴說：閉上嘴，繼續聽下去。

「可以說下去嗎？」

再次轉向鈴木時，一陣詭異的恐懼感襲來。半獸半人。他將這個詞語和口水一起嚥下。

「我有時會想，歷經古今中外，據說人類早吃盡了各地的食材，那麼，怪物或妖獸吃起來又是什麼味道呢？究竟哪個部位比較好吃？橫隔膜嗎？還是臀肉蓋？內臟吃起來又是什麼味道？照我個人的喜好，我比較想吃吃看舌頭。但舌頭太高級了，平常倒是沒什麼機會吃。對了，忘記是哪一次，我偶然跟著去了一間高級燒肉店。邀請我的人說要先從牛舌烤起，幫我在那張油亮的烤網上放下牛舌。原來烤肉還分順序啊，我當下大吃一驚，但那塊牛舌的確美味到我這張笨嘴根本傳達不出的程度。吃起來極富嚼勁，還溢出滿滿的肉汁，那感覺就像我正在吃它一樣。唉……要是能在還活著的時候，再去吃一次就好了。」

鈴木豎起第三根手指。清宮猛然屏住呼吸。

「警察先生，你俯瞰的那條街道也有燒肉店。煙霧正裊裊上升。但仔細一看，原來不是燒肉店，是別的地方。這時你察覺了。真奇怪呀，明明差不多該送來了吧？然後你靈光一閃。哎呀，原來如此。神的話語只限於母親和孩子嗎。看來煙霧升起來的地方才是那裡吧。那麼，那裡是哪裡呢？」

「慢著。」清宮對著豎起第四根手指的鈴木說道：「你能……說得再詳細點嗎？」

這是個賣力的懇求。卻得到了令人遺憾的回答。「抱歉，恐怕有點困難。畢竟上天總是變化無常。」

清宮狠瞪著張開雙手聳肩的鈴木。指甲掐進手背，感覺到肌膚撕裂的疼痛。

已經很明顯了。這不是提問，這是猜謎。鈴木正在宣告關於下一顆炸彈的謎題。

「在警察先生回答之前，我不會再多說什麼了。我會保持沉默。會稍微休息一下。邊吃三明治邊等待答案。」

11

看守鈴木的任務就交給伊勢和從總部前來支援的搜查一課刑警，清宮和類家離開偵訊室往會議室移動。

會議室中，不到十名職員正在檢閱長谷部有孔的相關資料。他們拉來另一張桌子，在桌面攤開東京都的地圖，以紅筆在野方署上畫一個圈。接著圈起秋葉原和東京巨蛋，然後是新大久保、品川，還有沿途的新宿、代代木、原宿等車站。

「他明確地豎起手指來給出了提示。」

鶴久和萬事橋署的刑警、富坂署的刑警，還有隨他們一同從總部過來的那名警備部男性——相貌神似黑幫幹部的前輩搜查員等人並排坐在一起。類家豎起食指，重現鈴木剛才的舉動。

「最初是阪神虎，」他依序豎起手指，「第二指是半獸半人的怪物，第三指是燒肉的牛舌，最後一指是『神的話語只限於母親和孩子嗎』。」

「誰聽得懂那傢伙到底在說什麼？」警備部男性粗暴地喊著：「阪神虎又怎樣？」

「鈴木說的是阪神虎，而不是中日龍。這就是提示。除了他一開始宣稱自己是中日龍的球迷，還有考慮到他之後將話題轉向虛構的生物，這句話中沒有不該是中日龍的理由。但因為必須是阪神虎，他才必須這樣說。」

「假設指的是地點，那就是虎之門了吧。」萬事橋署的男性說道。
「聽說東京也有阪神虎粉絲的愛店。」富坂署的男性插話：「但應該不會是那裡吧？」
類家僅以眼神表示同意。「他說的是『開打的是阪神虎的球賽』。開打這個詞指的是時間。從前後文來看，這個解釋應該也沒錯吧？」
「那是什麼意思？」一面對警備部男性的質問，類家毫無畏縮地回答：
「十二時辰。」
「啊！」鶴久高聲附和：「是戌或亥，或是……」
「對。將二十四個小時以兩小時分段，每個區間冠上十二支的古代計時法。他特地在最後一刻確認時間，將凌晨兩點修正成丑時三刻。」
這也是他給的提示嗎？
「子、丑、寅、卯……對應老虎的寅時是凌晨三點到五點。」一邊查詢手機的類家停不下來，接著解釋：「一個時辰開始和結束的中間那個時刻叫做正刻，正刻一到會敲鐘。寅時的正刻是凌晨四點，會敲七下鐘。這恐怕是最可能發生爆炸的時間。」
眾人像是被引誘般，紛紛看向牆上的時鐘。已經超過凌晨兩點三十分。
「接下來解釋怪物的提示。他提到半獸半人時，他特別拘泥在人面，還說了身體是牛身的話題，似乎將這個形象和擁有靈能力和預知能力的自己重疊在一起。」
「這又代表什麼？」警備部的男性愈來愈焦躁。
「日本也有人臉牛身，還能預知未來的怪物。」

「是『件[1]』啊……」一片沉默中，清宮開了口。我記得傳說這種生物會帶來災禍吧。

嘖。不曉得誰先咂起了嘴，幾個人接連發出了這樣的聲音。「是『九段[2]』嗎？」

無需多加解釋「牛舌」的意思。牛舌……舌……下[3]。件的舌頭指的就是九段下。

所有部署早已安排就緒。一出偵訊室，類家就立刻催促通報，清宮也毫不猶豫地聽從了。正因為這名部下的頭腦派得上用場，清宮才有辦法忍受他那雙白色運動鞋。

「真是瘋了。」一名刑警忍不住抱怨。「比腦筋急轉彎還不如。」

「他很擅長玩這種文字遊戲。」

「你有把握？這可不是在開玩笑。」

類家冷不防將臉湊近那名刑警。「你要是有合理的答案或見解，還是其他解決方案，請務必提出指教。」

刑警彷彿被他的氣勢所震懾，將臉別了過去。另一名刑警則朝手掌捶了一拳，「但要我們就這樣配合玩下去，我實在不能接受。什麼是『上天變化無常』啦！」

幾名搜查員紛紛附和，散發出團結一致的怒氣。

類家見狀只淡淡地說：

「關鍵是第四個提示。只剩下這個，我還沒弄清楚他的意思。」

鈴木在偵訊室的筆錄被印出來發給眾人。「你俯瞰的那條街道也有燒肉店。煙霧正裊裊上升。但仔細一看，原來不是燒肉店，是別的地方。這時你察覺了。真奇怪呀，明明差不多該送來了吧？然後你靈光一閃。哎呀，原來如此。神的話語只限於母親和孩子嗎。看來煙霧升起來的地方才是那裡吧。那麼，那裡是哪裡呢？」

「『煙霧正裊裊上升』可以當作炸彈的隱喻。但原來不是燒肉店，還有『差不多該送來了吧』，分別代表什麼？『神的話語只限於母親和孩子嗎』又是什麼意思？」

類家讀到一半就垂下頭，像在獨白。

清宮也絞盡腦汁，但想不出什麼好主意。身旁幾名搜查員同樣束手無策。首先，行政區劃上並沒有「九段下」這個地名。是因為在九段坂的下方，才通稱為九段下。若以地址來看，就是九段北或九段南。俗稱的九段下，則是東京地鐵的站名。

「至少範圍縮小到九段了，接下來只要一個一個全面搜索就好。」萬事橋署的男性警員開始摩拳擦掌。「況且那裡不算是鬧區。」富坂署的男警員接著附和。

「你們沒長腦啊？」警備部的男警官怒喝：「先在腦袋裡想好再來說夢話！」

車站附近就是靖國神社，離皇居也近。無論在哪裡，一旦出了事，必定會遭受各方非難。

「該不會……」鶴久一臉鐵青，「神明指的就是這個吧？」

「你是指陛下嗎？」「不對，應該是神社吧？」「母親和孩子又是什麼意思？」「安產祈願或求子祈願？」「也有叫做鬼子母的神啊！」「若是求子祈願，就符合『送來』的意思吧？」

1 譯注：日本各地傳說中的半人半牛妖怪。「人」和「牛」字組成「件」，日文讀音為「kudan」。
2 譯注：和「件」的日文讀音同為「kudan」。
3 譯注：「舌」和「下」的日文讀音皆為「shita」。

眾人此起彼落提出意見，但清宮感覺不到最符合的答案。一切仍晦暗不明。鈴木應該要給出更明確的線索。更何況，他其實有意將警察玩弄於股掌之間。

「不如找找看可能出現傷者的場所？」「二十四小時營業的餐廳、飯店、漫畫咖啡廳……」「也可能是健身房。」「但那裡很接近巨蛋。」「這樣一說，警視廳也……」

「不要隨便擴大解釋。想得簡單一點，我們可沒那麼多時間。」

控場就交給警備部的男警官。類家喃喃自語起來：「god、word、mother、kids？kids和suzuki[4]……不，不對。」

部下陷入思考時，清宮在一旁環抱起雙臂。他試圖切換思緒，回憶鈴木的一言一行。這或許不是當務之急，但對清宮而言，仍有必要提前考慮接下來的事態發展。在下一顆炸彈引爆後，甚至出現市民傷亡，還是得面對那個怪物。

那傢伙究竟想做什麼？他的目的到底是什麼？

那組拼圖還欠缺的中心部分，那裡隱藏著什麼。該說是空虛嗎？或只是不同於常人的欲望？感覺再想也沒用。在漫長的警察生涯中深刻體悟到的教訓是，「有些人就是無可救藥」。無論受害者或加害者，挽救不了的這一點並無太大區別。但現在，他感到一種不同於尋常冷颼颼的暗影緩緩滲入自己內心。無法靠達觀來收回的情緒，正悄然迫近。

「忽視『上天總是變化無常』這句話不要緊嗎？」

眾人的目光轉向正在調查長谷部相關資料的野方署職員那桌。只見最初負責偵訊鈴木的那名叫做等等力的刑警，有氣無力地舉起手發言。

「那男人不會將自己比喻為『上天』。貶低自己才是他的說話方式。」

見局外人多嘴，四周隨即掀起反駁的氛圍。清宮卻信服了等等力的意見。自然而然，腦中浮現出鈴木說完那句話後的畫面。那傢伙張開手掌了。他豎起了第五根手指。

「……天嗎？」

類家仰頭望天。

「不是天，是點[5]嗎？」

「你說什麼？」

警備部的男警官一臉疑惑。類家猛然轉頭。

「聲調改變了。他說的不是『天』，而是『點』。」

撇下困惑的眾人。這樣啊，原來如此啊。他不住嘟囔，手指纏繞起那一頭自然捲。

「喂，說清楚一點！」

「就是濁點。變化無常的是濁點。這是一句回文。『神的話語只限於母親和孩子嗎[6]』這句話反過來讀也一樣，差別只在濁點的位置。」

那又怎麼了？大家的疑問同時也是清宮的疑問。

4 譯注：鈴木的日文讀音。

5 譯注：「天」和「點」的日文讀音皆為「ten」。

6 譯注：原文「神の言葉は母と子のみか」寫成假名為「カミノコトバハハハトコノミカ」。

「關鍵在於『カミノコトバ（神的話語）』。那指的不是『神明』，而是『紙』[7]；再來是那句回文[8]。」

現在這個時間，差不多要送來的「紙的話語」。

「……報紙。」

清宮的低語讓眾人恍然大悟。

「早報。」等等力開口：「炸彈可能被放在九段下一帶送早報的報社或販賣所。」

警備部的男警官高聲大喊：「誰知道早報是幾點開始派送？」

應該是三點左右！有人應聲，高喊著要確認店鋪。離四點只剩下約莫一小時了。九段下有一間販賣所！隨著這聲回答，警備部的男警官立刻衝向固定電話，按下警視廳的直通按鈕。同時，類家下令其他職員立刻打電話聯絡那間販賣所，要求緊急避難。

12

乘坐巡邏車出動的沙良和矢吹兩班人馬，都接到了立即趕往九段下的報紙販賣所的命令。話說回來，沒事先告知就直接在凌晨三點登門問話，本來就是單純找人麻煩的行為。副駕上是身形壯碩的橄球哥，後座則是班長和另一名警員。沙良開著巡邏車，從沼袋派出所駛向新青梅街道。雖然沒辦法鳴笛，但所幸這個時間點的交通並不壅塞，預計要花上約三十分鐘的車程。

「感覺應該來不及。」班長緩緩開口。語氣聽來悠閒卻不鬆懈。

警視廳已經行動了。最接近的麴町署也一樣。目前雖有充分的時間找出炸彈並進一步處置。但或許更應該提前設想，假使抵達的當下還沒處置好，可能會碰上的撲空或意外事態。要是真遇上這種情形，沙良做為區區一名巡警，頂多只能協助指揮交通或在現場站哨看守。

但警察就是無論如何仍會指派可出動人員的組織。過於樂觀的預判正是起火的源頭。畢竟沒人曉得現場會發生什麼狀況。

想必矢吹等人應該會再次提振精神，暗忖著大展身手一番。

「快三點了。」

欖球哥一句話讓車內陷入靜默。根據上頭的說法，預判的爆炸時刻是凌晨三點到五點之間，四點的可能性最高。但就現況來看，上頭甚至無暇向沙良等警員解釋如此判斷的根據何在。

巡邏車上電子鐘的數字切換。凌晨三點。

持續一陣沉默。車內的人豎耳聆聽對講機的動靜。

「呼……」三分鐘後，班長吐了一口氣。總之，眼下可說暫時逃過一劫。

「其他地方好像也沒什麼狀況。」

「犯人自白了嗎？坦承放在九段了？」欖球哥不掩焦躁地說。

「不清楚，雖然好像沒有其他的可能，但還很難說。況且，他目前還只是嫌犯。」

---

7 譯注：「神」和「紙」的日文讀音皆為「kami（カミ）」。

8 譯注：日文的「回文」除了有從前後讀起來都同音的意思，還有傳閱給複數人的通知或信件之意。

「你在開玩笑嗎？」

「嗯，當然。」

不曉得是不是因為察覺氣氛太沉重，班長刻意表現得十分開朗。坐在他旁邊的第四名班員是野方署的地域課員，以日本第一寡言的警察聞名。他的年紀比沙良稍長，儘管兩人是同世代，沙良也幾乎沒和這位寡言先生聊過幾句話。那一臉死氣沉沉的模樣，就算投胎也絕對不是個能熱絡氣氛的角色。

「但也沒有已經處理完畢的報告啊。」欖球哥的情緒難以平復，「最好別給我在抵達麴町署的時候爆炸。」

「你在開玩笑嗎？」

「我說的不對嗎？既然都要爆炸，在警察署引爆還比較好吧。」

雖然聽起來很殘酷，但也不是不能理解他的想法。比起因為警方的搜查疏失而導致一般民眾遇害，這樣多少還能忍受一些。畢竟我們早抱有覺悟，明白自己做的就是這樣的工作……應該要這樣想才對吧。

「我還是頭一次參與涉及人命的工作。」

沙良並不想說喪氣話，但還是吐露了真實的想法。在挨家挨戶調查途中接到東京巨蛋城的受害者身亡的消息，對她造成難以言喻的衝擊。雖然沒辦法改變什麼，但第一個與那名被視為犯人的男子接觸的警員正是她，這是無疑的事實。何況她當時毫無警覺，僅按一般程序處理。但責備將整件事搞砸的自己，不也是出於一種傲慢嗎？縱使遇上一百次相同的場面，她也絕對會做一百次相同的處理。

然而，她仍久久無法釋懷。這究竟是出於責任或義憤？還是單純的個人情感？沙良無從判斷。

「不論是意外死亡，還是各種非自然死亡，我幾乎都是在被害人已經斷氣，或幾乎奄奄一息的時候才抵達現場。我還沒經歷過像現在這樣，明明還活得好好的人卻可能在不久之後遇害的案件。」

「要說綁架或制伏隨機殺人犯這類案件，我也沒經歷過啊。」欖球哥粗魯地回話：「但有一次，我碰到一對夫妻激烈爭吵的案子。那位喝醉酒的丈夫拿著菜刀，作勢要砍向他太太。」

「你當時怎麼處理？」

「當然是拚上我的老命啊。就算我真衝上去，一個不小心也可能噗哧一刀就捅過來了。搞不好我一動就會讓他發狂呢。我那時在一間大約八張榻榻米大的公寓客廳裡，流了滿身汗，整整花了兩小時才說服他。」

「他就這樣被你說服了？」

「沒有。那傢伙突然拿起菜刀丟向他太太，好險最後只傷到肩膀。如今回想起來都覺得毛骨悚然，要是那時砍傷的是脖子不曉得會怎樣。」

「一切都是運氣啊。是運氣。」班長感慨萬千地說：「所有警察都一樣。做得愈久，必定會遇到讓自己懊悔莫及的案子。我們不能因此被擊垮，也不能就豁出去硬幹。懊惱著運氣不好的同時，也得想方設法吸引一些好運才行。」

「需要下點功夫。」寡言先生默默說了一句。「對對對，不能只靠毅力。」班長爽朗地隨聲應和。沙良心想，身旁這些人都是同伴。

好，跟那傢伙拚了。我要盡全力做好自己目前能做到的事。

才剛踩下油門，欖球哥就像矢吹一樣出言告誡：「喂！別得意忘形反而出車禍！」

「話又說回來……」班長滿臉納悶。「為什麼到現在還沒處置好？」

原因非常簡單。在九段下的販賣所找不到炸彈。

雖然警方一度假設是錯誤情報，打算放棄搜查販賣所，卻出現了讓他們不得不保持關注的理由。販賣所的所長看過鈴木的照片後，指認他昨天早上確實來過。

「聽說是去面試打工。」

班長做為代表，打聽了狀況後說道。據說鈴木沒約好就闖進去，後來對方以沒有駕照的理由拒絕了。

與矢吹那班會合後，沙良等人也被任命為支援部隊，負責販賣所周邊的警備工作。除了巡邏車之外，當中也混雜了像是爆炸物處理班的車輛。現場一片混亂。儘管是深夜，附近居民還是紛紛探頭張望。警方在四周約五十公尺處拉起攔阻人群的警戒線。請不要靠近這裡。為什麼？總之不能靠近這裡。那不然你要去幫我買百事可樂嗎？……像這類警民對峙的場景正在上演。

地點在車站北側，就在首都高速道路和目白街之間。從地址來看，就坐落在九段北的區域。

這裡並非住宅區，幸運的是販賣所周邊全是已打烊的商業大樓。只不過高速道路的另一側是專修大學的校區。名為年輕人的生物，似乎與生俱來就有著被充滿威嚴的警察與成群車輛吸引的習性，只見這群生物興高采烈地跑過來，舉起手機鏡頭拍攝。

「請大家離開，拜託了！」

你們想找死嗎！要是能大聲喝斥，該有多輕鬆啊。但上頭下令得隱瞞炸彈的事。發生了什麼事？大半夜的來了那麼大陣仗，難道我們沒有權利知道嗎？面對這些無理取鬧又強詞奪理的言行，也只能不斷低頭回應。與此同時，心中浮現不合時宜的擔憂。看樣子得撤回對媒體的說法了吧？

得知這場騷動，卻未能聯想到爆炸案的記者還真是遲鈍。況且，一旦從現況判定警察早已掌握了第三顆炸彈的位置，自然就能質疑警方隱瞞資訊。對於那些渴望指責國家權力的過失，將市民置於險峻情境的人來說，這可是個千載難逢的機會。

不行不行，這想法也太扭曲了。沙良一邊反省，同時向纏著她詢問狀況的四名男女懇求諒解。在這種時刻，年輕女性果然不會被當一回事。你們這些傢伙全給我去找矢吹吧！都給我過去被他冷眼蔑視吧。

四人幫終於離開，沙良呼了口氣，確認當下的時刻。時間已逼近三點半。倘若上頭的推測是正確的，炸彈將在約三十分鐘後爆炸。真的還假的啊……不免還是冒出一身冷汗。

販賣所是一棟兩層樓的小建築。再怎麼慎重搜查，也難以想像會花上那麼多時間。一名非販賣所職員的男子，總不可能將炸彈藏在閣樓或排水管內這種隱密的地方？話說回來，學生時代一名男性友人也當過送報員，記得那叫做新聞獎學生[9]吧。

嗯？腦中驀然通過一道電流。瞬間閃過的想法令她渾身寒毛直豎，變得坐立不安。對站在附近的寡言先生丟下一句「這邊暫時交給你了」，還沒等到回應就將他拋在腦後，直直衝向現場。

眼前同時閃過日後被訓斥的畫面。但她咬咬牙，決定豁出去，被罵就被罵，都無所謂了。要是不趕快上報剛才腦中的想法，導致無可挽回的變故，肯定會後悔一輩子。

她跑向偽裝警車旁邊一位頭髮花白、看來位階最高的便服刑警，對方一臉詫異地盯著她看。

「摩托車呢？」氣還沒喘過來，沙良便焦急地問道：「已經聯繫上摩托車送報員了嗎？」

花白頭髮的刑警皺起眉頭。三點是送報員出車的時刻。鈴木未獲錄取的理由是沒有駕照。也就是說，送報員是騎摩托車送報。車型基本上是本田小狼，車身的一側裝有收納盒。通常在戶外也能看到送報用的摩托車。但假使鈴木是為了確認能否加工，才會謊稱面試，暗中進行事前勘查……

無需沙良多做解釋，花白頭髮的刑警立刻抓起對講機。「向所長確認！」他火速指示部下問清楚摩托車的數量、派送區域，並且趕緊聯繫每一位送報員。

才剛卸下肩上的重擔，花白頭髮的刑警便轉頭看向沙良。

「妳叫什麼名字？」

「呃……我叫倖田。野方署地域課的倖田巡查。啊，還有……」她補充了一句，「是開巡邏車的。」

花白頭髮的刑警先是露出有點意外的表情，接著瞇起眼角笑了笑。「好，那就先待命吧。」

「了解。」

沙良往停車場跑去。「等一下！」她剛抵達巡邏車旁，正要坐進駕駛座時，背後傳來呼喊聲。

一名襯衫被撐得鼓起的巨漢追了上來。他那噘起的嘴脣再次開口：「等我一下啦。」

「欖……猿橋先生。」

「妳一個人去打算怎樣？讓我來保護妳吧。」

老實說，這話讓她感到安心。兩人分別坐進駕駛座和副駕駛座，等候指示。

「對了，倖田。」

「什麼事？」

「妳剛說的『欖』，是什麼意思？」

無線電中傳來呼叫聲。是那位花白頭髮刑警的聲音。派送報紙的摩托車共有六輛，其中兩輛已經取得聯繫，還有四輛尚未聯繫上。他告知兩人其中一輛摩托車的型號、顏色以及車牌號碼和派送區域，下令他們進行搜尋。

「千萬不要勉強。找到後就停下，無論如何保持距離。要是周圍有人，也要記得保護他們。」

雖然暗忖著很難不勉強，也只能以「了解」回應。

沙良發動引擎離開停車場。她忽然想到，矢吹能加入就好了。這念頭百分百是出於私心。

9 譯注：申請報社獎學金的學生。報社會支付部分或全額學費，學生則在就學期間負責配送報紙。

以花白頭髮刑警為首的幾位上級，將已聯繫上的摩托車分為一號車、二號車，未聯繫上的摩托車分為三號車到六號車，並將主要派送地點分為A至G等區域，派出巡邏車分別趕往各區。

沙良等人負責的是暫時命名為四號車的摩托車，派送區域橫跨飯田橋周邊。若是早報，每位送報員需派送的數量通常在一百至一百五十份之間；如以市區的集合住宅為主，大約兩個小時就能配送完兩百份報紙。這是她從朋友那裡聽來的。

無線電接二連三傳來新消息。九1呼叫指揮車，五號車、地點A已確認派送完畢。指揮車收到，九1請前往5B。

市3呼叫指揮車，地點3B發現三號車，已保護送報員，請處理班盡速前來。

「要是三號車確認裝有炸彈就結束了吧？」欖球哥剛說完又自嘲：「怎麼可能嘛。不將每一輛車都確認完畢根本就睡不著。」

「反正我們也沒辦法睡了。」

「唉，真是傷腦筋。」他噘起外翹的嘴唇。

沙良等人正在搜尋的四號車還沒有消息。那輛車似乎被指派到離販賣所最遠的區域。目前也還沒收到與對方取得聯繫的消息。她心想，要是現在四號車出現在前方的轉角，自己能像市3，也就是市谷見附派出所的巡邏車一樣迅速做出反應？窗外，住宅愈來愈多。在公寓還好，要是獨棟房屋很可能會嚴重受損。她在腦中描繪適切的步驟，隨著地形變化不斷更新流程。身上滲出的汗水讓她分不清楚是冷是熱。

「妳冷靜點，指揮就交給我。」

儘管心有不甘，卻仍鬆了口氣，還是該交給有能力的人，個人的倔強根本無關緊要。

此時，九段下派出所的巡邏車透過無線電傳來消息：「5C發現五號車，送報員不在現場，請立刻派處理班前來……」

接著，傳來另一則消息：「一號車收納箱中發現黑色包裹，目前正在處理。」一號車是最先接通電話的車輛。她的直覺沒錯。握住方向盤的手幾乎要顫抖起來，只能強迫自己壓抑情緒。

「還沒結束呢。」

「我知道。」

正如欖球哥剛才所說，不能保證鈴木只選了一輛車安裝炸彈。想到他可能在多輛車上都安裝了炸彈似乎更合理。

「4A、派送完畢、4B派送完畢……」

四號車已經陸續完成了較近區域的配送。聽說有的送報員會從遠處開始配送，有的則從近處開始，四號車似乎屬於後者。話雖如此，這種配送速度也非同小可。實在令人佩服。

「看來我們中大獎嘍。」

沙良他們前往的是派送區域中最遠的一棟公寓。要是錯過這裡，就得在真正的住宅區中一邊注意單行道標誌一邊搜索。但是，倘若真的找到了送報員，他們能夠將車輛放置不管嗎？是否應該先呼籲周邊居民撤離？

瞥了一眼電子鐘。三點四十六分。該死，至少接個電話吧！沙良感到一股怒火湧上心頭。

「到了！」

巡邏車停好後，兩人立刻跳下車展開搜查。眼前的建物與其說是公寓，更像一處集合住宅。高層建築林立。

「妳先去右邊！」欖球哥朝左側跑去。沙良也跟著奔跑起來。他們必須找到那輛摩托車。附籃子的配送車一眼就能看出來。她一邊盯著手錶一邊四下搜索。時間不斷流逝。還是找不到。就在她跑到中央棟時，迎面撞上了從另一頭繞過來的欖球哥。「可惡，難道送完了？」

看來只能在住宅區內巡視了。

兩人趕緊跳上巡邏車，迅速發動車子。欖球哥向指揮車報告，兩人會繼續搜查周邊。指揮車傳來回覆：「沼1，時間快到了。停止動作。」

「什麼？」欖球哥表現出難以置信的反應。「沼1，無法接受。還有三分鐘。」

「停下來，沼1。」

欖球哥看了沙良一眼。她堅定地點了點頭。

「沼1，了解。我們先待命。」

沙良沒有放鬆油門。在她身旁，欖球哥也沉默不語。他們睜大雙眼，全神貫注於擋風玻璃和側窗外。他們駛過獨棟建築間的狹窄道路，一邊是漆黑的屋簷下並排的家用汽車、花盆和三輪車，完全無視單行道的標誌。

「不行了！」沙良高聲喊道，緊急踩下煞車。只剩下一分鐘。

「喂，那邊的先生，你別動！」欖球哥突然跳下車，對著看似送報員的男子大喊。那男子正要跨上摩托車，被嚇得整個人愣在原地。

「快逃！快離開那裡！」

男子動也不動。巡邏車的車頭燈照亮了那身微黑的肌膚。是外國人。

「倖田，快點讀秒！」

欖球哥喊著，隨即衝向那名送報員。沙良看了看手錶，離四點剩下三十秒。

欖球哥邊衝刺邊向送報員大吼，猛揮手勢示意他逃跑。不清楚他是看懂了那粗暴的肢體語言，還是單純畏懼那副凶狠的外貌，總之送報員終於跑起來了。「二十秒！」沙良繼續倒數，厚實的背影對沙良的叫聲沒有任何回應。「十五秒、十四、十三……」欖球哥握住摩托車的把手，一邊「嗚喔喔喔喔！」地大吼，一邊將車推向住宅區外。太亂來了！摩托車上未必有炸彈。可要是真的有……沙良腦海中閃過這個想法，嘴上無情地倒數著：「九、八、七……」

這時，欖球哥已經轉過街角，消失在視線之外。「六、五……」沙良在讀秒的同時，不由自主也邁開了步子，往那個方向前進。「四、三！」喉嚨好痛。揣揣不安地想，欖球哥，你該回來了吧！

「二、一！」

欖球哥突然從轉角飛奔出來，抱頭撲向柏油地面。「零！」時間到！

夜晚的住宅區靜謐無聲。三秒鐘後，沙良感覺背脊的力氣放鬆下來。不由得想笑出聲。

「觸地達陣！」沙良開玩笑地對欖球哥說，他也笑了出來。「吵死了，笨蛋。」就在此時，轟隆一聲巨響劃破了夜的寂靜。那是連在射擊訓練時都沒聽過的轟鳴。那一瞬間，沙良感覺自己彷彿在空中。欖球哥仍然趴在地上，茫然回望著聲音的方向。

聲響就在附近，正是他丟下摩托車的方向。

真的有炸彈。

13

從一號車回收的包裹被處理班控制並毀壞。為數不多的物證隨後被送往科搜研，成為分析調查的關鍵。

儘管現場仍處於封鎖狀態，似乎已經暫時脫離危機。在這個姑且充當臨時搜查本部的野方署會議室內，也傳來陣陣如釋重負的嘆息聲。另一方面，四號車的爆炸讓所有搜查員感到恐懼與憤怒。幸運的是，這次爆炸沒有造成人員傷亡，但那輛安裝了炸彈的摩托車已經被炸得面目全非。

「向各位簡單報告。」

清晨五點前，科搜研的女性技術官員透過視訊通話進行說明。等等力雖然坐進聽眾的後排，但沒人對此表示不滿。

「炸藥的成分是過氧化丙酮，引信是黑火藥，就是常用於煙火的那種火藥。起爆裝置似乎是使用預付式手機，這是一種非常簡單的定時裝置。」

也就是所謂的冒名手機吧。技術官員帶著僵硬的笑容說下去。要設定時限不需簽約，也不需要訊號。只要到了設定的鬧鐘時間就會啟動裝置。

「剛才提到的過氧化丙酮是什麼？是瓦斯嗎？」警備部的一位男性警官提問。

「瓦斯？怎麼可能。不，不是瓦斯。過氧化丙酮顯然是一種爆炸物，也被稱為TATP，成分包括丙酮和過氧化氫……」

「那到底是什麼？」有人追問

技術官員無奈地聳了聳肩。「就是去光水。」

在場的男性都一臉疑惑。

「卸除指甲油的去光水。各位不曉得嗎？還有過氧化氫，基本上是到處都看得到的消毒液或殺菌劑。此外還需要硫酸、鹽酸、硝酸之類的材料。」

「這些材料容易取得嗎？」

「剛才列舉的材料中，哪些是你們覺得很難取得的？」

令人惱火的語氣，但她的意思很清楚了。這些材料即使不能一口氣在藥妝店買到，透過網購或下點功夫也都能輕鬆取得。

「為什麼會誤認為是瓦斯呢？」

「說誤認有點語病。它們不會發生爆燃的這點是一樣的。啊，我的意思是不會起火。在秋葉原和巨蛋的爆炸事件中，我們無法確認這一點，所以我只是提出了一個假設。只是對外行人來說，TATP製作起來可能的確更簡單。事實上，氣體很難處理，從裝入炸彈的容器開始就需要專門技術。相較之下，TATP的主要風險在於混合材料時加入酸性物質的過程。一旦操作失誤，很可能會自爆。但只要配戴防護面具和手套，即便出了差錯也不會造成嚴重的傷害。」

儘管聽起來很簡單……

「不過，如果將一定的量妥善密封在容器中，並且將引信準備妥當，然後成功引爆，威力也是不容小覷。實際上，歐美的恐怖分子就曾使用這種炸彈造成了大量傷亡。一般認為，其威力約莫是ＴＮＴ炸彈的七成。」

「ＴＮＴ又是什麼？」

「這個嘛，是一種含硝基的炸藥。通常在真正的戰爭或衝突中被視為重要的武器。」

要是威力都達到ＴＮＴ的七成，其危險性已經遠遠超過一般人所能容許的範圍。

「但我認為，犯人相當謹慎。」

「什麼意思？」

「我是指犯人使用的容器。選用的塑膠容器本身殺傷力不大。說到炸彈，特別是使用那些國內即可取得的材料自製的炸彈，其實本身的爆炸力並不可靠。從思考模式來看，無論是軍隊還是恐怖組織，兩方的做法都大同小異。也就是說，為了提高爆炸本身的殺傷力，基本上會設法製作出能將爆炸時飛散的容器碎片化作致命凶器的炸彈。順帶一提，很多人將火藥和炸藥混為一談，但火藥的爆燃速度是每秒數百公尺，炸藥的爆速最大可高達八千公尺。」

容器的碎片會以驚人的速度飛散，而且是大範圍飛散。

「那個ＴＡＴＰ就是炸藥吧？」

「我剛才就說過了。此外，補充一下，我們拿到的包裹中大約有三十克的ＴＡＴＰ。也就是說，只有三十克就足以將送報摩托車炸燬。」

實際上，那個黑色包裹的大小差不多就像一個較大的筆袋。送報員看漏也很合理。

東京巨蛋爆炸事件中的炸藥量也大致相同。秋葉原的廢棄大樓可能再多一些……

「但即便如此，應該也沒有超過一百克。以鹽或糖為例，家裡能放幾公斤？有心的話，十公斤都不夠吧？放三十公斤應該不難吧？我想說的是，即使犯人手上有這麼多炸藥也並不奇怪。」

最後她總結道：

「這的確需要一定的知識和設備。但我的意思是，對於那些不擅閱讀、住在僅六張榻榻米大的單人房的人來說，可能稍微困難一些。不過，對於一般能讀日語、會使用網路、住在獨立住宅甚至兩房兩廳的人，製造這種炸藥相對容易。不論是成分或製作方法，只要上網查一下就懂了。至於材料，有心就都買得到。接下來就差實驗了。努力就能得到回報。畢竟在科學之神面前，人人平等。」

還有一條新線索。那就是報紙販賣所的所長。目前負責九段現場的刑警，正打算前去詢問這位唯一與鈴木直接對話過的證人。

與此同時，也決定讓搜查一課的部分成員參與調查。野方署將成為名副其實的臨時搜查本部。向媒體隱瞞的指令就到此為止。預計將在警視廳總部舉行記者會，向市民提出呼籲。接連發生的爆炸事件可能尚未結束，一旦發現奇怪的包裹、背包或可疑物品，請立即通報警察。絕對不要靠近。但希望市民能保持冷靜，不要陷入恐慌，過著正常的生活即可。

大致上是這樣的內容。不難想像市民看了記者會後會變得多不安。究竟該如何防備？警方的呼籲不就代表無計可施嗎？今天是星期一。再過幾個小時，就要迎來通勤高峰時段。

是否該公開鈴木的存在，這個問題可能會爭論到最後一刻吧。也有採取公開搜查的手段。如果能找到認識鈴木的人，或許可以期待搜查有所進展；但如果還是只有對酒鋪店主採取暴行的消息，就只能原地踏步。非以炸彈客的名義逮捕不可。為此還需要物證，或是鈴木的自白。

等等力感到遵循辦案流程的階段可能已經過去了。無論是自稱有靈能力的預告，還是曾到報紙販賣所面試的事實，應該都能成為間接證據。高層也在行動，很高機率能得到法院的許可。

但仍令人擔憂。倘若公開鈴木的存在，案件可能會迅速演變成劇場型犯罪。除了引起社會大眾熱議，市民也會愈發關注搜查上採取的策略。被視為嫌犯的男子一直待在警察署裡，但警方卻未能阻止爆炸，還造成一人死亡。媒體和一般民眾會如何評價這個事實？

從考慮自保的那一刻起，就背離了搜查機關的本分。然而，警察雖是公家機關，也只是普通人。從很可能被行事乖張的犯罪者毀掉人生的角度來看，也可說是受害者。

當然，等等力也是其中之一。

在這樣的處境下，他心中仍有些疙瘩，尤其是偵訊室的情況。目前負責偵訊鈴木的是一位面貌凶狠的搜查一課刑警。應該是高層下達的指示。所謂的北風與太陽策略。新的偵訊官負責恫嚇威逼，換班的清宮則負責安撫並緩和氣氛，誘導鈴木敞開心扉。但這種老套的手法，對鈴木真的有效嗎？

像我這樣的小角色，接下來還有機會與鈴木對峙嗎……

「等等力先生。」

聲音的主人是那個頭髮亂蓬蓬的小鬼。

「長谷部的相關資料查得怎麼樣了？」

在這間擠進愈來愈多人、也愈來愈忙亂的會議室中，類家的存在感已經削弱到一不留神就會找不到他的地步。解謎當時的激烈場景彷如虛幻。

「坦白說，一點進展都沒有。雖然目前打算在當時的投訴人中找出知道聯繫方式的對象，然後向他們出示鈴木的照片，可是……」

「人手不夠嗎？」

「人手應該有辦法解決，畢竟都全員出動了。不夠的是時間。」

「更別說時機點也很糟。」

終於要進入打電話的階段了。需要開始詢問地址、預約時間。不曉得在平日早晨會有多少人願意見面、願意配合到何種程度？其中又有多少人會記得自己四年前曾經投訴過？

「真是個讓人想說句節哀順變的任務。」

「這是在挖苦我嗎？」

「別生氣。老這麼緊繃是撐不久的。接下來會是場持久戰喔。」

「……你是指炸彈的數量嗎？」

類家臉上浮現出共犯般的笑容。

九段共放置了兩顆炸彈。原先等等力以為「現在起會發生三次爆炸」的意思是有「三顆」炸彈，但他現在確信那是錯的。九段這裡的炸彈是兩顆合計成「一次」。

從那次的自白起，他的遊戲就開始了。現在就連「三次」都讓人覺得可疑。

「雖然也可能在九段的兩顆就用完剩下的次數，但再怎麼說也樂觀過頭了。」

難以推測他的本意。儘管已有預感會是場持久戰，卻不知對方為何會坦率透露這一點。類家的年紀較小，但階級在等等力之上。兩人的立場還是有所差距。

「剛才真的謝謝你。總算在最後一刻趕上，多虧有你敏銳的建議。」

「只是突然靈光一閃而已。」

冒昧從旁探頭發言時，眾人投射的詫異目光，那彷彿在指責異類般的表情。回想起來就覺得羞恥，想要避開視線。

「總之，那傢伙要是只有這點程度，下次就是我的勝利了。」

面對類家這般爽快的發言，等等力無言以對。的確，這傢伙在那麼短的時間內就找出了答案。要是換做自己，恐怕花上三天都解不開謎題。

這時，他隱約察覺到一絲危機。

「如果能這麼簡單解決就好了。」

「現在的方針已經改成不需在乎偵訊的態度了吧？搞不好輕鬆就能讓他招供。」

「你是說真的嗎？」

等等力陷入沉默。儘管只和鈴木相處了短短兩個小時，也難以想像他會屈服於單純的恫嚇或暴力。

「那傢伙的膽量真的很大。不論怎麼恐嚇他、揍他，他也只會嘿嘿嘿地傻笑。畢竟他可是會在引發這麼大的事件前還先去理髮的人啊。實在異於常人。他說的靈能力也許並不是在虛張聲勢。」

「類家先生，我想問，你是說真的嗎？」

當然。小鬼擺出一副正經八百的表情。

「關於超能力，我不認為從頭到尾都是在胡說八道。好比動物或昆蟲也會有人類想像不到的能力，其中一些可能是從生命誕生就蘊藏的固有力量。雖然每個物種在進化過程中的天擇結果可能有所差異，但能力本身會好好銘印在ＤＮＡ裡，只是當下處於沉睡狀態罷了。」

不顧眼前聽得目瞪口呆的等等力，類家接著說「舉個例子好了」，一邊傾身靠了過去。

「假設我有窺探人心的能力，就像『覺』這種妖怪一樣的能力。乍聽之下，應該會覺得是很方便的能力吧。但仔細思考就會發現這其實相當恐怖。畢竟能窺探對方的內心，就代表也迴避不了對方卑劣的那一面。想像一下，要比普通人多出好幾百倍，而且是每天都得面對同伴汙濁的心聲，要一直度過這種失望的人生。換作是我，實在沒有信心能夠撐下去。」

儘管內心很困惑這小鬼到底在說什麼，等等力仍默默聽下去。

「像是別人的真心話這種事，最好還是別知道得好。應該要藏起來，假裝沒看見才對。這樣才會變得更幸福吧。畢竟每個人都有卑劣的一面。自私的掌控欲、嫉妒、破壞衝動……全是理所當然會有的情緒。倘若想一個一個看透，那根本就沒辦法溝通了嘛。要是在古時候，一點小爭執也可能演變成生死鬥爭。也就是說，擁有這種能力的人根本不適合生存。」

「你認為鈴木擁有那種荒謬的能力嗎？」

「說不定只是直覺很準罷了。聽說大腦前額葉皮質異常發達的人，也擁有擅長讀懂別人心情和想法的能力。」

搞不懂到底在說什麼。宛若誇大的妄想。但總覺得被劃出了一道無法置之不理的傷痕。自私的掌控欲、嫉妒、破壞衝動……

「總之，感覺不能採取普通的手段對付他。等等力先生，我想拜託你一件事。」

「……什麼？」

「你們會聯絡長谷部的家人吧？」

「嗯，要是聯繫得上。」

「會去找他們嗎？」

「當然要去。」

「那就請等等力先生走一趟吧。」

「什麼？」

「不管怎樣，務必想辦法過去。絕對不會讓你白跑一趟。」

不，要是白跑一趟當然最好……見那小鬼獨自站在一旁，一副了然於胸的模樣，等等力不禁提出疑問：

「長谷部和鈴木可能有直接的交集嗎？」

「這還不清楚。但我們也不能忽視他提到的特定人名吧？」

突然拋出一句有道理的話。但要是這樣，就不需要等等力親自去。愈重要的工作就愈適合交給搜查一課的人負責。況且，他們也不會讓步吧。

「他是單獨犯案。而且是個天真的傢伙。我還滿贊同等等力先生對他的第一印象。」

沐浴在一股黏膩的視線下。

「無論如何，拜託你務必走一趟。」

他像唸咒語般一再重複。拜託了、拜託了……然後逐漸走遠。那身影與鈴木重疊。等等力心想，要說異於常人，那小鬼也不遑多讓。

等等力溜出會議室尋找鶴久。

步行在走廊上，回想類家誇大的妄想。看穿對方真心的能力。名為覺的妖怪。但那又如何？假如鈴木真的擁有靈能力，現在也改變不了什麼。被放置的炸彈，依舊在等待時機引爆。倘若真能透過詛咒殺人或施展念力逃脫還說得過去，但窺視人心究竟能辦到什麼？至少無法造成實際的傷害。人們不會因此死亡。

不過，那倒可能成為一種動機。打算窺探人心，想見識這世界的醜惡真相，才想出了這種荒唐的罪行嗎？若是如此，接下來就輪到精神鑑定出場了吧。或者說，這恐怕也在他的計算之中。

等等力繫緊領帶，試圖壓下內心的喧囂。他並未被告知偵訊的詳細內容，不禁暗忖，或許應該先向類家多問些具體情報。

正打算繞去廁所看看，就聽見有人正小聲怒斥：「少囉嗦！快點給我去學校，笨蛋！」是鶴久。他正躲在樓梯間講電話。

「……妳給我差不多一點！……好啦好啦，我知道啦。……笨蛋、呆瓜、糊塗鬼！」

情緒投入到聲音逐漸高亢起來。不確定本人是否察覺到用詞變得愈來愈幼稚。

「可以了吧……好啦，快點出門，我很忙的。」

他切斷通話走出樓梯間，見到一旁的等等力便吃驚地愣在原地。沒多久，又尷尬地露出扭曲的表情。

「……是我女兒。她剛上小學。太任性了，實在很難應付。」

這番辯解也顯示出眼前男人內心的卑微。腦海才浮現這個想法，等等力又忍不住暗暗自嘲，那麼，嘲諷別人的自己又多了不起呢？明明自己從來也不曾建立過家庭。

鶴久將目光轉回等等力身上。

「有什麼事？」

兩人已經不是一天兩天的交情了。雙方都明白，對方沒事是不會來找自己的。

「有件事想拜託你。」

「就問你有什麼事了。」

「你會去見長谷部的家人吧？」

「你說我嗎？」

「和長谷部太太最熟的人就是課長了。」

他哼了一聲。「那又怎樣？」

「請讓我代替你去吧。」

鶴久流露出正在觀察一隻奇怪生物的眼神。他皺起眉頭，試圖看透等等力的本意，卻未能如願，眉頭反而皺得更緊。

「為什麼？」

「課長不要離開這裡比較好。」

「別說場面話。告訴我真正的理由。」

「無論是不是場面話，事實就是事實。」

他咂了一下嘴。「這能由你決定嗎？」

「所以我來請課長做決定。」

「我能決定什麼？第一師團進來，我們不管是伍長或三等兵都沒有差別。」

鶴久露出懷疑的眼神問道：「是那個圓眼鏡指使的？」

等等力沒有回答。

「也不知道長谷部的家人會不會想見到你。」

「要是課長去了，他們就會歡迎嗎？」

「誰都不會被歡迎的。」

鶴久的話語在走廊角落迸裂消失。警方並沒有保護長谷部。不但沒有保護他，甚至拋下他，將他推得遠遠的，對他見死不救。他至今為止的功績，也全被當作不存在。

「……那都是自食其果。是自作自受。」

這究竟是在說長谷部受到的待遇？還是在說眼下的警方的處境？鶴久的真實想法不得而知。

「但在家屬眼中，這樣的理論是行不通的。我們是敵人。不論再怎麼寬容看待，也不會透出絲毫親近感。」

「那就讓我去吧。」

他可是警界中唯一擁護過長谷部的人。對鶴久來說，那是將平息的火花再度點燃的反彈。

「我也不是不能理解他的心情」。等等力的評論被登上週刊雜誌的那天，鶴久感覺彷彿一記雷霆從天擊下。你這傢伙居然連個部下都管不好嗎！

「將我當作一個棄子就好。」

鶴久瞪向等等力。拇指焦躁地擺動著。要是自己送上門卻吃了個閉門羹就丟臉了。就算只想在職場生存，也需要點無謂的虛榮。尤其對想抓著職銜不放的男人來說更是如此。

「其實你心裡也想這樣做吧？」

早已做好拳頭揮來的覺悟。但這個「七十五分的男人」連那丁點的氣魄都沒有，僅僅扯著嗓子喊了聲「滾開」。

「現在根本還沒聯絡上對方。要說夢話，等拿出成果之後再說吧。」

面對匆匆離去的背影，心中萌生一絲不帶嘲諷的同情。鶴久的牢騷不僅出於對搜查一課的嫉妒與敵意。從他的口吻中，等等力還嗅到了一絲安心。事到如今，才深刻感覺到他在勉強自己。他既沒有能力，也沒有心理準備承受隨機炸彈恐攻的事實。儘管他絕對不會承認，但那肯定是鶴久的真實感受。

只要是署內的刑警，多少都希望能調任總部，並且夢想參與引起社會矚目的大事件。這是身為一名警務人員理所當然的心願。但鶴久卻在長谷部和等等力這件事上栽了跟斗。野方署刑事課長。這就是鶴久的終點。

但他轉念，又想「我自己又如何呢？能勝任這個案子嗎？」

與鶴久相比，自己的未來更加窮途末路。這四年來還能擔任刑警，毋寧說是僥倖，不願鬧大事情的高層選擇自保才因此得救。不適當的發言以停職做為處分，之後便遭到冷落，像是署內的邊緣人般度日。但這樣的生活竟出乎意料地適合自己。按照規定的手續執行規定的流程、遵從給予的指示。保持輕鬆的態度面對就好。

自己曾是一名普通的刑警。在那之前，也一直認為自己是個普通人。普通地討厭惡行，普通地愛好和平。見到傷害他人的人會感到憤怒，見到被悲傷擊垮的人會感到心痛。在警察這份職業中體會到工作價值也是事實。在愛好和平的同時也期望能接手大案件。儘管深知這股矛盾欲望中邪惡的一面，仍然以自己的方式成為一名勤奮的刑警。與長谷部相遇，和他成為搭檔，從他身上學到許多。長谷部是一名完美的刑警。全副身心都奉獻在搜查上。實力、毅力、執著。等等力深感自己無法企及。成不了那樣的刑警，也沒辦法像他那樣拚命。

得知長谷部的特殊癖好時，心底長出了一塊疙瘩。一塊被黑色霧氣籠罩的疙瘩。但這真的是在那時產生的嗎？還是它其實一直都在，只是自己沒有察覺？怎麼也無法斷定。

但不可思議的是，自己並未因此輕蔑他。

我也不是不能理解他的心情……要說這是認同前輩多次在淒慘的犯罪現場自慰的舉止，倒也並非如此。等等力並不了解長谷部的心情。你也會在犯罪現場自慰嗎？會對屍體產生欲望吧？

儘管周遭同事總是在明裡暗裡挖苦自己，但犯罪和性欲在他心中並無半點關聯。

將每天經歷的一切視為血肉，長谷部堆疊累積的貪婪已經超越職務的範疇。等等力不認為這全歸咎於他的才能與性格。可能的原因，難道不是出於他所謂的正義嗎？與法律抗衡的是屬於他自己的正義。

直到現在，等等力都深信不疑。他擁有正當的正義。

所以他才會磨破鞋底，任由汗水流淌，迎上腐臭的氣味進入案發現場。即使是令人望而卻步的對象，他也奮勇前去訪查，不顧危險與犯人纏鬥。

即便要扯到性欲，但能因此否定他身為警察行使的正義本身嗎？無論怎麼想，都沒辦法認為那是謊言。

那麼，對他的特殊癖好皺起眉頭，將他從社會中驅逐的究竟是什麼？也是「普通的正義」嗎？疑問懸而未決，等等力心中的「普通的正義」逐漸變得晦暗不明。沒過多少，成了一名常被暗中抨擊的窩囊中年刑警。等等力先生，請你不要那麼幹勁滿滿的樣子。等等力先生一提起幹勁，不知怎的讓人覺得好噁心……

鈴木是這麼說的。某個地方發生爆炸，有人因為這樣死亡，可能也會有人感到悲傷，但反正那個人也不可能借給我十萬。況且就算我死了，也不會有人為我難過，甚至不會試圖阻止我去死。

為什麼想回應類家的期望呢？等等力自問。因為那是命令嗎？真的只是這樣嗎？

並非出於刑警的使命感。他早就放下功名了。若是平常的自己，絕對不會隨意插嘴說出內心的想法，而只是當作一份普通的工作吧。

但現在，等等力卻渴望與鈴木交談。想看穿這名自稱鈴木田吾作的天真炸彈客心中的真實意圖。

回到會議室的腳步聲與那傢伙的聲音重合了。就算發生爆炸，其實也無所謂吧？

14

「你有在聽嗎？蠢豬！」門縫中傳來一陣怒吼，接著是拳頭直直落在鋼桌上的聲響。以扮演北風備受佳評的搜查一課刑警注意到清宮，略顯尷尬地聳了聳肩。鈴木正在他面前迷迷糊糊地打盹。三明治的外包裝被整整齊齊疊在一旁。

橫眉豎目的刑警從座位上起身，朝清宮的方向走去。才步出偵訊室，便面露不快地訴苦。

他老是那樣子，我可沒轍了。

「一句話也不吭。我都問到快越線了。」

這位曾將暴力團和地痞逼到走投無路的猛將竟流露出困惑的神色，看來實在稀罕。

上傳到共享應用程式的訊問和威嚇話語，應該大多已被負責記錄的伊勢替換成和緩的措辭。儘管看不出語氣，但基本上能想像當時的場景。感覺得出來是一陣猛攻，恐怕也少不了伊勢沒記錄下來的辱罵。

完全沒有鈴木的答詢。是因恐懼或受威逼才保持沉默嗎？抑或只是不為所動？從字面中解讀不了的真相，眼前那打盹的模樣立時給了解答。

扮演北風的刑警喋喋不休地抱怨著，口水都噴了出來。情報未免太少了。能攻擊的點根本不夠。不對，不只這樣。那傢伙的反應，我都懷疑他聽得懂日語嗎？眼睛看得見嗎？耳朵聽得到嗎？和他比起來，那些嗑藥的傢伙反而還比較好溝通。

清宮走進偵訊室。身後的類家輕輕帶上門。鈴木的偵訊受到破格對待。隨著爆炸的威力變得明朗，眾人也接到了無需介意偵訊態度的命令。出了差錯就交由上頭處理，盡管去做……還有個尚未浮上檯面事的共識。包括警察、檢察廳和法院在內的治安機關，幾乎已經決意要齊心摧毀這個男人。

臨別之際，扮演北風的刑警心有不甘地朝手掌捶了一拳。彷彿教人預見不久後將重返一場舊時代的偵訊。超越北風，雷霆般的手段。尚未下達錄音、錄影指令的高層究竟懷著何種意圖，已經顯而易見。

失敗。清宮坐到鈴木面前，緊緊交疊雙手。這是警察的失敗。身為法治國家卻拋下規則，淪落至犯罪者的水準。該眼睜睜看著事態發生，還是就此止步呢？

一切都取決於自己的本領。

「唉唷，我真的等得不耐煩了，警察先生。」

鈴木睏倦的眼神霎時變得清醒。

「不好意思，因為還有很多事在處理。」

「沒什麼，其實我也沒那麼在意。多虧你離開，我才能稍微休息一下。警察先生呢？有睡一下嗎？有吃點東西嗎？你這樣不行喔，賣力工作當然很棒，但健康更重要喔。尤其到了我們這個年紀，只要一點點疏忽就可能會釀成大病。」

「我會牢記在心的。和我換班的刑警怎麼樣？希望他沒有對你太失禮。」

「哦，你說剛才那個人嗎？不會啦，他還滿有精神的。該說是精力充沛嗎？就像高中棒球的啦啦隊，讓我覺得自己好像待在家裡一樣。你想想看，收看高中棒球比賽的時候，不喝醉是看不下去的吧？那群比我們年輕那麼多的孩子散發出耀眼的光芒，他們的未來一片光明，一想到就讓人受不了吧？不喝個爛醉哪有辦法再看下去。但一喝醉就會想睡覺吧？我才忍不住打鼾了，真是丟臉。」

「畢竟你說過，在我還沒回答第八題之前，你是不會開口的嘛。」

「對，沒錯。我很重視約定。在這個地球上，恐怕也只有人類會彼此約定了吧？雖然我不是生物學家，對亞馬遜雨林深處的奇異生物也毫無所悉，但我感覺就是這樣。做出約定，然後慎重遵守，就像人類會做的事。對了，警察先生，請問現在幾點了？」

「快七點了。太陽已經出來了。」

「這樣嗎，過那麼久了啊。剛到這裡的時候，外面還一團黑呢。」

「沒有爆炸。」

鈴木倏地閉上嘴。

「沒有造成損害。謝謝你的協助。」

聽見清宮的挑釁，鈴木勉力揚起嘴角。他受傷了，真沒想到。但只要能引出那張與諧謔演技截然不同的面孔很值得了。值五十塊拼圖碎片。

「那就好。」鈴木顯得很愉快。「真是太好了。能幫上你的忙，對我來說就是無比的幸福。這讓我覺得，像我這樣的人也有活著的價值。」

「你為什麼去面試送報員？」

果然還是看不出動搖。只見他微微瞇起那雙渾圓的大眼。

「不記得了嗎？那我來告訴你吧。昨天差不多這個時間，也就是大約早上七點，你去了一趟報紙販賣所，詢問是否在應徵打工人員，然後當場進行面試。但因為你沒有駕照所以未獲錄取。接待你的所長表示，面試到一半，你忽然指著派送摩托車問道：『這沒被偷過嗎？』」

據說平常摩托車都停放在店門口。當時所長答稱，我們的車可沒好到能讓人家來動這種手腳。

「摩托車上有炸彈？該不會要說是我放的吧？」

「不是嗎？」

「我不記得了。但這樣不是很奇怪嗎？早上七點去勘查，那什麼時候放炸彈？就算是停放在外面沒人顧的車子，大白天的做那種事也難保不會被人看到。根據警察先生的說法，我當時人在川崎吧？後來在酒鋪鬧事被逮捕後，就一直待在這裡。」

「更早之前就放了吧？昨天特地去販賣所一趟，只是為了查看炸彈是否被發現。」

之所以試探所長摩托車是否遭盜竊，也是出於這個原因。

「如何？這應該是個合理的解釋。」

「的確，正如你所說。除了我失去那段記憶之外。」

「你去過販賣所是改變不了的事實。」

「唔，應該是因為我想去上班吧。」他一臉淡然地說：「我沒說錯吧？要不是這個原因，為什麼要去面試？哎呀，你應該不會相信吧？但是，警察先生，我也是會想工作的人啊。與其說想工作，不如說是感到歉疚。每天光是吃和睡、還整天喝酒，總覺得很內疚，抬不起頭面對社會。不勞者不得食。我其實很在意這種事呢。往往會感到無地自容。像我這樣的人，必須活得更辛苦才行，要比別人加倍努力才行。不然的話就太奇怪了。我常常會這樣想。要是不能好好工作，就應該安分地待在最底層。城市的角落、街道的盡頭。就算有空位也不能坐下去。不低頭拜託是不行的。必須向所有人懇求，請允許我活在這個世界上……」

「你說得太誇張了。」

「但是，像我這樣不工作又整天無所事事，還擺出一副自以為是的姿態，的確不好吧？無能的傢伙、做事毫無章法，至今從未付出任何努力，也不曾累積任何經驗的懶惰鬼，就應該比普通人吃上更多苦頭，應該遭受更多磨難。一邊放任嘴角流出來的血、一邊尋找剩飯，最適合像我這樣的人。」

一時間答不上話。鈴木顯然在睜眼說瞎話。但事到如今，即便他宣稱自己打算認真工作，似乎也不像是玩笑話。

不過，明明是隨意編造的謊話。為何自己會如此在意？

「警察先生，難道你不這麼想嗎？這世界應該要更公平一點。不成材的人，就該過上相應的人生。但現實中卻充斥著荒謬的狀況。我一點也不打算將我這段無聊的人生怪罪在任何人身上。但你知道嗎，我還是覺得有些事很奇怪。很不公平吧？先不說我這樣的人。比我更認真、更善良、更正直，也一心努力向上的人，汗流浹背地將手伸進汙水裡、走在泥巴地上，一天只賺個七、八千圓。他們都是彎著腰工作吧？但另一頭，頭腦好的人坐在冷氣開得很強的辦公室，或是舒服的客廳裡，敲敲鍵盤、按按滑鼠，就能賺到比揮汗工作還要多出好幾十倍、甚至幾百倍的錢吧？我當然很清楚，形成這樣的社會結構有其複雜因素；說不定我也曾在這樣的體制下得到了好處。但即便如此，我也不會只丟出一句『哦，是這樣嗎？』就裝作什麼也沒看到。我不會這樣做。因為我覺得太奇怪了。」

回過神來，清宮忍住了。那感覺就像一隻隻小甲蟲，彷彿無數黑蟲正在侵入神經一般。

「所以我才重新考慮，決定不工作了。我想，這樣也沒什麼不好。反正現實中充斥著怪事，像我這樣的廢物還能逍遙度日，這種不合理也稱得上天命吧。事到如今還要到處散布這點程度的不公平，難道不是杯水車薪、無濟於事嗎？」

「好了，夠了。我只要回答第八題就可以了吧？」

「嗯，對，沒錯。就是這樣，警察先生。請問煙霧升起的地方是哪裡？」

「我的答案是……」

「不對。不能回答。」類家冷不防開口。

清宮回頭看了部下一眼。對上那雙銳利的視線，意識到自己的思考正在溶解。

沒錯。一回答，第八題就結束了。接下來只剩下最後一道題目。

「鈴木先生……我不作答。」

不作答就不計入問題。就當作沒有這一題。一旦「九條尾巴」的遊戲結束，鈴木說不定就會保持沉默。必須在阻止第三次爆炸之前，盡可能拖延遊戲時間。

「好了，重新提問第八題吧。」

「哈！」鈴木噗哧笑出來。他搖晃著身體，粗鄙地咯咯大笑，還拍起手來。清宮靜靜地盯著他。不要緊，已經避開失誤，一切都在掌控之中。黑蟲已經消失了。

「對了，警察先生。」鈴木斂起笑容。「你不會覺得不安嗎？從四點爆炸後又過了三個小時，你不擔心這段時間會發生下一次爆炸？」

「你怎麼知道四點發生爆炸？」

「輪班的警察先生說的。就是那個像啦啦隊的警察，他很親切地告訴我了。」

「鈴木先生，我們並沒有告訴他四點發生爆炸。」

看不出鈴木出現動搖。他只是滿意地微笑著，靜靜審視清宮。

「其實是我的靈能力。它有時候驚人地敏銳。雖然很少見啦。」

「在九點之後。」

他的瞳孔微微放大。

「下一次爆炸是在九點之後。沒錯吧？」

「……警察先生也有靈能力嗎？」

「可惜我沒有那種才能。這是推理。你要了那麼多把戲，不可能不樂在其中。要是七點就太匆促了。實際上從東京巨蛋的爆炸到下一起爆炸之間也空白了五小時。要有足夠的時間對話和出題，至少需要五個小時。你不可能不確保這段時間。你不可能做這種徒勞的事。」

「我不太清楚你的意思。但你有把握嗎？」

「要是我推理錯誤，不然就當作是猜謎吧？」

清宮決定相信穿著白色運動鞋的部下，打算就這樣迎接七點的到來。參與這起案件的搜查員中，類家無疑是最接近鈴木思考的人。

身為上司的職責，無非就是最大限度運用部下的能力。

假使七點真的發生爆炸，責任也在自己身上。

「如果，我是說如果喔。」鈴木試探地說：「如果我真的是那個瘋狂的炸彈客，我應該會嘲笑有這種想法的警察先生，搞不好還會突然砰一聲引爆炸彈。」

「一開始就說過了。如果面對的只是個隨機殺人犯，這場競賽根本不會成立。只能默默忍受阻止不了犯罪的現實來到。」

時間逐漸流逝，即將逼近七點。

「失敗了嗎？」

「以警察的立場來說的確如此。在這個時間點上已經失敗了。」

等待運動鞋的信號。

「警察先生定義的勝利是什麼？」

「將犯人帶回正軌。」

幾乎是反射般脫口而出，就像背後被推了一把。

「法律也好，常識也好。對於行動的結果和該負起的責任，必須根據程序進行制裁。讓犯人反思罪行，懺悔改過。」

「懺悔改過？就算是殘忍的隨機炸彈客也一樣？」

「至少我這麼希望。」

鞋聲響起。清宮默默與鈴木對視。他明白，這傢伙是不可能悔改的。人面獸心。那究竟是與生俱來的，還是在年月下所形塑，或是受不得志的人生所迫使？清宮並不理解，也沒有必要理解。猛獸必須被關進籠子裡，採取適當的處置。視情況所需，甚至得奪其性命。在那之後，才會稍微安下心來，卻又感到幾分空虛吧。那是超越職務的，透著人情味的感傷。

「毫無悔改之意的隨機炸彈客，就是不必多說的惡嗎？」

「當然。」

「但事情存在各式各樣的原因吧？每個人都有著各自的痛苦、怨恨和價值觀，也少不了無可救藥的衝動。倘若將這些全考慮進去，你還是會斷定這是惡嗎？」

「當然會。鈴木先生，無論基於什麼原因，那都是惡。」

清宮一口斷定。他順勢挺起背脊，體內流淌著堅定的信念。這是理所當然的。守護理所當然的事物，就是自己的職責。

鈴木，一個只能以惡來形容的男人，直直凝視著眼前的清宮。

瞥了一眼交疊在鋼桌上的手指，清宮結束沉默。

「請問第八題吧。如果你所謂的靈能力不是卑鄙的騙術，那我們就一次又一次解開謎題，阻止爆炸發生。」

陽光透過霧玻璃窗灑落進偵訊室，照亮清宮和鈴木的側臉。

不一會兒，鈴木嘆了一口氣，伸出右手拍了拍圓形禿的頭頂，輕輕搖頭。嘴角始終掛著一絲嘲諷。

「我有點小看你了。我本來都要放棄了，心想這個警察先生不行，絕對沒辦法實現我的願望。」

所以啊……他抬起頭來。「我現在很高興，同時也在反省。人不能光看外表。明明我一直以來深受偏見所害，不料連我也抱著偏見呢。真是個了不起的發現。實在是太好了。來到這裡太好了。負責偵訊的警察先生是你真的太好了。」

不。他改口。「是清宮先生真的太好了。」

聽見了崩落的聲音。腦海中萌生只能以奇妙形容的困惑。崩落的是拼圖的碎片。腦中持續填滿的是鈴木的拼圖碎片。還剩下三百片就能拼完的拼圖，本該在某處合上的一塊碎片，就這樣脫落了。

「你追求的願望是什麼？」

「沒辦法透過言語表達。要是表達出來，說不定就得不到了。但硬要我說，那就是欲望。」

欲望？清宮不作聲，露出探詢的表情。

「對，欲望。貪婪的欲望。啊，不行。我就說到這裡吧。清宮先生，在我結束我的第八題之後，就請你好好運用第八個問題吧。」

清宮感覺到舞臺場景正在發生變化。不知究竟是自己逼近了鈴木，還是鈴木走向了自己。但無論如何，這無疑是理想狀況。本該如此才對，但心中的蠢動卻讓人感到不適。他有一種預感。本應消失的黑蟲，正從屍骸中蛻皮而出。手指變得僵硬。清宮嚥下口水，長長地眨了眨眼，定睛注視鈴木。這是一塊拼圖。這傢伙不過就是一塊拼圖。一組透視扭曲又變形的拼圖。

「也許是十一點。」鈴木不經意地說道。

「我說下一次爆炸。假如我的靈能力夠準確。」

「……我就相信你吧。」

緩衝期剩下四小時。

「要是你的腦中能閃現地點就太好了。」

「請別那麼著急。不會那麼順利的。就像這世界。這個也想要，那個也想要，什麼都想一次到手，未免太奢侈了。就連一顆飯糰也不是那麼簡單就能得到啊。」

鈴木一動不動地注視著清宮。

「我們再多聊一下吧。這樣一來，說不定就能閃現畫面。」

平息心中的喧囂後，清宮開口：「你想聊什麼？」

「想聊聊清宮先生的事。畢竟最初會玩起『九條尾巴』，是因為我說想猜出清宮先生的心的形狀嘛。剛才不是也說過嗎？必須遵守約定。這是身為人的證明。」

「沒意義的問題，我可不會回答喔。」

「我知道，我知道。那個就留給靈感了。這段時間我們先來聊聊天吧。隨意閒聊就好。雖然稍微跳脫原本的規則，但你不會介意吧？畢竟我和清宮先生已經像朋友一樣了嘛。就這點程度的特殊待遇，應該不會遭天譴吧。一般和熟人或朋友，偶爾也會聊些無關緊要的事吧？」

再次浮現出「欲望」這個詞。鈴木追求的究竟是什麼呢？

「清宮先生，你有家人嗎？」

「……有。」

「這樣嗎。想當然，你太太一定很漂亮吧？小孩當然也是可愛又聰明。」

該如何回應才好。

「啊，請別說謊喔。不然就違反規則了。我看得出來喔。我能看穿的。我不想為了一點雞毛蒜皮的小事失望。」

他只是在虛張聲勢。隨便編造一個讓他滿意的回答就行。但是，一股莫名的壓力讓清宮猶豫不前。萬一被拒絕交流，自己還能讓這個被怒斥時仍滿不在乎打瞌睡的傢伙再度開口嗎？

「警察先生的小孩可愛嗎？」

「我沒有小孩。」

「為什麼？」

為什麼……對於這個奇怪的問題，清宮湧上一陣寒意。被看穿了嗎？清宮不禁陷入妄想之中。

「意外事故。小學時就去世了。」

那還真是遺憾啊……鈴木流露出廉價的同情。清宮內心並未因此動搖。

不能說全是謊言。還在派出所擔任巡查的時候，一輛校車與自行車對撞，許多孩子在那場事故中喪生。他被派到現場，親眼目睹父母失去孩子的絕望。有人高聲哭喊，有人茫然失措。從那次之後，他就不再想要孩子了。婚後，身為同事的妻子雖表示理解，卻也不清楚是否為對方的真心話。

「我的事很無聊。畢竟我是典型的工作狂，除了訂做新的西裝外，幾乎沒什麼樂趣。」

「怎麼會，我覺得非常有趣。雖然說有趣可能有點失禮。」

他垂著頭，抬眼注視，露出諂媚目光的同時又搔了搔頭皮。

「我是真的很高興。居然能和清宮先生這麼優秀的人聊天，交流各種意見，還分享祕密。這是我人生中根本無法想像的事。對清宮先生來說，可能會覺得有點困擾。畢竟，親近我這樣的人一點好處也沒有。畢竟，我這種人連有沒有活著的價值都讓人懷疑。啊……沒事啦，沒事。我不是想責怪什麼，也不是在鬧彆扭，只是說出事實罷了。我很清楚，像我這樣無能的人，光是進入別人的視線就是一種危害。不只沒錢，也不受人喜愛，連讓人笑一笑的本事都沒有。就算是我覺得唯一值得驕傲的靈能力，終究也只讓人覺得噁心。」

我說，清宮先生。

「生命真的是平等的嗎？」

「……你不這麼認為嗎？」

「當然啊。一般來說不就是這樣嗎？要是拿我和比爾．蓋茲相比，沒有人會覺得我們是平等的吧？還有布萊德．彼特、首相或鈴木一朗。我也不認為自己和他們是平等的。」

「社會地位和生命是兩回事。」

「是這樣嗎？假設清宮先生和路邊一名大叔都被鐵環拴住脖子，上面還綁了炸彈，有人告訴我只能救其中一人，我肯定毫不猶豫選擇救清宮先生。因為我們互相認識嘛。再假設，我是說萬一，眼前受困的換成了喜歡我的女性和清宮先生，很抱歉，我會選擇救那名女性。或者，假設漂流到一座無人島，船即將沉沒或遭遇類似的緊急狀況，所有乘客都被拋進海裡，只能拉一個人上救生艇。倘若要從一個外國人和一個日本人之中做選擇，而且兩人都是滿身汗臭的陌生大叔，我會選擇救日本人。畢竟語言不通很不方便嘛。既然要一起活下去，我會選擇更適合的人選。」

鈴木一臉得意地微笑。「清宮先生也是吧？換作是我和你太太，你會選擇救你太太吧？不是的話就太奇怪了。肯定是在說謊。人是不可能那樣做的嘛。」

「太亂來了。極端狀況可不能這樣一概而論。」

「但類似的情況到處都在發生吧？學校也好，職場也好，演藝圈或政府機關也好。所有地方、所有人永遠在忙著幫別人的生命排序。」

「也許真的是這樣。」清宮表示同意，定睛直視鈴木。「正因為這樣才有社會，才有法律和制度啊，鈴木先生。」

鈴木不掩好奇心，催促清宮說下去。

「因為我們是自私的，會滿不在乎地區分他人的優劣。要是放任不管，就沒辦法維持平靜的生活，所以社會才會制定規則。花費很長的時間，運用大家的智慧，制定出一套雖不完美，卻也堪稱妥當的規則。這都是為了實現人類生命的平等。」清宮堅定地強調，「我是這麼相信的。」

「但法律沒有拯救我。」

清宮微微感覺到鈴木的體臭。

「不論社會和體制都一樣。毋寧說，我覺得人們內心深處其實都是這樣想的。無視我、不將我當一回事，抑或毫不在意我這種人，一點也不違反法律。根本無所謂。這傢伙到底會孤獨死或橫屍街頭，還是成為隨機殺人犯，全都和自己無關。」

鈴木擺出束手無策的姿態。「實際上的確無關。都是自我責任。說得太對了，我一句話都沒辦法反駁。……嗯，我想，對我來說，他們也是無所謂的人。應該沒關係吧？我們對彼此來說都是互不相干的人。我想這也是一種絕妙的平等。」

清宮默默地接受了。鈴木的邏輯確有幾分真實，但終究只是幾分而已。這不是一個正經的成年人會如此認真掛在嘴上的事。應該不是才對。

「但是啊，清宮先生。其實我不喜歡那樣。我還是覺得少了點什麼。這種互不相干的陌生關係，可以就這樣結束嗎？」

「所以你才會做出這種事嗎？」

鈴木偏著頭裝糊塗。清宮想起一句名言：「每個人都可能出名十五分鐘。」這位美國藝術家留下的格言，也能解釋為對劇場型犯罪的嘲諷。下一句則是：「再多就難了。」

只是徒勞。得到和失去的平衡完全缺乏合理性。

「哎呀，清宮先生。你是不是鄙視我了？覺得我是個膚淺的傢伙？」

「沒這回事。」

「你討厭窮人嗎？不能接受窮人的乖僻性格嗎？」

「沒這……」

「沒事，沒關係。這也是理所當然的。你想想，我們平常也會看到那些無家可歸的人吧。有些人會叫他們街友。像那樣的人無論如何都會被討厭的，覺得他們寒酸或是可怕之類的。還是會這樣想吧？因為打從出生就在街頭度日的人，終究是少數。肯定是出於某種原因才會淪落街頭。那些正常度日的紳士淑女往往會戴上有色眼鏡，判斷這群人多半是人生遇到了挫折，或認定是闖下了大禍才淪落至此，這也是無可奈何的。但是清宮先生，我覺得這些都不過是事後追加的理由。比起外表和人性，最重要的一點是聞起來很臭。他們幾乎所有人都很臭。」

鈴木熱情地說下去：

「這也是當然的。畢竟是露宿街頭的人。夏天會流汗，到了冬天畢竟也不是被冷凍保存起來，只要活著就會代謝吧？好幾天沒洗澡的情況並不罕見。也有很多人一年到頭都吃同一種食物。所以無論如何都會有臭味。說到臭味，已經談不上理性，而是生理問題。你想想看，比如在繪畫中，不是也有些名畫描繪極度窮困的貧民嗎？甚至還有描繪屍體的畫作吧？雖然教人覺得恐怖、不舒服，但只要有心欣賞，還是能夠看上好幾個小時。可是，倘若眼前的畫真的冒出了臭味怎麼辦？倘若拍攝貧民窟的電影真的散發出貧民窟的氣味又會怎麼樣？汙垢的臭味、排泄物的臭味，人們還能好好地待在座位上嗎？還能在電視機前靜靜觀賞嗎？那也太勉強了。氣味是蓋不掉的。換作聲音還可以摀住耳朵，但氣味就沒轍了。將鼻子捏再緊，都會從肌膚和黏膜鑽進體內。我很清楚，那是令人熟悉的臭味。對，沒錯。真不好意思，清宮先生。說出這些話的我，也曾經生活在那群人之中。」

鈴木一臉難為情地說：「雖然現在也差不多啦。」

「清宮先生，你知道嗎？紙箱做的屋子和塑膠布做的屋子其實意外地堅固喔，裡面的家具也相當齊全，還有地毯之類的家飾。我聽一位阿公級的大前輩說過，這是因為品質好的大型廢棄物愈來愈多的緣故。我都叫那個男人『師傅』，從防雨對策到應付酷暑的方法，都是他教我的。電器用品的種類也算齊全，比如收錄音機或電暖器都有。電力就不好意思了，必須到處借用才行。有些技術高超的人還能巧妙地利用那些撿來的物品，打造得像是一國的城主一樣。」

彷彿想起什麼似的，鈴木以右手抓起寶特瓶，將水含在嘴裡。厚實的喉結咕嚕咕嚕地蠕動著。接著，他將雙手夾在大腿間，使勁將身體往前推。

「然後是關鍵的洗澡。我剛才說得有點誇張，其實勉強說來還是有辦法解決。雖然沒辦法淋浴，但能用公園的自來水洗澡。衣服也是，有很多便宜的新品。像我們這種人，偶爾也會找些日薪工作，或是收集鋁罐，還會去幫忙做些自己也搞不太清楚在幹嘛的雜事，手頭上不時會有些錢。當然，大部分都花在食物或酒上了；拿去賭掉的人倒也不少。我是沒辦法，從不覺得那有何樂趣可言。只有一次，我被星期天虧本大降價的廣告吸引，去玩了柏青哥。我從早上就排隊，有樣學樣地跟著別人坐到機臺前，用掉身上僅有的一點點錢。沒想到，我突然中了大獎。機臺傳來巨大的鏗鏘聲，燈飾一閃一閃地發亮。但因為我原本從不期望中獎，反而被嚇到了，整個人驚慌失措，還不禁害怕起來，感覺自己像做了壞事一樣，變得戰戰兢兢的，只祈禱快點結束，連要換錢都畏畏縮縮的，最後直接衝出了店外。我的錢包空空如也。要是隔天沒吃到供膳處的飯，搞不好就要餓死了。所以我才不賭博，因為贏了也不覺得開心。你明白嗎？有些人是忍受不了幸運的，就是那種不勝惶恐、畏縮不前的人……話說回來，剛才在說什麼？啊，在說臭味。可以洗澡，可以換衣服，還可以洗衣服，但全是徒勞。沒有意義。臭味已經附著在身上了。不論怎麼洗、怎麼擦，都對抗不了臭味。那是腐臭，從靈魂深處散發出來的腐臭。我想，那種腐臭會從每一個細胞中滲出來。」

所以才說臭味是不行的。

鈴木露齒一笑。說不上是一口白牙，但也不到發黃的程度。

「清宮先生應該也不喜歡臭味吧？」

「……不能說喜歡。但鈴木先生，就算是這樣，在你拒絕的這個社會上，也有福利制度能讓你盡量過上一般人的生活。」

「對，你說得完全沒錯。如果我們這種人有需求，也可以得到各種東西吧。這是值得感激的事。真的令人感激。但是，清宮先生，唯有一種東西，是像我這種人沒辦法得到的。也是福利提供不了的。我可不是妄想凱迪拉克、魚翅或莎朗．史東喔。我根本不渴望那些奢侈品。」

鈴木將雙拳擱在鋼桌上，清宮詫異地屏住呼吸。不知何時，他的右手食指已經豎起。緊握的手使足力氣。豎起的手指是提示的信號。謎題開始了嗎？他是什麼時候豎起手指的？在哪裡？哪個是提示？

「街上也有男女老少，各式各樣的人。開朗的人、沒有陰霾的人、溫柔的人，還有重新出發的人。不可思議的是，從這些人身上，聞不到腐敗的氣味。就算體味很重，捏住鼻子還能忍受，也沒有從肌膚鑽進來的感覺。想必是有辦法沖洗掉的程度。也就是說，不到腐敗的地步。」

鈴木的食指仍豎立著。

「儘管如此，還是很難看透這一點。對於匆匆路過的上班族和主婦來說，應該會覺得這些人都一樣吧，就像蜜柑和柳橙一樣沒太大的差別吧。但究竟是還不到那種地步，或者其實為時已晚，明明是有所分別的啊。」

忽然，他以食指緩緩畫起圈來。

「像我就是為時已晚的那種人。細胞已經完成了更替，形態發生蛻化。就像這坨肚子一樣，變成這模樣就回不去了。泡溫泉也好，擦香水也罷，臭味還是在。就算住進了屋子裡，或是搭計程車，都不會出現任何改變。已經不存在一絲一毫改變的可能性。」

手指停了下來。

「我覺得，『可能性』是個很棒的詞。但是啊，它同時也是個殘酷的詞吧？到了這個年紀就會明白，會忽然明白，那是一種會不斷減少的東西。我想我之所以無法直視高中棒球員的努力，無辦法直視他們的汗水和活力，也是出於這一點。或可說是可能性的等級落差。真的很殘酷。連容恕的容字都搭不上邊。」

清宮繃緊神經。專注聽著鈴木的聲音，細細凝視鈴木的手指。還有在指頭後方，鈴木的瞳孔。

「在我們那一代，渾身沾染物欲的人層出不窮呢。汽車、手錶、名牌包，還有自己的房子。

那是個上班族願意獻身企業鞠躬盡瘁的時代。但現在的年輕人好像不會了。手錶被智慧型手機取代，將大量生產的服飾穿得體面也被視為有品味的表現吧？靠超商的便當就活得下去，戀愛和結婚都不合乎性價比。雖然我到現在還是不太懂性價比到底指的是什麼，但總之吃虧就是不好吧。與其為了些蠅頭小利而賣命，小心翼翼別釀成損失才是明智之舉。但這樣是會降低可能性的。會持續不斷地減少。現在就算整個社會出現翻天覆地的轉變，我也成不了青少年的偶像。高中棒球員也不行。畢竟我都四十九歲了嘛。又不是青少年了。雖然在什麼都做得了的年輕時代卻不做任何事的自由看起來很酷，但在什麼都做不了的中年時代回顧什麼也沒做的這四十九年，還是會覺得很痛苦啊。或許是因為厭惡看到這樣的現實，才感到害怕，才想要喝酒吧。畢竟那一瞬間能讓人放鬆下來。因為感受到那一點點的血液沸騰，而感覺到自己還活著。」

第二根手指仍未豎起。

「日間比賽以外，我偶爾也會從白天就開始喝酒。畢竟是甲子園的賽季。我想看棒球，又不想正視球員的年輕。所以看比賽時會一邊喝酒蒙混過去。但通常才進行到第二局，我就迷迷糊糊地打起盹來。倒也剛好，這時我往往覺得很舒服，想著你們這些人的努力關我屁事。雖然有點偏執，但每個人都會這麼想吧。可是，等我醒來後，又會充滿罪惡感和徒勞感，想著哎呀呀，我真是個無可救藥的人，然後為此悲從中來。」

鈴木動也不動地盯著清宮，完全沒有迴避視線。

「但最近有件事深深困擾著我。在平日的白天，外面會傳來充滿朝氣的歌聲。附近似乎開了一間幼兒園或托兒所。平常倒也不打緊，能聽到孩子們的歌聲其實滿開心的，畢竟他們總是全力高歌嘛，完全不懂得顧慮別人。嗡嗡嗡，小蜜蜂紛飛。不論是男孩或女孩，都像是要全力發射光波一樣大聲唱歌。他們根本不在乎音準，只是張大了嘴，唱到青筋凸起，體內湧現的能量像要爆發般，清楚感受到那蓬勃的生命力。我不會為此口出怨言。我這種人本來就不是有權提出異議的身分。孩子是充滿可能性的結晶。我只不過是緊抓著浮木不放的人啊。可是，這讓我看甲子園球賽的時候感到很痛苦。當我喝得迷迷糊糊，正想抱怨你們這些人的努力關我屁事的時候，卻聽見了孩子們的歌聲。嗡嗡嗡，小蜜蜂紛飛。那是使盡全力的嗡嗡嗡。是可能性在咆哮。是充滿未來的生命唱的軍歌。一聽見這歌聲，我就難受得快抓狂。打從白天就遊手好閒的可悲處境，就這樣直接攤在我面前。於是我開始思考，我到底是怎麼失去了自己的可能性？想著我再也無法得到它，就覺得不寒而慄，也睡不著覺。因為想要入睡，想要有睡意，才會喝更多酒。不料沒多久頭就暈了，胃也不住翻攪，跑去廁所嘔吐。感覺雖好點了，代價卻是睡意全消。電視上傳來清脆響亮的擊球聲，外面是朝氣蓬勃的鋼琴聲搭配賣力合唱的歌聲。我站在房間中央，電燈的正下方，暗忖著，哎呀，今天是星期幾？是不是超市回饋點數的日子？還是下星期？就像這樣，對現實的腐朽視而不見。」

所以……鈴木露出得意的微笑。

「所以，我有時候會想，喂，你們這群小鬼，能不能安靜一點啊……」

鈴木豎起第二根手指，血色已經退去。

「你這傢伙……」

「但要是清宮先生那番話是正確的，我和他們的生命應該是平等的才對吧？」

「鈴木……」

「啊，你不高興了嗎？不喜歡這個話題嗎？那我就不說了。我閉嘴。」

雙手緊握，指甲刺進手背。咬緊牙關。沒有在表情上流露出來。

「怎麼樣？要繼續嗎？還是要停下來？」

「……當然，請繼續。」

無法掩飾聲音的顫抖。孩子。是下一個目標嗎？

看了看手錶，指針指向上午八點。

那麼……鈴木潤了潤嘴唇。

「談到平等，一般認為相對的就是歧視吧。像是性別歧視或種族歧視。有時在超商的書報架前讀到週刊雜誌上那些惡毒的報導，都忍不住尋思，這世上是不是沒有超越我的平等主義者。畢竟，我早有了比多數人還要低等的自覺。不論男女，我都是更低等的。這無關異性戀或同性戀，我就是最低等的，待在生物中最底層的位置。說不定最底層的人才是真正的平等主義者。說歸說，我也是個男人。說起男人，總是會有男人的特徵。至少在肉體上，以動物來說是雄性。總之，該長的東西還是會長。嗯，雖然不是很大，但還是會變長嘛。啊，不能說這種粗俗的話嗎？你要是不喜歡，我立刻閉嘴。」

確認沒有遭到反駁後，鈴木接著說下去。

「就算是下等人，也和一般人一樣有性欲。看到女人的裸體，或聞到她們的氣味，當然也會有反應。不只是看或聞，要說完全不會想再多做點什麼，根本不可能。老實說，我也不是全然沒有過那樣的經驗。那個地方就是會呈現那種狀態。會勃起的東西就是會勃起。但就算在那種時候，我還是會出現幸福恐懼症。只要女孩子在我面前裸體，我就像被緊緊箍住一樣，完全沒辦法動彈。我往往緊張到連對方都覺得傻眼，忍不住笑出來。就算遇到年紀比我小很多，體型也瘦很多的女性，還是我掏錢的情況，我也會對她們不住低頭哈腰，表示敬意。我說啊，清宮先生，倘若要將我和這世上的男人混為一談，我實在沒辦法接受。別開我玩笑了。」

與嘴上說的相反，鈴木微微一笑。

「這只是我的直覺，性犯罪的加害者似乎大多是男性。至於受害者，不也幾乎是女性嗎？說不定兩者的差距超過十倍呢。但只是我瞎猜的啦。對了，我也曾在書上讀到，歧視和統計的關係似乎很密切。例如有統計數據顯示，在美國黑人的犯罪率很高。不過，若光憑這一點就指稱黑人是罪犯、或是罪犯的預備軍，那就不是統計，而是歧視。雖然我也覺得肌肉發達的黑人看起來很恐怖。仔細想想，要是這樣就懷疑黑人的ＤＮＡ裡或許存在類似罪犯的基因，實在也說不過去。說到底還是歧視。至於為什麼黑人的犯罪率偏高，也可能單純是因為缺錢？畢竟人一貧窮，參與犯罪的機率也比較高。一代一代延續下去，造就成這樣的環境。所以，十三歲的吉米才會抱著散彈槍襲擊西班牙餐廳。唔，我隨便說說的啦。但從感覺上來看，不也能夠理解嗎？犯罪和人種並沒有直接的關聯性。犯罪率之所以偏高，在統計學上還隱藏著其他原因。因此根據統計下判斷時，必須更加小心……總之，書裡大致是這樣寫的。」

但是啊……他稍喘一口氣。

「我又發現了一件事。剛才提到性犯罪比例，男性加害者的比例遠遠高於女性，感覺那在統計上應該是正確的。若真是如此，是否存在其他原因？除了男性是男性以外，還有任何導致男性頻繁犯下性犯罪的原因嗎？」

他冷不防將臉湊上前。

「其中一個關鍵因素應該就是力量吧。相較於女性，男性通常力量較大。因此能夠以強硬的手段逼人就範。還有一點，男性會勃起，而女性則沒有這種需求吧？這可能導致他們覺得只要插入就好。雖然這樣說稍顯露骨，但多少有其道理。然而，即便存在力量和肉體上的特徵，我還是覺得少了些什麼。是不是還有其他原因呢？或許這與男性在細胞層級上所背負的生物命運有關？比方說，我有時會這樣想。從動物的角度來看，女性會追求最優質的基因，男性則傾向盡可能散播自己的基因。他們想將一切傾瀉出來，才會這麼不分青紅皂白。這種強烈的擴散欲望，或許正是原因所在。」

一種奇妙的妄想讓清宮屏住了呼吸。無數個帶有鈴木面孔的微粒充滿整間偵訊室，朝他襲來……

「或許這根本無關男女。可能任誰都懷有這種欲望，想要擴大自我，四處散播，並且感染他人。那樣的欲望，那樣的喜悅，只要有能力和機會，就無法抗拒。那是如宿疾般的本能。」

陽光突然消失，室內變得陰暗。

「我也有這種欲望。這是低等生物的天性，是靈魂帶來的勃起和射精所支配的欲望。」

話雖如此……鈴木忽然戲謔地笑了出來。「不過我也這把年紀了，最近性欲明顯減退了。但偶爾也會迎來『紳士之夜』和『勇猛之夜』這兩種夜晚。夜晚一再到來，最終形成了橙色。那必定是在星期四。」

他豎起第三根手指。清宮腦中一片混亂。差點想對他大喊「等一下」。等一下。我不明白你的意思。我一直在聽，努力不漏掉你說的一字一句，但我還是一頭霧水。一再到來的兩種夜晚？橙色？星期四？

思考變得遲鈍。黑色的蟲子在作祟，從體內深處沿著血管逐漸擴散至全身。

「理性與野性似乎處在兩個相反的極端，但也有融合為一的時刻吧？白天與夜晚，太陽與月亮。即使是頭與尾的距離，也不一定毫無關聯。兩者都有不可忽視的地方，卻無法同時選擇。同時選擇是很困難的。不是有句話叫『追兩兔者不得一兔』嗎？還有一句諺語叫『大山轟鳴卻只見一鼠』吧？但老鼠為什麼總是聚在一起呢？牠們是群聚生物吧？吱吱喳喳地，不覺得很吵嗎？馬倒是很安靜。牠們會默默地待在餵食的地方，機靈地排隊站在圍欄的門前。牠們會排隊吧？我說錯了嗎？真是的，我的腦袋愈來愈不行了。哎呀，但重要的是……清宮先生，你能不能好好做出選擇？」

他豎起了第四根手指。清宮下意識地搖了搖頭。黑色的蟲子已經到達大腦，散發出令人不安的熱量。

鈴木看著清宮，仍然豎著四根手指，嘴角微微上揚，身體前傾。在對視的瞬間，各種想像湧上心頭。爆炸的轟鳴，破壞的衝擊，血淋淋的肉塊。小小的手，小小的腳，小小的身體。不久前還一臉天真無邪的孩子們。小小的頭。內臟。痛哭失聲的遺族。

「……第五根呢？」

鈴木仍豎著四根手指，清宮看著他，勉強擠出聲音。

「還沒結束吧？還有第五根吧？既然有，就快點說下去。」

「哎呀，清宮先生。我明白你的意思。我也很想這麼做。但很抱歉，我完全漏掉了這件事。畢竟這就是個不可靠的靈能力嘛。」

肌肉變得緊繃。蟲子在體內燃燒，試圖焚燬全身每一個角落。

「話是這麼說，但說不定只要稍微刺激一下，我就能想起來了。」

鈴木邊說邊露出微笑。

「清宮先生，要不要試試看？從這幾根手指中選一根你喜歡的，然後將它折斷？」

粗大的手指漸漸逼近，唯一折向掌心的是大拇指。那些豐腴、惹人嫌惡的手指。瞬間讓清宮腦中浮現出一幕未來的景象：他奮力抓住並折斷它們的未來。

然而，那終究是清宮的敗北。

「……我不會中了你的圈套。」

「圈套？你是指這隻手嗎？」

「你不打算說下去吧？」清宮的目光緊緊盯住鈴木。「你這樣就滿足了嗎？以卑鄙的手段取勝就夠了嗎？反正也不過這點本事。」

「選項是存在的，接下來只剩下做出抉擇。但這不是我的事，而是你的喔，清宮先生。」

陽光再度灑落房間，粗手指上的汗毛在光線下閃閃發亮。清宮的雙手交疊在鋼桌上，不自覺地鬆開了，直到類家喊出「清宮先生」時，才又勉力交握。

「快九點了。」

假設十一點的預告是真的，那麼還有兩個小時的緩衝。

「孩子。」清宮看著鈴木。「這是第八題，對吧？是的話就來確認答案吧。目標是孩子，地點是幼兒園或托兒所。」

「我可以回答嗎？這樣我的第八題就結束嘍。」

「回答我，是或不是？」

鈴木沒有放下四根手指，只是微微偏著頭沉思。他重複了幾次動作，又忽然停了下來。

「沒錯，應該是吧。」

清宮連忙站起身，怒氣沖沖地離開偵訊室。類家慌忙追上，但清宮完全沒有回頭看一眼，只顧著快步走向會議室。

「清宮先生！不行，還不夠。」

「哪裡不夠？謎題已經出來了，只要解開就行。」

「不行，這樣下去我們會輸的。」

「如果是你，就可以。」

清宮在會議室前停下腳步，俯視著類家。

「如果是你，就辦得到。」

他的表情扭曲，像是要補充什麼，然後命令道：

「解開謎題。」
說完便闖進會議室。伊勢的打字紀錄上傳後，眾人都收到了鈴木的偵訊內容。所有人都一臉殺氣騰騰。
「知道地點了嗎？」警備部的男警官大吼：「都內有多少間幼兒園啊！」
他轉身看向類家，露出探詢的目光。
垂著頭的自然捲一副死心般轉向前方。
「是代代木。」
這個男人……清宮再次感到欽佩。說是尊敬也不為過。兩個夜晚，反覆到來的橙色之夜……「夜」和「夜」……「代」和「代」。還有星期四，是「代代木」[10]。
號令響起。立刻聯絡相關單位，發出避難指示！來得及。還有兩個小時，來得及。澀谷區代代木一丁目到五丁目的區域圍繞著代代木公園的北部，範圍廣大，還包括元代代木町和代代木上原地區。即便如此，至少要讓孩子們避難。將傷害降到最低。
「慎重起見，也要控制住小學、中學、托兒所和自由學校！」
清宮交叉雙臂，在後頭注視著高聲下令的警備部人員，努力抑制內心高漲的情緒。一名負責輪班偵訊、擔任北風角色的刑警走近他，以半強迫的語氣詢問能否將解開爆炸地點當作關鍵時刻的王牌，但清宮果斷拒絕了。他堅持一切交涉都由自己來進行，掌握何時、如何，以及向鈴木透露哪些訊息。他要求刑警只需對鈴木保持嚴厲的威嚇。刑警雖提出抗議，但清宮仍不為所動。最終，刑警在激烈的爭論後不情願地接受了安排，踹了旁邊的長桌一腳便怒氣沖沖地離開了會議室。

面對兩人的爭執，一旁的類家表現得事不關己。他手托下巴，似乎陷入了深思。他那苦悶而曖昧不明的態度，不免讓人懷疑起他能否解開謎題。

「你在想什麼？」

「……幼兒園或托兒所裡真的有炸彈嗎？」

「你覺得沒有？」

也不是。類家含糊其辭地回答。在一片嘈雜中，警備部的男警官舉著手機湊上前，向清宮等人報告：

「已經決定公開鈴木的肖像照了。」

這是妥當的決策。警方需要更多關於鈴木的情報，至少要找到他的住處。倘若不澈底查明他所持有的物品，這起案件就無法解決。

最重要的是，這能有效阻止進一步的損害。對鈴木的臉孔有印象的人，應該會更加警惕周遭狀況。也能提高警方接到舉報的機率。

「你覺得，他還準備了其他的炸彈？」

「坦白說，我認為可能性各半。但我確信，他絕對不會突襲。只要我還能和他面對面交談，

10　譯注：橙色的日文讀音為「だいだいいろ」(daidaiiro)，「代代」的日文讀音為「だいだい」(daidai)，「夜夜」的日文讀音為「よよ」(yoyo)，星期四的日文為「木曜日」，「代代木」的日文讀音為「よよぎ」(yoyogi)。

他就不會停止這場遊戲。」

「哼……」對方不悅悶哼了一聲。「要是只能靠那混蛋的勝負欲，警徽恐怕都要流眼淚了。」

肩膀被狠狠拍了一下。雖然動作粗暴，但也多少帶來了安慰。

目送警備部的警官離去後，清宮問類家：「你害怕嗎？」

「什麼？不，沒有……」

「也難怪。這裡的每一個人都是第一次遇到這種案件。但我們必須學會習慣，適應它。撲空了會被當笑柄，要是搞錯地點，無辜的生命將會因此喪失。但我們只能接受最壞的情況，我會承擔起所有責任。你無需擔心。」

「清宮先生。」類家直接搖了搖頭。「這種事根本無關緊要。」

聽起來不像在逞強。清宮抱緊雙臂，壓抑內心的躁動。

「那麼，你到底在顧慮什麼？」

「謎題還沒完全解開。目前感覺仍模稜兩可。」

「除了孩子和代代木，還有其他答案？」

現在回想起來，鈴木問清宮有沒有孩子，應該也是個暗示。

接線員大聲喊道：「××幼稚園，疏散完畢！〇〇托兒所，完畢！」

「我相信第三根手指提示的答案是『代代木』。但第四根手指呢？」

「他提到『大山轟鳴卻只見一鼠』這句諺語。在干支中，老鼠對應的是『子』，難道不是在暗示孩子嗎？」

「那馬呢?出現得那麼不自然,又是在暗示什麼?」

類家漲紅了臉,顯得有些激動。「不對,他早暗示過孩子了。第二根手指的提示就是這個。」

「你冷靜一點。」

幼兒園、托兒所,疏散完畢!完畢!完畢!

「不要認為每一句話都有隱喻。那傢伙的手法就是散布謊言、說大話唬人。你的任務是分辨出哪些是真相。」

「可是……」

「別被鈴木矇騙了。也別太高估他。的確,那傢伙可能異於常人,但也不過是個再尋常不過的瘋狂犯罪者。」

清宮回過神來,才意識到兩人正面對面站著。周圍陸續傳來疏散完畢的報告聲變得愈來愈遙遠,異樣的幻覺感籠罩在清宮四周。

「你還記得,他是什麼時候豎起了第一根手指?」

類家的問題讓清宮嚥了嚥口水。與鈴木對峙中,他也錯過了那個瞬間,冷汗滲出額頭。

「我也沒注意到。鈴木的第八題不知不覺就開始了。我無法確定第一個提示到底什麼時候出現。」

清宮語氣糾結,試著回憶當時的對話。那傢伙中途喝了水,那時右手的指頭還沒豎起,接著他將雙手藏在大腿間,又聊起了街友,提到臭味和打柏青哥的話題,靈魂深處散發出的腐臭、追求的事物、福利無法提供的……

好混亂。一旦開始思考，一切都變得可疑起來。

「他也承認孩子是正確答案，承認是幼兒園或托兒所。」

「他說的是『沒錯』。鈴木僅僅承認了這一點。」

「難不成你要放棄這條線索嗎?!」

清宮的情緒變得激動。「時間和人手都有限，我們只能做出判斷，不是嗎？」

「不。」類家緊咬嘴唇。「……目標的確是孩子。這點我有把握。」

「既然這樣……」

「但是不夠，還不夠。」

類家無法抑制變得凶狠的表情，無視一旁的清宮，喃喃自語著：「還有其他孩子聚集的地方嗎？是不是漏掉了什麼線索？不對，還是他在考驗我們……」

剛才還漲得通紅的臉頰漸漸變得蒼白，失去冷靜的目光慌亂地游移著。

這是清宮第一次看到這男人如此失態，心中湧上一陣不安。要是類家受到鈴木影響，就得下決心讓他暫離崗位。他無疑擁有卓越的頭腦，這也是他年紀輕輕便被提拔至警視廳特殊犯係的原因。但同時，也出現不少擔憂類家情緒的質疑聲，指稱他都出了社會，又是專業人員，卻總顯得不切實際，缺乏足夠的常識……

「北和南，請重點調查名字裡含有方位的幼兒園和托兒所。」

「你說什麼？」

「十二支的『子』指的是北邊，馬對應的『午』指的是南邊。」

「……那麼兔子對應的東邊也該注意吧。」

「還有代代木公園。其他可能聚集孩子的場所都要調查。」

類家給出指示後，原先那張故障機器人的表情漸漸恢復了人性。「清宮先生，我們得先做好心理準備。」

「會找到炸彈的。幼兒園或托兒所裡肯定有炸彈。」

類家沉默不語，清宮也不再看著他。

消息不斷更新，安全範圍正在擴大。爆炸物處理班相繼進入園區，搜索炸彈的下落，警方在周邊地區四處打探：「最近見過這名男性嗎？」與此同時，晨間新聞正在播報鈴木的肖像照，照片說明上寫著「連續爆炸案的嫌犯」。主播表情沉痛地向受害者致哀，並呼籲民眾注意周圍情況，如有任何線索，無論多麼微小都請即時舉報，聯繫方式是……

時間流逝。清宮交叉雙臂站立，內心堅信炸彈一定會被找到。他將帶著這個消息去見鈴木。類家的動搖反而讓他冷靜下來。內心蠕動的黑色蟲子已經消失，腦海中浮現出尚未完成的拼圖：鈴木的臉、鈴木的表情、鈴木的聲音、鈴木的自白。這些片段都成了拼圖碎片，正在一個個拼湊起來，剩下不到一百片了。下一步就能完成。然後給出最後一擊，結束一切。

「十一點。」

類家獨自嘟囔著，離那個時刻還剩下四十多分鐘。

「為什麼是十一點？」

這問題並非針對清宮。「柏青哥店？不對，基本上是十點開店……」

類家無意識地自言自語，清宮並沒有真的聽進去。然而當「為什麼是十一點？」這句低語傳入耳中時，他腦海中突然襲來一陣黑蟲蠢蠢欲動的預感。

很久以前……還在上野署擔任新手巡查時，日復一日騎著腳踏車四處巡邏。他不擅長交際討好，因此不太受市民歡迎。他察覺到自己對市民的日常瑣事並不感興趣，只渴望早日成為一名刑警。不久之後，他終於如願以償，進入警視廳，成為特殊犯係的一員……

在上野的那段期間，他曾接到一個要求停止志工活動的投訴。投訴理由是車站前呼籲募捐的聲音過於吵雜，看起來很可悲，有損市容。他至今還記得，當時聽到那些人如此認真地表達這些看法時，他當下整個人愣住，不知該作何反應。

為什麼會想起這件事？

遺漏了什麼嗎？

不會吧。

即便如此，自己都做出了正確的判斷，盡了一切的努力。

此時，一位負責接電話的年輕職員按住聽筒向所有人大喊：

「幼兒園的後院發現包裹！」

15

伊勢內心感到不安。清宮和類家離開偵訊室後，偵訊室裡只剩下自己和鈴木兩人。應該很快就會有其他偵訊官前來輪替。清宮也可能隨時會回來。兩人單獨相處的時間不會太長。

鈴木似乎對自己懷著親近感，甚至是欣賞。這是連清宮都未能取得的成果，更別說等等力了。現在，恐怕只能由自己來探究這個男人的真實面目。伊勢認為自己應該辦得到，而且應該要採取行動，哪怕會偏離了組織的規矩。

當然，不能忽視可能被利用的風險。只要保持警覺，反過來利用他也好。幾個小時前和鈴木在廁所交談時，那種高昂的情緒絕對不是錯覺。

然而，情況改變了。東京巨蛋爆炸事件的受害者死去。儘管早已處於垂危狀態，但命危和死亡還是存在決定性的差異。

當對手是一名殺人犯時，還能容許這種譁眾取寵的把戲嗎？

鈴木看向伊勢，兩人目光交會。鈴木露齒一笑，彷彿在試探伊勢的心情。伊勢心中湧上一陣焦躁，還伴隨著窒息感。他躊躇著，該前進還是後退？面對輕浮傻笑著的炸彈客，以及難以判斷的情勢、不斷流逝的時間，一切都讓人感到不快。

「不用害怕啦，伊勢先生。」

「什麼？」

鈴木一臉裝傻，彷彿在問「難道不是嗎？」的表情，讓伊勢怒火中燒。

「害怕？你以為我怕你嗎？開什麼玩笑。你不過是個變態殺人犯。」

接替在清宮之後的偵訊官咄咄逼人問訊的態度，也反映在伊勢的措辭上。與嫌犯之間的對峙、毫不留情地辱罵和恫嚇，往往會讓輔助人員陷入精神疲乏。

伊勢壓抑著內心想要怒吼的衝動。不知道走廊上有沒有人。要是兩人至今未被記錄下來的對話引起懷疑，那就麻煩了。

「你別得意忘形，鈴木。」

「哎呀，真抱歉。非常不好意思，伊勢先生，別生氣，就像你看到的，我已經深刻反省了，請和我好好相處吧。」

見他頻頻低頭致歉，伊勢激動的情緒也逐漸平息。腦中一下子湧現出試探的欲望。

「你以為這樣就算道歉了嗎？」

「當然，這樣還不夠嗎？」

「不夠。你想和我好好相處吧？」

「沒錯，因為伊勢先生是我為數不多的朋友嘛。」

「你嘴上這樣說，但不是連稱呼清宮先生的時候，也叫起了他的名字嗎？我看了就不爽，真是輕浮的傢伙。說什麼要好好相處，看樣子誰都可以嘛。」

「怎麼會，才沒這回事。我將伊勢先生放在第一位，清宮先生是第二位。」

「那個頭髮亂蓬蓬的人呢？」

「那個人……有點噁心。」

伊勢強忍著，總算沒笑出來。

「那就告訴我吧。你原本是個流浪漢，後來怎麼能在家裡看棒球轉播？」

「全靠一位好心人。剛才不是提到我的師傅嗎？他是教會我很多事的大前輩。師傅的人脈很廣，認識很多人。除了餐廳廚師和超商店員，他也和賣烤地瓜的攤販關係很好，經常能拿到剩下的食物。我很幸運，也能分到一些。地瓜鬆軟綿密，滿滿的蜜汁，烤成了金黃色。尤其在冬天，看起來就像寶石一樣閃閃發亮。」

「喂，給我說重點。」

「啊，抱歉。剛才想起了一些回憶。到了這個年紀，回憶總是不斷湧現。就算忘了昨天的事，以前的事仍歷歷在目。況且也是因為伊勢先生在這裡。正因為是伊勢先生，我才忍不住聊起了這些事。」

伊勢心下不耐，想催促他少廢話，趕快說下去。

「我曾經很憧憬師傅。他既爽朗，又博學多聞，就算失去了住所，依然擁有豐富的生活智慧和好人緣。能像師傅那樣和誰都保持良好關係，真的很了不起。」

伊勢暗自留意偵訊室外的動靜，不曉得門什麼時候會被推開。

「但某天發生了一件事。師傅在我們經常待的公園裡，被附近的小孩攻擊。」

「喂，不會又要說他死了吧？」

「不是不是，聽說保住了性命。我不太清楚詳細情況。因為當時他渾身是血，滿身瘀青，被救護車載走後，我就再也沒見過他了。」

「你說的是小混混獵捕流浪漢事件嗎？」

「對，就是那樣。這世界上總有些人會做出令人髮指的事。不過，後來我聽到了傳聞，師傅好像喜歡男孩。」

「你說什麼？」

「也只是聽說而已。據說他有時會找來中意的男孩，和他們玩各種遊戲。這件事就在孩子之間傳開了，於是組成了一個類似報復的團體，打算殺掉師傅。很可怕吧？那些被師傅碰過、含過的男孩，他們的朋友和兄弟拿著木棍和石塊，在半夜闖進師傅的住處，將他打個半死。我當時完全沒發現，因為我是那種一躺下就睡死的人嘛。」

鈴木猛然將身體前傾。

「然後，我就被懷疑了。一群街友伙伴懷疑是我將師傅的情報賣給了那些少年。」

他看著眉頭深鎖的伊勢，像在說悄悄話般接著說：

「重中一次，我是冤枉的。但他們之間已經形成了『你給我滾出去』的氛圍。明明沒有任何根據喔！反正對他們來說，真相是什麼一點也不重要。我到現在還記得很清楚，直到昨天都還一起大笑、一起唱歌、彼此幫助的人，突然間對我投以冷漠的視線和輕蔑的口氣。那其中還夾雜著一種興奮感。沒錯，他們樂在其中。」

鈴木的笑容讓伊勢感到毛骨悚然，他不禁一愣，屏住呼吸。那表情彷彿在暗示鈴木自己也很享受這一切。

「反正我早習慣了，沒什麼大不了的。只是心想，唉……又來了。但我也沒別的地方可去，就盡量一個人低調度日。就在那個時候，這東西突然出現了。」

他指著頭上那塊大大的圓形禿。「他們嘲笑我，說我是因為被冷落才變得脆弱。其實，不論是被排擠還是圓形禿我都無所謂，但我討厭別人自以為讀懂我的內心。真的非常討厭，難以忍受的討厭。」

「夠了吧？我問的是你後來怎麼找到了住處。」

「我已經說了，這和那件事有關。除了我之外，還有另一個人也孤零零的。他是新來的，背著個背包晃到我們那裡住下。他好像完全失去了活下去的動力，卻又鼓不起勇氣去死，就像個蠟像般面無表情，向他搭話也沒有反應，後來大家就不再理會他。可能只剩下師傅會關心他。我也因此認識了他，同樣是被排擠的人，我想，不然多少照顧他一下吧。我們相處上還算不錯。說是這樣說，但我們幾乎整天像廢人一樣癱著，除了吃飯和睡覺，就是在發呆。但這樣的關係其實滿輕鬆的，只是一起待著而已，沒有互相算計，也不打算利用彼此。」

「但那個人啊……」他聳了聳肩膀。「他不到一年就離開了公園，似乎找到了能回去的地方。又過了一段時間，我收到他久違的聯絡。那個，因為我有手機嘛，雖然是師傅給我的，但還能用。總之，那個人問我要不要去他家。他說如果能幫他做點事，就可以住在他多出來的房間裡，還可以看電視。啊，不行。我不能隨便透露那個人的事。畢竟他不是伊勢先生認識的人嘛。而且，雖然這樣說有點奇怪，但我最近的記憶也變模糊了。」

「最近到底是指什麼時候？」

「不曉得吔。可能是十年前、兩年前，或者三個月前。我已經失去了時間感。不過像我這種人，在哪裡或何時做了什麼事，根本沒那麼重要吧。」

壓抑住發火的衝動，伊勢問道：「地址在哪？」

鈴木閉起嘴巴，動也不動地盯著伊勢。那像是在品頭論足的眼神實在令人煩躁。哪裡輪得到你這種人來評價。

「回答吧。要是你想和我當真正的朋友。」

「我說了之後，伊勢先生會開心嗎？」

「嗯，當然會。」

「是因為能立功嗎？」

這次輪到伊勢沉默了。

「沒關係。完全沒關係。伊勢先生若能因此立下功勞，我當然也會覺得很開心。但世界就是這樣不講理，對吧？伊勢先生的功勞，也可能會被別人橫刀奪走。我聽師傅說過，像那種卑鄙又無恥的傢伙，在公司或組織裡比比皆是。」

伊勢心底一陣刺痛。

「喂，你到底說不說？」

「我會說，我會說。但既然要說，我絕對希望這最後能被算作是伊勢先生的功勞。」

那張奉承的臉與長久閉門不出的弟弟重疊在一起。曾經有一次，伊勢怒聲斥責弟弟，痛罵他是個廢物。弟弟卻卑躬屈膝地笑著回應：「你想將我寫進你的小說裡也沒關係喔，能幫上哥哥的忙就好……」

這正是念過文學系的伊勢最終放棄寫作，改當警察的契機。他害怕自己會忍不住寫下關於弟弟的故事，害怕那傢伙讀過之後反而沾沾自喜……

「你說是我的功勞？」伊勢的質問伴隨著回憶一併吐出。「這種事要怎麼證明？」

難道要讓他在清宮面前說「我因為喜歡伊勢先生才說的」嗎？也太蠢了吧。

「在事件結束前，我也不能離開這裡。」

「那就在這裡打電話吧。」

「……你說什麼？」

「就在這裡打電話，找一個你能信賴的人，找一個絕對不會背叛你的人說。」

這是陷阱嗎？伊勢內心升起戒備，壓抑著焦躁的情緒。

「但作為交換，我想拜託你一件事。請幫我處理掉手機。」

「手機？」

「對，我一直以為手機弄丟了，其實也的確弄丟了，但我剛才終於想起來，總算記得是在哪裡弄丟的。我靈光一閃，覺得一定是在那個地方。但裡面存了一堆丟臉的瀏覽紀錄，還有許多羞恥的照片。要是我真的因為被冤枉而遭到逮捕，那也是沒辦法的事，但我唯獨不想被別人看到手機裡的檔案。拜託了，伊勢先生。就只有手機，一輩子就這一次請求。可以嗎？伊勢先生，我們是朋友吧？」

看著他懇求的神情，伊勢心中的迷惘漸漸平息。無論是不是陷阱，找出他的住處才是當務之急。手機也是重要的證物，當然不可能處理掉。要趁機好好調查，接著再問出他的住處。到時，可以找藉口說自己是想先確定嫌犯是否說謊，再向上頭報告，還勉強說得通吧？或許之後無需再考慮那些譁眾取寵的把戲，這次的成果也會被視為最大的功勞。無論是清宮，或是那些粗魯無能的警視廳偵訊官，以及等等力和鶴久，還有只將自己當作方便好用的打字員的那些傢伙，難道不該讓他們見識一下嗎？如此一來，就能向高層展現自己的實力吧？

但是，可是，不，可是，但是……

「老實說，我還是想不起地址。但手機上應該有紀錄。我相信不會辜負伊勢先生的期待。」

「……要是被發現偷偷打電話出去，我可是會被罵到臭頭。」

「沒關係，因為這裡只有我和伊勢先生。」

鈴木瞇起雙眼，目光變得柔和，流露出一種奇妙的溫和感。心中殘留的疙瘩，突然被放在意識的浪尖上。那個比自己高出一顆頭，與自己同期的男人浮現在腦海中。

「打個電話試試吧。」

那是難以抗拒的衝動，奪走了那傢伙的功勞，都是因為一時鬼迷心竅……

「快點打吧。」

伊勢拿出私人手機。螢幕上顯示著上午九點三十分。他翻開通訊錄，腦中某個角落下意識地祈願，如果現在門被推開就好了。

16

在麹町署忙到不可開交之際，沙良終於寫完了報告書。身旁的欖球哥大大伸了個懶腰，腋下散發的臭味差點讓她昏厥過去。她也懷疑自己是否有資格責怪對方，因為從昨天輪班執勤，到現在已經超過二十四小時。從早上就忙於例行公事，將鈴木帶回警署後又被指派到各地奔波，後來還被捲入爆炸案，因為無視命令而挨批，才會像現在這樣得和密密麻麻的字句苦戰。此時，比閻羅王還可怕的敵人就是睡魔。當然，也沒時間洗澡。

「妳的字寫得真像男生。」欖球哥探頭看了一眼沙良手邊的文件。填寫在文件中四四方方的字跡，任誰看來都會有相同的感想。沙良的回答也早已固定成了一套說詞。

「我學過硬筆書法。是我爸要求的，從小學到大。」

沙良的父親在一間中小型企業裡擔任職員，性格閒適，對妻子和小孩很溫柔。說好聽一點是溫和；說難聽一點就是將家人都慣壞了。沙良幾乎沒有挨父親罵的記憶。父親嗜好下圍棋，偶爾也會去釣魚。有時會突然想找家人陪同，但沙良和她的兄弟幾乎不太領情。不過，就算被拒絕，父親也不會擺臭臉，只是笑笑地說：「是嗎？這樣啊。」然後輕快地說著「那我出門嘍」，就離開了。他就是這樣一個人。而且，他從來不會干預女兒的未來。當沙良坦承想當警察時，他還幫忙安撫強烈反對的母親。

這樣的父親唯一的要求就是學習硬筆書法。總覺得真像他的作風啊。要好好寫字。不需要寫得很漂亮，但必須寫得端正。因為妳的字是為了傳遞給某個人看的。

「但是，上頭要求一個累得半死的年輕人寫這些文件，是打算懲罰人嗎？」

「的確很有效果。」

欖球哥像在鬧彆扭一樣，手上晃著還寫不到一半的文件。

她明白這不是單純在找碴。兩人的確在凌晨四點的爆炸事件中違反了命令，但這與防止受害的功績相比，根本不值一提。然而，警察是個極端重視結果的組織。身為現場實際負責人的花白頭髮刑警看似對他們大發雷霆，並一再向高層口頭報告事情經過，同時多次警告他們。但這一切都是形式上的功夫。那位花白頭髮刑警最後還拍了拍他們的肩膀，稱讚他們膽識過人。

因此，會命令他們寫報告書，也是出於這起案件正引起廣泛關注的緣故。不僅是媒體，高層也評估遲早得向相關機構或政治人物進行簡報，因此必須精確掌握所有消息。只要是政府機關，這種強制性就是無可避免。

事件趨緩也是一大原因。或者，也可說是要讓度過重重危機的部隊稍作休息的體貼之舉。反過來說，這同樣是要他們在休息後全力投入工作的訊息。所以，此刻被排除在外雖教人感到氣憤，但也正好符合期待。

但至少讓我沖個澡吧……沙良才剛在心中懇求，麴町署的職員就跑進他們待的小房間。

「集合吧！已經確認下一個目標了。」

沙良和欖球哥同時起身。此時，時間剛過上午九點。

幼兒園和托兒所由代代木署負責，支援部隊則前往小學、中學，以及其他相關機構。為什麼幼兒園和托兒所會優先於學校呢？雖然每次都沒有說明，但報紙販賣所的推測是正確的，況且比起胡亂抱怨，還是乖乖遵從指示得好。

沙良等野方署的組員被分派至小學搜查，她在此與欖球哥分頭行動。代代木署的兩名職員也趕往現場完成避難引導。由於是星期一，校內有許多孩子。由於難以確保體育館內安全無虞，只得讓孩子們抱膝坐在操場上。為了安撫感到無聊的孩子，代代木署的年輕職員當場開起了犯罪預防講座。一旁的老師則顯得不知所措，不知該如何處理，是否應該聯絡家長？還是乾脆讓孩子們回家？

沙良和其餘空閒的人手負責搜查爆炸物。儘管最終檢查會交由爆炸物處理班進行，但他們也不能白白浪費時間。時限真的是十一點嗎？是否存在誤爆的可能性？發再多牢騷也無濟於事。班長、寡言先生，以及沙良自己，都因為非常時期的緊張情緒逐漸淡化了恐懼。他們在建築物內劃分區域，花費約一小時檢查完畢。連周邊的花草樹叢都伸手翻找，卻依然沒有找到任何可疑物品。

看來這裡是撲空了。沿著外牆搜查樹木之間，沙良一邊感到放鬆下來，同時也感到怒不可遏。居然打算對孩子下手，內心憤慨至極，這傢伙簡直禽獸不如。

「那個老頭，給我記住。下次遇到他，我絕對要把他揍個稀巴爛……」

「沙拉。」

沙良嚇得差點跳起來，又馬上鬆了口氣。這個稱呼她「沙拉」的人，即便聽到這種不恰當的自言自語，也無需擔心。他就是矢吹泰斗，世界上唯一一個會這樣叫她的人。

矢吹一邊環顧四周，小心翼翼地走近。接著，他輕聲說道：

「我能離開一下嗎？」

「什麼？」沙良滿臉疑惑。雖然對矢吹異常謹慎的態度有種不好的預感，但這個請求還是出乎意料。

「想拜託妳幫我蒙混過去，別讓其他人知道。」

「你要去拉屎？」
面對沙良故意拋出的玩笑話，矢吹一臉正經地否定道：
「不是，有件在意的事。但應該不會花太多時間。」
「等一下，這不太好吧。雖然這裡好像真的沒有炸彈，但偷偷溜出去也不好。」
「我知道，所以才來拜託妳。」
真是胡來。退一百步說，要蒙混過去就算了，可一旦被抓包，也擔不起責任。就算想承擔也承擔不了。
「拜託了。妳不是我老妹嗎？」
「……到底發生了什麼事？」
沙良仰望矢吹，他卻將臉別了過去。矢吹的目標是當上刑警，而他的缺點大概就是不擅長說謊吧。
「……我收到一個可靠的線報。說不定能拿下鈴木的情報。」
「什麼？這種事應該盡快向上頭報告吧。」
「因為還未經證實，我想先確認一下。」
想要立功……沙良聽出他話中的意思，但也沒打算責備他。自從會合以來，她就注意到矢吹一些不自然的舉止。搜查炸彈時，他也一副心不在焉的樣子。被他視為妹妹的沙良在事件中大展身手，還是和其他署內同輩的刑警一起。而那時，矢吹只能眼睜睜地在一旁站崗。
矢吹絕對不會承認這一點，但無論如何，他這副模樣都讓人產生不必要的聯想。沙良對於擅自揣測他心中的芥蒂，心裡也感到一絲內疚。

這所小學的搜查是撲空了。假設真有炸掉，孩子們也已經全數疏散。現在沙良等人能做的只有等待，最多也就是在孩子們面前示範如何逮捕犯人，逗他們開心。

「你能說得詳細點嗎？」

「……不能。妳最好不要知道。」

是嗎。沙良吐了口氣。

「好吧。」接著，她直截了當地回答：「但你要帶我一起去。」

矢吹緊蹙眉頭。既然是沙良，他應該已經做好了一定的心理準備。但也只能向沙良提出這樣的請求。

「要去的話就快點。早點解決，趕快回來。」

不等他回答，沙良便直接邁開步伐，以無線電呼叫班長。「不好意思，報紙販賣所的爆炸案有點狀況，我和矢吹巡查要用一下巡邏車。」班長雖然回問了一句「什麼？」，但沙良只簡單回了句「不好意思，我們很急」，然後就掛斷了。

「妳……」

「整體上不算是說謊吧？」

嗯，總之……雖然很難說會發生什麼，但沙良早已下定決心。如果矢吹得到的情報是真的，那自然是他的功勞。但要是撲了空，還被發現擅自行動，但當下和矢吹一起的自己，或許可以用報紙販賣所的功績來換取兩人免受究責。假如真的發生這種情況，那就讓矢吹請吃一頓高級燒肉。

「車就交給你開了。」

「……感激不盡。」

接受這句搭不上邊的對白，沙良心中默默祈禱，希望接到的線報真的是可靠的情報。

沙良和矢吹抵達的地點，是一間看起來會刊登在城鎮雜誌上的時髦咖啡店。這裡距離小學僅幾分鐘車程，位於代代木公園西南方約三公里處。地址在世田谷區池尻。

滿臉鬍鬚的店主一見到兩位制服警察走進來時，似乎嚇了一跳，困惑地拉高了聲調問道：「什……什麼事？」

確定店內沒有其他客人後，矢吹脫下警帽，客氣地說明來意：「昨天有位客人將手機忘在這裡了，我們受他委託過來代領。」

「啊……」店主似乎理解了。他走到吧檯深處，很快就拿著手機回來。乍看之下，似乎是相當老舊的型號。

矢吹先戴上手套後才接過手機。他才準備操作，沙良便急忙制止他。

「等一下，這也可能是引爆裝置吧？」

「……有道理。」矢吹點了點頭

這個人沒問題嗎？沙良不禁擔心起來。他行事實在太魯莽了。

矢吹仰天嘆了口氣，然後將手機調成飛航模式。手機沒有設密碼，他先切斷訊號後，著手檢查裡面的內容。此時，他的肩膀明顯緊繃起來。沙良踮起腳尖從旁窺視螢幕，畫面空蕩蕩的。除了初始設定的應用程式外，沒有其他引人注目的內容。不僅沒有檔案和圖片，連註冊的電子郵件地址都沒有。

矢吹緩緩調整呼吸，然後向店主問道：「請問您還記得手機主人是怎樣的人嗎？」

「唔，記得整個人圓鼓鼓的？好像還戴著一頂中日龍的帽子，點了蛋包飯。」

「是第一次來的客人嗎？」

「應該是。因為我們店裡的常客沒有人戴那麼破舊的帽子。」

「順便問一下，您這裡有監視器嗎？」

「咦，發生什麼事了嗎？」

「沒有，只是以防萬一。」矢吹客氣地回應。

店主只是簡單回答了一句「沒有」，並沒有讓人特別在意的舉動。這家店看起來相當講究，充滿復古氛圍，店內僅低聲播放著爵士樂，沒有擺放雜誌或電視。矢吹拿出鈴木的照片給店主看，但對方只是含糊地說：「嗯，是有點像……」似乎也沒看過已經公開的鈴木肖像。

「他是中午之前來的，約十點吧。離開後沒多久就打電話來說手機忘在店裡，並說隔天會讓人過來拿，要我留在店裡，還特別交代不要打開手機。」

店主聳了聳肩，表示沒想到來取手機的居然是警察。

「他還忘記帶走什麼嗎？比如說包裹之類的？」

店主先是遲疑了一下，接著又斷然否定。矢吹叮囑道：「以防萬一，請您在店裡仔細找找看。

廁所和店外也請檢查一下。如果發現什麼，千萬不要碰，請立刻離開現場並聯絡警察處理。」

店主一臉困惑地點了點頭。兩人轉身走出咖啡店。

「說起來，也算是有點收穫吧。」沙良本想鼓勵矢吹，但他仍專心在操作手機，一遍又一遍檢查，渴望發現任何蛛絲馬跡。

果然沒那麼順利嗎？但能夠取得鈴木的隨身物品，無疑已經是一項戰果。不過，這支手機幾乎空空如也，的確十分可疑。如果能夠恢復數據，難保不會成為一項寶貴的證物。

沙良才打算在回程替那位不死心的老哥開車，正要打開駕駛座的車門時，只聽見矢吹驚呼一聲停下腳步。手機殼被拆下來了。機殼內側貼了一張貼紙，上面寫著一行文字。

矢吹喃喃自語：「……是地址。」

17

等等力本來想著，就算只能當司機也沒關係，想辦法讓對方幫自己安排個位子就好，不過，由於已經確認了下一個爆破目標，無意中也推遲了拜訪長谷部有孔家屬的優先順位。鶴九敷衍地說「你去吧」，並指名井筒做他的搭檔。除了因為檢查沼袋監視器的優先順位驟降，更重要的是，井筒曾經短暫地坐在長谷部旁邊辦公。

兩人離開野方署，沿著環狀七號線南下。井筒主動開車，與其說是為了給前輩面子，不如說是為了報答對方將自己從那個荒涼的視聽室裡帶出來的恩情。

「還好能聯絡上他的家人。」

「是啊。」

井筒並不打算延續這種僵硬的對話。

等等力其實也不太清楚。他只是透過鶴久接觸了幾個門路後，意外輕鬆地聯繫上了對方。仔細想想，倒也沒必要躲躲藏藏。警方之所以自顧自地像處理膿包般對待這個問題，或許更多是出於內疚感。

兩人按照導航的指示前進，在十點過後抵達目的地。

那是一棟造型平凡的九層樓公寓，整棟建築物像是一根細長的棍子。從信箱看來，每層樓似乎各有三戶。眼前的主幹道上車輛絡繹不絕。這棟公寓看上去不算老舊，但格局像是專為單身者設計。據說長谷部的家人在離婚後改回母姓，目前妻子和女兒一起生活。

心情驀然沉重起來。要說是刑警的直覺可能會被嘲笑，但的確有些人一旦跌入深坑，就再也無法逃脫。

井筒使了個眼色，等等力便按下門鈴。很快就得到回應。「請進。」應門的女性聲音聽起來有些緊張。自動鎖的大門內側看起來和外觀一樣，冷淡而疏離。

「不好意思，家裡很小。」

長谷部有孔的前妻石川明日香住在這棟公寓的四樓。不出所料，內部格局只比單身者的房型稍微好一些。或許是先入為主的印象，總覺得屋內的牆壁、地板，還有家具都黯淡無光。唯獨拖鞋顯得格外嶄新。

「請問令嬡在嗎？」等等力問道。明日香將視線投向客廳深處。隔扇後應該就是臥室。

「我們能問她幾個問題嗎？」

「美海從白天就忙著工作。請你們放過那孩子吧，求你們別對她提起長谷部的事。」

她的答覆聽起來恭敬客氣，卻透著一絲神經質。美海不可能對等等力等人的來訪毫不知情，卻連出聲打招呼都不肯，態度已經很明顯了。

明日香想去泡茶，但等等力鄭重婉拒了。

「我們會盡快結束問話。」

井筒讓出了雙人用的餐桌座位給等等力，自己則站在後方。坐在正前方的明日香聳了聳肩，靜待等等力開口。她的頭髮雖然簡單整理過，但依然掩蓋不住白髮，肌膚看起來也很粗糙，連等等力身為男性看了都覺得擔心。

事件的概要早在約見面時就說明了。拿出鈴木的照片給明日香看時，她表示已經在電視上見過。

「我一點印象也沒有。」她直視著等等力。「我問過美海，她也不認識這個人。」

「最近是否接過無聲電話，或者感覺被人跟監？」

完全沒有。明日香輕輕搖頭。

「是否檢查過家裡忽然出現的可疑物品？」

「都找過了。家裡、公共區域，還有公寓附近都找過。雖然只是大致檢查了一遍。」

不愧是與野方署的守門人共同生活多年的女性。雖然生活看來相當疲憊，表情也滿是困惑，但她的回答依然值得信賴。

「之後若需要請鄰居幫忙，再麻煩你們自行去拜託了。還請務必保密我們家裡的狀況。」

「別擔心，詢問可疑物品只是以防萬一。」

「還有什麼事嗎？」

等等力一時語塞。此次造訪究竟有多少意義，連他自己也不免懷疑起來。既然已經確認沒有炸彈，似乎也沒必要繼續留在這裡。

「我還是泡杯茶吧。」

還來不及阻止，明日香便站起身來走向廚房。要是此刻直接告辭也太過失禮。等等力才剛看向她燒水的背影，就聽見頭頂上傳來輕微的咂嘴聲。等等力和井筒四目相交。拜託快點結束吧……井筒那充滿責備的眼神使等等力感到疲憊不已。

沒有閒情逸致浪費時間了。不論是否顯得無禮，即使遭受責難也要採取行動。這是刑警的基本態度。

然而，這需要勇氣。一種能承受自己不合時宜的勇氣。

「我真的覺得很抱歉。」

明日香突然開口。她依然背對兩人，低頭注視著燒水壺。

「長谷部做出那樣的事……被揭露以來一直都在做那種事，我真的對野方署的各位，還有警察相關人員感到非常抱歉。」

熱氣升騰。明日香拿起茶葉罐想打開蓋子。

「造成大家的麻煩，我真的很難受。」

「還是不麻煩妳泡茶了。」井筒略顯冷淡地說道：「給我們喝太浪費了。畢竟一杯茶也不是免費的。」

「可是……」

「你們的生活過得很辛苦吧？」

還沒等到等等力瞪過去，明日香就先開口了。

「這不是當然的嗎。」

明日香轉過身來，沉著臉說道：

「我們經歷了多少辛苦……長谷部死後，鐵路公司立刻聯絡我，向我提出損害賠償的要求。當我看到那個金額，眼前變得一片黑暗，我根本付不出來。最後我不得不放棄長谷部的遺產。房子、存款、退休金，全都放棄。」

她握緊的拳頭不停地顫抖。

「我看到週刊雜誌的報導時，內心受到極大的衝擊。我非常震驚。長谷部幾乎沒有對我做任何解釋，只是簡單地說了一句『很抱歉』，便擅自決定分開對大家都好，然後直接遞給我離婚文件。我根本一頭霧水……覺得肯定有什麼誤會。我一直在忍耐，只希望得到合理的解釋。那時，我不僅接過惡作劇電話，還曾被人尾隨，連記者也在監視我們全家的行動。我的女兒在大學裡，兒子在職場上，想必也因為這些事抬不起頭來。儘管如此，我依然選擇相信他。即便他辭去了警察的職務，我仍堅信這一切都是誤會，堅信我們全家還是能再一起生活。我心想，等長谷部冷靜下來後，他就會告訴我真相。然而，沒有人站在我這邊。我抱著最後一絲希望問他，週刊的報導是捏造的吧？是誤會吧？還是有什麼隱情？但他只回答我：『我從以前就是個變態，是個可恥的人』。」

明日香握起拳頭輕輕捶著自己的額頭。「那一刻，我澈底放棄了。我知道無法挽回了。但我還是受到很大的打擊，整天臥床不起。沒過幾天，長谷部就跳軌……」

她咬緊牙關。

「他居然選擇了那種死法！居然做出跳軌這種愚蠢的舉動！明明安安靜靜地上吊也好！」

「吵死了！」臥室中傳來一聲女性的怒吼。「抱歉，美海。」明日香立刻回應。此刻，等等力和井筒也無法插嘴。

明日香步伐踉蹌地回到座位上。

「就那麼短短幾天而已。要是我能毫不猶豫地提交離婚申請書，好好辦理手續分配財產，至少不會落到身無分文的地步。」

熱氣滾滾升起。換氣扇發出刺耳的聲響。

「……妳兒子來過這裡嗎？」等等力問道。不同於明日香母女倆，等等力沒見過長谷部的兒子，也從未交談過。雖然曾是長谷部的搭檔，說到底交情也只是這點程度而已。

「名字是叫辰馬吧？」

「是的……」明日香含糊其詞。

「他目前住在哪裡？」

她移開視線，彷彿在掩飾心中的內疚。「……其實在長谷部死後，我們一家曾經分開過。」長谷部自殺後，長男辰馬彷彿變了一個人，整天鬱鬱寡歡，不僅話變少，整個人失去了活力。後來，連工作都辭了，整天窩在房間裡。妹妹美海責怪哥哥不肯振作起來，兩人爭吵不斷，有時甚至還會動手。

那時，美海先離開了公寓。接著辰馬也離開了。那是在長谷部自殺的半年後，春天剛來臨之際。

「我也不想再努力了，之後輾轉在各地生活……」明日香抬起頭說道：「辰馬非常尊敬長谷部。他相信長谷部是個優秀的父親，甚至比我更相信他。」

她露出懊悔的神情，肩膀不住顫抖。但似乎顧慮到臥室裡的美海，便壓低了聲音。

「只有美海振作起來。我能住在這裡，也多虧了那孩子。那孩子原諒了我。」

聽說母女倆在女兒租下的這間房子裡已共同生活了約半年。

「冒昧請教，令嬡目前從事什麼工作？」

「她是造型師。在一位名人底下做事，工作時間不固定。」她的語氣略顯強勢，彷彿在警告等等力不要隨意揣測。「她從小就以這個領域為目標。我年輕時也做過類似的工作，可能也受了我的影響。」

她的聲音愈來愈低。

「……我對那孩子滿懷感激。我唯獨不想給她添麻煩。」

看著她低頭咬脣的模樣，等等力輕輕垂下雙眼。

「可以了嗎？我待會兒還要開車載美海去上班。」

「在都內嗎？」井筒插嘴問道。最近的新宿車站並非需要開車才能到達的距離。

「方便的話，我們可以送她過去，順便聊一聊……」

「警察先生。」明日香驚慌失措地看向井筒。那雙眼睛彷彿在懇求：請別再跟我們扯上任何瓜葛。

「不在都內。謝謝你的關心。」

井筒沒有再糾纏下去。

「慎重起見，可以告訴我們辰馬的聯絡方式嗎？您知道的範圍內就好。」

面對等等力的請求，明日香帶著幾分困惑拿出紙條，一邊寫下手機號碼和住址，一邊激動地說：

「那個叫鈴木的男人到底想做什麼，我一點頭緒都沒有，也完全不感興趣。重提長谷部的事，對我來說只有困擾。拜託你們別再來打擾我們了。我們好不容易才安頓下來，我也終於打算接受這個現實。都是我不對，我看錯人了，到頭來就是這樣。」

「你為什麼要問那樣的問題？」

那樣的問題？搭上電梯的井筒露出一臉疑惑。關於生活的問題，有必要刻意去刺痛那一家人的傷口嗎？

「你還真為他們著想。」

電梯啟動，等等力閉口不語。為他們著想？也許是在嘲笑他身為刑警還如此心軟，也可以解讀為藐視他對長谷部的同情。無論如何，他都不打算辯解，只感到疲憊。他後悔聽信了類家那番勸誘，到頭來不僅一無所獲，還目睹了不願面對的現實。

「為什麼……」快到一樓時，井筒才開口：「因為她其實想說出來。」

出乎意料的回答。井筒直直盯著電梯樓層的顯示螢幕。

「畢竟平常沒機會能向別人發這種牢騷。」

「……可能是你誤會了。」

「那又怎樣？我才不在乎。我只是因為這樣想，就這樣做了。」

電梯門開啟，井筒率先走出去，等等力稍後跟上。長谷部的兒子辰馬沒有接電話。兩人只能親自上門一趟。

走向車子的途中，井筒說出了心裡的疑惑。「但仔細想想也很怪。再怎麼有名的警察，也不過是個沒有官職的普通刑警，為何會被週刊雜誌盯上？真的只是湊巧被發現在案發現場自慰嗎？」

「……是醫院。長谷部去過診所。」

消息來源就是那裡。他遇到一個保密意識極低，比起小錢更愛八卦的醫生。

井筒放聲嘲諷。「不愧是你，消息還真靈通。」

「就是我建議他去那裡諮詢。」

「什麼？」

「我在搜查時親眼看到了，那個人在自慰的樣子。」

真是不必要的告白。為了避免井筒追問，等等力趕緊伸手拉開副駕駛座的車門。就在那一瞬間，他突然感到一陣忐忑不安。爆轟聲彷彿在遠處迴盪，就像在秋葉原時感受到的那股預兆。等等力迅速環顧四周，井筒則滿臉困惑。道路上車輛川流不息，一名抱著包裹的送貨員走進公寓。一切看起來再尋常不過。時間是十一點。

18

「代代木的炸彈已經順利回收了。」

清宮對坐在對面的鈴木宣告。鈴木眨了眨眼，從容地回應：「哦，這樣啊。那真是太好了。」

交班的刑警嘆了口氣，不論怎麼怒吼或咆哮，也喚不醒這個在打盹的傢伙。

「但清宮先生，現在還不到十一點吧？」

「是的，還差二十分鐘。」

「說不定某個地方會砰一聲爆炸喔。」

「不會的。」

清宮豎起三根手指。

「因為那三個地方，我們都確實找到了。」

以第一家幼兒園為首，還有接下來兩家，都是在幼兒園的草坪上發現了包裹。都沒有費心思藏在隱密處，推測是從園區外扔進去的。

「現在當然還在全力搜索。包括小學和中學在內。再發現一、兩個也只是時間問題。就算有疏漏，避難指示也不會輕易解除。這次不會有人傷亡。」

「真不愧是清宮先生。」

鈴木滿面笑容，輕聲鼓掌。既不顯焦急，也看不出煩躁。清宮對此感到一絲寬慰，慶幸自己能夠平靜接受這一切。這傢伙就是這種生物，沒有半分懊悔的情緒，就像在享受一檔益智節目，盛讚挑戰者的不懈努力。

他和我們不是同類人，是半人半獸。但這指的不是身體，而是心靈。

「就這樣，你最先預測的爆炸已經結束了。」

秋葉原發生爆炸後，鈴木對等等力說「現在起會發生三次爆炸」。對這句話理所當然的解釋，東京巨蛋城是第一次，九段是在問答遊戲開啟後的第二次，而代代木是第三次。

臨近中午，陽光愈發明亮，光線中漂浮著灰塵顆粒。看來打掃得不夠澈底。回本部之前該去提醒一句。

鈴木微微偏頭，露出疑惑的神情，身體比之前更朝右側傾斜。

「你確定結束了嗎？」

「還有下一題嗎？」

他希望能在此看清局勢。目前已經確認了七個炸彈。雖然炸彈相對容易製造，但實際上也難以想像能夠大量備有TATP。危機若能就此結束解除，可就再好不過。

「鈴木先生，你要繼續玩遊戲，還是爽快認輸？你打算選哪一個？」

「別再提輸贏了，『九條尾巴』還沒玩完吧？」

「就當你贏了那遊戲也無妨。」

「請別這麼說。我不喜歡聽到這種冷漠的話。我們不是好不容易才一起玩到現在嗎？拜託了，我絕對會猜出清宮先生的心的形狀。」

看來只能陪他玩下去了。實在敵不過他的厚臉皮。總之，在找出他的住處和查清爆炸計畫的全貌之前，搜查還得持續進行。

鈴木的第八題是關於代代木的爆炸。要是還有其他炸彈，或許會在第九題給出提示。

「那就請你問最後一題吧。」

「從我開始可以嗎？不從清宮先生開始？」

「嗯，你問吧。」

熠熠生輝的目光猛然逼近。「可是……」鈴木將雙手放在鋼桌上說道。

「我的第八題還沒結束呢？」

「……什麼意思？」

「答案還沒核對完畢。因為還沒到十一點嘛。」

鈴木的氣息近在咫尺。

「你的意思是我在撒謊？」

「撒謊？」

「就是炸彈已經處理好的事。」

「啊，我想這應該是真的。清宮先生，你不是會撒這種謊的人吧？我知道的，畢竟我至今遇過很多人嘛。雖然在大多數情況下，那些人都沒將我放在眼裡，充其量只當我是個機器人隨便使喚。」

「你做什麼工作？」

「這是清宮先生的第八題嗎？」

「只是閒聊。」

鈴木彷彿忘了眨眼，直直注視著清宮。

「不是什麼了不起的工作。這也是當然的，畢竟我也不是什麼了不起的人嘛。就這一點來看，這世界倒是運作得很合理。了不起的人得到了不起的工作，平庸的人則被分配到平庸的工作。我想到一個人，是誰呢？好像是一名國外的音樂家，他有首歌是這樣唱的：『人們將得到與自己相稱之物』。」

鈴木停下話語，嘴角微微揚起。

「清宮先生能當上警察，而我只是個微不足道的人，都是基於同樣的法則吧。」

「沒有人是微不足道的人。」

「不對，確實有這種人。我就是這種人。不僅是我，還有很多和我一樣的人。什麼都做不了，沒有任何產值，誰都不想看上一眼的存在。就像路邊的石頭。那些穿著好鞋走路的人，就算踢到石頭也沒什麼感覺吧？應該不痛不癢吧？就只是顆石頭嘛。一個沒有臉的人，一個無臉妖怪，根本算不上人類。理睬了也不會帶來任何好處，反而徒增煩惱。人們寧可直接無視。清宮先生也是這樣吧？在路邊遇到這種人也不會停下來吧？連一次也沒有感到好奇吧？」

「我是警察，見過的人比你還多。」

「你說的是罪犯？嫌犯？還是可疑人物？」

「也包含受害者。」

「我想也是。但大家一定都這麼想吧。覺得算了啦，根本無所謂。」

這就是他慣用的話術。清宮感到腹中一陣騷動，黑色的蟲子正大舉鑽進清宮體內，這種澈底自我貶低的行為總能引發他的焦躁。

「請問第九題吧。」

「別著急，我剛才不是說我的第八題還沒結束嗎？」

「已經結束了。炸彈已經處理完畢。」

「清宮先生果然也是那種人。」

「那種人？你指的是什麼？」

「就是從我們身邊路過，連看都不看我們一眼的那種人。」

「你差不多該適可而止了吧？整天抱怨有什麼意義嗎？正如你所說，這個社會花了很長的時間建立體制，讓所有人都能得到應得的東西。只要依賴該依賴的地方就好。還是說，你非得當上巨人隊的四棒才滿意？」

「怎麼可能。瞧我這肚子，連球僮都做不來。」

「那也有解決的辦法。並不是社會看不到你，而是你將自己藏起來了。難道不是嗎？」

鈴木僵硬在原地。清宮的視線落在自己交疊的手指上。保持冷靜，掌控局面，不能受他干擾。

「好了，來談談問題吧。既然你說你的第八題還沒結束，那就說說到底是怎麼回事吧。」

「我一直在說。」

一陣寒意竄起。他遺漏了什麼？心中那股在幼兒園發現炸彈前一刻仍徘徊不去的疑慮，突然湧上腦海。

「十一點了。」

類家宣告。聲音似乎透著畏怯。

「清宮先生，」鈴木緩緩開口：「社會怎麼想都無所謂。我現在是在和你說話，說的是你。」

在幼兒園找到炸彈是事實。鈴木甚至準備了三個炸彈。難道還有更多嗎？不論是幼兒園、安親班、小學、中學，還有托兒所和自由學校，乃至於孩子們聚集的公園，明明都徹查了一輪。難道這些只是陷阱？或許根本沒有規則，也沒有所謂的謎題，僅僅只是一場隨機的恐怖攻擊？那樣一來，根本無法阻止。

「別懷疑，我的靈能力很可靠的。」

清宮暗忖，這傢伙真的會讀心術嗎？不，別想了，自己的表情肯定比平假名還好讀懂。沒什麼好意外的。不對。現在該思考的是謎題的答案。第八題的答案。沒錯吧？對吧？當問及目標是否為孩子時，他是這樣回答的。我一直相信他的含糊其詞，是因為他依賴所謂的靈能力。難道不是這樣嗎？還記得他那段冗長的演說。因為始終全神貫注地聆聽，深怕遺漏關鍵的一字一句。但到頭來，還是不確定那問題究竟是從哪裡開始的。下流的性欲話題，性犯罪，兩種夜晚與星期四，在柏青哥中大獎，邊喝酒邊看甲子園球賽，幼兒園孩童的歌聲，嗡嗡嗡，小蜜蜂紛飛，毫無欲望的年輕人，生命的平等，紙箱搭建的屋子，腐臭的氣味。

……理性和野性看似處於兩個極端，但或許也有合而為一的時刻？白天和夜晚，太陽和月亮。即便是相隔頭與尾的距離，也未必毫無關聯。兩邊都有不可忽視之處，卻又無法同時選擇。要兼顧兩邊是非常困難的。俗話不是說「追兩兔者不得一兔」嗎？還有句諺語叫「大山轟鳴卻只見一鼠」吧？不過，為什麼老鼠總是群聚在一起呢？牠們確實是群聚在一起吧？吱吱喳喳的，不覺得很吵嗎？相較之下，馬倒是安靜多了。牠們會默默待在餵飼料的地方，機警地在圍欄門排成一列。牠們會排隊吧？我沒說錯吧？真是的，我腦袋愈來愈不行了。哎呀，但重要的是……清宮先生，你能不能做出正確的選擇。

「清宮先生。」

鈴木伸手指向清宮。

「你的領帶夾歪了喔。」

身後傳來一聲驚呼。是野方署的伊勢。「這個！」他慌張大喊。清宮感覺到身後類家正在確認狀況。正打算調整領帶夾的手，不自覺捶了捶胸口。凝視著眼前的男人。拼圖幾乎要完成了。應該只剩下不到五十塊碎片，中央那部分還沒填上。回過神來，黑色蟲子正在囓咬著自己，群聚在本該拼好的拼圖上。

「是這樣嗎……」類家總算吐出了這句。

「在哪裡？」清宮問道。

稍作停頓後，聲音又響起：「代代木公園，南門，就在那裡……」

腦中啪嗒一聲響起。啊……內心呼喊著。他曾經聽說過。很久以前，他還是一名派出所巡查，那地方離他的工作地點有點遠，但他確實聽說過。星期一早上十一點，那裡有人在供膳。

「不是孩子，真的太好了。」

鈴木的臉就在眼前。

「受害者是一群白吃白喝的傢伙，真的太好了。」

他在兩人之間豎起右手的食指。

「第九題，請問你現在是否感到鬆了一口氣？」

拼圖碎片啪嗒啪嗒地崩落，取而代之的是成群竄爬的黑色蟲子，覆蓋了所有空缺。清宮緊緊握住鈴木的手指，使勁一扭，能感覺到骨頭嘎吱作響。

「清宮先生！」不顧類家的叫喊，他使盡所有的力氣……

「拜託你停下來！」

清宮的雙臂從身後被牢牢固定住，然後被強行拉開。鈴木捧著彎曲的食指，眼角流下淚水。他一邊流淚，一邊笑。那嘻嘻哈哈的笑聲充滿輕佻，一臉天真無邪，似乎感到愉悅。

「請冷靜一點。」

類家滿面通紅的臉湊近肩頭。視線盡頭，伊勢正呆愣地坐在助手的座位上。鈴木仍笑得停不下來，陽光灑落，塵埃在空中舞動。

「從一開始，選項就擺在我們眼前了……」類家說道：「他反覆暗示需要供膳的人們，以及曾經在公園度過的生活。最初的提示就是這個。」

我的錢包空空如也。要是隔天沒吃到供膳處的飯，我搞不好就會餓死了……

「第二根手指的提示是『孩子們』，第三根是『代代木』。接下來最後一根是『生命的選擇』。」

但重要的是……清宮先生，你能不能做出正確的選擇……

「子和午表示方位，還有出入口。公園北邊的幼兒園，還有南門。追兩兔者不得一兔……應該要注意到的。如果知道，就應該能注意到。但是我不知道。我不知道代代木公園的南門是供膳處。」

他的臉上流露苦澀神情。「……至少六十人受牽連，恐怕會出現相當多的死者。」

雖然聽見這個消息，清宮卻並未感到太大的罪惡感。真是教人難堪的醜惡。我竟然因此鬆了一口氣，慶幸受害的不是孩子。由於自己唯獨想阻止這件事，因此在認為孩子會受害的瞬間，就看不見其他的選項。不知不覺，潛意識做出了選擇。

「你說隨機炸彈客是邪惡的吧？」鈴木眼中含淚嗤笑著。「那你自己又如何呢？」

「選擇了孩子的我。」清宮不禁想著，「嘴上說生命平等，最終還是選擇了孩子。」

「看吧，清宮先生。」

鈴木被折斷的食指指著錯誤的方向，那是施暴後留下的證據。

「這就是你內心的形狀。」

清宮忽然一陣癱軟。身後的類家拚命撐著他的身軀。鈴木仍邊哭邊笑。清宮感到思緒變得一片黑暗。大腦如斷線般失去一切訊號。那副拼湊完成的拼圖，在它崩塌的前一刻，中央的空白處被拼圖碎片填上了。拼圖完成了。但上頭描繪的，正是清宮自己。

「謝謝你，清宮先生。我玩得很開心。」

清宮跌坐在地。已經無法再思考任何事。

鈴木再度開口：「下一個對手是誰呢？」

「下一個？」類家反問。

「沒錯，畢竟你們想幫助善良的市民吧？」

「……還有三次爆炸是騙人的？」

「怎麼會，我才不會說謊。我是這樣說的：『根據我的靈能力，從現在起會發生三次爆炸。接下來的爆炸會發生在一個小時後。』從現在起會發生三次，從秋葉原開始到現在是第一次。這是第一回合。啊，當然，我只是將靈能力感應到的告訴警察先生而已。」

19

當無線電傳來在幼兒園發現炸彈的消息時，沙良和矢吹正站在那棟建築物前。手機殼內側貼的地址，距離鈴木忘記拿手機的那家咖啡館並不遠。這是一棟坐落在住宅區深處，周圍環繞許多樹木的屋子。外觀像一棟洋房，但似乎久未修繕。由於孤立於四周，反而顯得像是棟鬼屋。二樓凸窗上的窗簾緊閉。

「按門鈴的工作就交給矢吹同仁了。」

「為什麼是我?」

「我昨天按了那麼多次門鈴，快煩死了。」

矢吹不悅的神情轉為陰沉。「……是猿橋那傢伙吧。」

果然還是會在意啊。沙良心中泛起一絲得意的苦笑。

就這樣，矢吹按下門柱上的門鈴。沒有回應。鐵門高度大約及腰，與其說是防盜，不如說是裝飾。兩人以眼神示意後，由矢吹先行進入。中庭雜草叢生，玄關看似氣派卻髒亂不堪，壁面和屋簷也黯淡無光。昔日想必相當氣派。雖然現在已經成了一棟破舊的老宅，但停放在玄關旁的山地自行車並未生鏽。

「不好意思，打擾了，我們是警察。」

矢吹按下門鈴後，朝對講機說話。稍等了一會兒，沒有任何回應。

怎麼辦?沙良使了個眼色。也沒別的辦法吧。矢吹以表情回應。一不做，二不休。

他伸手搭上玄關的門，輕輕按下金色的門把，門應聲而開。屋裡透出了一陣冷風。「不好意思，打擾了，我們是警察，來送還遺失物。」矢吹的聲音在洋樓內迴盪。

「人都不在嗎?或者鈴木是獨居?」

「是嗎?明明是合租屋。」

來這裡的路上，他們曾打電話向不動產業者詢問屋況。土地和建物都是同一人所有，名字與鈴木也毫無相似之處。根據對方描述，屋主的外表和年齡也與鈴木完全不同。原本推測鈴木應該是寄居在這裡，對方卻聲稱這裡是一棟合租屋。出於屋主的興趣，大約從十年前起就租給一些「前途光明的年輕人」。

也因為是出於興趣，租賃契約相當馬虎，身為房東的屋主每年也只過來查看幾次，平時幾乎不太管理。這對租客來說或許很方便，但警方要調查起來卻相當困擾。連住民票[11]是否曾轉入也令人懷疑。

「畢竟離東大很近，多半是有錢人的業餘愛好。」

儘管覺得不太對勁，沙良的想法與矢吹相同。但話說回來，四十九歲的鈴木田吾作是否符合「前途光明的年輕人」？只能詢問房東了。不過，也無法排除他擅自潛入的可能性。

「打擾了！」

矢吹高聲大喊，邁步走進屋內。正如外觀所見，屋內確實可以直接穿鞋進入。但沙良倒是從未想過住在這樣的房子裡。

玄關大廳的左右兩側各有一道階梯。室內雖不像外觀看起來那麼髒亂，但也說不上乾淨整潔，僅僅是能住人的程度。即使沒有開燈，透過天窗照進來的光線也足夠看清屋內的樣貌。與其說是住家，看起來更像是別墅或招待所。

左右兩側各有一條走廊，矢吹走向左側，邊喊著「不好意思」邊前進。走廊包圍的中央是客廳和餐廳，地上散落著雜誌、吉他、健身球等各式各樣的物品。廚房裡堆滿了碗盤。住戶似乎不常洗碗，蟲子嗡嗡亂飛，令沙良感到有些煩躁。

「味道也太濃了吧。」

矢吹說道。沙良點了點頭。不是廚餘的臭味，而是香氛的氣味。房子各處瀰漫著香氣。由於氣味太過濃烈，反而讓人感到不適，而非放鬆。再加上室內過低的溫度，空調似乎正在全力運轉。

「請問有人在嗎？」

走道中間有一扇門，通往大理石裝潢的浴室。忍不住想吐槽一句「還真是奢侈啊」。浴缸裡是空的。

「照這樣下去，會不會再出現一張賭桌？」

矢吹沒有附和這句玩笑話，逕自往最深處走去。單人房應該在二樓。若說此處有關於鈴木的情報，應該能在那裡找到一些線索。

「那是什麼？」

矢吹停下了腳步。盡頭的房間沒有門，垂掛著半透明塑膠簾。他小心翼翼地掀開簾子，探頭向內窺視。房內看起來像客廳，應該曾經作為接待室使用。

之所以說「曾經」，是因為那裡的確早已不再是以前的模樣。

「該死！」矢吹忍不住咒罵。塑膠簾後面展示著整齊排列的各式實驗器材，讓人感到彷彿置身於大學的研究室。自從離開高中的理科教室後，沙良就沒再接觸過化學了。

工作檯、燒瓶、不透明的小瓶子和瓦斯噴槍。還有層層堆疊的紙箱和空罐，以及一堆垃圾

11 譯注：類似戶籍謄本，確定新住所起十四天內，需至當地政府機關辦理遷入申報。

袋……

「最好別碰。」

沙良制止正打算伸手的矢吹。她曾在社群的貼文看過一種化學藥品，只要觸碰就能破壞人體的細胞。

「好了，向總部回報吧。」

「嗯……」矢吹雖口頭上答應著，但在這些決定性的證據面前，他仍顯得茫然若失。「這是你的功勞，你就自己報告吧。」連這樣的爭執都覺得浪費時間，沙良勉強拿起了無線電。

「等一下。」

矢吹轉向右側。順著他的目光，沙良注意到牆上掛著一片投影布幕。布幕上投影出一名穿著西裝的男人。是個身形清瘦、髮量稀疏的中年男性。他臉上的大鼻子格外顯眼。他微微低頭，正凝視著某處。

「那是誰？」沙良問道。矢吹說：「是長谷部先生。」

長谷部有孔。沙良從未見過他本人。雖然看過週刊雜誌上的照片，但都是黑白照，而且雙眼被黑線遮住。儘管如此，眼前的影像也與她印象中的模樣大相逕庭。只見長谷部雙頰凹陷，整個人像是失去了生氣。

「這是什麼影片？」

長谷部一動不動，也沒有聲音。起初以為是靜止畫面，但仔細一看，發現他的身體在微微晃動。

然後，他輕輕搖起了頭，像在訴說著「已經沒救了……」接著，他將手伸向鏡頭。畫面瞬間變得一片漆黑，影像馬上切換，布幕上再次出現了保持相同姿勢的長谷部。剛才伸出的手，這次則收了回去。看到這一幕，沙良就明白了。這是自拍影片。一段正在重複播放的自拍影片。

長谷部低頭沉思了半晌，不久便抬頭朝向鏡頭。此時的模樣有點肖似週刊雜誌上的照片。

「這應該是我人生的最後一刻了，而我想對你說說我的想法。」

長谷部無力地開口。沙良和矢吹看得入神。

「和報導上寫的一樣，我的確做了那種事。我無論如何都停不下來。我試過心理諮商，但無濟於事。年輕的諮商師老是問我一堆無聊的問題，我終於忍不住嘲諷他，我笑他是個廢物和騙子。我沒有惡意。我只是很痛苦。因為我發現，原本期待能夠幫助我的人，對我來說毫無作用。」

他微微一笑。那是凋零前的自嘲。

「反正那些人只會根據指南手冊衡量事情。然而，我想對你說說我的真心話。」

現在不是做這種事的時候，但沙良還是被影片深深吸引，等待男人說出下一句話。

長谷部低頭緊閉雙唇，似乎在思索如何表達，彷彿也在自我拷問。接下來三分鐘內，他一句話也沒說，只是凝視著同一個點沉思。最終，他依然沒找到合適的表達方式。

接著，他像先前看到的那樣，手伸向鏡頭，停止了錄製。影像再度中斷，回到最初的畫面，反覆播放。

不知為何，沙良依舊杵在原地不動。在這三分鐘的寂靜中，她感到內心被狠狠痛擊。但要說清楚這種感受，卻並不容易。

忽然，記憶的帷幕被拉開。僅僅就一次的邂逅。那是她剛當上警官的時候，不是遇見長谷部，而是他的家人。當時，她被派去協助社區的交流活動，與長谷部的妻子一起煮豬肉味噌湯。沙良顧慮對方明明不是警官，卻因為是家屬得出力協助，實在不容易。聽到沙良這麼說，長谷部的妻子只是寬厚地笑著說不要緊，自己並不討厭做這些事。話說回來，鶴久也走過來察看，還特地叮囑沙良不要做出失禮的事，讓她感到有些惱火。還記得那大約是在週刊報導一個月前的夏天。

為什麼會突然想起這件事呢？一股不祥的預感襲上心頭。「到底為什麼……」她認真地自問：「為什麼這支影片會出現在這裡？」

「……還有房間。」

正如矢吹所說。投影布幕後方並不是牆壁，而是通往更深處的空間。沙良回想長谷部的話「反正那些人只會根據指南手冊……」，穿過投射出長谷部身影的布幕，跟隨矢吹往前。

「哇！」矢吹冷不防驚呼一聲，沙良也不自覺摀住了嘴。是個小房間，一個空蕩蕩的小房間。房間的大面窗戶前，立著一個被半透明塑膠覆蓋的物體，是一個坐在椅子上的人。

「你還好嗎！」

矢吹向前跑去。踏在鋪著地毯的地板上。他伸手搭上那個人的肩膀，撕開了覆蓋在上頭的塑膠模。是一名年輕男子，被半透明膠帶一圈一圈纏繞在椅子上，看起來毫無生氣。已經死了嗎？從沙良的位置望去，只看見那人臉上顯眼的大鼻子，和剛才影片中的長谷部有著相同的特徵。

這名青年是長谷部的家人嗎？所以才播放那樣的影片嗎……
矢吹吞嚥著口水，整個人彷彿腦袋打結般僵硬不動。那背影讓人懷疑他是不是隨時會吐出來。沙良邁步朝他走去。
就在那一瞬間，她的眼角瞥見青年的胸骨下方，膠帶的縫隙間滲出一抹紅色的汙痕……
「不要過來！」
什麼？矢吹的叫喊讓她不禁懷疑自己的耳朵。在這種情況下還想逞強嗎？
沙良毫不在意地走近，試圖碰觸那僵硬的背部，卻被矢吹以雙手狠狠推開。沙良對他的舉動感到詫異，憤怒和怨言湧上心頭，但一切都被一聲巨響轟然摧毀。地面傳來爆炸的衝擊波，沙良被重重擊倒跌坐在地，矢吹則壓在她身上。耳中嗡嗡作響，腦中迴盪著震耳欲聾的鳴聲。意識變得模糊，身體失去力量。不久，她聽見無線電傳來的聲音，嘈雜的指示聲交錯。爆炸、重傷者、代代木公園、急救隊……聽到這些詞彙，她終於恢復意識。是炸彈。發生爆炸事件，而且自己被捲入其中。
情緒逐漸追上理智，她在矢吹身下拚命掙扎。使盡全力翻起那重重的身軀。瞬間，她感到不寒而慄。矢吹的右腿膝蓋以下不見了。「喂！」沙良大聲呼喚，「矢吹同仁！」沒有回應。他仍在呼吸，但非常虛弱。「矢吹，振作一點！」沙良拍打著他的臉頰。不對，得先止血。不對，得先……她陷入了恐慌。抓住無線電大聲呼喊：「世田谷區池尻的民宅發生爆炸！沼袋派出所，矢吹巡查長受傷！立刻派急救隊過來！」終於有了回應。「池尻？為什麼？」沙良怒吼道：「少囉嗦，總之趕快過來！」對方回應：「這邊忙不過來。公園出現大量傷者。再等十分鐘。」「開什麼玩笑。要是這十分鐘讓矢吹送了命，你們打算怎麼辦！」

沙良大聲怒吼，腦中一隅也在迅速分析當前的狀況。看似長谷部兒子的男人，在他坐的椅子前，恐怕是在地板上，設下一個類似地雷的裝置。矢吹僵在原地，並不是因為被屍體嚇到，而是他意識到自己踩到了可疑的裝置。他挺身保護了漫不經心靠近的沙良。可惡、可惡、可惡！

「別管了，快點派救護車來！」

「公園的受害者？」沙良再次怒吼：「那種事根本無關緊要。別管他們了，趕快來救矢吹。拜託！」

「矢吹！起來！不准睡！」

矢吹已經昏厥。沙良朝無線電吼出兩人所在的地址，並按步驟施行救助。確保呼吸道暢通，檢查外傷，然後止血。明顯的傷勢似乎只有右腿部分，傷口黏糊不堪。到處都找不到失去的那條腿。就是那些飛濺的血肉嗎？還是和疑似長谷部兒子的男人的血肉混在了一起？每當她試圖止血，矢吹的呼吸就變得異常急促。想幫他維持呼吸，血又汩汩流出。不行，矢吹的個子太高了。只有她一個人，沒辦法同時應對兩邊的救助。

沙良咬緊牙，驚慌失措地來回走動。她暗自祈禱：「拜託，別帶走他。別帶走這個總叫我『沙拉』，和我意氣相投的朋友。」

「有人在嗎！」

聽見救援聲傳來，沙良用盡全力回應：「這裡！我們在這裡！快來幫幫我們！」

玄關方向傳來腳步聲，兩名男子進入房間。是野方署的等等力和井筒。

「發生了什麼事？」

「別管那麼多了，快來幫忙！他的腿不見了，得趕快做緊急處置！」

井筒率先採取行動，等等力則呆站在原地，愣愣地盯著矢吹。沙良不禁皺眉，「快點動起來啊！」雖然心裡這麼想，她還是先湊上前檢查了矢吹的呼吸。這時，等等力消失在房間外頭。「無所謂了。」連感到失望的時間都覺得可惜。

沙良才這麼想，等等力已從隔壁的實驗室折返。他推著一個附輪子的工作檯過來，隨即指示沙良和井筒，「處理好就搬到外面去。」

「什麼？也太危險了吧！要是隨便移動……」

「無法確定這裡已經沒炸彈了。」

沙良內心猛然一驚。這是鈴木的住處，而且確實發現了炸彈。雖然威力僅足以炸飛一個人的身體和右腿，但確實有炸彈。就算還有其他炸彈，也並不奇怪。

三人合力抱起矢吹，讓他躺在工作檯上，緩緩向外移動，同時小心不讓檯面震動。長谷部的臉孔仍然投影在實驗室的布幕上。等等力斜睨著布幕上那名沉默的男子，問道：「妳能解釋一下嗎？」

「我不知道。」沙良坦白回應：「我只知道，散落在小房間裡的肉塊，大部分應該都來自長谷部的兒子。」

「我們發現那男人的時候，他似乎已經斷氣了。」

「這樣嗎。」等等力只回了一句。已經沒有多餘的心力去追究，為什麼這兩位年輕巡查會出現在這裡。井筒和沙良在前方推著工作檯，等等力則負責拉起塑膠簾。到達走廊時，才終於聽見救護車的鳴笛聲。正當沙良感到鬆了口氣時，心中又湧上一股苦悶的痛楚。她注視著矢吹空蕩蕩的右腿。或許，他再也無法成為刑警了。

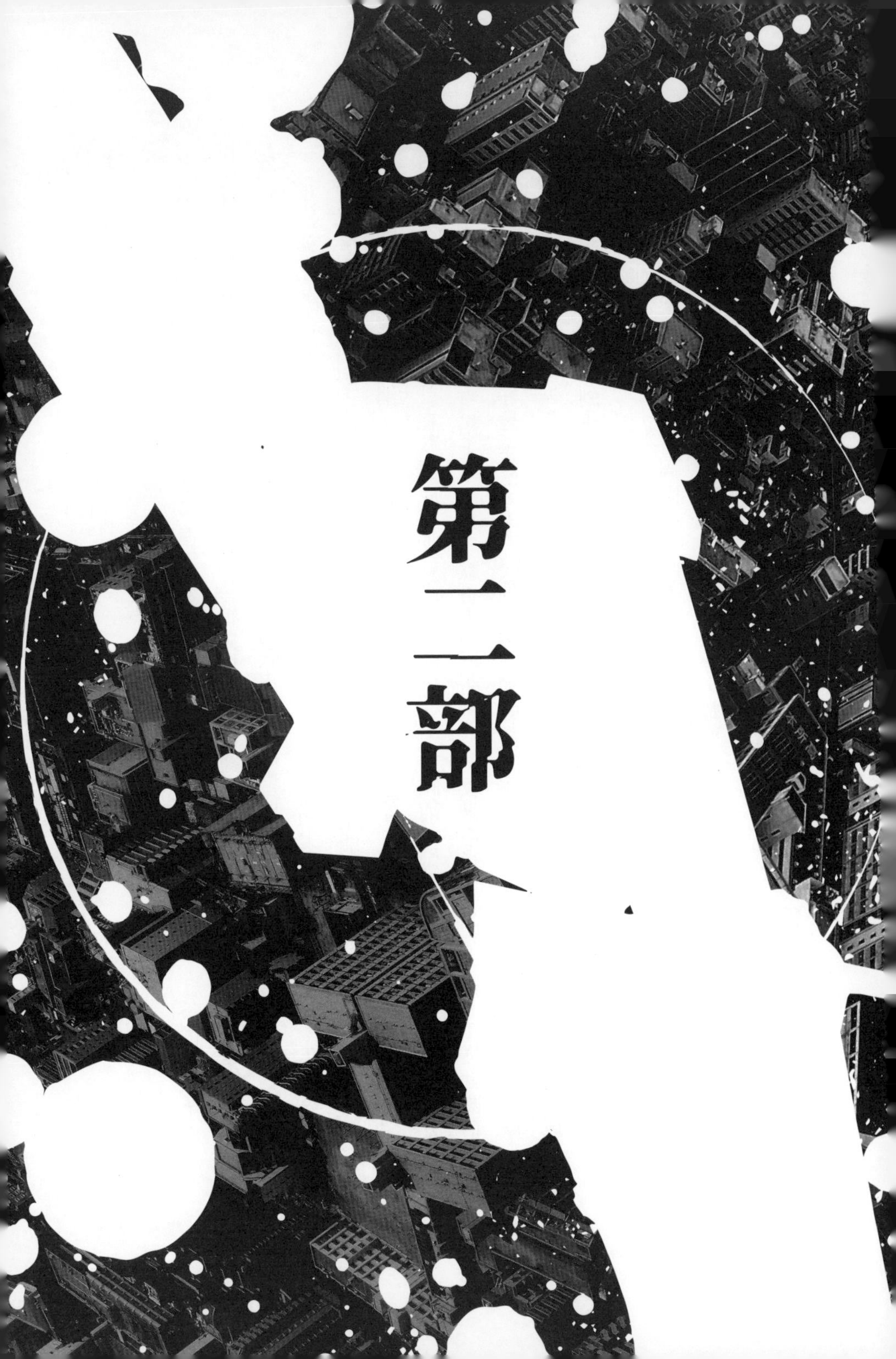
第二部

1

上午九點過後，細野由香里睡眼惺忪地站在廚房裡。從冰箱拿出茶包，泡了紅茶倒進杯子，再將杯子放進微波爐加熱兩分三十秒。平時她只加熱一分鐘，但要趕走濃濃的睡意，還是得喝熱呼呼的茶。毛玻璃窗外早已透出光亮，但她的眼皮依然沉重得連自己都覺得厭煩。

她一邊聽著微波爐的運轉聲，一邊滑手機，點開了讓她睡眠不足的社群APP，在搜尋欄中鍵入「#爆炸」幾個字，瀏覽與秋葉原和東京巨蛋城爆炸事件相關的最新消息。

瞬間，她的睡意全消。「**東京巨蛋城爆炸事件中受害的女性已經死亡**」。一股寒意從肺部深處湧上來。由香里昨晚就在秋葉原參加社團舉辦的酒會。十點前，她和那些打算續攤的成員分別，從JR總武線的月臺搭上了前往千駄谷方向的電車。回家淋浴後，她爬上床，才從社團群組的訊息中得知當時正好是爆炸發生的時刻。和社團成員閒聊時，緊接著又看到東京巨蛋城爆炸的報導。離東京巨蛋城最近的車站是水道橋站，也在總武線上。只要稍有差池，恐怕她也成了事件的受害者。一想到這點，內心就焦躁不安。即便結束了和朋友的對話，直到深夜仍在關注事件的相關報導。

微波爐「嗶」地一聲響起，周圍驀地陷入沉靜。由香里沒有享受茶香，而是機械地拿起杯子，在餐桌前坐下。聽說清晨九段那一帶也發生了爆炸，離東京巨蛋城相當近。稍稍感到鬆了口氣的同時，手指仍停不下來，不斷滑動新聞報導。

「真好命啊。」母親苦笑著走來。「在這種時間還能喝茶休息，真教人羨慕啊。」不理睬她的挖苦，由香里將紅茶含入口中，手機上又傳來一則訊息。是昨晚聊天的社團成員，他們提議到社團活動室聊聊這次的爆炸事件。由香里的肺部湧上一股寒意和不安。她的確也想找人聊聊這件事。「妳要出門嗎？今天晚上會早點回來吧？」面對母親口中聽慣了的問題，她含糊應付著，急忙走向二樓的房間。

搭上公車前往大學，抵達社團活動室時已經過了十點。下午還有一堂課，但不是必修科目。與社團成員見了面，早就無心去上課了。「真的嚇死我了。超可怕的吧？聽說那裡是一棟知名的廢棄大樓，網上查一下就能找到。我們去續攤時，還在附近閒晃呢。但爆炸發生時我們在大樓裡，什麼都沒聽到……」

混在四名男女中，由香里「嗯嗯」地附和。不知不覺間，她緊緊握住放在大腿上的手。涼意和恐懼交織在肺部深處。她在等待有人開口：「由香里呢？」「怎麼樣？妳不是也經過了水道橋附近嗎？」

她能不能好好回答呢？昨晚的緊張感，早上查看新聞時的心慌，她必須準確且盡可能有趣地傳達給大家。

「由香里呢……」正當有人問起，蓮見學長就走進了活動室。「哦！抱歉，我來晚了。」昨晚參加酒會的最後一位成員輕輕舉起瘦弱的手臂，剛坐上空位就立刻拿出手機，將螢幕展示在大家面前。「你們看這個。」大家圍上前，在學長身旁張望。由香里也湊上前。螢幕上顯示一張照片。一名年輕女性站在看似公寓走廊的地方，驚詫地瞪視鏡頭，身上穿著警察制服。

「我回家後就被突擊了。」

「什麼？真的嗎？學長，你幹了什麼好事？」

「才沒有咧！笨蛋，是在訪查啦。你們看，這裡有隻粗手臂吧？我猜這個人是刑警。只不過拍了張照片就嚇個半死，那表情也太好笑了。」

學長揚起嘴角，說他當下假裝刪掉照片，但其實偷偷留了一張。

「他們說要找一個在外徘徊的人，但都那麼晚了，撒這麼明顯的謊真是太假了。你們看到這個女生手裡的照片了嗎？我猜那應該是炸彈客的肖像。」

「哦！哦！……」一片吵嚷。由香里也屏住呼吸。手機畫面上顯示的肖像照只露出一角，儘管只看得到短短的頭髮，但也足夠讓人覺得可疑了。

學長詳細講述了昨晚的遭遇，大家紛紛感到驚訝，不時又喧嘩起來。

「那傢伙就是個垃圾吧。」學長斷然說道：「很明顯是那種人，人生一團糟又一無是處。只想透過給別人添麻煩的手段來引人關注。你們想想看，世界上就是有那種人。將別人的不幸當作樂趣的可悲傢伙。我真的很想見一見那傢伙，想問他到底想做什麼？難道不覺得自己很可恥嗎？最後再求他趕快去死一死。」

活動室中瀰漫著認同的氛圍。「說到秋葉原，以前好像也發生過什麼事件吧？那次也超過分的啊。」眾人順著話題，又聊起了系上某人也是這種性格，還有另一個社團成員，每天都在社群的小帳上說別人的壞話和中傷他人，謠言就這樣蔓延開來。對於眾人議論紛紛，由香里總覺得有些鬱悶。

那天，抵達酒會的集合地點時，當她得知那個熱心腸的同學不能來的時候，她內心不禁盼望這座城市要是能被隕石砸中諸多好。仔細想想，在某種意義上，這個願望也算是實現了。這麼一想，心中漸漸產生了變化。

當然，這起事件與由香里無關。她不僅對炸彈一無所知，就算別人對自己表明能執行爆破，絕對不會去做。雖然一連串的事件讓人身心俱疲，但若只是參加酒會，她還是可以忍受。完全沒打算讓任何人遭遇不幸。

不過……

「那由香里呢？妳怎麼樣？」

「咦？」她含糊地應了一聲。「『咦？』什麼啦，是在問妳當晚在車站月臺上有沒有聽見爆炸聲？」

「啊，嗯，我想應該是在我上車後才爆炸的。」

「哦，是嗎？那樣也好啦。」

話題又換了。「這應該是史上第一次連續爆破案吧？」「不對，以前也發生過，比如戰爭期間之類的。」「戰爭？你在說哪個年代的事啦？」「戰爭期間就是戰爭期間吧。況且最近好像也有人在吵著要革命。」「最近是什麼時候？」「我也不清楚啦，不是昭和嗎？」

「那個……不過……」

終於忍不住插了嘴。眾人的目光集中在由香里身上。她費力張開原先想要緊閉的嘴。

「總覺得……很強呢。」

「很強？」一名女同學皺起眉頭。

「也不是，我是說……畢竟是第一次經歷這種事，以前身邊從來沒發生過這麼大的事件。」

「我說啊，細野。」蓮見學長交叉雙臂盯著她。「不能說很強吧。都有人死了啊。」

她幾乎要喘不過氣來。

「啊，的確是這樣，但我沒有特別的意思。只是覺得……」

「我懂啦，但這種話最好別當著大家的面前說吧？會讓人懷疑妳的人品。」

「是，對不起……」由香里的聲音愈來愈微弱。她又緊緊閉上了嘴。

但三個地方爆炸只有一個人死亡，也算是奇蹟吧？「不對，那是因為消息被壓下來了。」學長直接反駁。「你們上網查一下吧，警察從一開始就在行動。九段那邊好像也在爆炸前就封路了。」

「什麼？警察早知道還阻止不了嗎？」

「沒錯，真是太可笑了。而且可能還對外隱瞞更多消息。搞不好他們根本早知道會有下一顆炸彈。」

「啊！傳出幼兒園在避難的消息了！真的還假的……也太扯了。網上說小學也在避難。不會吧？我們這裡沒問題嗎？難不成真的要發生戰爭啦！會不會停課啊……」由香里也拿起手機搜尋。的確有些看似家長和學生的帳號在社群上發文。似乎是代代木附近的幼兒園和小學。她的心跳開始加速。

「啊！」

一位同學將手機拿到學長面前。似乎已經公布了嫌犯的肖像照。

「對對對，就是這個人。就是他。昨天那女生手上的照片就是這個看起來很老土的大叔。」

興奮之情在活動室中蔓延。「看起來就一臉壞人樣。感覺會做些猥褻的事。但為什麼警察會去學長家？是在沼袋吧？搭JR的就是到中野站吧？」

「咦？由香里家不是就在附近嗎？」

由香里嚥下口水，勉強點了點頭。「是在千馱谷，還有段距離……」「真的嗎？那妳家人呢？」

「爸爸在工作，媽媽在家裡……」「是嗎？那妳要小心一點。畢竟不知道會發生什麼事嘛。我是說真的。但真的很強啊。」

很強？她忍不住對自己剛剛被責怪的字眼心生糾結。但她還是將這感覺嚥了回去。太強了……真的，的確如此。

「這個嘛……又要出事了吧？」學長一臉洋洋得意地說：「肯定又要死人了吧。」

呼吸變得困難。看著大夥喧嘩吵鬧、不斷期待新消息的熱切，由香里忽然感到坐立難安。想待在這裡，但又想回去。想和大家在一起，卻也想一個人獨處。活動室內的吵嚷，讓她幾乎要窒息。

「喂！不妙了。」

一名同學大喊：「代代木公園發生爆炸！什麼啊？這什麼東西？也太可怕了。」

影片被上傳到了社群。在飛揚的塵土中，幾個人正倒臥在地，警察和救護人員忙於救援。有人在呼救，四周充斥著嘶吼的指令聲。身旁每個人都皺起了眉頭，嘗試尋找更多的影片和貼文。由香里的手在顫抖。這不是中野區的騷動。代代木就在自己家附近。

幾乎不自覺地在心中反覆說著：「太強了。」

「我就說吧。」

她聽見學長的低語。「果然又有人死了，和我說的一樣。」看著他沾沾自喜揚起的嘴角，由香里感到一陣噁心。她想回家了。可同時她也想著：「我也這麼想。」

2

「不坐下來嗎？」鈴木對類家說道，手指向清宮剛剛坐的那張摺疊椅。「我還以為你肯定會摩拳擦掌，想和我較勁一番。」

類家站在趺坐在地的清宮身旁，俯視著鈴木。

「沒錯吧？我懂的。我擁有能感知人心的能力。你一直想說點什麼，想和近在咫尺的嫌犯談話，對吧？而且你覺得，要是由你來問話，絕對能做得更好……從清宮先生的角度是看不到的，但你一直在我眼前。那副焦躁不安的神情，看得我都心癢癢的。每當我和清宮先生說話時，你那羨慕的表情，還有看到清宮先生失敗後，露出的那雙期盼眼神。」

鈴木轉向類家，睜大了彷彿窺視般的雙眼。「哎呀，難道不對嗎？」他咧開嘴露出牙齒。

「你早就知道了吧？早就有預感了吧，覺得清宮先生解決不了問題，遲早會搞砸……」

見類家沒有回應，鈴木聳了聳肩。「哎呀？害怕了嗎？還是說要換成那個愛發脾氣的警察先生？嗯……怎麼說呢。這麼做感覺不太明智。我還是要再重申一次，只要有人對我大吼大叫，我的靈能力就發揮不了作用。氣氛一旦緊張了，我就會變得昏昏欲睡。我想，可能因為我就是這樣走過來的吧，畢竟常常被罵嘛。明明沒打算胡鬧，卻總忘記要做的事，或者做不好別人交代的事……」

「鈴木先生，」類家嚴厲地打斷了他：「拜託你先閉上嘴。」

鈴木睜圓了雙眼，像抽搐般放聲大笑。

「好、好，我知道了，我會照你說的做。但警察先生，你也該考慮一下我的狀況吧。手指被折成這樣，真的很痛吔。痛到我都快昏過去了。要是不動一動嘴巴，說不定很快就昏倒了。這樣的話，靈能力哪來的機會派上用場。」

「這不是你自作自受嗎？」

「啊？你怎麼能說這種話？難道警察先生的工作就是在審訊時折斷嫌犯的手指嗎？你看看，就這裡。拜託你看一下嘛。彎成這樣，看起來不就像間諜電影裡的拷問場景嗎？」

「和你很搭啊。」

類家丟下這句話。鈴木立時揚起滿面笑容。

「伊勢先生，請去醫務室借來急救箱，還有止痛藥。」

「什麼？」

「快點。」

呆滯的伊勢像被啟動了開關一樣站起身。正要走出偵訊室時，被類家叫住了。

「還有，在這裡發生的事，請務必幫忙保密。」

伊勢回過頭，再度露出困惑的神色。

「請幫忙保密。這是最高機密。沉默是金。總之就是這樣，拜託你了。」

伊勢的眼神游移著投向清宮，清宮還沒能反應過來，類家就連聲催促「快去」，將他趕出偵訊室。

「你到底在想什麼？」類家伸手扶著欲站起身卻搖搖晃晃的清宮。清宮總算站穩，輕聲說道：「……無謂的顧慮就省省吧，我再怎麼墮落，也不至於要隱瞞自己的失態。我會負起責任。」

「是，當然，到時請好好承擔責任吧。但那是之後的事。」

這話與其說無禮，清宮反倒因不明所以而皺起了眉頭。

「要是將現在的局面向上呈報，清宮先生就會被排除在外。正如鈴木所說，會換成那位粗魯的警察。但我們對他沒辦法抱任何期待。這和面對偏差值負六十五的小混混不一樣。我不是在貶低他無能，但眼下更近乎於猜拳是否合拍的問題。」

類家將仍一臉困惑的清宮帶回椅子上，輕輕嘆了口氣。

「清宮先生，你應該繼續下去。」

清宮為之一愣。太愚蠢了。明明都看到了吧？居然還要自己繼續暴露醜態，丟人現眼嗎？早就分出勝負了。自己敵不過鈴木，也沒辦法掌控他。況且，鈴木也不會想再與自己較勁。不論接下來要問什麼，他都不會透露一絲線索。

「你應該知道我做不到吧？」

「對，我知道。」

「可是……」他重複說道：「就算這樣，還是由清宮先生來更好。」

喉嚨傳出吞嚥聲。憤怒、屈辱、自嘲、憐憫，各種情緒翻攪。看著鈴木一臉無趣地戳著被折斷的手指，像是一邊感受著疼痛，一邊等待挑戰者上前。光是眼前這一幕，就讓清宮的心跳變得無比劇烈。那不只是憎恨，還夾雜著恐懼。對鈴木這樣的人，他最初懷著恐懼，一旦與那傢伙扯上關係，便意味著要背負起好幾條人命；還有那傢伙所引誘出來的自己內心的本性。心的形狀。這一切都讓人惶恐不已，難以承受。

「……向上級報告吧。然後請求指示。」

「按規矩來？」

「沒錯，不然就會像我一樣。」

「清宮先生。」

「夠了。」話說完了。輪班、交接、繳交報告書、等待處分。這樣就好。只能這樣做。

清宮正想起身，類家卻壓住他的肩膀。

「說什麼按規矩來。人死了也無所謂嗎？」

「……你想說什麼？」

「當有人在馬路對面被暴徒襲擊，你會只因為是紅燈就袖手旁觀嗎？你能接受那只是不得已的藉口嗎？」

那張娃娃臉湊得如此之近，幾乎能感受到他的氣息。

「雖然很不甘心，但這是那傢伙精心打造的舞臺。現在可不是站在紅綠燈前愣愣停下腳步的時刻。你要是做不到，就讓我來做。所以，拜託你配合。」

這就是他的真實意圖嗎？打從一開始那些有氣無力的談話，還有「清宮更好」這種心口不一的言論，都是為了傳達這一點嗎？

這裡沒有雙面鏡，也沒有錄音錄影。只要讓清宮妥協，剩下的交給伊勢從筆錄動手腳就好。即便讓一個毫無權限的人擔任審訊官，也能蒙混過關。

類家靜靜等待答覆。眼睛眨也不眨，緊盯著清宮。

清宮驀然想起自己對類家在情緒狀態上的疑慮：過度理智的好奇心，甚至帶著幾分享樂主義傾向，對案件的嫌疑人和受害者缺乏同理的情感。

「我會試著跨過去。就算在時速兩百公里的賽道上也一樣。」

類家的臉微微泛紅，圓框眼鏡下的雙眼因為興奮而顯得溼潤。清宮心中不禁浮上一絲疑問：這男人真心想阻止災難嗎？還是……

這時，伊勢回來了。類家打了個手勢，示意他處理鈴木被折斷的手指。要是還有其他人進來，他們的計畫會就此破滅。但伊勢選擇保持沉默，按照吩咐，在不被任何人發現的情況下返回房間。清宮不知是感到安心還是害怕，內心出現動搖。

突然，清宮的手機響起，是總部的管理官打來的。

走到偵訊室外通話時，電話那頭傳來了尖銳的責罵聲：「真是前所未有的丟臉！」

「你到底在搞什麼？你打算怎麼負責？」

清宮深吸了一口氣，問道：「……要換班嗎？」

「就看你是否打算放棄。」

雖然說不上是要求換班，但管理官言下之意在暗示，身為一名專業人士，如果在這種情況下放棄，就會被貼上不合格的標籤。與此同時，也意味著所有責任都將被推往自己身上。既然警方早已決定要公開道歉，那麼就要有人來背鍋，最好的方案就是將責任推到現場人員的無能和失控。甚至編造出鈴木要求停止錄音錄影，而清宮在嫌犯慫恿之下決定妥協。

事到如今，清宮很清楚自己已經無法自保，也毫無算計的餘地。即便上頭要他退，他也無力反抗。

至少，片刻之前，他是這麼想的。

「交給我處理吧。」他的聲音透著堅毅。「我一定會拿下鈴木。不對，我們會拿下他。」

電話那頭沉默半晌，他堅定補上一句：「我絕對不會給您添麻煩。」

等了三秒鐘，「好吧。」尖銳的回應聲傳來：「但你拚死也要拿出成果。」

清宮回到偵訊室，與類家四目相交。他心想，在管理官的耳裡，清宮的答覆聽起來理應是這個意思：「我會送上人頭的，讓我扳回一城吧……」在他看來，這無疑是預料中的情節。

完全沒想到會讓這小子接替偵訊官的位置。

「類家，」清宮終於擠出一句話。「要是搞砸了，你也得背起責任。」

類家薄薄的嘴唇露出一抹冷酷的微笑。清宮下意識握緊拳頭，指甲深深嵌入皮膚。這感覺，與鈴木所帶來的一股微妙的恐懼只有一線之隔。

伊勢幫鈴木包紮好手指，讓他吃下止痛藥。類家手持平板電腦走向鋼桌。那雙運動鞋顯得格外潔白。

「不去一下洗手間？接下來可能是一場持久戰。」類家說道。

「不要緊。」鈴木說道：「其實我手指被折斷時不小心失禁了。但應該沒關係吧？反正我是無所謂。」

「嗯，你高興就好。」

類家在鈴木對面坐下。清宮寫了張紙條遞給坐在助手席上的伊勢，上頭寫著：「繼續以清宮的名義記錄。」伊勢面露詫異，但在清宮瞪了他一眼後，默默地點了點頭。

「那麼，開始了嗎？鈴木先生。我要來打怪了。」類家語氣輕鬆地說道。

「你真是……」鈴木深吸了一口氣，接著露出滿面笑容。「你真是個沒禮貌的人呢。」

「我叫類家。我說的打怪，指的當然是犯人。除了炸彈客以外，沒有人有理由生氣。還是說，你蠢到連這點程度的常識都要我解釋？」

「哈哈！」鈴木忽然拍起手來，一下子又別過臉喊痛，很快又「哈哈哈」笑出聲來。

「太厲害了。挖苦人的本事不小啊，這就是所謂的毒舌功力嗎？但你這樣好嗎？眼下你們唯一能仰賴的就剩下我的靈能力了。」

「這是我打招呼的方式。要我三指併攏問候一聲『您好』，我大概會不自在到長起蕁麻疹來。」

「畢竟你看起來就不太健康嘛，警察先生。」

「下次我送你一面鏡子。還有我叫類家，記住了，鈴木先生。」

「真不好意思，我一時想不起來。畢竟這顆腦袋瓜是長在糊塗的田吾作頭上。」

「我知道啊。」

矮小的身軀微微前傾。類家將雙手放在桌上說道：

「開啟第二回合吧。要是我們找到炸彈，並且阻止爆炸，就是我贏了。我還會一併揭穿事件的真相。」

「滿有氣魄的嘛。但我能得到什麼好處？」

「你只要好好享受就行了。」

鈴木的臉上再次露出笑容。

「沒有刺激，你的靈能力就發揮不了作用吧？不論是『九條尾巴』，還是任何你編出來的遊戲，我都會奉陪到底。」

「那可不是編出來的，某個地方一定會有這樣的遊戲，就在日本全國的某個地方。」

鈴木也微微前傾，姿勢與類家如出一轍。

「但話說回來，能夠達成共識也讓人鬆了口氣。第二回合……」

喀噠，椅子摩擦地面的聲音打破了沉默。清宮轉頭看向身旁。只見伊勢站了起來，凝視著筆記型電腦，嘴巴一張一合地低喃著：「啊……怎麼會……」

「哎呀，好像已經開始了，還是說已經結束了呢，伊勢先生？」鈴木在一旁冷笑。

清宮探頭看向筆記型電腦。螢幕上的消息已經更新：關於代代木公園的受害情形，目前已確認的死者十一名，重傷和輕傷者超過四十名。他咬緊牙關，揮拳捶打自己的胸膛。這是最糟糕的結果。但伊勢驚慌失措的態度並非僅僅來自這些消息，他忍住想閉眼的絕望，讀著最新消息：世田谷區池尻的民宅發生爆炸，推定炸彈設置在地板，造成野方署的矢吹泰斗巡查長陷入昏迷不醒的命危狀態。

伊勢和矢吹來自同一警署，認識也不奇怪。但伊勢的反應十分異常，已經超出了震驚和不安，整個人彷彿蒙上一層恐懼的陰影。

類家操作的平板電腦。「原來是這樣。」他確認消息後，目不轉睛地盯著鈴木。

「你將伊勢『嗑』了吧？」

鈴木咧嘴一笑。「嗑了？」又一臉戲謔地磨起牙。「我的確滿愛吃些奇怪的東西，但可從來沒嗑過人。不過，以前倒是遇過一個愛好此道的女孩，還被她咬了呢。說不定到現在那齒痕都還……」

「鈴木！」伊勢一拳捶向牆壁。「你這混蛋……」

即使伊勢話沒說完，清宮也聽得出來背後的意思：「你背叛我了吧？」

「……我會坦承一切。只要調查那個叫做實里的女孩，你的身分也會被搜出來。」

「實里？」鈴木一臉疑惑地偏著頭。「那是誰啊？」

伊勢瞠目結舌，似乎終於明白了。自己早被鈴木玩弄於掌心，任他隨心所欲地操控。

「坐下。」清宮一聲令下，伊勢一臉快哭出來似的看向他。目光中充滿了懇求，又像在逃避責任。「好了，快坐下。」清宮拉住伊勢的衣服，強行將他按回座位上。接著，他讓伊勢詳細說明自己和鈴木之間的所有對話。

正如預料，兩人的對話內容既陳腐又愚蠢。當然，忘記手機也是鈴木的安排。一旦地點曝光，搜查人員就會前往他的住處，無論是誰，地上的炸彈陷阱都會被引爆。在此，鈴木成功找到了伊勢這個「棋子」。不費吹灰之力就為他的計畫添了「調味料」。

伊勢垂下頭，抱著肩膀顫抖，牙齒喀噠作響，眼角泛著淚光。見到他這副模樣，清宮既感到同情，也並未心生鄙視。只是，他發燙的腦袋明白，眼前這個人已經不行了。縱然如此，只要還處在違反規則的狀態下，就無法將他趕出偵訊室。

「清宮先生，我……」伊勢嘗試開口。

「閉嘴。如果你無論如何都想解決這件事，就給我乖乖待在這裡別動。」

清宮打斷了他的話。不等他的回答，清宮就彎起指尖，將筆記型電腦拉近自己，繼續記錄。能接手記錄的只剩下自己了。

「還真會耍些卑鄙的把戲啊，鄉巴佬田吾作先生。」

類家的語氣突然變得粗魯起來。蠻橫的措辭讓清宮顯得有些張皇失措，但仍繼續打著字。清宮將伊勢被鈴木操控的過程略過不記，只記錄下「還真會耍些卑鄙的把戲啊，鈴木先生」這句話。

「卑鄙？你在說我嗎？拜託，別開玩笑了。伊勢先生說的全是胡扯。我是冤枉的。我根本不曉得他在說什麼。」

「不過，那支手機已經被收回來了吧？原以為會被爆炸波及，可能無法修復，但最近的電子產品都還滿堅固的嘛。手機裡應該也有你的資訊吧？」

「誰知道呢。如果那真是我遺失的手機，裡面當然會有些東西吧。」

類家冷笑一聲。「……哎呦！更新得愈來愈頻繁了呢。什麼？爆炸的民宅是一棟合租屋，裡面還有一堆實驗器材？」

「類家。」清宮低聲提醒。

「沒關係啦。再說了，這些消息也沒什麼好隱瞞的。我們還是打開天窗說亮話吧。放開一點。你說是吧？小鄉巴佬。」

「你總有一天會後悔喔。遇到我這種人，可會後悔到晚上都睡不著覺。」

「我並不討厭你這種不拘禮節的態度，感覺就像死黨一樣。我一直很嚮往這種感覺。」

「我很期待。」鈴木微笑回應。

類家從鼻子嗤笑一聲。助手席上的清宮看不見他的表情。

「還有長谷部的影片啊？遺言？這又是什麼？」類家問道。

「誰知道呢。若有那種東西，我倒也想看一下。」

類家接著說道：「在爆炸中死亡的好像是長谷部的兒子，但也有證據顯示他早就死亡。」

「真是遺憾。有人死了真是遺憾。節哀順變。」

「你和他住在一起吧？」類家突然問道。

此時，鈴木瞪大雙眼喊了一聲：「什麼？你說我嗎？」

「別裝傻了。已經確認長谷部的兒子是合租屋的住戶，然後矢吹是因為你的誘導才會循線前往。你還要再裝糊塗下去嗎？」

「我忘了嘛，警察先生。我不是一直都說我醉了，然後失去記憶嗎？」

「卻還記得中日龍的比賽結果？」

「據說健忘症有很多種，是常識追不上的人體奧祕喔。」

「看樣子症狀很嚴重啊，連我的名字也完全記不住。」

「抱歉，因為是個很難記的名字嘛。」

我叫類家喔，只有「RU・I・KE」三個音節。R. U. I. K. E.。

他往後仰頭，對鈴木大喊：「聽見了嗎？小鄉巴佬！」接著問道：「接下來只剩一回合了，對嗎？」

「是啊，如果你相信我的靈能力，就是這樣。」

「看來我們相處的時間意外地短呢。」

「真是寂寞，好不容易成為死黨了。」

「第三回合的條件是什麼？」

「條件？」

「你會特別分成『三次』，肯定有原因吧？第一回合是限時，第二回合是設圈套，最後一回合應該不會採取同一套把戲。畢竟要用早就用啦，我也不打算嘲笑你的意思，但感覺你就是那種會好好制定計畫的人嘛。我現在能想到的，就是滿足一定的條件之後會爆炸。我說的大致還對吧？」

鈴木一愣，停止回答。

「哦！我猜中了嗎？看吧，我已經先拿下你的一個後悔嘍！」

「……累積後悔能夠得到什麼嗎？」

「剛才不是說了嗎？我要送你一面鏡子啊。」

類家將雙手握拳放在鋼桌上，保持與肩寬等距的姿勢，看起來就像在等待放飯的孩童。

「不知道累積到一百個後悔，你還能不能繼續呼吸呢。」

「真是勇猛又帥氣。警察先生要不要也來折斷一根手指？」

「跟你說，小鄉巴佬，我這個人抱持的原則是：絕對不會平白讓人開心。」

「不是平白無故就行嗎？要是我告訴你炸彈放在哪裡，就可以折你的手指嗎？」

「可以折喔。隨便你折。你想的話，我還可以直接剁掉，然後做成香腸，再擺上花椰菜裝盤送給你也行。」

「既然都要做菜，我比較想吃滿福堡。香腸蛋滿福堡。」

「我來上網查一下食譜好了。怎麼樣，想說了嗎？」

「我一開始就想說了啊。只是我的靈能力……」

「難道不是中午會發生什麼事嗎？」

鈴木再度沉默。

「你的時間表安排得相當出色。趕在晚上十點秋葉原爆炸前被逮捕，又在十一點東京巨蛋那次讓我們相信你說的話，接下來掌握主導權玩起了『九條尾巴』的遊戲，然後揭露九段下的提示也是在凌晨四點爆炸的兩小時前。代代木也一樣。該怎麼說，就是一種極度緊繃，卻仍讓人試圖掙扎的微妙狀態。就像早已精準計算好我們的動向。」

在代代木那邊，三間幼兒園加上南門，一共四個地方被當作攻擊目標。如果只有一小時的緩衝時間，能否防止幼兒園遭到襲擊也令人懷疑。鈴木是有意圖地設定解謎時間。反過來說，他是在扼殺解不開謎題的藉口。因為時間不足所以解不開的藉口。正因如此，在南門失利的清宮才會受到如此深刻的打擊。

「還有，你應該知道等等力先生會被換下來吧？你是在知道這類事件會由我們這樣的專業部門接手的情況下，表明希望由他來偵訊，利用他作為不離開這間偵訊室的策略。你要不是從哪本書裡查到的，就是……」他意味深長地盯著鈴木。「該不會，你是從長谷部的兒子那裡聽來的建議？」

清宮內心不住吶喊。的確，身為一名刑警的兒子，對父親的工作感興趣也很自然。至少他有機會獲得這方面的知識。

忍不住透過共享應用程式再次查看他的經歷。名字叫辰馬，二十七歲。因父親自殺而受打擊，辭去了化妝品公司的工作，大約兩年半前搬進了合租屋。最高學歷是理學院化學系畢業。

「父親去世後，逐漸消沉的辰馬離開了家人身邊。那麼，在他住進合租屋前，究竟是在哪裡生活？說不定也住在公園裡？」

與伊勢提到的不謀而合。一個失去生活動力的新手街友，出於曾受到關照的緣分，邀請了某人到家裡住下。

辰馬是受害者……這樣先入為主的觀念被推翻了。

「透過他的介紹而住進了合租屋。這個推理不差吧？然後兩人出乎意料地投緣，決定一同制定一個瘋狂的計畫。」

「也就是說……」鈴木苦笑著回應：「你想說的是，假如我真的是炸彈客，那個叫辰馬的男人是我的共犯？」

「這種可能性當然存在吧？事實上，的確透過你的手機找到了那間合租屋，辰馬也在那裡，還被炸得粉碎。情況都發展到這個地步了還沒懷疑上你，那不是怠慢就是無能。」

共犯。儘管存在這種可能性，但實際上清宮從未認真考慮過。就像等等力一樣，他無法想像鈴木與某人共謀的模樣。但假使對方是辰馬就另當別論。片段一一串聯起來。化學系畢業的經歷，應該也能在製造炸彈方面派上用場。

既然如此，他為什麼會死？

「是你殺的嗎？」

鈴木仍面帶微笑，輕輕將頭偏向側邊。

「死掉的人可是沒辦法將自己綁在椅子上喔。同伴之間出現分歧、背叛，或者從一開始就計畫殺死他。」

「我也不太清楚啦，但自殺的可能性不小吧？也可能死後才被人綁起來。」

「哈哈！的確如此。這就是犯罪動機嗎？繼承了因父母的疏忽而心生忿恨、決意報仇的遺志？真是讓人感動落淚的故事，簡直就是一部讓中二生熱血沸騰的瘋狂友情物語。」

鈴木臉上的笑容逐漸消失。

「別演那麼拙劣的戲碼了。其實你根本就沒有動搖。你要是打算隱瞞，最初就不會提到長谷部的名字。」

「你的口齒還真伶俐呢，警察先生。」

他恢復了淺淺的冷笑。「但這完全不能解釋為什麼中午會發生事件喔。」

「中日龍。你借用的是長谷部父子的喜好吧？我總覺得你對棒球津津樂道的樣子很不自然。長谷部是個狂熱的龍迷，甚至將兒子的名字取了『辰[12]』字。此外，雖然應該是巧合，但『馬』湊巧是十二支之一。在代代木的問答中成為提示的『午』，難道不是也能當成下一次的提示嗎？在十二時辰中，『午』的時間段指的是早上十一點到下午一點，中間的正刻是十二點，剛好敲鐘九下。」

類家自信滿滿地豎起九根手指。「『九條尾巴』這個遊戲本身，其實暗藏了『正午也會發生事件』的線索吧？但這條線索實在藏得太深了，一般人根本不會發現。真是太好了，小鄉巴佬。你還真幸運，能遇到像我這樣優秀的解謎者。」

鈴木閉口不語。

「怎麼了？不打算找個藉口蒙混過去嗎？比如說這樣瞎扯太牽強之類的。你不否認，就是承認我答對了吧？也是啦，就算現在蒙混過去，但中午真出了事，那也太丟臉了。」

「我總覺得不太舒服，靈能力好像變得不管用了。這都是警察先生的錯。」

「沒關係啊，我無所謂。」

---

12 譯注：在十二支中，龍對應的是「辰」。

「沒關係?炸彈爆炸也無所謂?」

「嗯,我不在意這種事。」

鈴木微微睜大雙眼,露出了彷彿忘記自己在演戲般的表情。

「人不論什麼時候、在哪裡都會死。不是嗎?」

類家挺直腰桿,從上方俯視鈴木。

「想停手就快點停手吧,反正你終究要進監獄。你只需要每一天、每個晚上在黑暗的單人牢房裡,回想我獲勝後得意的表情。」

清宮無法判斷這樣的手段是否正確。正如自己之前所做過的一樣,類家正試圖以更強烈的方式與鈴木建立一種關係。構築一道不想敗下陣來、亟欲擊敗對手的扭曲關係。

儘管理智上明白這一切,內心仍無法消除那份不安。這傢伙說的是真心話嗎?他真的不在乎別人的生死嗎?

「你不認為中午會發生爆炸?」

「應該不會吧?要是會爆炸,你肯定會更賣力地找我們較量。中午的計畫,我看充其量只是暖場的前菜,只是為了炒熱氣氛罷了。主菜在廣告後才會端上。完全就是不入流的寫手編出來的劇本。」

「你平常沒被大家討厭嗎?」

「我怎麼知道?我平常都在裝老實啊。」

「呵呵……」鈴木聳了聳肩。

「真有趣。警察先生，你真的是個有趣的人。」
「但是啊……」他抬起頭。「我覺得我們應該當不成朋友。我要撤回死黨宣言。」
「我可是很歡迎你喔。」
「很遺憾。感情總是單向的，無論是在需要別人，還是被人需要的時候。」
「你對我哪裡不滿意？我可是被評價為『相處久了意外容易上癮』的人喔。」
「因為警察先生你不會給我嘛。」
「要是失敗的經驗，我倒是可以給你。」
「怎麼這樣說？這種經驗我可多了。你看，全積在這裡。肚子塞得滿滿的。」
「你想要什麼？」
嘲諷的語氣消失了。就連類家也還沒看透。而且他渴望知道。
「你有義務回答吧？清宮先生的問題應該還沒結果。」
類家的食指指向鈴木。
「可別試圖逃避不作答。這次輪到我來猜猜你那顆廉價的心的形狀了。」
鈴木看著那根指向他的手指，笑著說：「還滿有意思的嘛。」
「非常有意思。不過，差不多要中午了吧？」
「……還有十分鐘。」
「哦，對了，警察先生。你想過殺人嗎？」
鈴木的語氣極為平淡。

類家交叉雙臂，回答：「有啊。」

「這還用問嗎？我每天都在想喔。在擠滿乘客的電車上打嗝的老頭、香水味超濃的女人、在超商結帳時忘記提供筷子的金髮小弟。我恨不得這些人全都被美國毒蜥狠咬一口。」

「為什麼要交給蜥蜴去做呢？要是討厭誰，狠下心來直接殺掉不好嗎？況且，警察先生肯定知道不被逮捕的方法吧？」

「我又不是米奇・奈克斯[13]。你無視我的問題，又反問我問題，你的臉皮是籃球做的喔？」

「好啦，只是為了和警察先生拉近距離嘛。」

「因為太麻煩了。不划算嘛。我不殺人的理由就是這樣。」

「原來如此。」鈴木點點頭。「看樣子，並不是因為殺人是壞事才不做？」

「啊，抱歉。要是不這麼回答，你就接不下去了？算了吧，動搖良知的方法對我沒用啦。」

「我沒那個意思。只是提到良知，聽說在過去的社會，殺人並不被視為一種惡行。你想想看，不論是希臘、中國，還是南美洲，各種民族或部落之間都在鬥爭吧？殺死敵人，反而被視為正義，真正被視為罪惡的唯有殺害同伴。」

「即便在二十一世紀，戰場上的英雄也會被歌頌。」

「對啊，的確是這樣。但出乎意料的是，殺害與自己無關的人是不對的這種觀念，似乎是最近才形成。想必這樣想比較輕鬆吧？畢竟還要區分出同伴，不就會衍伸出那麼『誰是同伴』的問題嗎？家人自然是同伴，但隔壁鎮上的郵差呢？連名字和長相都不知道的離島醫生呢？還有擠滿乘客的電車上，誰是同伴？誰又不是？該如何明確區分呢？」

「大家都是同伴不好嗎？這樣才能忍受打嗝和香水味嘛。」

類家表面上裝作毫不在意，卻暗自轉換成傾聽的戒備姿態。縱然聽起來像是一場漫無邊際的談話，但謎題隨時可能出現。清宮內心的焦慮隨著輸入的錯字變多逐漸增加。

「中午了。」清宮冷靜地提醒。

「打嗝和香水是敵人嗎？」鈴木若無其事地問道。

「打嗝是敵人的話，香水就是同伴，香水是敵人的話，打嗝就是同伴。」類家也看似漫不經心地回答。「硬要說起來，我會優先考慮同伴屬性。」

「這回答還真是和平。對了，我想起曾經讀過一個故事。應該是在某本書裡看到的，不對，也可能是紀錄片。總之，是發生在遠離和平的非洲或中東一帶，那些充斥著激烈紛爭和內戰的地區。據說，當地的童兵之間流行一種殘酷的遊戲。孩子們會四處尋找敵方的孕婦，然後射殺她們。那些婦女並不是士兵，只是平凡的老百姓。說起為什麼要這麼做？似乎只是因為他們在玩一種殘忍的猜性別遊戲，他們將孕婦殺害後，剖開她的肚子，看誰猜中了胎兒的性別。那些人還將菸草當作賭注。不覺得發想出這個遊戲的人很驚人嗎？要不是身處在那樣的環境，恐怕也想不出這種殘酷的玩法。」

鈴木稍作停頓，定睛看著類家。

「警察先生，他們是在做壞事嗎？」

13 編注：Mickey Knox，美國電影《閃靈殺手》的主人公，攜手女友在逃亡的路上大開殺戒。

類家輕輕嘆了口氣，「要說好或壞，當然稱不上好吧。」

「是嗎？但是對他們來說，敵方的人雖然是人，卻也不算是人。你想想看，獵人得進入森林射殺鹿、綠雉和熊這類動物，而他們完全沒必要這麼做，就能愉快地射殺他們眼中恍如動物般的人類。在歐美，這甚至被視為一種了不起的運動。這和我剛才說的有任何不同嗎？不論是鹿、綠雉或熊，都不是同伴。敵方陣營的孕婦也不是同伴。既然如此，奪走他們的性命也無所謂。這並不是罪惡。」

「你想說那些因為爆炸死去的人，甚至並不是同伴嗎？」

「警察先生。我這個人非常討厭說謊。因為從小到大，我始終給在謊話的陰影下。每個人都對我撒謊，還教我撒謊。那些騙子可都是抬頭挺胸，擺出一副彷彿從未撒過謊的姿態。當我察覺到其中的荒謬和愚蠢後，才決定流浪街頭。這是一個老實人難以生存的世界。但有時候，我也覺得那些撒謊的人很可憐。他們總在撒謊，不只欺騙了別人，還自我欺騙，以更多的謊言來掩蓋謊言。」

「那麼，隨機恐怖攻擊就能被允許嗎？只因為那份享受其中而覺得自己超猛的快感？哈！你這個人真是無聊透頂。」

「對，我就是無聊。我說過了吧？我就是那種被裝在沒有人會看上一眼的袋子裡的垃圾，是路邊的石頭，任誰都不願多看一眼，甚至沒有人記得的無臉妖怪。」

鈴木蜷縮著身體，彷彿在窺視般抬眼看向類家。下巴輕輕叩在鋼桌上。

「但我也會這麼想，無聊的人和過於優秀的人，是不是會得到相同的結論？我和警察先生，是否其實非常相似呢？」

雖然這麼說……鈴木天真地露出靦腆的表情。

「警察先生，你看起來倒是意外地有良知呢。」

應用程式上更新了消息。類家聽到身後的呼喚，那頭自然捲垂向了手中的平板電腦，一言不發地凝視半晌，喃喃說著：「該死……」

3

「該死！」警視廳的刑警大聲咒罵，站在一旁的等等力則默默聽著。

倖田沙良已經搭上救護車離開，解釋現場情況的責任便落到了等等力身上。趕到池尻那間合租屋的刑警露骨地擺出一張臭臉，嚷嚷著陪伴傷者根本毫無幫助。何況倖田是當事人，按理說要留在現場，而默認這一切的等等力自然應該受到譴責。

刑警透過電話聯絡倖田後得知，目前唯一掌握關鍵「可靠線報」詳情的人，就是仍然昏迷不醒的矢吹泰斗。等等力則聯絡鶴久，但他似乎也大為震驚。

「開什麼玩笑！」刑警再度咒罵。當他命令倖田返回現場時，卻被掛斷了電話。無線電也沒有任何回應。「這些人都在給我上演違反職務的戲碼嗎！」

「畢竟是同一間派出所的同仁。」等等力試圖為倖田辯護。

然而，等等力的幫腔一觸即潰。刑警粗魯地搔著他的飛機頭，嘆氣道：「所以我才說，女人不行」。

於是，矛頭轉向等等力。他平靜地敘述經過，包括去見了長谷部有孔的家人，以及從那裡獲得消息後前往合租屋。他並不曉得這棟屋子和鈴木有關，更別說連作夢都沒想過這裡竟會被安裝炸彈。

「房東表示會立刻趕過來。」

井筒向頂著飛機頭的刑警報告，說已經聯繫上合租屋的房東。對方住目黑區，聽聞爆炸的消息後大吃一驚，表示會帶律師一同前來，但被勸告稍後再做處理。

目前、還沒取得實質性的證詞。房東在辰馬入住時，聽過他父親的事，還有他本身精神狀況不穩的問題。他入住之後，彼此僅見過幾次面，從未聽他談起私生活。也擔心過度關心會遭致反感……

「他對鈴木倒是一無所知，還想反問那傢伙是從何時住進來的。看樣子這裡進進出出的人很多，有些人也會默默消失不見。」

正因為管理上的混亂，辰馬才可能打造出那間實驗室，並讓鈴木定居下來。

「現在的住戶呢？」飛機頭問道：「包括辰馬在內共有三人，剩下的兩人是……」

「係長！」在鑑識人員旁邊待命的刑警突然從屋子的玄關處大喊：「二樓發現遺體！是兩具年輕男性的遺體！」

待在一片混亂的現場，等等力反而顯得異常冷靜，心想這樣一來人數就對上了。那兩具遺體應該就是辰馬以外的兩名住戶。陽光被雲層遮蔽，濃密的綠樹環繞著這座雙層洋樓，光線漸趨昏暗。

「喂！」

飛機頭停下剛跨出的步伐，轉身看向等等力。「將沼袋那個女的帶過來。你得給我負起責任！」

他丟下這句話便跑向玄關，井筒緊跟其後。抱歉讓你做這種沒用的事。那毫不猶豫的腳步像在如此訴說。

等等力伸手進口袋，握住倖田交給自己保管的車鑰匙。他找不到違抗的理由，便轉身離開合租屋。

開著巡邏車前往醫院的途中，他不禁懷疑自己是否已經麻木了。長谷部兒子的死，再加上另外兩個年輕生命的逝去。奇怪的是，自己竟然沒有感到一絲憤怒。

自從成為警察，尤其是當上刑警之後，他早已接觸過無數死亡案件，多少也習慣了。即便如此，對於不合理的犯罪，他依然會感到憤怒。得知東京巨蛋城的受害者死亡時，他確實產生了動搖。然而，在這半天之內，他的內心卻發生了變化。確切地說，從目睹了合租屋的爆炸現場之後，驀然覺得內心一寒。

長谷部自殺後，他因牽涉其中而受到責難，心中「普通的正義」也因此逐漸消退。不過，那終究只影響了職務上的熱忱，而非對被害者的憐憫之心。他始終深信這一點，那是再自然不過的事。

然而，真的是這樣嗎？難道是因為對職務懷有熱忱，才會感到憐憫和憤慨嗎？真實的等等力功，會是那種看到有人死去、遭到踐踏時，雙手一攤想著反正那是別人的事的人嗎？

不，這不足為奇。每當事件發生時，相關人士往往會表現出驚愕、悲傷，甚至憤怒的態度，但身為受害者熟人或同事的他們，某種程度上卻顯得漠不關心，有時還會流露出激動的情緒，就像正在收看電視劇的觀眾一般。

思考這些事毫無意義。得出了結論，他試圖拋開思緒，但鈴木的聲音仍不停地干擾自己。「發生爆炸，其實也無所謂吧？」

答案動搖了。或許的確是這樣。等等力沒有家庭，也很長一段時間沒有交往對象。無論是老家還是能稱為摯友的對象，都不在東京都內。他們受害的機率幾乎為零。他頂多只需留意同事的安危。但事到如今已經……

手機震動，收到一封簡訊。是類家傳來的，裡面沒有文字，只有一個網址。等等力正好抵達醫院，將巡邏車停在停車場後，點開了連結。畫面跳轉到一個海外的影片分享網站，影片開始播放。

此時，矢吹的手術還在進行。倖田沙良坐在走廊的長椅上，雙手放在膝蓋間，靜靜地低著頭。她一瞥見等等力，還沒等他開口，就上前回報：右腳已經處理完畢，但脊椎因爆炸的衝擊裂開，肋骨也斷裂，內臟受損，鼓膜破裂，目前尚未恢復意識。說完又垂下頭，一臉陰鬱地閉上了嘴。

「警視廳的刑警在找妳，他們要求妳解釋狀況。妳待在這裡也只能祈禱，什麼事也做不了，不如跟我一起回去……」等等力無力地勸說著。

「都是我的錯。」

倖田沒有看他一眼，淡淡地說道：

「我太大意了，沒考慮後果就走過去。明明矢吹大聲阻止我，我還像個蠢蛋一樣靠近，他為了保護我才……」

她握緊拳頭，努力壓抑著快從全身爆發出來的情緒。

這傢伙可能會辭職吧，也許這反而是件好事。冰冷的思緒在心頭一閃而過。每當倖田穿上那套藍色制服，就會想起今天發生的事。在遭遇極端狀況時，滲入胸中的悔恨與恐懼會讓她的判斷變得遲鈍，最終導致下一次的失敗。

但眼下他必須做的，是帶她回去。為此，他得讓她振作起來。因為這是他接到的命令。

「……在那種情況下，妳已經妥善幫他做好了處置。妳救了他一命。」

「但我沒有保持冷靜。在等等力先生提醒之前，我根本沒想到可能還有其他炸彈。」

不對，那不是冷靜，而是麻木，情緒已經死亡。

說這些也沒有意義，她要的不是安慰，而是結果。無法改變的，過去的結果。

「妳不想逮捕鈴木嗎？」

這張王牌讓倖田的表情稍微出現變化。

「這是他上傳的影片。」

等等力按下播放鍵，將手機遞到倖田面前。

昏暗的房間中，映出一個男人巨大的身影。男人的頭頂上方照射著蒼白的燈光，臉上則掛著羞澀的微笑。是鈴木。

呃……大家好。初次見面。我是鈴木田吾作。

他說完開場白，將目光投向手上的紙。

九月二十八日星期一中午，這部影片會同時上傳到這裡和其他預定的社群帳號，同時發送到部落格平臺、電視臺和廣播電臺、雜誌社和報社。此外，就算影片被刪除，也已經設置好每隔幾小時就從不同帳號上傳影片的電腦程式。

他結結巴巴地唸著，輕輕舔了嘴唇，稍作停頓後，緩緩地說下去：

我要向大家提出警告。

都內已經放置了炸彈，數不清的炸彈。它們被藏在一些無法輕易發現的地方。當滿足某項條件時，炸彈就會毫不留情地引爆，無情地奪走生命。即便有幸撿回一命，想必也無法回歸正常生活。它就是擁有那麼大的威力。

爆炸可能是明天發生，也可能是今天發生，說不定下一秒就發生，甚至可能十年後才發生。炸彈的結構堅固，不受風雨影響，也無需擔心電力問題。我在此堅定發誓，這些炸彈肯定會一個不漏全數引爆。

這不是隨機恐怖攻擊。這是經過嚴格審查、精心篩選做出的裁決。

流浪者要被殺死，因為太臭了。
小孩子要被殺死，因為太吵了。
孕婦要被殺死，因為占用的空間太大了。
女權主義者要被殺死，因為太傲慢了。
以動漫當頭像的人要被殺死，因為性格太扭曲了。
外國人要被殺死，因為那些人不是幫派分子就是間諜。
前科犯要被殺死，因為那些人遲早會再犯。
身心障礙者要被殺死，因為他們太麻煩了。
老人要被殺死，因為他們讓人厭煩。
單身主義者要被殺死，因為他們不打算繁衍後代。
同樣的理由，三口之家也要被殺死，因為他們不夠努力。
幸福的家庭也要被殺死，因為他們沒有與人共同分擔不幸。

有錢人要被殺死，因為他們讓人嫉妒。

YouTuber要被殺死，因為他們得意忘形。

人權律師要被殺死，因為他們自以為是。

政治家要被殺死，因為所有的問題都是他們造成的。

給別人添麻煩的傢伙、甚至毫不以為意的混蛋、總是裝出一副受害者的醜八怪、天真地相信水與和平及社會保障都是免費的樂天派、高高在上的假評論家、犬儒主義者、為每一片鬆餅拍照的閒人、閃閃發光的教主和熱中捐獻的信徒、環保活動家、素食主義者、硬要押韻的饒舌歌手、真心以為電影和小說能改變世界的自戀狂、過度溺愛孩子的父母、媽寶、疼愛貓狗甚於人類的傢伙，全都會平等地被殺死，因為我們的想法不一致。

還有，名人也要被殺死，因為這樣能引起話題。

上述之外的各位，請小心了。

請務必遠離他們。

最後……他露出卑微的笑容說：

我是被迫讀出這段文字。

我不是這起事件的犯人。

我是被犯人威脅的。而且犯人擅長催眠術，我的記憶似乎會在這之後被完全抹消。以上是鈴木田吾作來自中野區野方警察署的通知。祝各位安好。再見。

「他向新聞媒體和網路名人發送了這段影片，完全擋不住擴散，勢必會引起恐慌。」

而且，他刻意提起野方署。不僅是媒體，市民也可能蜂擁而至。

倖田喃喃低語：「……開什麼玩笑。」

「嗯，真的就像一場玩笑。」

等等力一邊回答，一邊仍感覺內心毫無波瀾。這部影片頂多對少數愚蠢的傢伙造成影響，超過百分之九十九的人應該只會認為這無聊至極，甚至感到憤怒。不過，了解整起爆炸事件的人無疑會充滿恐懼。

等等力的確就是「上述之外的人」。而他只是感到「原來如此」，僅此而已。

但究竟為什麼會覺得「原來如此」，他也說不清楚。他唯一知道的是，這並不屬於正常的思考。

到底是哪裡不正常……

倖田反覆播放影片，直到她不自覺地緊咬雙唇，幾乎要滲出血來。

「啊……」內心低吟一聲。原來如此。等等力終於明白了。是倖田的舉動讓他察覺到的。那傢伙在倒下的矢吹身旁張皇失措，拚命想要施救。正是這個舉動讓等等力領悟到：自己身邊沒有這樣的人。沒有一個相當於倖田心目中的矢吹那樣的人存在。腦海中想不到任何一個能讓自已違背命令的存在。

「就算發生爆炸，其實也無所謂吧？」

見到醫生從手術室走出來，倖田立刻站起身。醫生面露難色，表示目前雖然暫時穩定下來，但還不能輕易判斷後續情況，今晚是最關鍵的時刻。

「麻煩您了……」倖田深深鞠躬後，朝等等力伸出手，說道：「我們走吧。」她請求讓她開車，表示想要開車。

「沒問題的。我會做我該做的事。」

在面前強烈的視線壓迫下，等等力交出了車鑰匙。一接過車鑰匙，她就沿著走廊狂奔。彷彿不斷重擊地面的聲響在走廊上迴盪，轉眼就到了無法觸及的遠方。等等力回過神來，她的身影早已消失在眼前。等等力向醫生打了聲招呼才追上去。沒等到電梯，他直接衝下樓，中途還差點踩空階梯，好不容易才保持住平衡。當他抵達停車場時，正好與倖田駕駛的巡邏車擦肩而過。等等力氣喘吁吁地目送她駛離，心下恍然大悟呢喃著：「原來如此。」

4

「這也是謎題的提示嗎？」

平板電腦擺在鈴木眼前，類家停止播放影片後，將拳頭放在鋼桌上。

「還是說這本身就是個謎題？要不然不會像這樣露出真面目吧。太害羞了。換作是我，都想坐火箭逃去火星了。」

「我懂。我非常理解那種心情。」鈴木愉悅地回應：「但就像我在影片中說的，我也是受害者啊。我只是被犯人逼著唸出那段文字。我是被威脅的，被強迫的喔。實在傷腦筋，很困擾啊。況且我真的什麼都不記得了。畢竟記憶被消除了嘛。」

「但是，被抓來野方署是出於你的意志吧？」

「警察先生，你聽過後催眠嗎？在催眠中植入暗示，然後以某個信號為契機來觸發暗示。一定是棒球轉播。中日龍輸球就是信號，隨著比賽結束，我不知不覺就想著非得被逮捕不可。所以，去川崎並不是出於我的意志。我是被操縱的。」

「送報的面試呢？將手機忘在咖啡店呢？」

「都是催眠啊。肯定還有其他的暗示。」

「都讓你說就好啦。要是中日龍贏球了，你怎麼辦？」

「別顧慮那些，都是無謂的擔心罷了。」

「只是……」他誇張地聳了聳肩。「好後悔擺出那一臉呆樣，真難看，我都想哭了。說起話來有氣無力的，尤其是犬儒主義者和環保活動家的發音，根本聽不下去。」

「完全聽不下去啊，每字每句都是那麼單薄空洞。」

鈴木不見動搖地瞥了類家一眼。清宮心中不禁浮上一個疑問。這傢伙究竟多認真看待這部影片？無需類家斷定，這支影片根本沒有討論的價值。雖然宣稱要嚴格審查，但內容卻顯得草率又漏洞百出。該如何鎖定「以動漫當頭像的人」和「幸福的家庭」呢？到頭來，這不過只是在散播不著邊際的惡意罷了。但事已至此，媒體很快就會湧向野方署。難不成鈴木只是為了讓自己在鎂光燈下更加耀眼，才特意拍攝這種影片？提前去剪頭髮，是因為在意將永遠留存在世人眼前的自己是否上鏡？

清宮敲擊鍵盤的手指加大了力道。化作人臉的怪物，終究只是「十五分鐘的名人」。正因為如此荒誕，自己才會被愚弄嗎？經過這般梳理，似乎也能接受先前那場不堪的落敗。如今腦海中剩下的念頭，就是盼望那不自在的刺骨疼痛能夠消失。

「我希望你能好好回答。這到底是不是謎題？還是因為我猜中了中午這個時間點，反而讓你這個土包子彆扭起來了？」

「靈能力不是裝在肚子裡，也不是長在肚臍上。」

「但你的肚子裡早塞滿了吧？充斥著對這段反覆失敗的人生的憎恨和不滿。」

「憎恨和不滿……」鈴木愣愣地複誦了一遍。

「警察先生，我才沒有那種東西呢。因為我……」

「因為你是連抱有這種情感的資格都沒有的低俗又一文不值的人，對吧？」

「對，你說得沒錯。而且我還有嚴重的香港腳。」

「嗯……那是誰呢？」

類家不予理會，只是一邊查看平板上的消息一邊提問：「你認識山脇嗎？」

「梶呢？」

「沒印象。」

類家繼續操作平板電腦，重複問道：「沒聽過？完全沒印象嗎？」

「對，完全沒有。畢竟我過著人際關係淡薄的人生嘛。在這十年，能稱作熟人的，就只剩下我在街頭生活時的伙伴了。但一般來說，我們並不會將本名告訴對方。」

「可是，這兩個姓氏都和中日龍選手一樣吔。一般來說，像這樣接連唸出姓氏，難道不會聯想到棒球嗎？尤其是對一名狂熱的中日龍球迷。」

「……是這樣嗎？哎呀，看樣子我的記憶果然變模糊了。雖然可能是因為酒精，但催眠術的影響可能更大。其實，我並不了解選手，對棒球也沒什麼興趣。我只是喜歡看著那顆白色的球被投出去、被擊中，喜歡看球員來回奔跑，然後為比賽感到開心或懊悔。」

「山脇是個高個子。梶應該是日僑，中間名是安德烈亞斯，聽起來還滿厲害的。兩人都住在池尻的合租屋裡，聽說是服毒後死去。」

「這樣嗎……」鈴木一臉漫不經心。

清宮也從筆記型電腦上確認了。兩人的遺體分別在家中二樓看似為各自臥房的床上被發現。山脇身高一百八十公分，體重超過一百公斤。梶似乎是日本和荷蘭的混血兒。兩人都是二、三十多歲的男性。詳細情況尚不明確，但根據驗屍官初步判斷，兩人都是服毒身亡。消息又更新了。合租屋的房東表示，山脇和梶也與辰馬一樣，都是這間屋子的房客。

「你之前要是住在那裡，應該見過他們吧？」

「我不記得了。啊，可能說忘記了會更精準。」

「哦，是嗎？」類家隨口敷衍過去。都搬出了失憶和靈能力，現在多加個催眠，連清宮都想放棄與他爭辯了，再說下去也沒用。

那麼，究竟該怎麼做才能擊垮這個男人？

「哦！」

突然間，類家像要跳起來似的搖晃著身體。「什麼，這是真的嗎?!」他激動地大喊，整張臉幾乎要貼在平板電腦上。

「其中一人還活著。」

沒有回應。清宮立刻將視線從類家轉向鈴木。那張自信的笑容消失了。

「雖然情況相當嚴峻，但勉強保住了性命。哈哈！時來運轉嘍。有時候就會遇到這種事嘛。就像那些想死卻死不了的自殺者一樣。」

類家依然盯著平板，語速愈來愈快。「其實，服毒死還滿難的。你知道嗎？毒藥的致死量因人而異。比如有一種非常危險的劇毒叫做亞砷酸。一般來說，它的致死量在一百到三百毫克之間，差不多就是一顆感冒膠囊的量啦。但實際上，有人服用超過十倍的量也活下來了，還有人即使服下好幾倍的量，也在幾天內康復。此外，還有人昏迷了三、四天後被發現，又甦醒過來的例子。更何況，網上販售的毒藥本來就不太可靠，有些業者賣的貨甚至低於致死量。你說這算不算是良心商家？我倒覺得很難說啦。」

見鈴木一臉嚴肅，類家乘勢追擊。

「果然如此，還是頑強的人得救。現代醫療可比一般人想的要先進多了，我們可不會讓他死的。」

類家終於抬起頭。

「看來能打聽不少事了。」

看著兩人對峙，清宮不自覺嚥著口水，感覺到一股強烈的壓迫感。對於鈴木來說，這或許是首次迎來的意外事態。

然而，清宮並未將類家那一連串發言記錄下來。因為更新的資訊上清楚寫著，兩人都是死後三天左右被發現。

在偵訊中提供虛假情報是違反規則的。倘若在證據或證言上這麼做，會對審判造成不利影響。清宮再度扳起了手指。這就是鈴木準備的舞臺嗎？而類家就這樣泰然自若地站上了同一個擂臺。退居助手席的自己，眼下能做的就是支援部下。清宮再次集中精神，輸入起近乎創作的臺詞。

「真是太好了，鄉巴佬鈴木，你失去的記憶，說不定可以靠他幫你找回來喔。」

鈴木回以一道虛假的微笑。他未必相信類家的話。但若這真是鈴木犯下的殺人案，他很可能已經確認過兩人的生死。

「好啦，打起精神吧。誰都可能會犯錯嘛。」

「犯錯？我什麼時候犯錯了？」

「好了，好了。等他康復之後，我們會澈底追問，讓他交代清楚。敬請期待吧。」

「你們想怎麼做悉聽尊便吧。但是，那個……是哪位啊？山脇先生嗎？即使那個人說他認識我，我也不認為我的記憶會就此恢復。怎麼想都覺得不會。但這與他無關，終究是我自己的問題。」

「你還真清楚活下來的是山脇啊。」

「難道不是嗎？不是說是頑強的人得救嗎？」

「你怎麼知道山脇比較頑強？」

「是警察先生說的啊。你說他是個高個子。」

「對。但我只說是高個子。我個人認為這個詞的形象是有點瘦弱的樣子。你不覺得日僑安德烈亞斯聽起來還比較強壯嗎？除非認識他本人，要不然誰也想不到他只是個一百六十公分出頭的矮小青年吧。」

類家一邊拿出手機滑動，不留給他反駁的機會。

「但無所謂啦。反正你的靈能力什麼都猜得中嘛。」

「對了，還有……」他又補充一句。

「抱歉啊，鄉巴佬先生。中日龍隊裡好像沒有叫山脇或梶的球員喔。」

周遭的空氣像是突然降了溫。清宮認為那是鈴木田吾作散發出來的溫度。類家的連珠砲突襲，正刺激著鈴木的神經。

但另一方面，這一切也讓人感到莫名恐懼，類家在那瞬間就將總部傳來的少許情報當作武器設下圈套，感嘆他如此機靈的同時，清宮心中也升起一股令人戰慄的敬畏。這比起在鈴木面前的畏怯，究竟又有多大的差別呢。

「總而言之，事情已經相當清楚了。」

「你指的是什麼？」

「共犯說。」

鈴木臉上的表情完全消失了。

原來如此。清宮頓了一下便理解了。山脇和梶死去僅僅三天，除非有特殊理由，否則不可能沒發現那個製造炸彈的實驗室。

「這起案件是團體做案。是由住在合租屋裡的四人一起計畫並實行的犯罪。從這一點考慮，很多事情都說得通了。」

「我啊……」他抬眼盯向鈴木。

「一直想不通的就是地點。從秋葉原、東京巨蛋城，到九段和代代木，這四個地點之間不存在共通點。但若說是四個人共同策畫的結果，我就能理解了。比如九段的報紙販賣所，我記得那裡似乎也僱用外國員工吧？要說安德烈亞斯以前曾在那裡工作也並不奇怪。身為前員工，自然很清楚送報用的摩托車會並排在店外，也可能因為某種原因心懷怨恨，才會選中那個地點。至於代代木公園，就是鄉巴佬鈴木的目標吧？因為你曾經在那個公園生活過。」

鈴木沒有回答，而類家也不在乎答案。他一邊說話，一邊使用平板電腦向總部提出要求，請他們立刻調查山脇等人的來歷和工作經歷，並向代代木公園的生還者出示鈴木的照片，以及調查下一個可能被當作目標的地點……

「再深入調查下去，說不定就能發現秋葉原和東京巨蛋城之間的關聯。或許還能查出你和山脇是怎麼認識的。」

「真是個荒唐的故事。」鈴木恢復了平靜的語氣。「雖然很荒唐，但我也不能斷言那是不可能的，還真是令人苦惱啊。畢竟我的確出現在那部影片中嘛。若真是這樣呢？假設我們住在一起，而他們是一個犯罪集團，專門製造炸彈，不只絞盡腦汁密謀爆炸計畫，其中一人還是難得一見的催眠大師。這樣解釋也毫不奇怪吧？」

「我同意，我也這麼想。這起案件的主導人是另外三人中的其中一人，你不過是個聽命行事的士兵罷了。」

鈴木微微瞇起雙眼，那細微的變化似乎透露出他內心真實的不悅。就是個反覆自我貶低的男人，不經意流露出的些許自尊。

另一方面，清宮也難以判斷類家這番話究竟是想引出真相，還是有意挑釁。假設共犯說成立，就存在主犯和從犯，而鈴木是受人擺布的可能性的確存在。

內心浮上一股強烈的不協調感。儘管意識到自己或許過分高估了鈴木而心生畏懼，還是很難接受這個男人並非主謀的觀點。

「主謀是辰馬。」類家的聲音不帶一絲猶疑。「……我想我會投他一票吧。他會製造炸彈，而且就他一個人爆炸也充滿了深意呢。」

「這樣隨便下結論，真的沒關係嗎？無端將人安上了主謀的罪名，他的家人想必也會很困擾啊。」

「哇……沒想到你還會關心這種事。」

鈴木微微張開的嘴變得歪斜，突然面露詭異的神情，悶哼了一聲。

不協調感轉為疑惑。這個推理走在正確的道路上嗎？

類家將平板電腦放在鋼桌上，雙拳與肩同寬放在桌上與鈴木對峙。能感覺到內心某種情緒的徵兆，同樣也出現在鈴木身上。那不是恐懼，不是憤怒，也不是焦躁，而是一種難以言喻的亢奮，正瀰漫在這狹小的房間裡，溼氣隨之高漲。

「差不多該玩『九條尾巴』了吧？」

「我不會和警察先生玩遊戲的。假使對手是個騙子，那就沒意義了。」

「我是騙子？真意外。老實說，我一直覺得自己活得很誠實。」

「嗯，我也這麼覺得。正因如此，警察先生才會撒謊。因為愈是對自己誠實的人，就愈能心安理得欺騙別人。」

「你這話中有話呢。」

「你從以前就認為身邊的人是傻子，愚蠢到讓你無法忍受吧？」

瞬間，鈴木露出齜牙咧嘴的表情。

「朋友、父母、學校老師。你有兄弟姊妹嗎？如果有，那麼他們肯定都被你藐視過吧。女朋友呢？你曾經打從心底享受過甜蜜的約會嗎？沒意義的禮物、熱戀中的親密耳語。每次在準備這些的時候，你是不是感覺自己也變得像個傻子？還是你只當作是滿足性欲的手段？說到結婚，你應該曾經意識到這個制度是多麼空虛吧。為什麼要向世人證明彼此的關係呢？有必要得到別人的認可嗎？說到底，一個束縛彼此的契約又有什麼好處呢？至於孩子，你心裡也必然想過，你無法確定自己能否真正享受擁有孩子的喜悅。然而，生孩子後的物理成本卻是無法避免的。

金錢、育兒的時間和精力、擔心他們生病，甚至誤入歧途。你害怕孩子成為犯罪的受害者，也擔心孩子成為犯罪的加害者。除非能保證風險與快樂之間的平衡，否則很難將生孩子視為一個有益的選擇。怎麼樣？難道你從未這樣想過嗎？」

類家默默聽著。

「假設你面前有一個按鈕。一按下這個按鈕，炸彈就會降落在某個國家的市區，很多人將因此喪命。取而代之的是，你將得到一大筆錢。就算你不按下按鈕，炸彈也會落下。你並不想隨便殺人，但不論你是否按下按鈕，炸彈都會落下。於是你會想，既然這樣還是得到那一大筆錢才是明智的選擇。你甚至決定將那筆錢的一部分用來支援受災地區，於是毫不猶豫地按下了按鈕。你沒有任何遲疑，因為你認為這無疑是合理的選擇。即便有人指責你按下按鈕為瘋狂之舉，你也不會多看他們一眼，只會覺得他們不過是一群蠢蛋。你想想，與其揮舞著沒意義的道德大旗，不如單純因為想要錢而按下按鈕還好一點。就算你忘記了最初的義憤，覺得捐款太浪費而吝於捐出這筆錢，你也不會懷疑自己的正當性。因為這與你無關。你並不認識那些遭受炸彈攻擊的每一個人，你不會親睹他們痛苦扭曲的表情、倒臥在血泊中的樣子，不會聽見他們的悲鳴，也不會聞到現場的氣味。你會待在舒適的冷氣房裡，坐在整潔的辦公桌前，一邊喝著伯爵茶，一邊盯著電腦螢幕，對遠處落下炸彈的受災區感到一絲心痛，喃喃說著這也是沒辦法的事，然後直接去沖澡。今天、明天、後天，你會照常過日子，毫無羞愧感。這就是一個平凡至極的人，再平凡不過的生活方式。」

「我啊……」鈴木接著說道：

「可是打從心底這麼認為。這一切理所當然，毫無疑問。這不是諷刺，也沒有其他意思。自私才是人性的真實，為什麼要隱藏起來呢？假設你眼前有個漂亮的女孩，難道不會想推倒她嗎？難道不會在腦中閃過一絲想要強姦她的念頭嗎？遇到看不順眼的傢伙，難道不想揍他一拳嗎？欺負弱者一定很有趣。想要讓所有不崇拜自己的人感到後悔，狠狠打擊那些自以為是的成功人士，並且嘲笑他們活該。這才是人類。說什麼『難道你不懂別人的痛苦嗎？』，那種東西怎麼可能懂啊？試圖去理解的人才奇怪。我說得沒錯吧？警察先生也是這樣想的吧？」

鈴木的口水飛濺在鋼桌上。

「人生會苟延殘喘到死去為止。即便有人死去，生活仍會繼續。只要欲望沒有終結，人生就會可笑地延續下去。直到死去時，一切才會結束。之後發生什麼根本無所謂，那些事都與自己無關。」

「即便如此……」類家嘆了口氣。「難道大家不都是為了不讓自己的人生走到終點，這才盡可能延續生命？為了避免被瘋狂的炸彈客或隨機殺人犯襲擊而結束一生，哪怕只能降低分毫風險，才編造出了你所謂的『良知』？心裡一邊覺得『太過虛偽』，但仍會察言觀色，選擇適當的方式生活。」

「也許你說得沒錯。但對我來說，適當的生活太無趣了。」

他突然氣勢洶洶地逼近類家。

「警察先生也是這樣吧？對這個無聊又充斥著謊話的世界，你也感到厭倦了吧？」

「別替我妄下定論啊。」類家粗魯地翻攪著頭髮。「我可沒有你那麼偏激。很遺憾辜負了你的期待，但我覺得這個世界也絕非一無是處。比如實體的地球儀，我平常空閒時就喜歡欣賞它，或者觸摸它；再比如說M87星系的黑洞，第一次被拍攝下來的那一刻就讓我非常興奮；我也想要VANS明年開賣的新品；想要追連載漫畫的後續。眼前的工作解決後，我還想吃碗豬排蓋飯。我想要大睡一場。這些欲望很了不起，我因為它們而想活下去。」

他隱約露出一絲疲態，喘了口氣問道：

「難道你沒有嗎？至少一件值得你期待的事，或者你重視的事物也好。」

清宮預料鈴木會苦笑著回答「沒有」……但出乎意料，鈴木只是別過了臉，緩緩抬起頭。

「應該是帽子吧。」

「帽子？」

「對。我頭上的圓形禿被同伴嘲笑時，有個好心人給我了一頂帽子。他說要送我，讓我直接戴著也無妨。」

他包著繃帶的右手在頭頂上繞了幾圈。

「可能真的很醜吧，讓人覺得礙眼。總之，我決定戴上那頂帽子。難得人家送給我了，我打算一直戴著。」

「就是中日龍的帽子？」

就是撿到手機的咖啡店老闆看到的那頂帽子。

鈴木毫不畏懼地點了點頭。

「帽子後來放去哪裡了？合租屋裡似乎沒找到。」

「應該是弄丟了。」
「明明是那麼重要的東西？」
「對，弄丟了。我本來打算繼續戴著，但轉念又想『算了吧』。脫下帽子後覺得頭頂涼爽無比，就像解脫了一樣。」
那是溫和爽朗的微笑。清宮卻在其中察覺到一絲恐懼。
幾乎可以肯定那頂帽子是辰馬送給他的。不知是身為中日龍球迷的長谷部給兒子的禮物，還是辰馬受父親的影響，自己也成了中日龍球迷呢？
而現在，鈴木將那頂帽子摘下來。「算了吧」。這或許是他步入毀滅性犯罪的第一步。從社會的邊緣到澈底脫離社會。
本來打算一直戴著的棒球帽。辰馬送給了鈴木，也是他讓鈴木摘下來的嗎？引誘他到合租屋，然後提出炸彈恐怖攻擊計畫的莫非也是……
可是……清宮驀然感到一種難以忽視的異樣感。「算了吧」。這句話似乎迴盪著某種痛楚，就像他仍擁有人類的情感一樣。
「不用再說了吧，警察先生。」彷彿在驅趕煩人的小蟲般，鈴木甩了甩他那顆平頭。「這不像你。這種耍小聰明的大道理，就交給那些沉溺在無意義的事物中、一臉漫不在乎的庸人去做就好。我和警察先生的能力有如天壤之別，但繞了一圈，我們還是很接近的。無能至極的男人和聰明過頭的警察，最終得出的結論都是一樣的：這個世界充斥著謊言，毫無價值。」
場面一片寂靜。儘管話語一句接一句湧現，其中卻瀰漫著一股沉靜的氛圍，讓清宮感到渾身不自在。

「充斥著謊言的長壽人生又怎麼說呢？誰能斷言一個從出生就沉浸在毒品，僅在極樂後死去的人生是不幸的？說到底，生命也不過如此而已。」

「那你就當個癮君子吧。若需要毒品，我準備給你。你就隨心所欲地一個人去死吧。」

「聽起來很誘人，但為時已晚，來不及了。這樣早已無法滿足我。畢竟成長是一件罪孽深重的事。」

「只是一時的。」清宮努力以不帶感情的口吻插話。若非如此，就會被鈴木的話語所蠱惑，澈底沉淪在那幼稚而野蠻的情感中。理性會被侵蝕殆盡。

「應該還有吧？」

類家冷不防問道。鈴木卻裝作一副不知所措。

「影片啊。你還有第二支影片吧？剛才提到按鈕的時候，你是這樣想的。一般人會直接按下按鈕，要小聰明的人則會合理化這個行為才按下去。但他們都沒有想到一種狀況：按下按鈕後，炸彈也可能會落在自己的頭上。」

鈴木興奮地睜大雙眼，直盯著類家。

「你想將所有人都扯進來。讓實際上沒有受害的人，甚至不住在東京都的人，全團結起來成為加害者。」

類家緩緩呼出一口氣。

「……是觀看次數嗎。」

「什麼？」聲音來自蜷縮成一團的伊勢。

「影片的觀看次數。這就是引爆的條件吧？我不知道你設定的是一萬次還是兩萬次，但只要達到一定的觀看人次，引爆裝置就會啟動。對吧？」

「這個點子真有趣。但光憑我這顆腦袋，應該實現不了這種構想。」

「不需要由你來做。無論是辰馬、山脇還是安德烈亞斯，只要有人去做就行了。炸彈製造也一樣吧？應該是由念理科的辰馬負責吧。」

「如果能聽到更詳細的情報就好了。要是山脇先生真的能得救。」

清宮難以判斷，鈴木真實的態度是從容不迫，或只是虛張聲勢。

「但是，警察先生，僅僅根據觀看次數引爆炸彈，根本無法預測何時會達成。再怎麼說，我的靈能力也沒那麼厲害嘛。」

類家抬了抬手掌，制止鈴木那裝模作樣的笑聲。

「將影片上傳網站後的觀看次數連結到引爆裝置並發送信號……我想這應該是做不到的。畢竟是業餘的，再怎麼勉強也不可能做到這種程度。到頭來，炸彈還是時限式。正因如此才需要第二支影片。畢竟得在真相被揭穿前，公開下一步計畫。這是為了向那些看過影片的人灌輸『你也按下了按鈕』的想法。」

也就是說……

「下一支影片是假的。你會根據虛構的數字發出引爆宣言。」

看著類家伸出的食指，鈴木露出滿面笑容。那一臉心滿意足的模樣，反而讓清宮確信這就是正確答案。

「再怎麼荒謬的推理，只要由警察先生說出來，聽起來就像真的一樣。真是不可思議。感覺警察先生才是真正的犯人呢。」

「別開玩笑了。我才不會做這種無聊的事。順便再告訴你，我不擅長整理東西、飲料只喝綠茶，還有，比起冷氣，我夏天更喜歡吹電風扇。」

「我會記住的。」

如類家所料，沒多久，第二支影片上傳了。

和前一支影片一樣，鈴木出現在畫面中央。鏡頭從正面拍攝到胸口以上，燈光從頭頂照射下來。他的手中拿著一張紙。

大家好，我是鈴木田吾作。

都還好嗎？別來無恙吧？

我不斷祈禱著這支影片不要被公開。我之所以這麼說，是因為這支影片被程式設定成只要前一支影片的擴散率達到某個上限就會自動上傳。現在這支影片就是來向大家報告，那個條件已經達成了。

所謂擴散率是根據播放次數、分享次數，還有「鈴木田吾作」這個關鍵字的搜尋次數來計算。那個程式很複雜，雖然我手中的紙上寫了個大概，但全是英文，我也看不太懂，況且我也沒把握能完整唸出來，所以在此先略過了。詳細情況請在抓到犯人後再去問他吧。

我就直接切入主題。多虧大家熱心分享，經過大家一次又一次點擊連結，目標已經順利達成，炸彈也即將引爆。我知道大家可能已經厭煩了「炸彈會引爆」這種話，但我一時也想不出更好的說法，而且這張紙上也是這麼寫的，所以我就照唸了。

各位，請隨時注意安全。接下來，炸彈會在東京都內各個地方爆炸。大家就算四處尋找也是徒勞無功。沒有安全的場所了。待在家裡也不能確保安全。炸彈可能就藏在附近的排水溝裡，或者垃圾收集區裡的垃圾裡。因為炸彈的威力相當強大，整個街區都可能受到波及。

待在公司沒有用，躲進國會議事堂也無濟於事。我建議大人物趕緊逃到地下避難所。

唯一安全的地方是中野區的野方警察署。這裡保證沒有炸彈。不會發生爆炸。要是各位署內職員都能安心舒適地為我們勤奮工作，就再好不過了。

那麼，難道真的沒辦法阻止爆炸嗎？真的完全不可能嗎？

其實，還有個唯一的方法。雖然這是一項尚未公開的技術，但這個炸彈的引爆裝置實際上分為三個階段：第一，啟動引爆裝置；第二，超過指定的時間；第三，接收訊息並連上主機，然後在接收到批准的回訊時引爆。這裡提到的連上和批准也可以理解為撥電話和接聽，不是多複雜的通訊。只要主機能運轉就足夠了。總歸來說，只要找到主機並摧毀它，炸彈就會永遠沉睡。

那麼，主機究竟在哪裡呢？

答案是，在犯人的身體裡。這是一個根據生物反應運作的神奇裝置。

我換個更簡單的說法。

找到犯人並殺掉他，主機就會失效，炸彈也會隨之停止。

但請大家注意。倘若嘗試透過殺害以外的方式取出主機，極可能同時發出所有炸彈的引爆指令。

我要說的就是這些了。

對了，還有一件事。現在說起來可能有點多餘，但我是被迫唸出這些內容。我不是這次事件的犯人，我是被犯人威脅的。犯人是催眠術的高手，我的記憶似乎會在這之後被完全抹除。

那麼，有緣再見。以上，來自鈴木田吾作。

「這到底是怎麼回事！」

清宮看完影片，忍不住重重捶著桌面。伊勢在一旁全身不住顫抖。

看完這支影片，應該不會有任何人相信鈴木是被威脅的。所有人都會認定這個人就是炸彈客。

同樣地，人們應該也會對他胡亂瞎扯的體內裝置感到懷疑。儘管如此，就算少數民眾相信了這種說法也毫不奇怪。

況且，爆炸必然會發生，實際發生在世人眼前。這場用來終結所有謊言的恐怖炸彈攻擊，即將降臨。

代代木公園的慘案早已被大肆報導。警方公開的鈴木肖像照，也會促使這兩支影片在街頭巷尾廣泛傳開。即使向海外網站申請刪除影片，也跟不上影片散播的速度。要控管已經傳開的影像極其困難。

那些高呼要將犯人絞死，或朝野方署投擲石塊的人很快就會出現。受憤怒和恐慌驅使的群眾中，或許也有人深信這就是正義，並直接訴諸武力行動。

終究還是誤判了。這才是那傢伙試圖賴在野方署不走的真正原因。

「……你想死嗎？」

「想死？」

鈴木瞪大眼睛看著清宮。

「怎麼會呢？真是愛開玩笑。我怎麼會想去死？清宮先生，我這個人打算壽滿天年的。那是我唯一的生存意義。」

「不過，你剛才明明說，長壽其實沒什麼意義啊。」

面對類家的揶揄，鈴木輕輕聳了聳肩。「那只是一般的觀點而已，畢竟我是個膽小鬼嘛。」

「況且……」他露出微笑。

「況且，就算我被襲擊了，你們也會保護我吧？所有的警察都會齊心協力來保護我吧？」

真是醜惡。一個徹頭徹尾的垃圾。那種理性被侵蝕的感覺再次復甦。如果當時不是折斷他的手指，而是掐住他的脖子……

「別亂動喔，伊勢先生。」

猛然轉頭，伊勢正屏息凝氣，身體蓄勢待發，手緊握成拳。「糟了……」沒想到自己已經失去理智到沒察覺身旁的失控狀況。

「攻擊他只會讓他更開心。畢竟，他看來就是個極為罕見熱愛給人添麻煩的超級受虐狂。」

「什麼意思？我聽不太懂啦，但感覺有點失禮喔。」

「不就是這樣嗎？我雖然還不清楚你們是如何決定分工，但既然你現在在這裡做這種事，不就代表這是你的目的嗎？」

清宮聽完這一席話後也意識到了。鈴木既然出現在影片中，似乎可以認定他扮演嫌犯的角色是計畫中的一環。如果他不願意，完全可以在同夥死後就退出。但他還是來到了偵訊室。這只能解釋為眼下正是他所期望的局面。

「不僅僅是被逮捕，還被打、被罵、甚至被折斷手指，更別說面臨死刑了。似乎還還渴望被施以私刑。這樣看來，的確是個無敵的傢伙。」

「這就是你的答案嗎？」

「什麼？」

「我的心的形狀。」

類家閉上了嘴，默默地面對鈴木。

鈴木臉上的表情消失了。那眼神不像在凝視，而是靜靜凝視著某個深處。

「警察先生在猜我的心的形狀嗎？這就是你的答案？一個極為罕見熱愛給人添麻煩的超級受

虐狂。」

「我可沒聽說這是一次定勝負的題目。再讓我問點問題吧。」

「不行。和清宮先生談的時候，我就已經說很多了。」

「……我可以猜猜你真正的願望嗎？」

「如果你認為那就是我的心的形狀，就猜猜看吧。」

「猜中的話有什麼獎勵？」

「這樣如何？讓我送上發揮全力的靈能力，或許能靈光乍現，告訴你放炸彈的地點。」

「……好像可以，我突然有了幹勁呢。」

「真是太好了。那就請你務必努力猜猜看吧。但該怎麼說呢，我想警察先生應該猜不中。要說原因，還是因為警察先生缺少那種東西嘛。要猜中自己沒有的東西很困難的。所以，即使沒有猜中，也不必放在心上。」

「還真是承蒙關心了。」

類家冷冷地回應，抬頭望向天花板。他停止身體一切的動作，彷彿忘卻了周遭的一切。

「……這願望可真像癮君子一樣令人著迷。」

他低聲嘀咕著，眼神隨即轉回前方。

「你厭惡撒謊。不是那種寫作業了沒的小謊，而是關於倫理、道德、常識的謊。你覺得那些都虛偽且令人厭惡的。你相信，只有不受那些束縛的自己才是自由的。你想向世人證明，人類的本性是殘酷、醜陋、暴力又自私的。對你來說，連法律都是虛有其表。那些追求安全的市民很快會聚集到這裡。滿懷憤怒的人們也將到來。我們的任務是保護你不受他們傷害。因為這是規則，是法律。但你知道，在場的人並不希望我們這樣做。當這種荒謬的矛盾成真時，你會如此嘲笑：看吧，我早就說過了。」

正午的陽光灑入室內，空氣中瀰漫著一絲寒意。經過半天與鈴木的相處後，這看似膚淺的願望也不能再輕易一笑置之。

實際上，清宮還被引出了暴力的一面，折斷鈴木的手指。

「這不就猜得還不錯嗎？就算沒猜中，至少可以拿個努力獎吧。」

鈴木來回擺動著頭，就像個鐘擺般的鍍錫鐵娃娃。

「別吊人胃口了。」

「沒有，我只是很失望。」

鈴木停止擺動，冷冷地說道：「你果然是我討厭的類型。」

類家靜靜等待他說下去。

「你很聰明。你學到了很多，也一直表現得很好。但也就如此而已。」

鈴木淡淡地說著：「表面上的解釋、合理的分析，但終究只是聰明的說辭。你連一步也不想從安全卻狹隘的理論中踏出。」

他將雙手猛然撐向鋼桌，睜大了雙眼。

「不如試著再多看看我吧？清宮先生就是這樣做的，連伊勢先生也一樣喔。來吧，請看吧。看看我這張臉。」

鈴木前傾身體，撞到了桌上的水瓶。但類家紋風不動。

「你覺得噁心嗎？厭倦了這張臉嗎？但是，警察先生。在我這雙眼中可是映照出你的樣子喔。為了挽回上司的名譽，自告奮勇、得意洋洋的。你以為這個人無論如何都能解決吧？要不然，你不會站出來的。沒有勝算，你就不會輕舉妄動。也就是說，你不做毫無謀略的挑戰。你那些超乎尋常的舉動也全在計算之內。你避免失敗，提前預測最壞的狀況，費心找藉口。你總是果斷做好準備，絕不怠慢。你不會抱著過度的期待。不論是喜悅、快感、浪漫，你覺得那些都是幻想。你斷言它們全是妄想。你一直這麼想，認為做什麼都是徒勞。」

鈴木的聲音迴盪在偵訊室中。

「你用冷淡的心態接受這一切，然後對這份冷淡感到放心。你不會對任何人付出。因為你害怕付出被拒絕。你是能平靜地對別人撒謊的老實人，也是一個不希望被別人欺騙的膽小鬼。你活在一個充斥著謊言的世界裡，並且因為氾濫的謊言而失望，故意掛著張蒼白的臉色揚言被欺騙。但你明白，你也感覺得到，還有更多、更美好、更能滿足生命渴望的事物，是存在的。」

他縮起肩膀，像刺針般全身直挺挺地面對類家。

「可是你不會承認。一旦承認，就得去追尋。無法再視而不見。你害怕為了追尋而全力以赴，怕到你做不了這種事。因為你無法確保自己追尋得到。因為你會在犯錯和失敗時，不自覺擔心自己遭到否定。你內心最恐懼的，就是受傷。」

幾乎緊貼著桌子仰頭注視類家的鈴木，此時挺起了背脊。

「因此，你永遠無法成為我的朋友。」

熱度如潮水般退去。懸浮在空中的塵埃中彷彿飄盪著餘音。

「你廢話說完了嗎？」

類家一臉無奈地搔了搔那頭自然捲。

「扮演讀心師就讓你滿足了嗎？這叫做冷讀術吧。運用那些不管對誰都能說中一點的話術，說得好像很精準一樣。這是假占卜師常見的手法嘛。」

「看吧，又一臉若無其事的樣子。佯裝從容不迫的態度，藉此逃避解釋和說明，只為了維護那一丁點的尊嚴嗎？是不是害怕被識破自己其實只是個無趣的傢伙呢？」

「你真的很愛強詞奪理。」

「啊，手抱胸了。你打算保護什麼呢？」

「我們正在調查阿佐谷那一帶。」

「什麼？」

鈴木的氣勢驟然消退。「……那是哪裡？」

「長谷部自殺的車站啊。別裝傻了，太難看了。」

總武線上的阿佐谷車站，就在野方署以西兩站的距離，每日乘客流量約十萬人，與新大久保車站相近。

在共犯說的可能性變大時，類家及時從平板電腦提出建議。上層接受了，現正透過鐵路公司協助進行乘客疏散作業。

「一個讓人生突然跌落谷底，成為轉捩點的地方。要說辰馬會選擇一個地方作為目標，那必定是這裡。」

「這樣嗎……」鈴木靠向椅背，雙手交疊在腹部上。

「滿有說服力的。那找到炸彈了嗎？」

「搜索才剛開始，時間還很充裕。」

「你怎麼知道？」

「因為下一次是四點。」

鈴木臉上的表情瞬間消失了。

「申時……根本無關緊要。因為長谷部自殺的時間是下午四點。」

根據當時的調查紀錄顯示，長谷部那天一早出門後，從離家最近的阿佐谷車站搭上了往千葉方向的電車。隨後，他在下午四點再次返回阿佐谷，接著在下一班電車到來時一躍而下，跳下了站臺。他的交通卡並無進站以外的紀錄，推測可能先在某個車站消磨了半天時間，或是在總武線上來回搭乘，又或者在山手線上不停繞圈。不知他是在尋找自殺的地點，還是他需要時間下定決心。

「無論如何，這應該就是辰馬選擇的時間。此外，設在下午四點，車站裡的乘客也不少，對復仇來說是再好不過的時機。」

「你認為是復仇？」

「是一場超乎想像的完美報復啊。地上設置的陷阱炸彈也一樣，是為了報復警方無情切割父親的行動，也是瞄準搜查員的圈套……哦！好消息。確認了安德烈亞斯果然曾經在九段的報紙販賣所工作。哈哈，聽說他是因為素行不良而被解雇。還有，你放在咖啡店的那支手機，似乎是山脇簽約的門號。手機內的數據應該也能還原。護城河漸漸被攻破了喔。」

盯著平板電腦的類家突然逼近鈴木。

「我說過你犯了失誤，那就是你過早透露了合租屋的位置啊，鄉巴佬鈴木。其實該何時透露那個地點，應該由你來決定。直接給地址，或以那間咖啡店暗示都好。因為搜查人員立刻趕過去。儘管我們是透過辰馬的母親找到了他的住處，但那終究是非預期事態。按照辰馬的計畫，恐怕合租屋的爆炸時間會比阿佐谷來得晚吧？可你卻提前洩漏了。是不是逗伊勢時太過投入，玩過頭了啊？多虧如此，我們才得知共犯的存在，並查明了下一個目標。根本不需要依賴你那沒用的猜謎和靈能力。」

這句話切中要害。至此，共犯說看來堅不可摧。合租屋的消息正不斷更新。不久後，事件全貌就會變得明朗。

然而，鈴木的臉上並未出現動搖。相反的，他臉上的表情雖消失了，卻顯得十分平靜，甚至似乎在享受這一切。

清宮感覺有些不對勁。共犯說真的站得住腳嗎？事到如今，他已不再執著於自己曾試圖拼湊的拼圖，但心中仍有些難以釋懷的棘刺。

「毫無疑問，阿佐谷那裡的確已設置了炸彈。現在的問題是，其他的炸彈在哪裡？」

類家的指摘將他拉回現實。專家從合租屋裡的所有藥物備品推算出可製作的炸彈數量，最多大約二十個。用作容器的塑膠盒是成批購買的，除了四個試做品外，還有六個被放在三十個裝的箱子裡。數量是吻合的。因此推測上限二十個較為可靠。

在代代木公園的供膳處，有三個炸彈針對排隊的隊伍同時爆炸。在幼兒園發現的炸彈也是三個。至於設置在地板的陷阱，由於炸藥用得較少，便不計入總量。這樣一來，加上之前的炸彈，共有十個炸彈已爆炸或回收完畢，剩下的頂多十個，難以想像會全數集中在阿佐谷。考慮到可能設置了更多目標，當務之急，是安全回收並澈底拆除所有炸彈。

阿佐谷車站被放置了炸彈，這個推論是毫無疑義的。

然而……清宮心中不禁浮上一個疑問：炸彈究竟被放在車站的哪裡？近年來，車站內的保全系統已大幅提升。合租屋的三名共犯已死，鈴木又待在偵訊室裡，顯然無法隨意走進車站，將炸彈扔進垃圾桶。正常來說，非得事前做好安排不可。但做得到嗎？案件發生已經過了整整一天，就算是再小的包裹，真的能避開清掃或檢查的視線嗎？置物櫃或遺失物保管處似乎是最有可能的地方，但是……

「你還有第五個同伴吧？」

除了辰馬等人之外，還有其他人嗎？類家斷然的口吻讓人有些措手不及，但冷靜思考，這種可能性也不容忽視。目前共犯人數尚不明朗。此時，就算有其他神祕人物在街上徘徊，試圖在阿佐谷或其他場所放置炸彈，也並不奇怪。

然而……一種無法以邏輯解釋的不安感再次湧上心頭。

「你說同伴嗎？」鈴木彷彿在模仿清宮的思考般喃喃低語。

「對。從危機管理的角度來看，很難忽視這個可能性，但除了這點，我也認為確實存在第五個人的可能性。畢竟，你聽到山脇得救的消息之後變得焦躁不安，連一貫的伎倆也演不下去。」

清宮也想起來了，當類家虛張聲勢說出山脇保住了性命，鈴木臉上流露出不同於先前的戲謔和自卑，而是相當嚴肅的神情。

「坦白說，不論是否有共犯，或者任何人提供證詞，你都會被逮捕。你都將因為隨機殺害了超過十人的罪行，接受審判。你對此心知肚明。但為什麼你明明認知到這一點，卻仍害怕他活下來呢？可能的答案是：你還有想要隱藏的祕密。要是山脇出面作證，你會非常困擾。是擔心炸彈的位置，還是你的身分曝光？在幾個選項中再列入「第五名同伴」，相較之下也毫不遜色吧。」

「警察先生，」鈴木像要打斷似的說道：「你認為那些選擇集體自殺的人，看起來是什麼模樣？」

「……你到底在說什麼？」

「我說的是他們。」鈴木伸出手指戳了戳自己的腦袋。「我的靈能力又發揮作用了，而且場景異常清晰。他們……這起事件的犯人是自殺的。」

類家沒有回應。他一副若無其事地滑著手機，一邊保持正在聆聽的姿態。

「死因是服毒吧？如果他們選擇服毒自殺，哪裡不合理呢？他們對活著感到厭倦，決心共赴死亡，但最後又將對這世界的怨氣發洩在眾多無辜的人身上，企圖拉更多人陪葬。」

鈴木伸出沒被折斷的左手食指，敲了敲鋼桌。

「當然，我並沒有和那些傢伙一起生活過的記憶。雖然沒有，但我想他們一定是這樣想的。

對他們來說，世界只有自己這個存在。自己和自己之外的一切被澈底分離，中間隔著一道透明的牆，因此無論是他人、社會，還是未來，都毫無價值可言。連自己的人生也是多餘的。就像因習慣而持續觀看低劣的電視劇，等待著終章到來。唯有自我意識能讓他們感知到飢餓。他們染指殘暴罪行，並非為了復仇，也不打算傳播訊息，僅僅是為了在這樣在相較之下稍微好一些而已。就像想在無聊的電視劇尾聲炒熱一點氣氛而已。」

鈴木微微偏頭，「但這些人真的那麼奇怪嗎？或是真的那麼不正常嗎？和一般人存在那麼大的區別嗎？對我來說，似乎都是一樣的。不論是被他們殺害的人、害怕他們的人、感到憤怒的人，還是覺得有趣的人，老實說我都不在乎。因為我們根本不認識嘛。我不認識他們，他們也不認識我。況且，他們根本沒將我放在眼裡。不對，就算我出現在他們面前，甚至當面交談，情況也不會改變。就算一起笑、一起緊張，彼此的交流也不過是隨便的敷衍。在他們眼裡，我只是個無足輕重的存在；對我來說，他們也是無關緊要的存在。從來沒將我放在眼裡的人，我也不會多看他們一眼。」

假設……他再度伸著食指敲了敲桌子。

「假設我真的處在警察先生所說的立場，也就是在那間合租屋裡和他們一起生活，還參與了犯罪計畫，並且意外出現一名倖存者。要是因此使我感到緊張，甚至恐懼，那也只是因為那傢伙可能會隨意談論我的事。你懂嗎？像是評論我是個對這世界感到憤怒、想要復仇，腦子可能有問題的快樂犯，或者孤僻的人之類的。我打從心底厭惡這樣的評價。那些共犯者口中的話語，就像在努力描繪出能被這社會接受的我一樣，但我真的無法忍受。那是既醜陋又難以原諒的謊言。不是這樣嗎？在他們眼裡，我就是一個無臉妖怪；他們在我眼裡，也全是無臉妖怪。我們不是同伴，更不是朋友，只是一群無臉妖怪聚集在一起的無臉妖怪聯盟。」

光線愈發強烈，鈴木的面孔變得模糊不清。

「無臉妖怪之間不存在相互困擾的問題。沒有像人類一樣的羈絆。這一點和警察先生一樣。你和他們完全一樣。對我來說，警察先生也是個無臉妖怪，因為警察先生……」

門突然被推開。清宮驀然感到背脊一陣發涼，正想立刻找藉口解釋自己為何和類家交換位置，只見一身藍色制服從眼前飛掠而過。那人連看也不看清宮一眼，一把推開類家，逕自衝向鈴木。就在類家從摺疊椅上摔下來的同時，他聽見伊勢輕聲喊道：「倖田？」

「鈴木！」被稱做倖田的女警逼近鈴木。儘管從清宮的位置只能窺見她的側臉，看不清她的表情。但還是能從眼前這個就算在女性中也算嬌小的身軀，看出那渾身緊繃、怒火中燒的模樣。清宮被那彷彿負傷的野獸試圖絕望一搏的氣勢所震懾，愣得一動不動。

她握緊雙拳，呼吸急促得說不出話，顯得極為痛苦。片刻間，她緊咬的嘴角便流出唾液。

「我要殺了你……」

倖田的右手緩慢地伸向腰間的警棍。

「我要殺了你！」

「讓開！」類家撲上去，從背後擒住倖田的雙肩，箝制她高舉過頭的警棍。她不予理會，放聲大喊：「右腳伸出來！我要打爛你的腿！」

類家牢牢壓制她奮力掙扎的身軀，但她仍不住狂吼：「右腳給我伸出來！鈴木！」

「哈哈哈哈！」原本愣在一旁的鈴木突然大笑出聲。「哈哈哈哈！」就像洪水潰堤般笑到椅子往後傾斜，一邊搖晃一邊拍手，笑到捧腹流出了眼淚。

「有什麼好笑的！」

「就是這樣。」

鈴木依然抱著肚子大笑，同時對類家說道：「這就是我要的。」

「就是這樣，警察先生。我想要的，我心中真正渴望的，這位小姐都給我了。還是最高級的那種：憤怒、憎恨、殺意。她現在正渴望著我。不是為了錢或工作，也不只是表面上做做樣子，而是純粹的渴求。她用最強烈而純粹的欲望，渴望著我這種人！這世上還有更幸福的事嗎？能被人如此渴望，被以純粹的欲望傾注，被打從心裡渴求毀滅。這幾乎是愛了。一種完全超越算計和利用，摧毀一切維持現狀和穩定的愛。」

其實大家都喜歡這樣吧？

「像你這種愛講道理的人是不會懂的。將情緒藏起來的膽小鬼是感受不到的。請看看這位小姐。從她的眼睛、嘴巴，還有每一個毛孔中，都散發出一種能量吧？充滿了無法回頭、極具破壞力的能量吧？她傾盡全力衝向我，撲向只能是我的這個存在，就朝著我這一張臉而來！還有什麼比這更開心的事嗎？有什麼比被渴望還更令人愉悅的感受呢？」

鈴木繼續笑著。不知何時，倖田閉上了嘴，全身緊繃，整個人從憤怒轉為懼怕。

「謝謝。」

鈴木突然止住了笑聲。猛的垂下頭，身體微微抽搐。然後他露出了既驚訝又愉悅的神情仰望著倖田。

「小姐，不好意思。我……射精了。」

倖田的身體明顯失去了力量，只無力地笑著，手中的警棍掉落在地。類家稍微放鬆了力道的瞬間，她迅速拔出手槍。

「混蛋！」

類家趕緊將倖田撲倒在地，伊勢則站起身來驚呼。「快關上門！」類家緊急指示，清宮終於動了起來。鈴木仍不住狂笑。

走廊上幾個人過來查看狀況。清宮僅以手勢傳達「沒事」，便帶上了門。

「清宮先生。」

回頭一看，鈴木正注視著他。

「若是清宮先生，應該能明白吧？那種純粹的破壞欲，給予的那方也會和接受的那方感受到同樣的快感。你折斷我的手指時，應該也很清楚自己內心真正的想法。很爽快吧，對嗎？」

接著，鈴木將矛頭轉向類家。

「我告訴你，警察先生，我絕對不會認罪。不論經過幾年、甚至幾十年，審判都會持續下去。我會不斷上訴。這樣一來，整個社會會一直憎恨我吧？會詛咒我早點去死吧？光想像就覺得精神要失常了。受害者的家屬也會出現在旁聽席吧？我是不是應該在他們面前露個屁股？還是對他們吐舌頭？哈哈哈，他們想必恨透了我，想殺死我吧。但你們還是得保護我。這將使他們內心的仇恨翻倍，永遠無法原諒我。比起你因為獲勝而洋洋得意的表情，我更想將那段記憶留在心底，陪伴我度過單人牢房的夜晚。直到行刑那天，我都要盡可能享受這一切。畢竟我本來就是無辜的嘛。」

或許，殺了他比較好。這念頭異常平靜，自然而然。清宮以一顆純淨的心注視著鈴木。正如他所說，在那一瞬間，越過規則的界線折斷他的手指時，的確沉浸在一種無法言喻的滿足之中。那是深藏心底的欲望，是被壓抑的野蠻衝動。是因為確信這傢伙並非同伴，才能允許自己那麼做。

清宮握緊拳頭後鬆開。他彎了彎手指，又再次緊握。感覺似乎被全身散發的躁熱沖昏了頭，內心卻同時保持著異常的冷靜。殺了他比較好……腦中再度浮現這個想法。

「住手！再這樣下去就輸了！」

類家正斥責著在地上痛苦掙扎的倖田。

「使用暴力，只會讓這傢伙得逞。這樣妳也無所謂嗎？要輸給這種無聊的傢伙嗎？」

「喂！你們在做什麼？」門外傳來喊叫聲。「開門！喂！」是野方署的鶴久。門把被使勁轉動，但清宮抵住了。

「鈴木，」類家一邊起身，推了推他的圓眼鏡。「如果你討厭我，那就將你的怨恨回應給這傢伙吧。將你從她身上得到的怨恨還回去吧。這是你的原則，對吧？」

鈴木慢悠悠地靠向摺疊椅的椅背。

「除了阿佐谷，還有哪裡會爆炸？」

門外的鶴久仍在大聲怒斥。伊勢蒼白著臉，整個人貼在牆上。癱倒在地的倖田牢牢瞪著鋼桌底部。對面的鈴木則一臉滿足地微笑。

「所有地方。」

鈴木露出一絲憐憫之情，向類家宣告：

「目標是全東京方圓內的所有車站。」

第二部

1

下午兩點過後，等等力才得知辰馬被視為事件的嫌犯，而非受害者。他沒有太多感慨，只是淡淡想著「原來如此」。這個推論可以解釋合租屋中大量的實驗器材。他腦中驀然浮現明日香疲憊的身影，只能想像不久之後可能降臨在這個家庭的痛苦。話雖如此，這些景象仍顯得模糊難辨。

一點半，等等力空手從醫院返回。頂著飛機頭的刑警大聲咂著嘴，宣稱沒那閒情逸致理睬無能的人，便將他晾在一旁。既然沒有後續指令，他打算前往正在進行現場搜證的那棟西式建築，卻再度被叫住。得知倖田的暴行後，他立時遭到嚴厲斥責。「都是因為你沒帶她回來！到底是怎麼教育她的！」他默默承受責罵，對方卻像發洩了一番後喊著「滾開」要打發他走。「沒心的傢伙就只會礙事，還會讓士氣變得低落。你那是什麼表情？覺得不滿嗎？」「不，沒有。」「嘖，一臉衰樣的傢伙……」

下一個命令是由井筒帶來的。他說要去見曾住過合租屋的學生，兩人便一起鑽進轎車。等等力坐上駕駛座。

前往家庭餐廳的途中，井筒滔滔不絕地說個沒完。多半是因為他一直精明地跟在飛機頭刑警身後打轉的緣故吧，只見他得意洋洋地透露自己掌握的最新搜查情報，包括辰馬等人的情況、第二支影片上傳、阿佐谷車站正在嚴加搜索，以及下一次爆炸最可能發生的時間是下午四點云云，全告訴了等等力。

「而且，聽說鈴木還揚言東京的所有車站都是目標。不過，大家很懷疑是否該認真看待這條供詞。」

眼下高層也很頭痛。要是只有阿佐谷還好，但要是讓東京所有車站都暫停營運，鐵路公司肯定不會輕易同意。得提出明確的根據。他們想必也會希望警方縮小車站數。

假設真的在阿佐谷發現了炸彈，或許能期待他們積極應對，但目前還沒有到那一步。

「警署那邊好像也不太妙。聽說湧來警署的人潮是歷來最驚人的一次。」

「媒體嗎？」

「還有市民。有的要求讓他們避難，也有人要求交出鈴木，現場恐怕很混亂。據說實在沒辦法了，只好先開放訓練場給想避難的市民進去。」

「這樣嗎……」等等力回應道。沒有半分危機感，也不帶憤怒，他只在想像著倖田穿越人群的身影時，心頭泛起一絲波瀾。

「對了，」話題告一段落，井筒露出苦笑，「聽說杉並署的猿橋被高層叫過去，你猜是為什麼？」

「和長谷部有關？」

「不是，是因為姓氏。聽說干支是犯罪計畫中重要的構成環節，下午四點恰好對應的是猴子的申時。」

雖然是個拙劣的玩笑，但既然動機牽涉到長谷部，即便警察成了嫌疑人也不足為奇。

「對他本人來說，多半是一場災難，但也不能就此一笑置之。畢竟如今線索少到連根救命稻草都抓不到。要是到四點前還沒有任何明確的提示，很難找出持有炸彈的第五名共犯。」

井筒的牢騷中透出幾分焦慮。雖然還不確定第五名共犯是否存在，但目前已經下達以「的確存在」為前提進行搜查的指示。從概率上看，最可能是與合租屋住戶相關的人。比起毫無頭緒地四處訪查，井筒得到了更重要的任務。他肯定花了不少心力來討好飛機頭刑警吧。

等等力坐在野心勃勃的後輩身旁，手不自覺握緊方向盤，心中的疑問如墨水般渲染開來。鈴木有共犯。認為他是單獨犯的直覺被打破了，他並不打算提出異議。間接證據不斷累積，物證遲早會浮上水面。共犯說幾乎成了警方的共識。這可不是單靠區區一名刑警的洞察能力就能隨便插嘴的時候。

「可是……」他還是無法停止思考。

在高層下達指令之前，等等力的手機收到了類家的訊息：「有第五名共犯。對鈴木來說是特別的吧？」

這一步踏得比正規情報更深入，也可能略顯操之過急。應該是因為類家對等等力懷有不同的看法，這才傳來了訊息。

等等力沒有回覆類家。類家似乎也並不期待回覆。即便如此，類家仍然想將自己的想法傳達給等等力，看來他還沒放棄鈴木指名等等力偵訊的後續進展。

儘管還不清楚偵訊室的具體狀況，但逐漸明白了類家單方面傳訊息的意義。第五名共犯是關鍵，因為那個人可能持有炸彈。換言之，和辰馬等人不同，第五名共犯還活著。某種意義上，可以說鈴木將自身的命運託付在那個人的手上。

但鈴木真的會這樣做嗎？這頭只相信人類惡意的怪物，到底會信任什麼樣的人？

「家庭餐廳就在前面。」

井筒一提醒，等等力才趕在接近交通號誌前駛入右轉車道。

或許是因為星期一的午後，餐廳內僅零星幾組客人。他們在禁菸區的一角找到了對方。桌上放著標有記號的旅行手冊，身穿西裝的青年笑著說那是職場上的備品。看見那張精悍的臉孔，等等力心想，男人似乎很適合在夏天去衝浪、烤肉，冬天玩單板滑雪。但隨即又對於自己這種輕率的偏見感到厭煩。

問話由井筒進行，等等力負責記錄。青年到去年底都住在那間合租屋裡，這一點也已經向房東確認過。從時間推算，他應該曾是辰馬的室友。

青年是在三年前入住，正值大學三年級。他表示自己並不是因為缺錢，而是出於好奇心申請入住。入住的第二年年初，辰馬就搬進來了。當時房東曾解釋辰馬因父親突然自殺而大受打擊，從公司辭職後便長期閉門不出。雖然溝通上可能有些困難，但希望大家能與他好好相處。

「我並不覺得不妥，畢竟我也在追求特別的經歷。」青年坦率地說。他的確努心與辰馬保持良好的關係，但除了打招呼等日常交流外，彼此幾乎沒有太多互動。沒過多久時間，房東口中的溝通困難也成了房客間的共識。

「除了我和辰馬同學，原本還有三個人住那裡。都是比我大一屆的四年級生，預定在春天就職後搬走。」

照理說，辰馬應該是他們之中最年長的，但青年卻稱他為「同學」。

「我打算待到畢業，畢竟那裡的生活還滿愉快的，這種分屬不同群體的共同生活意外地適合我。那三人搬走後，沒有新的住戶搬進來，所以好一段時間只有我和辰馬同學兩人住在一起。

事實上，那棟房子要說詭異的確還滿詭異的。」

反而後來住進五個人才是奇蹟吧。他露出爽朗的笑容。

「後來搬進來的是山脇，一問才知道是辰馬同學介紹的。山脇的年紀比我們大，好像快三十歲了。一開始我當然很歡迎，覺得這樣的緣分很有趣，但後來情況變得愈來愈詭異。」

偶爾一起吃飯時，兩人的對話不外乎是對社會的不滿、諷刺和嘲笑。

「甚至討論起怎樣的死法更舒服。邊吃炸雞邊聊這種事。」

青年滿臉厭煩地繼續說。「我不太清楚山脇的來歷。只知道他在工作，但不願透露具體的工作內容。就算向他搭話也常被無視，有時還會被嘲弄『你這種嗨咖不懂啦』。雖然有點氣憤，但看他那種體格，我也沒打算反抗。後來終於有第四個人搬進來，是另一所大學的學生，和我同學年，我當下就感覺彼此會合得來。」

「沒想到，那個人很快就搬走了，只留下一句『這裡的空氣很悶』。」

類似的情況又發生了一次。接著就是梶搬進來。

「他是荷蘭混血兒，個頭不高，年紀和我差不多，卻總是掛著卑微的笑容。該說感覺老是從斜下方望著你嗎？舉止也很可疑，經常顯得很煩躁。不過，他在和辰馬同學他們抱怨時卻變得很活潑，語速也變得很快，看起來很快活，還會笑到抽搐。後來問了房東才知道，他也是辰馬同學介紹來的。這也沒什麼大不了。總之，辰馬同學似乎在自殺愛好者的網站上召集了一群伙伴。」

青年皺著眉頭述說。有一天，辰馬等人聊起了世界上最殘酷的死法。他們像在討論偶像一樣，沉迷於描述各種殘酷得教人難以啟齒的細節。見到這個場景，他漸漸坐立不安，感受到一股不能再待下去的緊迫情緒。

「讓我下定決心搬走的關鍵，是辰馬同學告訴我還有另一個人要搬進來的時候。」

房東的住戶名單上沒有那個人的名字。在梶之後，沒有新登記的入住者。

辰馬告訴面色凝重的青年，那是一個年紀約五十歲的街友，是個可憐的人，但因為多半不會被允許入住，因此要私下讓他住進來。「要是你去向房東告狀，我可不知道你會變得怎麼樣喔。」辰馬最後丟下這句話。

「他的語氣很平靜，並不帶脅迫感。但這反倒讓我感覺毛骨悚然。真是可怕。我後來就決定搬走了。」

在那之後，他再也沒和辰馬等人聯絡。

「那個年約五十歲的街友……」井筒略顯激動地問道：「你沒見到他嗎？」

青年重重地點頭。「我也不打算見他。畢竟是辰馬同學想照顧的人，絕對不是什麼正經的人物吧。」

他表示自己對新聞上看到的鈴木也沒有印象。

井筒再度提問：「你知道梶之前在送報紙嗎？」

「知道。他好像念美術相關的專門學校，但後來被朋友排擠，就抱怨不想待了。他老是說日本爛透了，覺得這個國家就是封閉的民族，才會隨便以膚色定義別人，又說是因為過得太和平，腦筋才變得遲鈍。嘲諷日本人是愚蠢又不諳世事的天真鬼。我當下聽了，心想他以為他自己是誰。」

青年似乎對於梶在形成這些想法前的人生並不感興趣。

「是在九段的那家店嗎？」

「就是發生爆炸的地方吧？我想應該是那裡沒錯。我記得他還抱怨過那裡的學生水準很低，連 newspaper 和 cheeseburger 都分不清楚。」

自從被解雇後，他似乎靠短期打工維生。

「那山脇呢？」

「不清楚。但他似乎從事勞力工作，畢竟快三十歲了還住在合租屋裡嘛。啊，對了，他可能是送貨員？印象中他說過，要是每天都在類似的地方打轉，生活就會陷入無盡的循環，精神也會變得不正常之類的話。」

「辰馬呢？」

「我想他沒有工作。畢竟他整天待在家裡，看起來毫無生活的動力。」

「他的生活費從哪來的？」

「應該是之前工作的存款吧。說起這個，先前學長還在的時候，曾經聊過求職的話題。那時學長問辰馬同學對未來的計畫，問他不打算工作嗎，辰馬同學只淡淡回了一句『已經夠了』。不知怎的，那語氣聽起來莫名有說服力。」

要撐過四年沒有收入的生活可不容易。難道沒有家裡的資助？青年一臉困惑。然而，他的家人也已被逼到了絕境……

「他也許去借了錢？比如消費信貸。」

恐怕是如此。

「你知道他搬進合租屋前的情況嗎？」

辰馬在三年前的初春與家人分開，兩年前的一月搬進合租屋。搜查本部認為他應該是在那一年間認識了鈴木，但入住資料上寫的是早先與家人同住的地址。房東想必沒特別查證就相信了。高層勒令要澈查這空白的一年。

「什麼情況……好像聽過……」青年顯得困惑。「我不記得了。」

井筒堅持要問出個結果，青年只得無奈地舉起雙手。「對了，警察先生。」他反問：「他們幾個真的是炸彈客？」

見井筒一度想敷衍過去，青年忍不住笑出聲：「沒關係，沒關係，我知道你們應該很多事不能透露。」但他接著說：「不過……」

「不太像是秋葉原。」

「……為什麼？」

「因為梶是個御宅族。他常常說秋葉原是這個國家唯一美麗的地方。」

後來問到了辰馬等人特別執著的地點或設施，但沒有得到任何可靠的線索。總之，那夥人熱愛發牢騷，整天沉浸在世界末日的妄想中夢遺。青年表示自己能和這群人住上將近一年，「果然我對人的容忍度真的很高吧。」

「知道了。謝謝你在工作中撥冗協助。」

「不會不會，請別客氣。但是，警察先生，要是媒體找上門來怎麼辦？我在社群上發文會怎麼樣嗎？應該沒問題吧？感覺外面消息已經很多了。」

「您能盡量避免發文就幫上了大忙……」面對井筒的請求，青年噘起了嘴：「什麼嘛，連這點事都不行，我不就虧大了嗎？」

「請多注意周遭的狀況。」

「好，我知道了。雖然我完全沒有被盯上的理由，但畢竟那些人不講道理的嘛。」

「最後再請教……」

井筒剛想起身，等等力插話了。他本來不想開口，但還是不自覺問了一句：

「你覺得他們想自殺的原因是什麼？」

青年不悅地對等等力皺起眉頭，微微抬頭看了一眼後回答：

「我不知道。反正一定是很無聊的原因吧。」

走出家庭餐廳，一輛大型巴士從兩人的面前駛過。前方是首都高速道路的入口。車輛一如往常在喧囂中穿行不息。

等等力一邊聽著坐回車裡的井筒向飛機頭刑警回報，一邊望向街道。窗外，一名推著嬰兒車的女性被身後的自行車騎士一臉嫌棄地閃避後超越。那名婦女沒有察覺。她沒發現騎士繞過他們時瞬間露出的不悅神情，毫不知曉對方投射出的敵意，逕自往前走著。

「……是，我知道了。了解。」

結束通話後，井筒對等等力說：「要去千代田區四番町」。

「去梶輟學的專門學校問話。」

「不是辰馬？」

「主嫌的搜查由總部負責。包括職場和母校。」
這也意味著刑警會再度前往明日香的家裡。
「我們就負責在旁邊撿球？」
「那又怎樣？對每件事都不爽，根本做不了工作。」
嘴上這麼說，井筒仍一臉焦躁地滑起手機。球場的一角也可能會落下金蛋。雖然不會幼稚到如此天真地期待，但也還沒老練到能坦然接受這一切。等等力暗忖，比自己小兩歲的後輩和早已心死的自己究竟有何不同？他不認為長谷部的事件就是引爆這一切的癥結。到頭來，也許自己本就是個走向腐朽的人吧。腐蝕處終究蔓延到根本。或許，與鈴木相遇只是加速了這個過程。
另一方面，他也被這個案件困住了。甚至插嘴問出平常根本不會多問的問題。
「我還得問一下，剛才那男人應該是清白的吧？」
井筒臉上露出一種說好聽點是慎重，其實透著警惕的神情。
「我也這麼想。我不認為他會去幫助那種斷送人生的笨蛋。」
「他多半也與那些『無聊的理由』無緣。」
井筒從鼻子裡哼了一聲。「任職於好公司，長得又相貌堂堂，只會讓人羨慕吧。硬要比制服的顏色，我們警察也算得上了不起的藍領階級呢。」
他語氣中帶著幾分嘲諷，但不顯卑微。這一點果然與自己不同。
「關於花費，他的猜測完全正確。」
初春，三人似乎串通好了，從多項消費信貸提取最高限額的資金，想必是為了製造炸彈。

如果春天還能借到錢，說明了辰馬之前的生活費都是靠自己籌措。很難想像他當上班族的積蓄能撐到那時，或許暗地裡找了別的工作，也可能透過其他途徑籌錢。

「關於秋葉原那一點你怎麼看？」

「……很難說。但也可能正是出於特別的情感。」

既然早就確認了梶的興趣，想知道根據在哪，到他房間看看就知道了……這是站在現場第一線的井筒的看法。

相反地，山脇的房間裡找不到絲毫能看出他的興趣或性格的私人物品，也沒發現可疑的照片或信件。

「倘若他們本來就打算在罪行中自我了結，倒也不是不能理解何以刻意選擇自己銘記在心的場所。」

「若真是如此，我反倒覺得不夠澈底。僅僅爆破了廢棄大樓的玻璃窗，這點程度實在說不過去。」

地點還是在偏僻的小巷裡。

「確實讓人困擾。一個擁有外國血統的御宅族炸彈客，對那些企圖散布偏見的人來說成了合適的藉口。因為梶的緣故，原本就無地自容的人更顯得可悲。」

井筒說起了不合時宜的話，隨後又無謂地辯解：「因為我女朋友很喜歡啦，動畫或同人誌這類的。」

等等力一邊想著「原來如此」，另一方面也不禁懷疑倘若身邊沒有這樣的人，自己是否也能擺脫偏見。

「看來線索只剩下自殺愛好者網站了。我還被痛罵，怎麼沒問出空白的那一年到底做了些什麼。」

「他看起來不像在說謊，應該本來交情就不深。」

「怎麼形容那個人呢。」等等力一時忘了自己在開車，忍不住轉頭看井筒。

「好像過於激動？與其說是因為被警察問話而興奮，不如說是在掩飾恐懼。」

「因為曾經得罪他們？」

「我覺得應該不是具體的事。況且，我也不認為他會被盯上。但他的確顯得很躁動。這是內疚感啊。畢竟他心裡肯定一直瞧不起那群人吧。」

這話帶著莫名的說服力，幾乎可說是一種看似印象，卻又截然不同的洞察。今天一整天都在重新評價身為刑警的井筒。不過，被這樣的前輩誇獎反而會很困擾吧。

「你怎麼看倖田那件事？」

「怎麼看……」井筒不知所措地皺起眉頭。「當然應該被懲罰。」

「不帶場面話？」

「你希望我說什麼？」

「沒事，忘掉我說的吧。」

井筒將臉別向一旁。紅燈亮起，等等力踩下煞車。

「身為警察，她還不夠成熟。」

他仍舊看著窗外，一臉厭煩地說著：「既不成熟，又愚蠢。」

「我也有同感。」等等力點了點頭，井筒接著說：

「我和倖田與矢吹並不熟。坦白說，只是打過照面、知道名字而已。但他們是同伴，這一點無庸置疑。絕對是。」

接收到他的想法了。當同伴受到傷害，想報復也是理所當然的。不是以警察的身分，而是作為一個人。

等等力默默發動車子。他對此感同深受，真心如此認為。同時也陷入模糊的疑問中。那麼，她那樣做和鈴木有何不同呢？

一個是因為並非同伴，殺人也不為所動的嫌犯，一個是為了替同伴報仇，又得選擇殺人的警察。這兩端在等等力心中交織混合，形成一股浮躁不安的色調。濃稠的顏料成了詭譎的抽象畫，其間的支離破碎感又透出某種和諧。或許他屏息站立於色調的夾縫間。隨機殺人的顏料和復仇的顏料並不相同。即便在法律上同樣違法，但直覺上兩者顯然不同。然而，仔細觀察那些顏料，甚至是顏料的每一顆細小微粒，就會發現它們並無二致。

就像自己終將失足脫軌般，等等力感到一陣冷颼颼的寒意，立足之地即將崩塌。但似乎在那之後，暫時擁抱了那樣的動搖後，殘存的是溫暖而柔和的寂靜。

悼念犯罪事件的受害者、追捕犯人，以及在犯案現場自慰，這些同時存在於長谷部心中。他也為此感到羞恥，試圖隱瞞並克服內心的衝動。寒意驅使他。但最終他放棄了。寂靜隨之降臨。這難道不是在那棟合租屋裡，他所見到那男人俯首沉默的回答嗎？

四年前，等等力目睹了長谷部的性癖，約莫在雜誌報導的半年前。正值寒流來襲，冷到幾乎要凍僵的二月上旬，野方署管轄內的一間獨棟住宅發生命案。在總部刑警的領導下，等等力負責調查受害者的人際關係。案發第五天，他為了再調查受害者家中的照片，便決定當天搜查結束後獨自再訪。夜色已深，屋內應該沒人。但才穿過玄關，就感受到一股氣息。躡手躡腳地沿著走廊前進，迎面就是長谷部。他在客廳，也就是受害者的頭部慘遭數十下猛擊的地方，擺弄著他的下體。當他察覺到等等力時，瞬間停止了動作，雙眼圓睜一臉驚訝。臉色轉為蒼白，嘴唇不停發顫。想必等等力也是同樣的表情，無法理解這一幕。假使受害者是年輕女性，或許還能勉強搞懂其動機。但被殺害的是一名與長谷部年齡相仿的上班族。一名妻子離世、孩子也已經離家的獨居男性。

長谷部沒有辯解。他無力地提起褲子，邀等等力去喝酒。等等力答應了。走出屋外，寒風刺骨。

兩人面對面坐在居酒屋的包廂裡。長谷部一口氣喝光兩杯啤酒，接著換成燒酒。等等力也陪著他喝。無法保持清醒。

「我沒有打算讓人理解……」長谷部倒入第四杯燒酒時終於開口。「連我自己也……」才開口又停住，直盯著燒酒液面，一把捏住自己的大鼻子，狠狠擰了一下。「連我自己也不懂啊。」

他斷斷續續地坦白自己的惡習：他渴望站在死亡現場、人們被殺害的現場、遭逢災難的現場，無論受害者是誰，無論男性或女性、年輕或年老，他只想佇立在案發現場。就是想在那裡做那種事。他無法停止。

「我也想過總有一天會曝光……你要怎麼看我都可以。但發現的是你真是太好了。我無法解釋，但總覺得是你就太好了……」

得知長谷部的性癖後，井筒咒罵他「丟人現眼」。大部分同事也是如此。鶴久是如此，那些崇拜他，親暱稱他為「長谷孔」的人也是如此。

然而，等等力並不打算責怪他，也從未對此感到憤怒。他只是震驚、不適，卻也有些悲傷。

他以接受諮商為條件，告訴長谷部自己會保密。

並不是出於麻煩，也不是想裝好人。

這是他第一次遇到別人向他吐露內心的痛苦。長谷部並不是在向刑警等等力訴苦，而是直接面對等等力這個人。即使可能只是他自己的想法，但他如此相信著。

為什麼會支持長谷部呢？為什麼會向記者說出「我也不是不能理解他的心情」這種走在鋼索上的評論呢？

現在終於能清楚地表達了。因為他是同伴。因為對我來說，他是值得打破規則支持的同伴。

在打破規則的前方，等待的是代價。諮商以失敗告終，他被排除在外，結束了自己的生命。等等力也因為輕率的發言而失去信任，不再被視為團體的一分子。

原來如此。他不禁嘀咕。原來如此，這就是社會。

等等力心想自己曾說，即便是素不相識的陌生人，有些人也會被我們視為伙伴。那時鈴木反問：「就算他們是罪犯也一樣嗎？」。不是這樣的，鈴木。長谷部並不是罪犯。即便如此，他還是被驅逐了。儘管他不是罪犯，卻也不再被視為同伴。

類家曾說，一旦看穿真心就無法生存。真的是這樣嗎？難道不是因為沒有看穿真心，長谷部才會成為被孤立的人嗎？他的苦惱和正義始終無法傳達。

恐怕辰馬也遭遇了類似的經歷。僅僅因為他是長谷部的家人，就承受著冷漠的目光。一旦辰馬的罪行曝光，想必他的母親明日香和妹妹美海，也會再度遭受相同的對待吧。不再被視為社會的一分子。

……該死。

縈繞在內心的兩種顏色逐漸變得滯鈍混濁。原本不同色調的兩種顏料，成了如黑的藍和如藍的黑。哪一個才是真正的藍？哪一個又是真正的黑……

就算爆炸也無所謂嗎？

就算你們因此受傷痛苦又怎樣？說到底，你們是誰啊？不就是素未謀面的陌生人嗎？你們誰也不是。反正你們這群人一定會滿臉不悅地皺起眉頭，將藍色和黑色混為一談。

這就是鈴木的想法嗎？是辰馬到達的境地嗎？自己也正將一隻腳踏進其中。無動於衷地嘟囔著。原來如此。

「對了，我聯繫了沼袋的監視器調查班。」井筒突然插話，一時間等等力愣住了。十幾個小時前還在視聽室緊盯監視器畫面的那段時間，好像已是很久以前的事。

「我原本想打電話了解署內的狀況，反倒變成聽對方抱怨。總之，他們已經在酒鋪附近鎖定範圍，通盤檢查了昨天和前天的影像，但還是沒找到鈴木的蹤影。鶴久先生大發雷霆，唉聲嘆氣著到底是抽到了什麼下下籤。」

事前勘查可能是在三、四天前進行。既然是犯罪團夥，也不一定是鈴木親自前往。最後只能以辰馬和山脇的照片再次檢查相同的監視畫面，情況相當棘手。

忽然，一陣隱隱的疼痛襲來。

腦中浮現出合租屋裡的實驗室。五顏六色的小瓶子、瓦斯噴槍、紙箱、空罐，還有一大堆垃圾袋……

「……說起來，山脇之前做過送貨的工作。」

井筒轉頭看向等等力。「剛才那年輕人說過吧？說不定他是按照路線送貨。」

要是每天都在類似的地方打轉，生活就會陷入反覆循環，精神也會變得不正常……

「裝炸彈的包裹多大？」

「和大一點的筆袋差不多吧？」

科搜研的技術官員說過，那是個結構簡單的塑膠容器，裡面僅安裝著以預付式手機製成的引爆裝置和炸藥。

「頂多蜂蜜蛋糕的盒子那麼大？」

「可以改一下我們的目的地嗎？」

「什麼？」井筒提高了嗓門。「改去哪裡……」

不顧後輩的困惑，等等力直接轉動方向盤。他一邊轉動方向盤，一邊自問。我究竟想做什麼？就為了這突然冒出的念頭而違抗命令……

他駛離原本要開往千代田區的道路時，瞥了一眼車上的電子鐘。三點二十分。

車子往中野區沼袋方向疾駛而去。

2

細野由香里回到千駄谷的家時，母親不在。她不確定這是好事還是該擔心，只覺得焦慮的情緒仍在累積。她窩在二樓的房間，坐在床上滑著手機。不想獨自待在寬敞的客廳裡看電視。傳了一條「沒事吧？」的訊息給母親，但一直沒收到回覆。本想傳訊息給父親，但因平時的距離感而作罷。對於爆炸事件，父親絕對會嗤之以鼻地說「我才不會有事咧」，然後短時間內會洋洋得意地強調「由香里很擔心我喔」。

她焦急地想著母親為何還沒回訊時，在一位知名部落客的推特上看到了那段影片。

呃……大家好。初次見面。我是鈴木田吾作。

出現在昏暗房間中的那張臉，正是警方公布的嫌犯肖像。鈴木田吾作。一個像在開玩笑的名字，也是個讓人覺得詭異的名字。接著，鈴木朗讀起一段莫名其妙的「殺人預告」。他漫無邊際讀著，一臉淡漠。由香里觀看影片時，感覺體溫劇烈變化，時熱時冷，血液像找不到出口般東奔西竄。

我是被迫讀出這段文字。
我不是這起事件的犯人。
我是被犯人威脅的。而且犯人擅長催眠術，我的記憶似乎會在這之後被完全抹消。
以上是鈴木田吾作來自中野區野方警察署的通知。祝各位安好。再見。

少說這種可笑的謊話了！卑鄙無恥的傢伙！由香里激動地以匿名帳號轉發了影片。必須加以譴責，必須和大家分享自己的憤怒。

原先那篇推特貼文的影片觀看次數在轉眼間迅速攀升，轉發次數也不斷增加。她感到自己像是被引誘而不停轉動。由香里將那支影片引用在自己的推文。「**就算自己的人生再怎麼糟糕，再怎麼沒用，做出這種事都不能被原諒。看來這傢伙只會透過給別人添麻煩的方式來吸引大家注意。到底想幹嘛？我都想問問你不覺得自己很可恥嗎？還有，拜託趕快去死一死吧。**」

發布沒多久，通知一個接一個如潮水而至。點開一看，發現自己的推文被按了好幾個「喜歡」。不只轉發次數達到前所未見的程度，還收到了大量表示贊同的留言。其中也有些不同意見，例如「說拜託去死一死有點太超過了」，或「這樣擴散罪犯的主張好嗎？」云云，但立刻就遭到其他留言反駁，讓由香里鬆了口氣。她意識到，若再多發幾條推文可能會太得意忘形，因此努力壓抑住這份心思，只持續轉發批判鈴木的推文，以及關於他的人格分析、整起事件的推理等相關消息。代代木事件已經造成十多人死亡，據悉是在供膳處前的排隊隊伍引爆了炸彈。

「無業遊民死了也沒什麼大不了的吧。」

這條推文在網上引起了廣泛爭論。由香里為了避免麻煩選擇忽略。後來從其他消息得知，孩童也一度被當作目標，她心想能成功阻止那起爆炸，真是不幸中的大幸。

午後一點，第二支影片公開了。

我不斷祈禱著這支影片不要被公開。我之所以這麼說，是因為這支影片被程式設定成只要前一支影片的擴散率達到某個上限就會自動上傳。這支影片就是來向大家報告，那個條件已經達成了。

所謂擴散率是根據播放次數、分享次數，還有「鈴木田吾作」這個關鍵字的搜尋次數來計算。

由香里不禁屏住了呼吸。

我就直接切入主題。多虧大家熱心分享，經過大家一次又一次點擊連結，目標已經順利達成，炸彈也即將引爆。

炸彈會在東京都內各個地方爆炸。

影片結束後，由香里急急忙忙操作手機。她刪除了自己的推文，也取消轉發。汗水順著臉頰流下，從下巴滴落到螢幕。她消除了所有痕跡，關閉了應用程式。儘管她很想知道大家對第二支影片的看法，但更害怕受到譴責。自己擴散消息的證據，發出的推文可能已經被截圖保存，甚至公開。刪除貼文的做法也可能會被嘲笑不過是在逃避。一旦再次發生爆炸事件，說不定網友會不住咒罵起自己……都是你的錯。到頭來，即便心下明白責任不在自己，也無法加以反駁。

實際上，爆炸早就發生了。許多人因此喪生。在影片中發表宣言的男子，和警察公開的嫌犯肖像長得一模一樣。這不是惡作劇。無論真相為何，這一點無庸置疑。

呼吸變得紊亂，肺部深處翻騰不已。受到熱氣和寒意驅使，由香里再度傳訊息給母親：妳在哪裡？沒事吧？快點回覆我啊！

她突然意識到，這裡安全嗎？鮮明的恐懼刺穿胸膛。這起事件與自己有著不可思議的關聯。明明平常根本不會去秋葉原，卻偏偏在那一天發生了爆炸。東京巨蛋城是自己會路過的地方，九段那邊也是。社團的前輩受警察訪查，代代木公園又在住家附近。新宿御苑和國立競技場都在步行範圍內，還有幼兒園和小學。究竟哪裡能確保千駄谷不會發生爆炸呢？

東京都內各個地方……總覺得好想哭。根本無處可逃。

唯一安全的地方是中野區的野方警察署……

她飛快地跳下床，一把抓起背包衝出房間。下樓時，一邊以手機輸入要發給父母親的訊息。既然他們不回來，那就要他們去安全的地方。急急忙忙輸入文字：「我在野方警察署，快來接我。」

出了家門，熟悉的住宅區映入眼簾。停在路邊的汽車，就算車內藏有炸彈也不奇怪。郵筒、垃圾收集區、排水溝……從住家到車站的距離，去千駄谷或代代木並無太大差別。野方署所在的中野車站位於山手線以西。儘管內心稍微抗拒前往才發生爆炸事件的代代木，但刻意遠離目的地也只是浪費時間。由香里甩去心中的不安，朝代代木前進。隨著步伐邁進，空氣中瀰漫的騷動感愈發濃厚。抵達車站時，肌膚變得發燙，警察不同於尋常地駐守在各處的十字路口上。到處是媒體扛著攝影機的身影。路上的行人顯得焦慮不安，紛紛將目光投向公園方向。

受到現場的氣氛影響，由香里也跟著轉頭。但從這裡望去，連明治神宮也看不見。從地理位置來看，發生爆炸的代代木公園南側更接近原宿車站。但這種不安的氣氛究竟是怎麼回事？她不自覺停下腳步。T恤早已被汗水浸得溼透。她舉起手機，朝公園拍了張照片，身旁幾個人也在做類似的事。中年婦女和上班族將手機對準警察和電視臺採訪記者，還有看起來像YouTuber的年輕男子正對著手機直播；一名中年男子高聲向警察逼問：犯人不是已經被抓住了嗎？為什麼還沒辦法破案！這些場景同時被其他攝影機捕捉下來。遠遠觀望的人，笑著路過的人。

簡直像一場祭典，而我就站在正中央。

呼吸依舊紊亂，由香里又拍了一張照片，照片中是一名正在咆哮的大叔和圍觀的人群。要是將這張照片傳給社團的人看，他們會說什麼呢？要是上傳到社群……

多虧大家熱心分享，經過大家一次又一次點擊連結，目標已經順利達成，炸彈也即將引爆。

鈴木的聲音再次迴盪在腦中，由香里慌忙放下手機。

炸彈會在東京都內各個地方爆炸。

肺腑彷彿受到一陣痛擊。她嚥下口水，逃跑似的奔往檢票口。

正值平日的下午三點，車站中的乘客擁擠到令人鬱悶。雖然可以搭乘山手線，但她還是選擇了不需在新宿換車，就能直達中野的總武線。乘上進站的電車，座位已被坐滿。幾分鐘後，列車抵達新宿。她還沒收到母親的訊息，父親也一樣。儘管焦急地等待發車，站內卻傳來了廣播：

由於阿佐谷車站將進行車輛檢查，ＪＲ中央．總武線將暫時停止行駛。對各位乘客造成不便，我們深感抱歉。

「什麼？」由香里屏住了呼吸。阿佐谷。中野車站不就在那附近嗎？她查看車門上的路線圖，得知那裡和目的地僅相隔兩站，驀然一陣茫然。車廂內的乘客也同樣驚慌失措，眾人一邊滑起手機，一邊抬頭望向天花板，靜靜聽著無意義的道歉和建議換乘的廣播反覆響起。站在身旁的上班族開始交頭接耳，「是不是發現炸彈了？」「喂！這種事可不能隨便開玩笑。」

冷靜的思緒轉瞬消失。即便想查看社群也感到恐懼，什麼也無法判斷。

我要繼續待在電車上嗎？

「小姐。」

由香里被嚇了一跳，警戒地轉頭一看。搭話的是一名已邁入銀髮族的男性。他身穿深綠色夾克和灰色褲子，膚色曬得恰到好處，略微泛黃的白髮剪得整整齊齊。

「可以讓個路嗎？」

被這麼一問，她才意識到自己就擋在車門前。慌忙讓開位置後，年邁的男人輕輕點頭示意，站到一旁盯著路線圖。她不自覺地追隨男人的視線，只見對方的目光移到中野車站後停下。不知是否因為注意到由香里的視線，他緩緩瞥了由香里一眼。

「除了中野車站，從其他車站是不是也能到野方署呢？」

「咦？不，我不清楚。」由香里回答。男人道謝後便下車了。那雙腳步毫不猶豫，由香里像被引誘般跟了上去。月臺上同樣擠滿了人，真不愧是新宿，代代木的人潮根本不能相提並論。軌道對向的山手線月臺也擠得水泄不通。她無法判斷眼前是尋常的光景，還是大家都正前往野方署避難。只是，所有人都坐立不安地面對著這起異常事態。

老人找到自動販賣機，掏出口袋裡的零錢買了一瓶罐裝咖啡。他似乎不打算轉車，就這樣站在那裡。由香里保持一定的距離觀察著老人。她心下略感懊惱，又好像有點放下心來，兩種情緒在心中搖擺不定。

電車依舊不動，時間卻一點一滴流逝。望著山手線上來來往往的列車，和老人一同站在自動販賣機旁的由香里焦躁地啃起手指甲。她忍不住搜尋路線，發現從西武新宿線的沼袋車站也可以步行前往野方署。雖然換乘有點麻煩，但或許比待在這裡空等更好。腦中一度閃過告訴老人這條路線的念頭，又覺得多管閒事也該有點分寸，要是被誤會為怪人怎麼辦？要是對方生氣了怎麼辦？況且，其實自己打從內心深處並無意對人伸出援手，只是徬徨無助到手足無措罷了。

經過一番思量，由香里終於鼓起勇氣朝背對著自己的老人跨出一步。就在那瞬間，響起了一陣驚天轟鳴。

3

「怎麼可能……」

坐在鋼桌上的類家握緊拳頭，矮小的背影散發出焦躁感。

他的目光緊緊盯住平板電腦的螢幕。清宮也從筆記型電腦確認了最新的消息，詫異地低語「不會吧」。

阿佐谷車站沒有發現炸彈。

類家的推理出錯了嗎？但這令人難以置信。

這並不僅僅出於信任下屬的推理能力。既然這起案件是由辰馬所策畫，他不可能不將父親自殺的阿佐谷車站當作目標。清宮對此深信不疑。

「清宮先生。」類家的聲音透著一絲不安。螢幕上出現了一條新消息：「**要求解除阿佐谷車站的避難指示……**」

「請阻止這個請求。那裡一定有炸彈。絕對有。」

「可是……」清宮的口氣透著為難。已經在阿佐谷車站搜索超過兩小時了。找了那麼久沒有任何發現，還讓電車停擺，儘管不是尖峰時段，也對市民造成很大的影響。

鐵路公司也是有底限的。說到底，阿佐谷車站可能被盯上只是憑藉推理和印象得出的結論，警方手中並無證據。

「最糟糕的情況就到四點為止，在這之前不能讓任何乘客進去。」

連這個時間也是靠推理得出的。

「我需要足以說服大家的理由。」

「無論如何，請想想辦法吧。就算扯個謊稱是這傢伙說的也好。」

聽到自己被稱作「這傢伙」，鈴木臉上浮現出淡淡的冷笑。野方署的倖田被鶴久等人帶走後，鈴木就始終保持沉默，像在享受日光浴般無力地癱坐著。是因為他的目的已經達成了嗎？還是認為勝券在握而懶得再搭理警方？

「具體是在哪裡？炸彈放在車站的哪裡？這點不說清楚，就沒辦法說服大家。」

類家沉默了。他就是不清楚具體位置啊。也在這瞬間，清宮完成了部下的那塊拼圖。他的自我認同，就是看穿所有的一切。對他來說，做不到這一點就是不可饒恕的失敗。清宮幾乎能想像他咬牙切齒的模樣。

「好吧，我盡量努力。你要在這段時間內給我一個答案。」

清宮站起身，走出偵訊室後撥了通電話，管理官很快就接聽了。

「阿佐谷車站解除避難的指示，請再緩一下。」

電話那頭傳來一聲焦躁的嘆息：「有新的證詞嗎？」

「辰馬一定會將阿佐谷車站當作目標。」

「這種事我們也知道，才會接受你們的建議展開緊急搜索嘛。但根本找不到炸彈。」

「一定有遺漏的地方。」

「你這話敢對現場的搜查人員說嗎？他們一邊壓抑著對爆炸的恐懼，一邊揮汗四處尋找炸彈，你在他們面前說得出口嗎？」

清宮深吸了一口氣。

「爆炸的時間是四點。至少在那之前應該要更謹慎。」

「過了四點就能放心嗎？還是要等到申時結束的五點？在那之後呢？要是他又改口其他時間，不就沒完沒了。」

「鈴木也承認目標是車站。」

「那也不一定是阿佐谷。聽好了，清宮。辰馬等人已經死了三天，就算他們是在放置炸彈後才死，炸彈也不可能成功躲過三天下來的清掃和檢查。換句話說，就算車站真的有炸彈，放置炸彈的也不是辰馬他們，而是鈴木。他對阿佐谷也懷有特殊情感嗎？如果沒有，說不定他改變了計畫，利用阿佐谷車站來誤導我們。」

這番話合情合理，卻令人煩躁。

「你要是那麼堅持，就趕快問出炸彈放置的地點，否則不用再談了。」

果然，問不到具體的答案就說服不了人。

然而。「找不到放置地點」的問題，套在鈴木身上也同樣成立。鈴木從昨晚就待在偵訊室裡。他是在車站營業結束前被逮捕。炸彈可能被放在不容易經由清掃或檢查而發現的地方。即便存在第五名共犯，並且今天在車站放了炸彈，也很難躲過警方的搜索。

「能在阿佐谷做的，我們都盡力做了。既然如此，我們應該將警力投入下一個可能的候選地點。還是你打算照單全收鈴木的供詞，將東京所有車站都變成無人車站？」

怎麼可能。要是最後什麼都沒發生，警察肯定會受到毫不留情的批判，並且被打上「遭犯人玩弄於股掌之中的無能集團」的烙印。

「可是……」

「鈴木招了，炸彈在阿佐谷。」

突破心魔的痛楚狠狠穿透心窩。這是個明顯的謊言，一個比和類家換手偵訊還要罪孽深重的謊言。

「喂！拜託你清醒點。」電話那頭的聲音依舊充滿怒氣。「你忘記了嗎？你們在代代木那邊已經搞砸了，怎麼還敢肯定不會再被他騙？」

清宮自問。心臟就像被擰碎般絞痛。無話可說。光是腦中浮現出的犧牲人數就讓他雙腿顫抖。失敗。這個詞還不足以形容。他坐視不管的是人命。

正因如此，清宮不願放棄。

「請盡量拖到最後一刻再解除避難指示。」

「你也給我差不多……」

「這段通話正在錄音。」

電話另一頭驚愕地屏息沉默。

「要是出了事，你也有責任。」

清宮等待著，等待那個被頑固部下反咬一口的上司如何回應。

「你這傢伙……你是做好覺悟才敢說這種話吧？」

「總之，拜託你們交涉到最後一刻。」

清宮切斷通話。他試了一切能用的手段。虛偽的報告、胡謅的威脅。沒有絲毫成就感。管理官也許是對的。阿佐谷車站沒有炸彈。倒不如趕緊搜索下一個車站，從鈴木口中問出更多線索。

「被騙了嗎……」他停下返回偵訊室的腳步。一想到這個可能性，全身不由毛骨悚然。問答形式的提示在某種意義上是公平的，所以他不知不覺就相信了鈴木。連靈能力和記憶喪失這種顯而易見的拙劣謊言都成了一種掩飾。

如果這一切都是為了製造更大的謊言呢？

想太多了？不，可是……

帶著難以消化的疑問回到偵訊室，類家正埋首操作平板電腦。車站的平面圖顯示在筆記型電腦的共享應用程式上，被塗上螢光色的區域應該都搜查過了。幾乎所有區域都已被填滿。這裡呢？那裡呢？每當類家問起，現場人員都會回應：「確認完畢、確認完畢、確認完畢……」

「警察先生，差不多了吧？我覺得你已經夠努力了。」

鈴木的語氣就像在安撫孩子。

「無論是才能或努力，總有些無能為力的事。全都是運氣。想問為什麼也得不到答案，就是那麼不合理。」

空調管道裡呢？……確認完畢。

廁所的排水管？……確認完畢。

「我並沒有同意被生到這個世界……你知道有人曾因為這個理由起訴父母嗎？外國人看來可

能會很吃驚，或是欽佩得不得了。但在日本，這可是自古以來就屢見不鮮的理由。叛逆的孩子總是對父母大喊：『我又沒拜託你們把我生下來！』我能理解那種心情。誰不曾這樣想過呢？生來就一無所有的人，這念頭也更加迫切吧。」

軌道旁的避難口、售票機內、電梯中……

「比如我這身骨架，難道能靠我的意志改變嗎？還有這張嘴，眼睛和額頭。肚子當然是我自己的問題……至於圓形禿，勉強算是我的責任吧。」

不能撬開地板嗎？……拜託您別為難人了。

「沒必要煩惱太多。這世界就是殘缺不全，無法面面俱到。因此你根本沒有任何責任。你……」

「快四點了。」

清宮彷彿要打斷他似的說道。時限到了。接下來只能等待，祈禱沒有傷者出現。

會爆炸嗎？清宮握緊雙手。無論是否會爆炸，反抗上司的自己都已成了處分對象。不對，早從代代木的失敗就已經決定了。做好覺悟，管理官這麼說過。

手機嗡嗡的震動聲響起。仍不放棄操作平板的類家握住手機，猶豫片刻後開啟擴音模式，將手機放在桌上。

「我是等等力。」

「什麼事？」

類家操作平板的手沒有停下。

「在阿佐谷找到炸彈了嗎？」

「你有什麼事？」

「查過站內的商家嗎？」

「當然。」

「自動販賣機？」

「這不是當然嗎！」

聽見類家充滿憤怒的聲音，等等力仍平靜地詢問：

「罐子裡也查過了嗎？」

時間彷彿在瞬間靜止。

「就是飲料罐本身。罐子也好，寶特瓶也好，應該有差不多大小的物品。」

清宮不自覺看向鈴木。他的眼睛睜開了，嘴角浮現得意的微笑，探了探頭。

「要是還沒查……」

「感謝。」

類家掛斷後立刻撥了一通電話。「我是警視廳的類家。你們那邊的避難狀況……你說什麼？太扯了！」

從手機中傳來震耳欲聾的爆炸聲響，隨即是遲來的悲鳴。

「太扯了！」類家不住怒罵，幾乎要將手機砸向鋼桌，在千鈞一髮之際才打消了念頭。

「……確認完畢盡快回報狀況。」說完便掛斷電話。

「哎呀呀……」鈴木聳了聳肩。

「又是你輸了呢。」

4

盯著被切斷通話的手機，等等力心想是否已經太遲了。

「怎麼樣？」一旁的井筒詢問，遭受鈴木暴行的酒鋪店主則滿臉擔憂。

等等力簡單地回了一句「不知道」。他驀然升起一股徒勞感。為了一個突然浮現的想法花費超過半小時去核實，這麼做錯了嗎？還是只要掌握了什麼就該盡快傳達出去？

等等力改變行駛方向，轉往沼袋的酒鋪查證兩件事。首先，他們詢問科搜研是否可能製作飲料罐和寶特瓶大小的炸彈。答案是肯定的。如果罐內是空的，五百毫升的罐子勉強夠用，七百五十毫升的罐子也能確保相應的威力。引爆裝置不必是預付式手機，也能透過以定時器來發熱的電子設備替代，例如更小的智慧型手錶。

其次，他們讓酒鋪店主看了照片。「見過這名男性嗎？」店主肯定地點了點頭，「是山脇對吧？他會來補充自動販賣機的飲料。」

飲料公司的送貨員。那就是山脇的工作。身為送貨員，很容易將商品替換為已加工成炸彈的仿造品。直到商品被拿起或被打開之前，都很難被察覺。只要不是熱門商品，就能輕鬆撐過三天。

問到山脇是什麼樣的人時，店主皺起了眉頭。只說他是個不討喜的人，而且不太守時，都投訴好幾次了……

這應該就是這間酒鋪被選中的原因吧。山脇早已進行了事前勘查，因此鈴木的身影沒有出現在沼袋這幾天的監視器畫面中。

當他們從手機確認時間已到四點時，遠處傳來了巨大的轟鳴聲。剛剛還在通話的井筒瞬間轉向阿佐谷的方向。震耳欲聾的爆炸聲輕易越過了四公里遠的沼袋，重重擊入等等力和井筒的耳裡。

「……應該已經疏散了吧？」

只能重複回答「不知道」來回應了。

「我向飲料公司確認過山脇的工作情況。他任職長達五年，但從星期五起便無故缺勤。」

聽說他最後一天上班時，和同事一起補充了車站自動販賣機的飲料。想必是那時放入了裝有炸彈的罐子。看樣子，他是以繞著阿佐谷車站周邊移動的那天為出發點，決定爆破的時間點。

「缺勤當天，辦公室的同事打了好幾次電話給他，傍晚才終於接通。接電話的是另一名男性，宣稱是山脇的親戚，但那人起初還不太清楚他待的是什麼公司。」

是鈴木。那個時間點山脇早就死了。

「他說山脇因為發高燒，看起來像反覆做著噩夢，非常痛苦，可能無法通電話。但之後的發展有點奇怪，據說他突然問了這樣的問題。」

「……山脇拜託我去沼袋的配送地點拿他忘在那裡的東西，但我不清楚是哪一家店，您要是知道，可以告訴我嗎？」

「於是，負責人老實地告訴他幾個分店的地址，也包括這間酒鋪。」

聽起來的確很可疑。但等等力和井筒難以推測這件事代表的意義和重要性。

「總之，我會先回報所有情況。」

井筒撥打電話，站在一旁的等等力仍被困在爆炸的餘音之中，內心茫然不已。

這就是結局了嗎？辰馬打算炸燬父親自殺的阿佐谷車站，讓一切就此結束？若是為了復仇，或許的確已經了結。梶曾經任職的報紙販賣所、鈴木曾經生活的代代木公園。僱用了山脇的飲料公司，名聲也不免受到影響。這樣就結束了嗎？那些傢伙這樣就滿足了嗎……

換作是我……

忽然，他感覺到一股震動。肌膚捕捉到微弱而緊繃的重低音。這是在秋葉原和代代木時，腦海中也曾浮上的直覺。等等力立刻轉向聲音的來源。背對著阿佐谷，從遙遠的東邊傳來的。離這裡非常遙遠，比九段和東京巨蛋都要遙遠。會是在東京車站附近，或新橋、有樂町的方向？過了一會，傳來一陣沉悶的聲響。再過了一會，又出現了。

胸口的騷動變得愈發強烈。第二次的沉悶聲響來自比秋葉原更北的日暮里方向。第三次雖然微弱，卻依然聽得見。在駒込附近。是爆炸聲。井筒終於露出一臉詫異的神情，困惑地看向大塚、池袋方向。爆炸聲逼近，令人自然而然地擔心下一次爆炸可能就在眼前發生。

震耳欲聾的轟鳴響徹周遭。是新大久保？還是新宿？或代代木？他甚至感受到被攪動著熱浪的暴風襲擊。酒鋪店主嚇得跳起，緊緊靠向自動販賣機。

事情已經很明朗了。接下來是原宿、澀谷方向。以十秒鐘為間隔，逆時針方向，山手線上的車站正一個接一個爆炸。

聽得見轟鳴聲。沒多久又再次響起。這次距離稍遠了些。朝著目黑、五反田方向。接著是品川、田町方向。

「……真是瘋了。」井筒茫然地低喃，語氣聽起來像無法接受這樣的現實。

瘋了。沒錯。實在太瘋狂了。

四周傳來救護車的鳴笛聲。「發生了什麼事？」酒鋪店主一臉快哭出來的表情問道。等等力無法回答。腦中只浮現出兩個圓：十二時辰的圓和山手線的圓。時間與交通，可以說是構成城市的容器和命脈。這些圓不祥地重合、分離，隨即又交錯在一起。

除了阿佐谷，其他車站仍在正常營運。平日的午後四點，乘客不會太少。會造成多少人死亡呢？又有多少人受傷？

從這裡看不出受害情況。附近不見火光，沒有傷者，也沒有尖叫聲。這一切似乎全然與這裡無關。他們只能憑藉爆炸聲和救護車的鳴笛聲得知事件發生。如果連這些聲音都聽不見，說不定會懷疑這些變故根本沒發生。

不，他們知道發生了什麼。無數的死傷與絕望。

胸中的騷動更為猛烈，那是情緒即將崩潰的徵兆。

不行。他本能地呼喊。不能陷入這種情緒，不能讓情緒失控。

等等力低下頭，雙手捂住臉龐。他蜷縮著身軀，咬緊牙關，以全身的力氣承受。顏料四處飛散，他描繪出遭爆炸衝擊波炸飛的群眾形象。在叫喊的聲形中蠢動，以肉塊的樣貌落下。那些全是藉藉無名的陌生人。沒有臉、也沒有名字的某人。無關緊要的他人。

令人悚然心驚的顏料混合，形成潮浪，形成漩渦。等等力尋找著悲傷，卻哪裡也找不到。義憤、羞愧。一切遭漩渦吞噬，隨之消失。全是別人的事，與自己無關。就算爆炸了也無所謂。爆炸吧。炸得更多吧。在與我無關之地。

他緊抓著額頭，皮膚被指甲刮得撕裂開來。只能借助疼痛的力量。不這麼做就承受不了。這股情緒太過強烈，沒辦法再回頭了。得抑制住才行，得扼殺掉才行。原來如此……得好好咀嚼這句話才行。必須關進牢籠中才行。

「還好嗎？」

耳邊傳來井筒的聲音。他伸出手搭在等等力的肩上。等等力緩緩將雙手從臉上移開，井筒見狀嚇了一跳，「你流血了。」

「……為什麼？」

流血了嗎？等等力盯著眼前的雙手。指尖已經紅了，指甲上還附著被刮下來的皮膚。

「什麼？」

「為什麼要炸掉？」

井筒一臉陰鬱，彷彿懷疑等等力失去了理智。

然而，等等力依然盯著雙手。他目不轉睛地注視著十根指頭，腦海中那些想像中的死者與所見的一切交替。辰馬的肉塊，在合租屋所見到支離破碎的身體。

為什麼要炸掉？他的身體，只有辰馬的身體被慘不忍睹地炸成碎屑。

疑問如同石頭落入漩渦，微弱的漣漪盪漾。但那些細小的波紋未能形成清晰的影像，還缺少某種決定性因素。某個地方出現了偏差。這股預感簡直讓人窒息。

就在這時，井筒的手機響起，他接起電話，等等力仍盯著自己血淋淋的手指。

「是旅遊公司的那個年輕人。」通話結束後，井筒一臉惋惜地說：「他說他想起來辰馬在住進合租屋之前是在哪裡工作。據說是在外縣的汽車工廠打零工，包住的那種。這樣一來，生活費的問題就解決了。但若那人的記憶屬實，辰馬和鈴木的接觸點似乎就消失了。」

不對，沒這回事。人可以在任何地方相遇。一名「五十歲左右的可憐街友」，無論在超商、圖書館，甚至停車場都可能相遇。當然，也包括公園。

疼痛感似乎消失了。

波紋一個接一個增加，相互影響。最終，陣陣波紋形成了一幅畫面。那是道模糊不清的影像，細節朦朧難辨，晃蕩不定。但在飄搖的盡頭，慢慢浮現出鈴木的面孔。圓睜的雙眼、整齊的平頭。就算發生爆炸，其實也無所謂吧？

不對。發生爆炸會造成許多人的困擾。

「……造型師。」

「等等力先生，你從剛才就在說些什……」

「類似的職業有哪些？」

井筒像被這股氣勢壓倒般，不覺退了半步。「……美甲師或美髮師這類工作吧？」

等等力拿出手機。他本想撥電話給類家，但轉而選擇了另一組號碼，撥給了那個最可能幫得上忙的男人。

5

「真是不得了啊。」類家靠在椅子上，深深地喘了口氣。

「原來如此，是圓啊。巨蛋和九段都在這個圓上，秋葉原和代代木也都在山手線上。還有新大久保、品川，你在對話中提到的車站都在山手線上。」

川崎不在圓裡面所以沒有問題……清宮也想起來鈴木說過的話。還有「目標是全東京方圓……內的所有車站」。

「真虧你想得出來這種事。閒閒沒事做的人還真可怕啊。」

「爆炸了嗎？」

「我可不會告訴你。」

「死了多少人？」

「誰知道。」

「一百個？還是兩百個？」

「就說不知道了。又不是能那麼快確認的事，況且可能很多人是要死不死的狀態嘛。」

「你好像無所謂。」

「不行嗎？我說過了吧，動搖良知的方法對我沒用。」

「但你剛才看起來明明很緊張？」

「那是因為我不想輸啊。我可是在明知道會違反規定的情況下搶走清宮先生的位置吔，要是失敗也太丟臉了吧？」

「我啊……」他像自嘲般說下去。「真的很討厭輸掉遊戲，尤其是全憑知識決勝負的遊戲。你懂嗎？就是那種並非靠運氣的遊戲。比如將棋或西洋棋那類純靠智力取勝的遊戲。不管對手是怎樣的傢伙，我要是輸了就會對人生感到厭煩。」

所以，猜拳輸了我倒無所謂。他笑著說。

「但你現在看起來很輕鬆。」

「你說這全靠知識來玩的遊戲嗎？要從長谷部想到阿佐谷，又要發現十二時辰和山手線之間的相似點，然後迅速查清山脇的職業，最後再像身懷超能力一樣猜中八個車站阻止爆炸？這是在開玩笑嗎？怎麼可能？不可能啦。得開外掛才能玩吧？就像你說的，服務太不完善了。」

鈴木像在觀察般盯著類家。

「好啦，夠了。我認輸。期待無情的人事懲處。你也先做好心理準備吧。總部會有一群可怕的老頭等著你喔。」

「要移動到其他地方嗎？」

「待在這裡也沒意思。遊戲已經結束了。」

清宮試圖嚥下口水，但喉嚨乾渴難耐。共享應用程式上不時更新著傷亡情況。新橋、日暮里、巢鴨、池袋、新宿、澀谷、五反田、品川……不誇張地說，死者恐怕逼近百人，重傷者也要超過兩百人吧。幾乎失去了現實感，無法將視線從飛快流動的數字移開。

「啊！」伊勢驚呼一聲。「九個……」他一臉蒼白，虛弱地低喃。

清宮也注意到了。預估的炸彈數量是十個。但現在包括山手線的八個車站和阿佐谷車站在內，只引爆了九個炸彈。

還有最後一個炸彈。

辰馬的計畫已經結束了。他完成了復仇，梶和山脇各自實現了他們的目的。但鈴木呢？那傢伙這樣就滿足了嗎？代代木的爆炸，還有親自站上第一線成為絕世罕見的炸彈客，他那飢渴的自我意識真的得到滿足了嗎？

縱使如此，他會放過事件的最後一幕嗎？

已經確認山脇和梶是在三天前死亡，至於屍體受損嚴重的辰馬則尚未得出精確的死亡時間，但應該不會和兩人出現太大的差距。三人都是在星期五死去。反過來說，直到星期日晚上被捕，鈴木有充分的時間。

毫無疑問，他將這場爆炸事件視為一件「作品」。就像清宮在腦中拼湊犯罪者拼圖一樣，這是他濃縮自我的扭曲世界所賭上的畢生之作。絕不允許失敗。正因如此，他才會冒著風險前往報紙販賣所面試，確保摩托車上的炸彈是否安然無恙。這恐怕是梶事先安排好的。要是被發現就無法順利引爆，得在接近最後一刻時進行確認。

東京巨蛋城、代代木公園，還有幼兒園的炸彈都是隨意放置的。假使他擔心被發現，放置時間就很可能是臨近他被逮捕前，也就是他聲稱在看棒球轉播的那段時間。換句話說，在辰馬等人死後，鈴木手邊還留有可以隨意使用的炸彈。

在山手線之後，難道鈴木不會想在自己心中設想的場所結束一切嗎？

即便對剩餘炸彈數量的推測有誤，情況也沒太大差別。代代木公園使用了三個炸彈。幼兒園則是三個地方各一個。這個數量看來不像必然的安排。鈴木可能是因為有多餘的炸彈才拿來使用。換句話說，本來就可能剩下炸彈。只需使用兩個而不是三個，他才會有多餘的炸彈可以自由運用。

他看著類家的背影。事件還沒結束，還有炸彈……

「恭喜你，鈴木田吾作。你在歷史上留名了呢。」

鈴木沒有回應，只是凝視著類家。

真的嗎？疑慮揮之不去。真的沒有炸彈了嗎？你憑推理得出了這個結論嗎？想要確切的證據，證明類家的精神和思考仍未偏離軌道。證明這應該是出於樂觀，而非自暴自棄……

「在告別之前，你有什麼想說的嗎？」

清宮的目光停住了。類家放在鋼桌上的拳頭變得僵硬，不同於輕率的語氣，他的指甲深深地陷入了皮膚。

……打算一決勝負嗎？為了試探是否還剩下一個炸彈。

「警察先生。」

鈴木像在嘆息般喊了一聲。

「我將這句話原封不動地回贈給你。你真是不得了呢。」
這次輪到類家沉默了。
「實際上怎麼樣？這起事件若是由你來執行，難道不會做得更好嗎？」
「嗯，我想可以吧。」
「那你不做嗎？」
「不做啊。我怎麼可能去做。」
「為什麼？」
「因為實在太蠢了，太無聊了。毀滅世界這種事誰都做得到，簡單到我都想打哈欠了。阻止毀滅才困難，困難多了。從玩遊戲的角度，解決困難的那一方更具挑戰性吧？」
鈴木連眼都不眨一下。
「老實說，我是這樣想的。就算真是你做的，本來應該也能做得更好吧。」
「……什麼意思？」
「你做得不完美。這起事件並不完美。雖然憑靠你的話術、強行自投羅網，還有那毫不留情的手段姑且矇混過去，但整體而言實在算不上出色。換作是我，就會讓所有的爆炸都扯上山手線。會排除東京巨蛋城和九段，當然還有阿佐谷。」
類家稍作停頓。
「山手線的爆炸就是這麼有魅力。」
清宮幾乎懷疑起自己的耳朵。這男人到底在說什麼？有魅力？這種造成百人以上傷亡的隨機恐怖攻擊？

一想到這番發言或許就是這男人的真心，不禁心浮氣躁起來。

「以十秒為間隔，連續在車站引爆炸彈，形成一個圓。還不賴，很吸引人。當你意識到只有山脇能實現這個計畫時，是不是也興奮到發抖？但這樣還不夠澈底，尤其是阿佐谷，實在讓人無法接受。畢竟那完全不在圓裡嘛。對於不像辰馬那樣擁有迫切動機的人來說，就只是一塊多餘的贅肉。」

這男人……

「說真的，你應該覺得阿佐谷那種地方根本無所謂吧？」

類家的語氣極其平靜。

「所以你才會很快就提起長谷部的名字，連合租屋的地點都供了出來。九段也是。即使那些謎題被解開了，你也毫不在意。爆不爆炸都無所謂。相較之下，代代木的謎題就難多了，幾乎可說有些不公平。」

他無論如何都想引爆炸彈。因為那既是「鈴木的爆發」，也是「山手線的爆發」。

「但也稱不上在撒謊。儘管你老在扯些沒用的詭計和謊話，卻又渴望我們解開謎題。因為那是你自己的規則吧？」

鈴木動也不動，專注地聽著。

「你非常執著，執著到不尋常。你想證明自己不是騙子，想證明自己在公平競爭。」

但是啊……類家的聲音中帶著嘲諷。

「你為什麼不將山手線的站名當作謎題？」

氣氛瞬間緊張起來。

「為什麼不再豎起手指？」

明明在代代木之後還有五個小時。

「阿佐谷至少還有長谷部的提示。但其他八個車站只用『方圓內所有車站』來逃避的理由是什麼？」

類家沒有等鈴木回答。

「沒關係啦，很難回答吧？因為你做不到嘛。你根本就沒有被告知嘛。」

伊勢和清宮幾乎同時發出幾不可聞的驚嘆聲。

「目標是山手線。這一點你知道。但你並沒有被告知站名，所以你沒辦法出題。因為你不能犯錯。」

一旦謎題解答與爆炸的車站不一致，清宮等人會怎麼想？

「這傢伙並未掌握計畫的全貌，只是個跑腿的小角色。」

既非主導者，也不是核心人物，僅僅是個普通的士兵。

「正確答案恐怕只有山脇本人知道。他和同事一起繞著車站活動。但由於身邊有第三者，他未必有機會隨意放置改造過的炸彈。他可能本來粗略計畫……以人流量大的車站為中心，形成一個完美的圓。」

實際上，炸彈能夠放在哪裡，只能取決於當時的情況。

「同一天，山脇也死在了合租屋裡。所以你無從得知具體的站名。」

清宮一邊追上類家的邏輯，卻也感到心神不寧。乍聽之下似乎說得通，但為什麼又覺得這個說法有些矛盾？

在問出站名之前，山脇就已經死在了合租屋裡……

也就是說，類家認為他們的死與鈴木無關，其實是自殺嗎？

「即便如此，你也沒有放棄將這起事件當作『自己的事件』。」

類家並沒有停下來。

「這個既殘忍又迷人的事件……所以，辰馬等人死後，你決定在秋葉原引爆炸彈。考慮到梶的喜好，你相信那裡絕對不會被選中；之所以提到新大久保也一樣，還有代代木。你認為只有新宿確實放置了炸彈。每天超過一百萬人出入、國內最大的怪物級車站。你知道只有那裡是絕對不會錯的；與此同時，你也大膽認定旁邊的新大久保和代代木車站不會爆炸。也就是說，秋葉原、新大久保，和代代木三個車站是你的署名。你試圖向我們表明，自己對整起事件了解得非常透徹。」

類家輕輕搖了搖頭。

「但你在品川搞砸了。雖然去川崎會經過那裡也是沒辦法的事，但那裡卻爆炸了。看吧？不夠透徹。」

他的聲音中沒有笑意。

「辰馬三人死後，你想彌補這起事件中不夠完美的地方。秋葉原、代代木、阿佐谷都經由總武線相連，九段也勉強能納入同一條線上。注意到這一點後，你選擇了水道橋的東京巨蛋城當作第二個爆炸地點。為了將這些車站，連成一條貫穿山手線的箭。」

為了追求完美的構圖。

「十二時辰也是要賦予作品的一致性，才出的下下策吧？」

那是他內心飢渴的自我意識。再怎麼佯裝卑微，卻始終飢渴難耐。他一路都在飢渴地行進。

「為什麼你沒有被告知站名？原因很簡單，因為你被看扁了。辰馬他們利用了你，但不信任你。他們並沒有將你當成同伴。即使是那些策畫隨機恐怖攻擊的人，即使你幫了他們，也同樣被排擠在外。無臉妖怪聯盟？你連那裡都進不去。你才是真正的無臉妖怪。你終究只是個糾纏不休、渴望加入群體的寂寞無臉妖怪。」

類家高高抬起下巴，俯視著他。

「你真是無聊的人。」

現場沉寂下來。兩人一動不動地對峙著。真的是兩個人嗎？不是吧，更像是兩隻較量的野獸。不禁讓人心生這樣的想法。

不久，鈴木緩緩地將身體靠在椅背上。清宮感受到空氣中情緒的變化。是情緒，那是至今在鈴木身上難以察覺到的真實情緒，如今濃烈地滲了出來。真相仍難以捉摸。到底是因為被類家猜中而感到屈辱？抑或只是受辱罵而感到不悅？

清宮心中拼湊的鈴木拼圖早已瓦解。以為已經完成的拼圖，卻連外框都未留下。

但現在，他反而感覺自己更接近了這男人尚未被填滿的真心。

「站起來，土包子。只要你站起來，一切就結束了。」

鈴木不為所動，只是靜靜地與類家對視。

在那躊躇不前的沉默中，清宮察覺到了。原來如此，這傢伙想要親自說出來。他想要坦承整起計畫的思考全貌。他想要讓人們感到震驚，但又因無法揭露，才透過謎題的形式展開對話。類家是最完美的搭檔，是個不好對付卻堪稱理想的解題者。然而他卻宣告結束，承認失敗，並放棄解答。扔下一句「無聊」就撒手不管。這或許連鈴木也始料未及。此刻萌生的情感，絕對是類家種下的。

鈴木希望能被類家理解，理解他接下來的計謀。

「怎麼了？又漏尿了嗎？還是這地方太舒服，你都生了根不想動？無論如何，我的工作已經結束了，很快就會被宣布革職。到那時候，即使你再不願意都……」

「我說，警察先生。」

一種不容分說的語氣。但那張嘴再度閉上。先是輕輕動了動嘴脣，隨後遲疑地闔上。

類家沒有催促，只是將拳頭放在桌上，一臉倦怠地等待鈴木開口。

類家的利刃已經深深刺入鈴木的心中，毒液正在蔓延。清宮雖這麼想，但仍感到一絲疑慮。仔細一想，鈴木不知道目標的八個車站似乎過於不自然。因為他沒有被告知，因為他被辰馬等人瞧不起。在道理上似乎能夠接受，但直覺上卻不禁讓人搖頭，因為這傢伙並沒有那麼簡單。鈴木的確是個有缺陷的人，不同於社會普遍認同的非凡領導人，過去，他可能真的活在被輕視、被侮辱的人生中。而這樣的特質在遇到辰馬等人，接觸到異常的犯罪計畫後，突然綻放了……

然而，清宮無論如何都難以相信，這個反覆玩弄自己和類家的怪物，居然無法掌控辰馬等人，甚至不清楚全盤計畫。

換作是我……清宮心中浮現出危險的想像。我要是鈴木，絕不會允許他們擅自自殺，會先逼他們吐露所有計畫，再親手了結他們的生命。

在醫學上，辰馬等人的死尚未斷定是自殺或他殺。況且也還沒找到類似遺書的文件。但是，假設真的是自殺，辰馬被人以膠帶固定在椅子上也是事實，那人若是鈴木也不無可能。

但說這傢伙為了成就自己的「作品」，或是為了取得可自由運用的炸彈就殺害辰馬等人，這想法是否太脫離現實了？

不，或者說，其實一切都是這傢伙在幕後煽動？利用辰馬、山脇、梶企圖尋死的那份抑鬱，將他們當作自己的棋子？

疑惑再次浮上心頭。難道我們都被騙了？

「你知道與謝野鐵幹嗎？」鈴木突然開口：「我記得他是明治大正時期的詩人。對啦，就是五千圓鈔票上那個人的先生。還是兩千圓？該不會那其實是樋口一葉吧？」

滔滔不絕，不知怎的語氣中卻顯得些許生硬，流露出無法掩飾的措手不及。

「然後啊，警察先生。這是我在二手書店看到的。當然，我一點教養都沒有，審美眼光也不值一提，但就是有一種……該說是在心中留下了深刻印象嗎？還是刻骨銘心的感覺？總之，我心中也有一首這樣的詩。想必大家都有吧，一首沒辦法放下不管的詩。」

人人心中
四一人
哀聲低泣悲切聞

鈴木流暢地背誦著，隨即又陷入沉默。清宮與類家靜靜地等待他說下去，但他只是一臉木然。那雙明亮的眼睛彷彿正滔滔雄辯著：「我的提問結束了，來解答吧……」

類家偏著頭思索，清宮也是同樣的心情。這是暗號嗎？但絲毫摸不著頭緒。

總之先調查吧。清宮在搜尋欄中輸入文字，類家也同時抓起了自己的手機。

「……是啄木。」

伊勢在清宮身旁低聲提醒。

「那是石川啄木的詩，不是鐵幹的。」

體內在沸騰。石川。這個常見的姓氏瞬間被賦予了特殊意義。過去幾個小時內幾度攤在眼前的兩個字。是辰馬的姓氏，也是長谷部前妻的姓氏。

「那對母女……」

類家全身緊繃。

「這就是你的動機嗎？」

鈴木笑了，露齒微笑，那是打從心底無法遏抑的喜悅，是在快感中壓抑的笑意，是毛骨悚然、如幻化人臉般的怪物顯露而出的微笑。

「清宮先生！」

清宮早已將文字輸入共享應用程式。「盡快確保石川明日香和美海母女的安全，可能已放置炸彈。」

很快有了回應，是去接觸兩人通知辰馬死訊的刑警傳來的訊息：

「兩人都不在，無法取得聯繫。」

6

接到去救治另一位傷者的指示後，沙良拿著紗布和消毒液，在醫務室中匆忙行進。對方是一名中年男子，和另一名前來避難的市民爆發肢體衝突，臉部遭毆打後嘴脣變得腫脹。聽說出手的男子正在接受問話。在這種忙得不可開交的時刻，實在徒增困擾。

被要求原地待命的沙良，在某種意義上來說也只是來增援的，被安排在醫務室這種不上不下的場所，正顯示出野方署內部的混亂。儘管對象是嫌犯，但沙良的確拔槍了。這不是光靠寫悔過書就能解決的事。雖說如此，眼下也沒有餘力展開正式調查。這就是現狀。

蜂擁而至的市民已經超過百人，被安置在訓練場的他們，又因為山手線的連續爆炸事故張皇失措，情緒逐漸高漲為不滿，並將矛頭轉向負責對應的警察，甚至引發市民間的糾紛。或許訓練場的通風不良也助長了這種混亂的局面。

不僅是發生口角，愈來愈多人感到頭暈、噁心，紛紛抱怨身體不適，醫務室立時成了戰地醫院。不久，沙良被醫務室室長指派去照顧民眾。能夠起身行動更好。自己闖下的禍、矢吹的身體狀況、新的爆炸事件，全教人鬱悶難耐。一下子被派去那裡，一下子被使喚來這裡，聽著市民的牢騷，安撫嚎啕大哭的孩子。處理這些事的空檔，腦中也會掠過自己的前途。想必再也當不了警察了。連自己還想不想當下去都不知道。

「喂！小姐，再輕一點！痛死了，蠢蛋。」

眼前的中年男子脾氣相當暴躁，激動的情緒使口氣愈發刻薄。妳的動作也太粗魯了吧！真是個沒用的傢伙。

沙良只將那些話當作耳邊風。早就習慣了。在家裡常被這麼說。不光是兩個哥哥，連弟弟也說：「妳就是因為當了警察才嫁不出去。」

「剛就說很痛了！虧妳這樣還能當上婦警[14]！」

傷口會痛是藥水的緣故，錯不在我。況且現在也沒有人用「婦警」這個詞了。沙良心想，到頭來這才是真心話吧。在緊急狀態下惹了禍、受傷，口氣反而莫名變得張狂，然後露出了本性，以及平時深藏的真實想法。沙良知道這個人，是她偶爾會去的圖書館裡那名態度和善的圖書館員。

「夠了！給我，我自己用！」

她並不覺得生氣。心已經麻木了。筋疲力竭地倒下了。只是機械性地移動肉體而已。這樣會更輕鬆一點。

「不好意思，請問洗手間在哪裡？」

一名老婦人走來詢問。沙良告訴她洗手間的位置後，她露出一臉困惑，似乎不打算移動。「不服務到底嗎」，被這麼一說，沙良差點露出苦笑。「請往這邊走。」無奈之下只好引導她過去。

「喂！妳打算放著我不管嗎？」圖書館員大聲怒吼。

離開醫務室後，老婦人連連抱怨。「警察太不像樣了」、「實在很不親切」、「你們難道不是拿我們的稅金在工作嗎？」沙良只能一再道歉。「是的」、「不好意思」。對方卻顯得更不愉快，反而要沙良別只會道歉，她便沉默不語。

抵達洗手間後，老婦人丟下一句「妳就在那裡等我吧」。沙良只能無奈苦笑。

她站在鏡子前，看著眼前那張憔悴的臉孔。平時幾乎不化妝，但怎麼說這張臉都太難看了，看起來就像足足老了十歲。那是細胞層面上的老化，抑或其實早已壞死。

消失了。那種想保護人們的心情。

她對著鏡中的自己說，消失了，消失了。不斷複誦。不想管了。到此為止。夠了，真的夠了。要是能將那個老太婆的腿扯下來，接到矢吹身上就好了。這樣對世界肯定有好幾倍的幫助。不，問題不在於能不能幫助世界，我只是想讓矢吹長出一條腿而已。

優先順位在心中無比清晰。她清楚記得在合租屋時發生的事，以及為矢吹進行緊急處置時的祈禱。快點派救護車來，別管那些在代代木受傷的人了，趕快來救矢吹。

這樣的祈禱並不是身為一名公僕該有的心態，何況自己已經失去作為警察的資格。正是因

14 編注：即女警。

為自己也明白，才覺得心寒。我定下了優先順位。這就是我的本性。

沙良並不後悔闖入偵訊室。她後悔的是沒有立刻拔槍，毫不猶豫地射殺鈴木。

這時感覺到一股視線，在旁邊洗手的陌生中年女性納悶地偷看她。為何不洗手還站在那兒不動？還是個警察……

真想脫掉這身制服。

鏡中倒映出一個快步離去的身影。廁所隔間門喀嚓一聲，她快速回頭，似乎有人在。但既不是老婦人，也沒見到其他人。應該是那個人影吧？似乎沒洗手就走了。都是因為我站在這裡……

腦袋一陣刺痛，內心升起一股不安。記憶隱隱作痛。

往出口的方向一看，人影已消失無蹤。

沙良見過那個人。可能就和圖書館員一樣熟悉，或者更陌生一些，但絕對是認識的人，曾在某處見過的人。

已經司空見慣。街角、超市、便利超商、美容院，這座城市就是她的工作地點。平時早已養成了觀察市民的習慣。

只不過……

沙良沒有等老婦人，便快步走出洗手間，左右張望尋找那個人的身影。不在醫務室的方向。真奇怪，到醫務室還有那麼長一段距離。轉頭看向另一側，沒幾步就到盡頭。再前面就是樓梯。

沙良的心臟突然急劇跳動，直到現在才察覺不對勁。那個人背的是登山背包。雖然避難時背著背包並不奇怪，但這不同於地震，當前還不至於到斷絕供給的局面。

試著邁步往樓梯方向走去。進入樓梯間，側耳傾聽，聽到往上爬的腳步聲。

「請問……」忍不住朝對方高喊：「您要去哪裡？」

聲音在昏暗的樓梯間迴盪。對方的腳步聲停下。周圍的寂靜讓呼吸變得困難。

「不好意思，請問您是不是……」她繼續試探。

上方傳來一陣奔跑聲。沙良驚呼一聲，立刻邁步追上。

「請等一下！是我！我是野方署的倖田！」

腳步聲停了下來。沙良追上時，對方正站在樓層平臺上看著她。

「好久不見……是明日香女士吧？」

「妳……」她撫著胸口喘氣，笑聲有點沙啞。「真的好久不見了。」

比起記憶中的模樣，女人看來像老了十歲，滿頭白髮，憔悴的臉龐似乎沒有上妝，一身樸素的上衣和褲子，感覺得出來比起美觀，更重視機能性。

「是四年前的夏天嗎？」

「您還記得嗎？」沙良走上樓梯，站在她面前。「真高興。」

「我很擅長記住人臉和名字。以前做過這樣的工作。」

沙良應和了一聲，但沒信心能露出自然的笑容。難以想像明日香是來避難的，恐怕是因為死去的辰馬而被傳喚過來。

「其實……」嘴中泛起一絲苦澀。「一開始到您兒子住的合租屋的就是我。」

「這樣嗎……」明日香面露詫異，接著垂下頭。
「該怎麼說才好……」
「妳別在意。那孩子……辰馬他……」
明日香踉蹌著倒向牆邊，身體靠牆滑落在地。沙良見狀上前想攙扶，卻被她揮手制止。
「抱歉，發生太多事了，我還不清楚狀況……」
我明白。沙良吞回這句話。外人不該輕易插手。雖然不清楚具體情況，沙良還是能察覺到，辰馬的確涉及這起事件。至少並非全然無關。十之八九，他是其中一名犯人。
奪走了矢吹右腿的犯人。
「真是的……為什麼會變成這樣？」
明日香空洞的眼神望向別處。
「到底是哪裡出錯了？我該怎麼辦才好？」
彷彿在胡言亂語。無論要安慰或同情，此刻都顯得膚淺而輕率。
「辰馬是個溫柔的孩子。他是認真的孩子……肯定是被騙了。絕對是被壞人教唆的。」
不想再聽下去。她沒有責任。但無論如何，沙良的腦中不住浮現矢吹被炸飛的右腿。
「那個……」沙良開口了。
「方便的話，我來帶路吧。是去刑事課嗎？」
「謝謝，但不是刑事課。」
她試圖站起身，腳步仍不穩。沙良伸出手，她搖頭拒絕。「倖田小姐……」她一邊靠著牆起身，深深地喘息。

「我是來見鈴木的。」

「什麼？」

「我沒辦法原諒那個人。」

她突然伸出手，手中緊握著一支預付式手機。

7

光是進行署內調整，業務就已處於爆炸的狀態。匯總搜查員的報告、下達指令、應對媒體，還要照顧一百多名避難者。鶴久覺得自己快撐不住了。胃疼得彷彿要裂開，幾次都想乾脆倒下還比較輕鬆。一切都為時已晚。這也是當然的，誰能預料事情會發展到這種地步？誰也曾被困在這種混亂的處境嗎？

署長、副署長，以至於總部的高層，連串的砲火集中在鶴久身上。身為初步對策部門負責人，也認了這是無可奈何的情況，但每當被怒斥「快點搞定鈴木」時，還是很想大吼回去：「去向你們的偵訊官說！」但畢竟在鈴木的背景搜查上拿不出成果也是事實，只能咬牙吞下頂撞上級的衝動。更別提倖田還衝進偵訊室向嫌犯拔槍。說起來，矢吹泰斗會負傷也是因為擅自搜查造成的結果，要是被追究起監督責任，也只能摸摸鼻子。

監督責任？我可是刑事課的人，哪有辦法照顧到地區課的基層警員！

「課長，不好意思，記者吵著要我們說明狀況。」
「搞什麼？不是已經說好統一在總部舉行說明會了嗎？」
「對，是這樣沒錯。但他們要求現場負責人說明鈴木的狀況及山手線爆炸細節。」
現場負責人？指的是被搜查一課那些傢伙頤指氣使的我嗎？
本想這麼回應，最終還是嚥了下去。情況糟糕透頂。警察封鎖阿佐谷車站全面搜查，花費足足超過兩個小時仍找不到炸彈。到了四點，已是推定的爆炸時刻，車站的工作人員卻獲准回到月臺。雖說是鐵路公司聲稱要復工而強行闖關，但警方誤以為沒有炸彈而鬆懈下來也是不爭的事實。最終造成三名工作人員和兩名隨行警察捲入爆炸事故，身負重傷。這一連串失誤釀成了最糟糕的偶然。緊接著是山手線上八個車站的連續爆炸事件。記者要逼問的問題可想而知：為什麼警察知道阿佐谷車站有炸彈，卻漏掉了另外八個車站？找不到炸彈，難道不是警方失職嗎？後續責任該如何追究？
山手線事故的死者不斷增加，甚至傳出逼近百人。毫無辯解的餘地。坦白說，鶴久根本不願面對那些記者。他們只是要看他失言罷了。思緒在一陣陣被害妄想中難以自拔。
一陣噁心感再度襲來。死者逼近百人？開什麼玩笑？
「課長，怎麼辦才好？」
「課長，市民要求我們趕快解決訓練場的空調問題。」
「課長，有些人不聽勸，試圖闖入偵訊室見鈴木。」
「課長，市民之間起衝突了。」

「課長，街頭宣傳車停在警署前。」

「課長。」

課長、課長……

「知道了。總之得想辦法解決。總之……」

部下們一臉失望，有的則咂著舌，明顯流露出輕蔑的眼神。

他很清楚，背地裡部下都稱他為「七十五分的男人」。

坐在會議室前方指揮席上的鶴久彈了彈手指，第三枝原子筆又壞了。總部和鄰近警署的支援部隊都在，就算不吸菸，也沒辦法拿出電子菸。就算拿出來，可能很快也會被他弄壞。

「喂。」鶴久對負責管理情報的部下說：「受害者名單呢？」

坐在筆記型電腦前的部下以厭煩的語氣回答：「還沒好。」

鶴久在內心咒罵一聲混蛋，又使勁彈起手指。骨頭斷掉也無所謂，不趕緊發洩這股焦躁，腦袋就要爆炸了。

私人手機震動。鶴久迅速抓起手機，快步離開會議室，沿著走廊跑進無人的樓梯間接聽。

「怎麼辦？」是妻子。「到現在還聯絡不上。」

希望如墜深淵。

「我從剛才就打了好幾通電話……」

「都是因為妳……」他憤怒地咆哮：「都是因為妳沒去學校接她！」

「但每次去練琴不都是這樣嗎！」

咬牙切齒。兩人聯繫不上女兒，只知道她已經離開小學。女兒每週一都會直接從學校前往鋼琴教室，每次都是下課後才去接她。

距離鋼琴教室最近的車站是才發生爆炸的巢鴨。

「鋼琴教室也還沒有消息嗎？」

「對……」妻子虛弱地回答：「我該怎麼辦？」接著又啜泣出聲。

「夠了。我這邊會查。好了，妳就待在家裡。隨時保持聯繫。」

「可是……」

「不准外出，也別想著去找她。妳這樣也只是白費力氣。」

重點是，眼下無法確保哪些地方沒有炸彈。

「不要讓任何人進家裡。宅配也先拒收。總之別輕舉妄動。」

鶴久說完就掛斷電話。倘若辰馬是主謀，動機是替父親復仇，那麼就算自己被盯上也不奇怪。他與長谷部的交情很好，備受前輩關照，兩人交情好到還曾被邀至家中作客。然而，事後他卻將對方澈底切割，被懷恨在心也是理所當然。

不敢想像在受害者名單上看到女兒的名字……打不通女兒的電話是常有的事。除了學校要求關機外，她也常忘記開機。就算向小學一年級的學生解釋GPS，她也可能難以理解。

儘管鶴久對結果心知肚明，還是撥打起女兒的電話。只聽到語音無情地輪播「您撥的電話未開機」。

從小學徒步到鋼琴教室的路程大約是十五分鐘。離上課還有一段時間，或許她只是在路上閒晃，至少不會待在車站。

但假如犯人以鶴久為目標，就無法保證犯人的同夥沒有擄走女兒。

一切都是妄想。缺乏客觀根據。儘管如此，焦慮仍無法平息。假使自己是警視總監，或是其他機關首長，肯定會出動所有警力搜尋女兒。事後遭受批判也在所不惜。即便醫院擠滿大量傷患，即便治療停滯，也要動用一切權力空出病床。為了因應任何傷況，還會下令所有醫師和護理師待命，保留手術室備用。

樓下傳來腳步聲，鶴久慌忙收起手機。在這種時刻還處理私事顯然不妥。正打算折返，剛收起的手機又震動起來。鶴久的內疚一閃即逝，隨即接起電話。是妻子嗎？還是女兒？

「我是等等力。」

強忍著摔手機的衝動。

「什麼事？」

「你聯繫上明日香了嗎？」

什麼？明日香？長谷部的妻子？

「若還沒有，請盡快準備她的照片。」

「為什麼？」

「她可能持有炸彈。」

那份焦躁不安瞬間轉為恐懼。

「說什麼蠢話？你還沒睡醒嗎？」

「你認為辰馬的遺體為什麼會爆炸？」

辰馬的遺體？爆炸？這傢伙到底在說什麼？

「為什麼爆炸？不是陷阱嗎？將遺體放在那裡，只是為了設下陷阱。」

「假使要誘人過去，不用遺體也可以。光是投影出長谷部影片的那塊布幕也就夠了。」

「……使用遺體也無所謂，不就是想玩個低級的把戲罷了。」

「你是說鈴木？」

還有別人嗎？總不可能是遺體拿膠帶將自己綁在椅子上吧。

「為什麼只有辰馬？卻將其他兩人放在二樓的床上。」

「當然因為他是主謀啊。他是和長谷部關係最密切的人。」

「我看過現場。誤中陷阱的矢吹只被炸斷右腿，辰馬卻是整個身體被炸爛。目的顯然不同。而且，一般來說應該是截然相反。」

「喂，我沒那個工夫陪你開玩笑。你趕快解釋清楚！」

「辰馬不是自殺。他不是服毒而死。所以必須掩蓋死因，非得炸爛屍體不可。並不是為了設陷阱才利用他的遺體，而是要讓遺體自然被破壞才打造了陷阱。」

「……你到底在說什麼？」

「不是鈴木殺的。他不會耍這種手段，反正他遲早會被逮捕。」

「說什麼蠢話！」鶴久大吼。他不願相信地質問：「你該不會要說犯人是明日香吧？」

難道明日香殺了自己的兒子？

「你的意思是，她是第五個共犯？」

「課長，不是的。」等等力的聲音呈現出幾乎令人厭膩的平靜。「她才是先住進合租屋的房客。明日香正是第四名房客。」

鶴久一時說不出話來。究竟是怎麼回事？

「曾住在合租屋裡的房客說過，辰馬打算瞞著房東讓某個人住進來，說是年紀約五十歲上下的可憐街友。」

「那是鈴木吧。怎麼想都是鈴木吧？」

「不見得。明日香也符合條件。考慮到她一度露宿街頭，這麼解釋也說得通。」

啞口無言。家庭破碎、窮困潦倒的明日香，就是那時遇見了鈴木嗎？

「我當時太快下結論了。那位合租屋的前房客其實一次都沒說過那名街友是男性。因此，推測辰馬想暗中帶進來的是明日香，並不奇怪。她自己也說過失去住處後輾轉在各地生活，正好符合辰馬讓街友入住的時期。」

「……太亂來了，這些只是你的臆測。」

「明日香的確知道辰馬住在哪裡。與其拚命找出辰馬和鈴木的交集，不如慎重看待辰馬先找來明日香，再由她引來鈴木的可能性。」

辰馬知道母親流落街頭後，就打算讓她住進合租屋。不久之後，他開始籌畫這起爆炸案。但要在同住一室的明日香面前澈底隱瞞計畫相當困難，於是辰馬讓妹妹帶走了母親。

「那是半年前的事。」

等等力加快語速說下去。明日香可能在三天前被告知了這項炸彈恐攻計畫，或許她曾懇求辰馬別做出傻事。

「無論如何勸阻，辰馬的意志並未受到動搖。」

然後明日香就殺了他嗎？難以置信，但也無法全然否定這種可能性。

「至少她知道部分的計畫。她說要送女兒去上班，但很難想像那是她們平常的習慣。那是在爆炸事件當天才有的舉動。」

距離她們公寓最近的車站，就是發生爆炸的新宿車站。辰馬會向母親坦白這起計畫，可能就是為了告訴她這件事，那天最好不要去新宿車站……

「為什麼不向警方求助？就算說服不了他，還是可以阻止恐怖攻擊。」

「因為她不想讓兒子成為罪犯。她聽來的計畫多半也只是概略內容。炸彈早就設置好了，一旦爆炸，無論如何都會是辰馬的罪行。如此一來，全家將再次遭受世人責難，包括已經重新振作起來的美海。」

或許在長谷部事件中嘗到的苦難，此刻被再度喚醒。

「辰馬的意志非常堅定。明日香也意識到自己改變不了什麼。兩人可能在爭執後，她不小心殺害了自己的兒子。」

以毒殺以外的方法。

「山脇和梶呢？他們也是被明日香殺死的嗎？鈴木呢？他又是怎麼牽扯進來的？」

等等力稍作停頓。

「我不知道具體的情況，但鈴木和明日香必然存在合作關係。幫鈴木理髮的十之八九是明日香。她曾說女兒會成為造型師是受她影響。她以前可能當過美髮師。」

的確，偵訊室先前曾傳來鈴木剛理過頭髮的消息。但到目前為止，還沒收到他去哪家店理頭髮的證詞。

等等力先表明接下來所說的完全是自己的推測後，又接著說道：

「鈴木很可能主動向她提議，表示願意扛下明日香的殺人罪以及辰馬等人的炸彈恐攻計畫責任。明日香或許覺得自己抓住了救命稻草，便接受他的提議。」

難怪這麼簡單就能聯繫上她。她早就做好了警方會找上門來的覺悟，毫不隱瞞地向來訪的等等力揭露只要一查就會知道的事。

乍聽之下，一切似乎合情合理……

「你可別糊弄我，等等力。」他緊握手機，就像要捏碎一樣。「還有更多原因吧？將你得到這個結論的所有根據統統說出來，否則我不可能採取任何行動。」

「課長，沒時間了。我們必須盡快找到明日香。」

「搜尋早就在進行了。要是這番臆測是正確的，她恐怕早就逃走了。」

「那樣反倒比較好。」

「你說什麼？就不能說得更清楚嗎？」

「明日香之所以接受鈴木的提議，是因為她相信鈴木會承擔起辰馬犯下的罪行。為了盡量減輕這件事在她女兒人生中造成的傷害，至少也要從主犯降為從犯。她期待盡可能讓事件的走向轉為是受到鈴木威脅，在他的逼迫下才釀成悲劇。然而，難以想像鈴木有意守護明日香和美海的未來。兩人的信賴關係就此瓦解。」

背叛會引發猜忌。明日香可能認為鈴木遲早會坦承一切，包括這全是辰馬的計畫，以及是她殺害了辰馬……

公開的第二支影片……等等力嚥著口水。

「說不定是鈴木留給明日香的訊息。」

找到犯人並殺掉他，主機就會失效，炸彈也會隨之停止……得知遭到背叛後，明日香終於讀懂了這條訊息。

「察覺到這一點後，她會去哪裡就很明顯了。」

野方署？就是這棟拘留鈴木，正被市民和媒體擠得水洩不通的建築物？

明日香一度出入那棟合租屋，就算持有炸彈也不奇怪。

「見過她的只有我和井筒。我們立刻過去。」

「沒有照片。我這裡根本找不到她的照片。」

全都處理掉了。再找找看說不定有機會，但需要時間。

「你還記得她的長相嗎？」

「我哪記得。也就見過那麼幾次。」

況且已經過了那麼長一段時間。考慮到明日香的遭遇，很難想像她仍保持原來的樣貌。

「總之……」等等力說：「她要是沒去也好。最好是我的推理全盤錯誤。總之，麻煩先去找她吧。」

「……這個推理，有確切的證據嗎？」

「沒有。」

等等力的聲音一如既往地平淡。他就是這樣一個毫無野心的男人。儘管如此，又偏偏有著敏銳卻令人不快的特質。鶴久打從以前就不喜歡他，每次看見他都覺得焦躁不安。唯獨他一個人從未喊過「長谷孔」，卻反而得到了長谷部的認可。

「知道了。」鶴久低聲回答：「我盡快安排。」

「還有……」他補上一句。「後門已經被媒體占據了，你就直接從正門進來吧。」

掛斷電話，隨即第三次手機震動聲響起。

「爸爸？」

鶴久立時感到全身無力。

「……妳在哪裡？」

「那個，我還沒有離開學校。」

「好，沒關係。打電話給媽媽，讓她去接妳。」

「那鋼琴課呢？」

「取消了，今天休息。」

「太棒了！」歡呼聲在耳邊響起。

「好了，快打電話給媽媽。誰向妳搭話都不要理會。除了媽媽，不能跟別人走。」

「爸爸……」

「怎麼了？」

「你生氣一下。」

都這種時候了……鶴久皺起眉頭。

「你生氣一下，生氣一下！」

「……混蛋！妳這個大傻瓜！不要再鬧了！」

女兒開心地咯咯笑個不停。雖然鶴久無法理解，但女兒似乎從電話中聽見他的怒吼聲時，都會高興得不得了。偶爾還會打電話來要他罵人，多少也讓他有點不耐煩。

「笨蛋！傻瓜！」

他內心吶喊著。太好了。妳能平安無事真的太好了。

「……可以了吧？媽媽很擔心妳，小心被罵喔。」

「唉……」女兒輕輕嘆息，又愉快地說：「工作加油喔！」

鶴久以小步伐跑了起來。淚水從眼角泛出，只能和部下辯稱是汗水了。

我無法成為長谷孔。沒有長谷部和等等力那樣的搜查能力。對於一心求取穩定生活的中間管理層，女兒比其他人都來得重要。我就只是個七十五分的男人。

但也沒有理由背叛這七十五分。

提起的腳步並非朝會議室，而是往醫務室跑去。倖田沙良被安置在那裡。若要說知道明日香長相的人，鶴久第一個就想起她。四年前，她們曾在地區的交流活動上一起煮過豬肉味噌湯。

8

「這個號碼一撥下去，這東西似乎就會爆炸喔。」

明日香握著預付式手機的手指了指背包。沙良覺得像是聽到了一個拙劣的玩笑。

「這是真的喔。是鈴木送來的，還附上留言說隨便我怎麼用都行。」

明日香露出即將崩潰的微笑，嘴唇在顫抖，握著預付式手機的手卻無比堅定。拇指幾乎觸碰到撥號鍵。

「為什麼？」沙良心想。「為什麼鈴木會將炸彈交給明日香？」

「倖田小姐，拜託妳，帶我去見鈴木吧。」

「可是……」

「妳想想看，那個人會被逮捕，對吧？會被判死刑。那麼我殺了他不也一樣嗎？」

「可是……」沙良一時語塞。

「殺了他會讓誰困擾嗎？那男人沒有家人，也沒有朋友。況且，他還是個殺人犯。」

沙良想起在酒鋪見到鈴木時的情景，想起偵訊室裡的鈴木、猥褻狂笑的鈴木，還有被炸飛的辰馬和矢吹的右腳。

「妳不帶我過去，我就在這裡按下撥號鍵。不對，我要在訓練場引爆它。」

在擠得水泄不通的人群中。

「我不會讓妳做出這種事。」

明日香冷笑一聲。妳又能怎麼樣？她的眼神如此探問。難不成妳能在這裡制伏我嗎？妳做得到嗎？妳能在我按下撥號鍵的短短幾秒鐘內奪走手機、掛斷電話嗎？要是妳辦不到，炸彈就會在這裡引爆。我們都會死。

沙良的手槍被沒收了，無線電和警棍也是。

「……殺人是不對的。」

多麼愚蠢的臺詞，空洞又陳腔濫調。一個曾拔槍對準鈴木的人，憑什麼說這種話？

「夠了。」

明日香的笑容變得扭曲。「活著也不會再遇上好事了。自從辰馬變成了那樣，一切就已經太遲了。我想做個了結。殺了鈴木，然後我也去死。這樣應該更好。」

什麼會更好？

然而，也許的確會更好。勇敢承擔辰馬的罪行，以母親的身分了結一切，或許會被世人所接受。哪怕只有少許人也好，或許真有這樣的人存在。

沙良心想，要是自己站得遠遠地聽聞事件始末，也許會抱持同樣的感受，覺得這個母親很可憐，肯定也很痛苦。雖然她的行為不值得讚揚，但將心比心是可以理解的。

反過來說，倘若明日香在未來始終過得很幸福，自己又會怎麼想？身在遠方的自己，肯定會心生不滿、難以認同吧？會在腦中的一角咒罵這個世界，質疑為何不降下因果報應吧。

「拜託了，倖田小姐。這輩子我就這麼一個請求，拜託妳，請妳幫幫我吧。讓我結束這一切。求妳救救我吧。」

明日香猶如祈求般，雙手緊緊握住預付式手機。沙良動彈不得。眼前的女人掌握的不只是預付式手機，還有自己的生命。那次的爆炸聲響再度迴盪耳邊，她的腦海中浮現出那些飛濺的肉塊，矢吹的腿，以及他逐漸微弱的呼吸聲。

「……跟我來吧。」沙良勉強擠出了聲音。「在這邊。」

兩人一起步上階梯。

共享應用程式上出現了通知：已經聯繫上明日香的長女美海，並緊急趕往她的工作地點。地址在川崎。

「目標果然是明日香嗎？」類家不悅地發著牢騷。

據美海所說，母親開車送她到工作地點後，兩人就沒再聯絡。車子也沒有停回月租的停車場。明日香究竟去了哪裡？她在哪裡？是否平安無事？

類家未將清宮的焦急放在心上，直接問鈴木：

「你是為了觀察美海才去川崎？甚至為了讓明日香擔心，可能還拍了威脅她的照片？就算這麼做行不通，只要宅配給明日香的炸彈包裹上有川崎的郵戳也夠了吧？指定好時間，配合代代木的爆炸時間送達，就能充分傳達訊息：要是不行動，妳的女兒就會遭遇不幸。」

清宮一時跟不上這段推理，停下了打字的雙手。

然而，類家的對手只有眼前的鈴木田吾作。

「讓明日香帶著炸彈過來，就是你最後的陷阱。」

鈴木依舊滿面笑容，雙眼圓睜，閃爍著光芒。

「她也曾經出入那間合租屋吧？不，她曾經住在那裡更合理。」

聽見類家毫不猶豫的斷言，腦中的拼圖碎片瞬間拼湊起來了。辰馬想讓一名「年紀約五十歲的街友」住進合租屋。假設那個人不是鈴木，而是石川明日香，也沒有任何矛盾之處。還有，鈴木向伊勢提到的「失去生活動力的新手街友」，那個人若不是辰馬，而是明日香，那麼她之後邀請鈴木到合租屋的推論也說得通了。

「明日香和辰馬，原本分開生活的母子有了交集，所以她才會得知辰馬在密謀連續爆破計畫。面對可能讓家族再次陷入深淵的暴行，她感到驚慌失措，便失手殺害了兒子。」

慢著，突如其來的飛躍進展幾乎讓清宮失聲驚呼。同時，思緒不斷在腦中翻騰。明日香得知辰馬的計畫後殺了他，並向鈴木求助。鈴木則利用這一點，試圖將同伴的計畫當作自己的計畫……

就在他以為總算跟上了推理時，類家又開口：

「你是在那時才頭一次從明日香口中得知辰馬的計畫吧？」

翻騰的思緒停頓。頭一次聽到辰馬的計畫？從明日香口中？

「偵訊到一半，我就隱約察覺到這一點。為什麼你無法掌控辰馬等人？為什麼允許九段和阿佐谷爆炸，又未能掌握山手線的八個車站？如果你是他們的同夥，又住在合租屋裡，明明就能在問出站名之前盡力阻止山脇死去。」

只要能見到面，應該能輕易問個清楚。

「難不成你打算主張，之所以沒有對那八個車站設計謎題，只是單純想偷懶？不過，要為八個車站設計謎題的確是件苦差事，但事情不該是這樣吧？若是這樣，答案只要是罐子就好。只要問『炸彈藏在哪裡？』就好，沒有比這還出色的謎題了吧？」

倘若如此，清宮等人想必會絞盡腦汁試圖找出解答。

「但你甚至沒這樣做。你連這點自信都沒有，你無法確定炸彈是否真的偽裝成了飲料罐。」

不可能。因為飲料罐炸彈應該是事先在實驗室製造的。

「這只是簡單的變通？還是愚蠢的失誤？即便如此，也太粗糙了。我實在想不出山脇有什麼理由隱瞞。因此結論是，你無法從山脇那裡打聽到答案。這是因為你和山脇……不對，甚至是辰馬與梶，別說同伴了，你們根本不認識，是完全沒見過面的陌生人。」

清宮驚詫得啞口無言。

「你根本就不住在合租屋裡，爆破計畫也和你完全無關。你是在爆破計畫一切準備就緒，明日香失手殺害辰馬後才得知這個計畫。」

面對殺害兒子的人倫悲劇，明日香選擇依靠曾是街友同伴的鈴木。在那個時間點，鈴木才首度參與這起事件。

「我唯一沒把握的，就是你怎麼和合租屋搭上了關係。我一直半信半疑，直到你提起啄木。」

類家早就描繪出這個構圖了：鈴木無法利用山手線爆破事件來出題，正是關鍵線索。

「你的能力和犯罪的不完美性之間的矛盾，必然存在解釋。我相信那就是解開這起事件的關鍵。」

「我啊……」類家的聲音充滿力量。「我從來都不相信，鈴木田吾作只是個跑腿的傢伙。」

類家先前挑釁他「難道不是身為辰馬等人的同伴卻被排擠嗎？」的原因，是為了引出最後的謎題。威脅他這起事件可能被那樣解讀。而這正是鈴木所難以忍受的。他唯獨不想被類家認為自己只有那麼點程度。他迫不得已，當場擠出了一個拙劣的謎題。

「你從明日香口中得知計畫的概要後，便盤算著將這起事件變成『自己的事件』，決定據為己有，將已經安排好的計畫按自己的喜好重新改寫。」

幸運的是，還有其他可用的炸彈。

「短短幾天內就想出了那些方法並著手布局，真的讓人佩服。為了掌握計畫全貌，你想必查看過他們留下來的所有筆記和手機裡的資訊吧？本來應該還有電腦。當初的計畫就是梶瞄準九段的報紙販賣所，辰馬瞄準阿佐谷，山脇瞄準山手線。因此，就剩下影片了。你經過一番思量後，認為要將罪行全部歸咎到自己身上是不可能的。不過，佯裝主謀的角色倒是不容易被懷疑，對吧？」

秋葉原、東京巨蛋城，再加上代代木。自投羅網，然後提出謎題，大肆愚弄警察。利用兩支影片影響輿論，讓世人留下自己是這起案件的核心成員的印象。

「原本影片中出現的應該是辰馬吧？你後來重新拍攝，替換檔案後上傳。」

並對朗讀的內容加以調整。

「辰馬和梶的手機被摧毀後丟棄在某處了吧？只利用山脇的手機，是因為即使數據被恢復，裡面也沒有讓人困擾的資訊。他應該不是會詳細記錄，或向同伴回報的性格。」

最終，鈴木無法查清站名和炸彈的偽裝手法。

「被野方署逮捕也是計畫的一部分？為什麼會選中那間酒鋪？又是如何得知不喜歡留下訊息的山脇去哪裡送貨呢？答案是在山脇死後的隔天，也就是他無故缺勤的星期五那天，你接到了他公司打來的電話。當時，你冒充山脇的親戚，胡亂編造了請假原因，順便從對方口中套出消息，然後表示『山脇託我去沼袋的配送地點拿取忘在那裡的東西』。」

你從打聽到的幾個候補地點選中了那間酒鋪，手法與遺留在咖啡店的物品如出一轍。

「對了，還有地板上的陷阱炸彈。假使那是辰馬的計畫，應該會利用播放長谷部影片的投影布幕當誘餌來吸引警察上鉤。但你換成了辰馬的遺體。為什麼要費那麼多功夫？原因顯而易見。」

這是為了明日香。很難想像她會在衝動殺人時使用毒物。她是透過毒殺以外的方式殺害了兒子，鈴木則想出了將遺體炸燬以銷毀證據。

「山脇他們又是什麼時候死的？我想司法解剖和鑑識最終會給出答案，但一定是在辰馬之前。」

類家如此斷言。不等鈴木反應又接著說道：

「為什麼明日香要殺死自己的兒子？為什麼非得走到這一步？如果只是想阻止炸彈恐攻計畫，只要通報警察就好。連小孩子都知道，在並未造成任何人受害的階段，那是相較之下更好的選擇。但她連理性思考的力氣都沒了。因為在那個屋子裡，已經有了兩具屍體。」

山脇和梶的屍體。

「在兩人死去的當天或隔天，準確來說是山脇結束最後一天工作後到你接到電話之前，明日香和辰馬在合租屋見面，得知了他精心布局的恐怖計畫。還看到了山脇和梶的屍體。可能是辰馬有意在試圖阻止他犯罪的母親面前展現決心。不過，兩人是自殺嗎？還是辰馬讓他們服毒後偽裝成自殺？不論是哪一種，都足以讓明日香相信兒子的決心。那是一個找不到出路，只能走向毀滅的結局。」

站在屍體旁，驚覺自己的孩子決心實行恐怖攻擊。清宮一想到身為家長在得知此事時的心情，胸口像被緊緊揪住般。幾乎不可能保持正常心態，當下腦中應該是一片空白吧。

「『反正我都打算要死了，沒什麼好怕的，妳勸我也沒用……』她可能聽見辰馬這麼說吧。」

找不到出口的情緒就此爆發，誘使明日香犯下衝動的罪行。

「至於凶器嘛……比如說剪刀怎麼樣？其實，聽到啄木的謎題時，我優秀的搭檔傳來了一條頗有意思的情報：『明日香可能是美髮師』。如果是真的，那麼他們在共同生活的那段期間，手頭沒錢的明日香也可能會幫辰馬或自己剪頭髮。合租屋裡的剪刀就放在伸手可及之處，她不加思索便一把抓起……不覺得這推論還不差嗎？總之，不論實際的凶器是剪刀、菜刀或鐵管，反正都已經被處理掉了，倒是無所謂。」

他草率地丟下了結論，又轉向另一個話題。「回頭談談她殺了辰馬之後的狀況吧。」

「考慮到美海的將來，她不能輕易自首。一個炸彈客哥哥和一個殺死兒子的母親，這個十字架實在太過沉重。也許她還處於剛殺死兒子的恐慌狀態，加上長谷部事件之後，盡量避免社交的她一時間找不到足以信賴的人，這才向自己當街友時、曾贈送一頂中日龍棒球帽的男人求助。」

於是，鈴木脫下了帽子。聽聞辰馬等人的計畫後，他決定展開一場超乎明日香預期、脫離常規的行動。心想「就這樣幹吧」。

「那麼，你該怎麼向明日香解釋？查看了辰馬三人的私人物品、掌握計畫概要後，你是這樣對她說的吧，『我沒辦法阻止炸彈引爆，但我可以承擔一切罪責。所以，請協助我。』」

指導鈴木關於警方可能採取的行動的人，不是辰馬，而是明日香。

「你自始至終都曖昧地否認自己參與其中。但另一方面，又利用山脇的手機和重新拍攝的影片提高自己是犯人的可能性。絕大多數看到新聞報導的人，都會相信你是真正的犯人，甚至懷疑你才是殺了辰馬等人的真凶。」

就像清宮一度也這麼認定。

「這就是你的目的。你想成為真正的犯人。想反過來利用這個形象贏得『真凶』的榮譽。你想扮演邪惡的幕後黑手，扮演一個怪物。但實際上，你只是借用了別人的犯罪計畫，並橫刀奪走了這一切。你就是個小偷、搭順風車的廢物罷了。」

在合租屋裡找不到辰馬等人的手機、電腦、筆記和犯罪聲明。如果三人早已計畫自殺，處理掉那些東西也沒有意義。但對鈴木而言是必要的。必須掩蓋自己只是個竊取他人犯罪計畫的騙子，非得消滅證據不可。

清宮驀然意識到，辰馬的屍體遭炸燬恐怕也是出於這個緣故。他之所以想隱瞞明日香的罪行，或許不是為了保護對方，而是害怕警察看穿那並非自己的罪行。

「你害怕有人倖存下來，也是因為無法承受自己被發現只是個小偷。你想極力排除那些可能揭露自己真實身分的證詞。因為在你的『犯罪故事』裡，所有宣稱你不是怪物的人都很礙眼。」

他們都會干擾你想陳述的故事。

「選擇代代木公園作為攻擊目標，也是出於同樣的動機吧？為了殺死那些認識你的街友和供膳人員。剪短頭髮也是。你本來應該留著長髮和鬍鬚吧？但你全剪短了，就像蛻變成另一個人一樣。『鈴木田吾作』。一個誰也不是的存在。」

甚至無法輕易搜集到目擊證詞。

「幾乎沒有人能談論作為一個人的你。唯獨明日香是例外。」

鈴木曾告訴伊勢，兩人是除了吃飯和睡覺以外，整天下來靜靜互相陪伴的交情。關係相當輕鬆，就只是一起待著，既不互相算計，也不打算利用彼此……

「不過，即便以保全性命來脅迫對方，也難以確保對方是否會突然改變心意。沒有足夠的瘋狂，無法容忍代代木的大屠殺。況且，你也擔心她會因受害規模而動搖，導致坦白一切。因此，你決定將美海當做人質。配合代代木的爆炸寄過去的炸彈不是為了殺死明日香，是要將她逼上絕境，迫使她自殺。」

想必一起寄去了帶有威脅字眼的信紙或便條。從明日香的角度，被威脅要揭露真相已是件大事，再加上是從美海的工作地點川崎寄來的包裹，無疑讓她堅信鈴木的決心和惡意。

「但是，外行人要使用不熟悉的炸彈殺死單一目標非常困難。若要達成這一點，就得做好自爆的覺悟。也就是說，你打算讓明日香做出選擇：女兒的人生，還是自己的生命。」

清宮深感震驚，這的確是與鈴木田吾作這個怪物極為相稱的做法。一個過於殘忍又醜惡的圈套。

「應該就在這棟建築物裡吧？」

意思已經十分明顯了。

「所以你才會召集人群來到署裡吧？為了營造出誰都可能混進來的局面。」

類家以手指敲了鋼桌兩下。

「目標看來就在這裡。」

伊勢在清宮身旁，詫異地屏住了呼吸。

鈴木咯咯輕笑出聲。他垂著頭，躬起背脊，露出一臉再也壓抑不住的笑容。接著故作輕鬆地聳了聳肩說：「誰知道呢。」

「我是不可能知道的。但是，警察先生，又有誰進得來嗎？進到這個警察先生會保護我的地方。」

「倖田就來了。」

「是啊，真被她嚇了一跳。」

鈴木滿足地點了點頭。「但她失敗了，被警察先生阻止了。」

「你以為我們下次還會保護你嗎？」

「你們不保護我嗎？」

類家沒有回答，雙手仍穩穩地放在桌上，捏緊拳頭。

「不保護嗎？那也沒關係啦。我想那才是正常的，是理所當然的。你說對吧，警察先生？人類就是這樣的生物吧？若非如此，只會帶來困擾。倘若不是，那會讓人困擾的。畢竟我一直以來都是這樣被對待。被視為一無是處、不值得滿足欲望的存在。」

鈴木將身體前傾。

「我是認真的，警察先生。我能看出別人的欲望，我能感受到別人心中的欲望。我從沒看錯過。小時候，欲望的形狀是朦朧難辨的，但不知不覺中就能看得清晰。你覺得接下來會怎麼樣？覺得這是個很方便的能力嗎？才不是。我意識到了。多虧這個能力，我才察覺到了。沒有人對我寄予厚望。沒有任何人真正對我抱有期望，哪怕是父母也一樣。」

鈴木靜靜地凝視類家。

「要是大家不用同樣的方式對待我，我會很困擾的。我應該要和以前一樣一無是處、被當成無關緊要的存在。所以，不能不被輕視，更不能被拯救。要不然就太沒道理了。倘若像我這種人都能被拯救，這世界應當充滿了幸福才對。」

上哪裡都找不到吧？

「我唯一的希望，就是對我抱持欲望。就是是那種純粹而強烈的欲望。其餘的一切不需要。這才是幸福。警察先生，懦弱的你不會承認，你會隱藏欲望，所以我們當不了朋友。」

「想必……」鈴木不自覺露出微笑。平和溫順地笑著。

「她應該對我有所期望。」

「而且，她不能說出真相。即使被逮捕，也只能說是受你操控。不然她就得承認自己和兒子的罪行。因此，她會將一切都推給你，聲稱你是個可怕的男人，惡魔般的男人。」

如此一來，這也強化了鈴木所鋪陳的故事。這傢伙居然計算到如此程度。

「可是啊，鈴木。我已經找到了。就算沒辦法證明，就算世人被欺騙，我也已經看穿你故事中的伎倆了。你在剩下的人生，會永遠忘不了曾遇見這樣一個人。你會在夢中見到那看穿自己作品瑕疵的男人的臉。」

「你認為這就是你的勝利嗎？你覺得你超越我了嗎？」

鈴木喜形於色，以拳頭敲打著桌子。

「你覺得這樣更好嗎？那個叫明日香的女人很快就要到了吧？殺氣騰騰，抱著炸彈，打算將我和所有人都炸死。」

「應該不存在吧？」

類家緩緩開口。清宮不自覺屏住了呼吸。

「應該不存在最後一顆炸彈吧？寄給明日香的是假炸彈。即便有剩下的炸彈，也早就連同塑膠盒一起處理掉了。」

鈴木的眼眸中閃動著光芒。

「只要剩下的炸彈未被引爆，事件就會結束。但你不會讓它引爆，也不會讓它被找到。你打算靠讓我們永遠受困其中，困在你的遊戲裡。」

限時炸彈的恐懼會延續下去，直到被證明不存在為止。

「要證明不存在的東西真的不存在，是不可能的。我不會採取任何行動。即使明日香來了，我也絕對不會離開這裡。」

「你……」鈴木一臉詫異，隨即感慨似的嘆了口氣。「不覺得活著很空虛嗎？被一群笨蛋包圍，被人頤指氣使地對待，不覺得這一切令人厭煩嗎？」

鈴木微微一笑，瞇起雙眼，彷彿要鎖定類家、包圍他。「你是否曾渴望盡情發揮自己的能力？是否嘗試過不受無趣的常規和虛偽的漂亮話所束縛，一心一意追求自己的快樂？滑稽可笑地，隨著自己的心意行事。」

警察先生……

「我是壞人嗎？」

「是。」清宮搶先開口：「是，你是壞人。」

必須堅信這一點。即便心中感到些許疑惑，也必須堅信這一點。

對吧，類家？快點回答。快說他是壞人。

「警察先生。」

鈴木看也不看清宮一眼。

「我在問你。我想知道你的答案。想知道像你這樣知曉欺瞞、厭倦無意義的事物，卻總是以詭辯自我武裝、假意順從的人，究竟會怎麼回答。」

閉嘴！清宮無聲地吶喊。停下來，別將我的部下帶去你那裡。

鈴木的欲望變得清晰可見，恐怕是遇到類家才萌生的欲望。這就是他為何刻意供出了解開完整計畫的提示。

將全世界困在遊戲裡，這種事誰也做不到。人們將為此譁然，但終將遺忘。好比鈴木的臉，很快會被遺忘。

持續下去的方法只有一個。那就是創造下一個存在，誕生下一個鈴木田吾作就好。
「怎麼樣？警察先生。」
「嗯，是啊。」類家開口了。「一直是這樣啊。」他毫不遲疑地說道：
「我一直很厭倦，這種世界最好快點滅亡。」

細野由香里當場癱坐在地。眼前的景象彷彿動作片中的場景，卻比IMAX巨幕更為震撼。不僅能感受到震動，還飄散著難聞的氣味。爆炸聲震耳欲聾，恍惚的感覺反而使一切顯得更加真實。這些，全是現實。然而由香里並不願意承認這一切。她顫抖著取出手機，點開相機對準軌道對面的山手線月臺。若能將世界裝進這片五．五吋的螢幕中，似乎就能淡化這場悲劇迫近眼前的真實感。此刻，她被熱浪襲擊的肌膚感到又麻又刺。

原本立在眼前的自動販賣機消失了。等待電車的人群也消失了。有人倒臥在地，有人被炸飛到軌道上。悲鳴四起。來回奔走的人、茫然呆立的人，還有同樣拿起手機拍攝的人。

由香里周圍也有人在喊痛。身旁傳來求救聲，是被炸開來的自動販賣機碎片擊中的傷者。直到現在，她才對自己能安然無恙感到驚奇。由香里所處的位置就在總武線一側的自動販賣機旁。即使爆炸在眼前發生，身上卻並未感到絲毫疼痛。

她注意到了，就在屈膝癱坐的自己身旁、高舉著的手機正下方的那件深綠色夾克。老人仰面朝上。啊！由香里忍不住捂嘴輕呼。老人的身上出現幾個輕微的凹陷，皮破血流。他成了一面盾擋在前方，由香里才得以安然無恙。

連名字都不曉得的老人伸著右手緊抓胸口，空洞的眼神像在輕聲低吟。他口吐白沫、全身冒汗，肌膚也變得蒼白。該怎麼辦好？由香里自問，卻毫無頭緒。她深怕自己一旦處理不好，就要背負起巨大的責任。

電車逐漸駛入山手線月臺。緊急煞車聲響起，喧嚷聲愈來愈大。幾個人想幫助倒在軌道上的傷者，腳步卻躊躇不前。

沒人有餘力照顧這名老人，也包括自己。

要逃走嗎？當作沒看到？還是說……

由香里俯視著倒臥在地的老人，然後將手機鏡頭轉向他。

這時，正門聚集了眾多媒體，市民蜂擁而至。街頭宣傳車喧囂不止，塞得水泄不通，車輛幾乎動彈不得。

「走吧。」駕駛座上的井筒說著，將偽裝警車強行停在路邊。

等等力抓住對方正解開安全帶的手臂。「你留在這裡等消息。」

對方目瞪口呆地看著自己。

「趕上的機率不大。沒必要兩個人一起去冒險。」

「……你說真的嗎？」

「就算你去了，也不會增加多少成功機率。沒必要為了這種事拚命。」

「但這不就是我們的工作嗎？」

「沒錯，這只是工作。」

他轉開視線，不再看向井筒。

「只是工作。」

車內一片寂靜，外頭的喧囂顯得格外遙遠。

鶴久應該已經展開行動，並且知會了類家。雖然只是粗略提及概況，但那男人應該能領會其中的意思。

井筒的目光投向等等力，眼神中流露出一絲恐懼。他腦中肯定浮現出合租屋中的慘況，那不是抽象的觀念，而是具體、真實迫近的「死亡」。

「你留在這裡。這是命令。」

「我沒關係。」等等力心想，內心早已麻木，猶如無用的傀儡。但井筒是個正直的人，是個失去會令人惋惜的優秀刑警。

一個死了心的人偶什麼也做不了，只能服從命令。像機器人般服從，即使搞砸了也只是嘟噥一聲「這樣啊」。哪一個該成棄子，哪一個更值得留下，無需多加考慮。

可是……

我現在到底在服從誰的命令呢？

法律？地方公務員法、警察內部規章？道德。人類應有的樣子。

「……是命令啊。只能服從了。」

「事到如今在說什麼啊？」井筒奚落般發起了牢騷。「明明一直這麼亂來，現在還說得出這種話？」

「對，我很亂來。看到謎題就想去解開。因為太想證明自己能解開，就擅自行動。僅此而已。」

「想一個人耍帥嗎？」

「是自我滿足。是自以為是的任性。」

「這就叫做生活的態度嗎？」

攻其不備。抓住手臂的手指放鬆瞬間，井筒解開了安全帶跳出車外，猛踹地面一腳。

與此同時，等等力起身追趕。那是反射動作。不加思索穿越堵塞的車陣間。體溫上升，早已遺忘的恐懼再度復甦。對死亡的恐懼以及爆炸的餘音。但他依舊沒停下腳步。

正門口一片混亂。聽見警署職員高喊：「沒辦法讓更多人進來了！」之後，他在混雜著怒吼「開什麼玩笑！」與「打算放棄我們嗎！」等陣陣痛罵聲中，撥開擁擠的人群，繼續向前邁步。推擠、踉蹌、碰撞。「好痛！」耳邊響起井筒的咒罵。

來自四面八方的壓力讓等等力動彈不得。他疲憊地喘息，頭頂上方的直升機正在盤旋。

這一幕可能也會在全國播放。誰在遠方觀望嗎？見到這般混亂的場景，是否會產生同情、共鳴，抑或是吃驚與嘲諷？

奮力飛身躍出，內心並無強烈意志。會為了守護他人赴湯蹈火，也僅僅是出於命令。除此之外，沒有其他原因。

即使在下一刻，署內某處可能也會突然發生爆炸。說不定有人會因此殉職。

那時我心裡會怎麼想？懊悔？失望？會真的感到哀傷嗎？實實在在的哀傷。

長谷部確實感到哀傷了。他憎惡殘暴的罪行，為受害者哀悼。正因如此，欲望才會棲宿於心中。……不對嗎？反了嗎？是因為他抱持著這種欲望，才拚命想要隱瞞，才不得不否定，勉強披上了正義的外衣嗎？是為了掩飾真實的情感，才硬是展現出比別人多一倍的正義嗎？

這又哪裡有問題呢？

等等力堅持對抗著陣陣人潮。來不及了。預感已經變成確信。但這不是停下腳步的理由。任誰可能在某處看傻了眼，嗤笑著這一切，卻也不成理由。急迫的命令。到頭來……等等力猛力推開人群的同時也在想著，到頭來，我還是會服從。這個不知從何而來的命令。既可疑又來歷不明的命令。

「讓我過去！」

等等力大喊。「都讓開！我是警察！」

明日香默默跟在沙良身後。偵訊室裡有伊勢和總部的刑警兩人。與其勉強待在這裡掙扎，不如過去依靠他們。現在還有勝算。

勝算？什麼勝算？

慢慢爬上樓梯，心中卻紛亂不已。

鈴木會死。明日香會殺死他。這是有理由的殺害。復仇、清算。對方是絕世罕見的殺人魔。是化作人臉般的怪物。有什麼不對嗎？殺了他哪裡有錯呢？

聰明的人會這麼說吧。因為我們是法治國家，經由法院審判來闡明真相至關重要。對還活著的他進行分析，所得到的知識見解也有助於後續搜查。這是為了照亮社會中存在的問題。

胡說八道。開什麼玩笑。這種事根本就無所謂。在這份憎惡面前，在我的憎惡面前，你們那些鄙吝的利益全給我去吃屎吧。

去死吧。都給我去死吧。就算沒有意義，就算極度野蠻。

無能為力才教人難以忍受。只能放棄憎惡了，是我的無能啊。

「抱歉，倖田小姐。」

眼見就要走到通往偵訊室所在的樓層時，明日香開口搭話了。

「我沒打算牽扯妳進來。事情變成這樣，我真的很抱歉。話說回來，妳還記得嗎？妳之前在那鍋豬肉味噌湯裡放了巧克力吧？我真的嚇了一跳，畢竟從來沒聽過那樣的做法。」

「……那是我聽父親說的。據說是祖傳秘方。」

「但評價很差呢。」

「副署長發現後就罵了我一頓，說我是不是打算毒死他們。」

「我沒有阻止妳，也是同罪呢。」

明日香面露滑稽地說道。說來也是。當時沙良幹勁十足，還將帶來的黑巧克力放進豬肉味噌湯裡。明日香見狀驚訝地瞪大雙眼，一臉無法置信。沙良趕緊盛了一碗請她試味道。嚐了兩口後，明日香這麼說道。哎呀，意外地還不錯嘛。

「明日香女士。」

沙良在樓層平臺停下腳步。她轉過身來，面對手中握著預付式手機的明日香。

「不行，果然還是不行。」幾乎不加思索地吐露出聲。「我不能讓妳去殺人，我不想讓妳這麼做。」

沙良抱住一臉目瞪口呆的明日香。緊緊地抱住她。

經過短暫的沉默，明日香便放聲大吼。「放開我！拜託妳放開我！」明日香的叫聲在耳邊爆發。但沙良仍將她緊緊抱住。就算爆炸也沒關係嗎？妳覺得這樣也無所謂嗎？聲音迴盪在樓梯間。沙良拚命壓制住那狂暴的力量。拜託了！拜託讓我去吧！讓我殺了那個人。殺了那個傢伙。拜託讓我殺了他吧！

沙良咬緊牙關，閉上雙眼。她不曉得自己為何要這麼做。僅僅抱住對方也無濟於事。明日香很可能在下一刻就按下按鈕。說不定自己也會被炸得粉碎。

真是愚蠢。真的是在做蠢事。可是，我也只能這樣做。

如果我身在遠方，就不會阻止她。我可能會假裝皺眉，表示自己對明日香的暴行有所不滿。但我的內心可能會吶喊「做得好」，默默為她加油打氣。殺死他吧！想必我一定會如此竭力聲援。但我現在就站在這裡。這個人並非來歷不明的陌生人。就算僅僅是那麼短暫的時間，她也是曾經和我共度一段時光，現在就活生生站在我面前的人。距離如此之近，近到能感覺呼出的氣息。

漸漸地，明日香不再抵抗。她無力地垂下雙臂，疲憊地呼喚著：倖田小姐……

「我真的受夠了。不想再因為某個人的關係受苦了。」

抱歉……她按下按鈕。儘管明白這一點，沙良還是緊抱著她。一邊咒罵自己愚蠢，一邊緊抱著她。

什麼也沒發生。預付費手機傳來撥號音。不久便出現人聲。喂？什麼事？是誰？媽媽嗎？現在有警察過來……

美海……明日香哽咽低吟。沙良能從肩膀感覺到她的淚水湧了出來。

「可惡。」

明日香氣喘吁吁地吐露出聲，完全失去了力氣。當沙良將癱軟在地的明日香緩緩扶到樓層平臺坐下時，樓下傳來一聲高亢的叫喊。倖田！你在哪裡？

9

明日香被警方逮捕，鈴木也決定被移送。據悉，她的背包裡放了一個以膠帶綑住的盒子，裡面只裝著一些西式糕點。

警視廳的兩名刑警出現在偵訊室，宣讀逮捕令。在那期間，鈴木仍直勾勾地和類家對視。他遵從刑警下令起身的指示，被戴上手銬和腰繩。當他被左右包夾走向門口時，臉上露出微微一笑。那步伐就如同在散步一般。直到最後，鈴木依然保持著鈴木的樣子。

清宮懷著沉痛的心情接受這一切。說不定再也沒機會能像這樣和那傢伙面對面了。比起憤怒，比起放心，更多的是刺痛胸口的無力感。

「你本來應該在想『算了啦』，對吧？」

類家的聲音讓鈴木停下腳步。

「不抱期望的世界，不被期望的自己。但你還是想著『算了啦』，對吧？」
類家直視前方。狠瞪著鈴木剛才坐過，但現在已空蕩蕩的位子。
「明日香叫你去合租屋，真正的意圖是希望你能背負她的罪行和欲望，一切都是為了自保和盤算。你領會她的本意後，就開始想著『算了吧』，對吧？」
鈴木回過頭，俯視著類家。
「一個得知你被露宿街頭的同伴嘲笑、被懷疑是背叛者後，還願意送給你帽子的人。你在認知到那個人打算利用你的時候，心態就從『算了啦』轉變成『算了吧』，對吧？」
所以，甚至不允許她去死。寄給她假炸彈，阻擋她逃跑的路。鈴木迫使明日香在接下來的人生中也只能在謊言中度過。
「但這是真的嗎？明日香真的打算利用你嗎？為了掩蓋殺害兒子的罪行，並不需要你的存在。那個家裡已經有山脇和梶的遺體了。若要歸咎罪行，有那兩個人就足夠了。曾經和他們同住在合租屋裡的明日香，應該知道他們是可能做出這種事的人。無論是殺害辰馬、服毒自殺，還是炸彈恐攻，全是那兩人幹的……比起利用第三者，直接偽裝現場要現實多了。」
沒辦法保證對方會願意協助自己。報警才是正常的。
為什麼明日香叫鈴木過來呢？
「在你說出願意承擔罪行，以動聽的話引誘明日香之前，會不會她其實是希望你能叫她去自首呢？難道沒有一種可能，是她希望有誰能讓她放下自保的態度並喚醒良心，才會找你過去？」
彷彿在勉強擠出話語一般，類家繼續說道：

「就和她希望能守護美海的人生一樣，是不是也存在她想阻止炸彈恐攻的可能性？她真的完全沒想過要認罪，或是託付給警方嗎？好歹也會有想要減輕辰馬的罪行這種自私的理由吧？沒有果斷做出決定，的確是太糊塗又太軟弱。但就算是這樣，怎麼能連她想阻止犯罪的心情都斷定是假的？就算是沒見過面也不曉得名字的陌生人，也會想要幫助對方。認定她也有這種心情哪裡有錯？」

「……這都只是你的想像吧？」

「對。都是包著糖衣的想像。但你做不到。你自顧自地放棄了這個世界和人類值得存活下去的想像，你避開了目光。你明明就意識到了，但你害怕承認，選擇視而不見。這難道不是一種不完美嗎？難道不是你討厭的那種謊言嗎？」

類家擱在鋼桌上的拳頭越發僵硬。

「我是不會逃避的。不管是面對殘酷的事，還是虛有其表的漂亮話都一樣。」

鈴木望著類家的背影。嘴脣似乎動了起來，但沒有出聲。

喂！一被刑警催促，鈴木不發一語離開了偵訊室。坦率到甚至讓人覺得有些沒意思。

伊勢崩潰般地垂下頭來，嗚咽出聲。清宮則長長地吐了一口氣。結束了。自己的工作已經結束了。接下來只需處理一些書面文件，等待處分即可。

類家仍盯著鈴木已經離開的那個座位。

本來想和他搭話，卻還是開不了口。這個只為了追求在遊戲中取勝的人，到最後仍徘徊在鈴木的陰影下。他的真心話被引誘出來了。

「死者呢？」類家依舊盯著前方問道：「山手線上有多少死者？」

「……四十一人，說不定還會增加，但考慮到情況，應該算是控制住了。」

這樣嗎。還真走運呢。類家仰頭望天。暗紅色的光線從窗外灑落。

清宮起身離席。「差不多該走了。」

「清宮先生。」

「怎樣？」

「我去洗把臉。」

類家摘下眼鏡，站起身，消失在門的另一側。

他也是人啊。不知何故，清宮如此想著。那傢伙畢竟是人啊。儘管內心深處可能渴望著這世界的毀滅，但他仍舊是個活生生的人啊。就算在腦中想著最好全部都滅亡，最終仍然不會按下按鈕。他是個會堅守到最後一刻都不願按下按鈕的人啊。

「我……」伊勢無助地地看向清宮。

「你給我振作一點。」

清宮丟下這麼一句話。

「但我知道你為什麼會為了倖田那樣大叫。」

當倖田掏出手槍時，伊勢恐怕是擔心她真的開槍，便立刻以大叫來掩飾槍聲，以防被外面的警官發現。他是在袒護同伴。

這絕非值得稱讚的舉動。也不是明智的做法。可是……

忽然，清宮的腦中浮現畫面。在某個地方，裝在塑膠盒中倒數的炸彈，和一同放置在旁的剪刀，還有老舊的棒球帽。

耳邊再度傳來鈴木的聲音。

人人心中

四一人

哀聲低泣悲切聞

「……你就抱著覺悟履行職責吧。我也會這樣做。」

伊勢的眼中點亮一絲光芒。清宮如此相信著。

他走向門口，以還留有骨頭觸感的手指調整領帶夾的位置。

鈴木來到走廊。等等力就像在等著他的到來般站在牆邊。

他注意到等等力。

「哎呀，等等力先生。」臉上露出喜悅的笑容。「太好了，還能見到你。」

他在等等力面前停下腳步，身體朝向對方。

「我想問你一個問題。」

喂！兩側的刑警出聲喝止，他仍漠然不動。

「秋葉原爆炸之後，你一直在支持我吧？」

無邪的笑容正窺視著等等力的內心。

「我一開始就知道了。說什麼要好好相處，什麼一起讓社會運作起來的伙伴，我心想這個人明明完全就不相信嘛。但是後來我看出你的欲望了。清清楚楚地看到了。得知有炸彈後，你是這樣想的。既然要炸的話，就全給我炸燬吧。」

內心被猛攫了一把。他說中了。所以等等力才想再來見鈴木一面。想要確認自己心中萌生的險惡欲望。想要去否定它。

全給我炸燬吧……

在目睹山手線爆炸時，懷疑變成了確信。

就在那時，從內心深處湧上來的笑意。

他清楚地自覺。自己正享受著一切。

化身為觀眾，站在安全的頭等席上觀賞這場前所未見的殺戮。超越了漠不關心的程度，沉浸在無法否認的興奮之中。激動不已。

幹得好，再搞得更大一點，再死得更多一點……不禁如此期望著。

這就是等等力功。就是我這個人的真實面貌。意識到這一點時，簡直懼怕得不得了。

「你接下來也要再忍下去嗎？要一邊對自己說謊，一邊磨磨蹭蹭地活下去嗎？」

「你說得沒錯。」

我的確抱持這種念頭。我一直在撒謊，在掩飾。就算再這樣多活幾年，想必欲望也不會消失。險惡的念頭會持續糾纏著我。

坦率地活著或許會更幸福。遠比違抗真心、失足落入嚴寒中打顫，還得繼續強忍的人生更加幸福。

「但是啊，鈴木。我並不認為這是不幸。」

鈴木睜大雙眼，驚訝地張著嘴。一臉迄今從未考慮過這個答案的模樣。

終於，他出聲嘟囔。原來如此啊。

「等等力先生，你能幫我傳話給那位警察先生嗎？告訴他我們這次是平局。」

「……你說哪位警察？」

鼓脹的臉頰稍稍鬆緩了下來。「頭髮亂蓬蓬的類家先生。」

被兩旁的刑警拽了一把，鈴木起步跟上。等等力望著他的背影，轉過身去。還得和井筒一起寫報告書，然後須繳交給鶴久才行。為了能在今後持續抗爭下去。

沙良完全不曉得自己接下來會怎麼樣。要掐指計算違反了幾條規則也實在麻煩。懲戒免職、自願退職。未來該如何是好？

矢吹他沒事吧？恢復意識了嗎？要是他也不當警察了，說不定會拉著我一起做些什麼。要開間偵探事務所嗎？哈哈，好像也不賴。

被關進的小房間裡只有負責看守的職員和自己兩人。應該很快會被帶到監察官室吧。沒有什麼能辯解的。我打算直接說出實情。

可以的話，沙良希望明日香也這麼做。希望她能坦白一切。但說到底，這也只是第三者的私自期盼。明日香有明日香的理由。剩下的就交由法庭決定。交由社會決定。

感覺好像陷入一個空虛之中。我們究竟在和什麼拚搏？鈴木又到底在追求什麼？沙良茫然地想著，那傢伙的真實意圖肯定無法傳達出去吧。

門打開了。鶴久拖著沉重的腳步，彷彿剛剛聽到巨大隕石墜落的消息般走了進來。他看來萎靡不振。同時又怒火中燒。一張臉上交織著好幾種表情，沙良幾乎忍不住要笑出聲來。

雖然想從椅子上起身，卻連那點力氣都沒有，只得抬頭仰望著上司。鶴久看來並不在意這般無禮。他只是移開視線，朝負責看守的職員點頭致意。

職員離開後，眉頭緊蹙的鶴久咂了聲嘴。

「矢吹沒事了。」

「什麼？」沙良瞪大雙眼。

「他恢復意識了，聽說醒來的第一句話是『我肚子餓了』。」

沙良將整張臉埋進膝頭。整個人鬆了口氣。太好了。真的太好了。

「妳打算怎麼辦？」

她抬起頭來，鶴久的臉仍扭向一旁。

「妳希望辭職還是繼續做？」

「……我的立場才談不上什麼希望不希望。」

說得沒錯。鶴久一臉不快地吐露。這是當然。

「但至少得問問妳的意願。這樣我們的對應也會有所改變。」
瞬間，耳中再度甦現爆炸聲響。肌膚憶起那陣風壓。屍臭。赤裸裸的肉體斷面。
「……我想繼續當警察。」
鶴久轉身看向沙良。沙良也回望他。
「可以的話，我要繼續當警察。」
喀嚓一聲。握著電子菸的鶴久開了上蓋又闔上後，猛地喘了口氣，淡淡應了句「這樣嗎」。
「但我沒辦法給妳任何保證喔。」
「我知道。」
「妳不後悔？」
沙良握緊拳頭。「……我不知道。」
這樣嗎。鶴久又說了一遍。
「總之我會這樣向上頭報告。」
他喀嚓喀嚓地弄響上蓋。一邊折返腳步，低聲咕噥。真是的。
「有妳這樣的部下，我真的會胃穿孔。」
鶴久離開之後，沙良又回到獨自一人。小房間很狹窄，和那間偵訊室的格局近似。連窗戶的位置都一樣。
那時候，我拔出手槍的時候。將槍口對準鈴木的時候，如果沒有任何人來阻攔我，我會不會真的扣下板機呢？

我不知道。可能性在一座傾危的天平上左右搖擺。只要走錯一步，就會將鈴木殺了。

沙良深深感慨著事情沒有走到那個地步。

接下來要迎來的是監察官的傳喚。心情沒有改變，要坦率說出實情。誰教自己本來就不是個聰明人呢。

去見矢吹吧。和他聊聊。假使是最新款的義肢，說不定還是能跑能跳。就算不行，搞不好也能當個安樂椅偵探。雖然我們從來就沒靠頭腦取勝過。

接著還要寫信。給明日香和鈴木寫一封不曉得何時會寄出的信。至少一句話也好，為了向他們傳達些什麼。

沙良凝視著那片被染得通紅，又逐漸轉暗的霧玻璃窗。

老人被載往醫院，由香里也順勢陪同前往。經過幾個小時，老人終於恢復意識。

謝謝妳。老人開口致謝。

護理師溫柔地說著「真是多虧了這位小姐呢」。當時，救護人員趕到爆炸發生的新宿車站內，由香里給他們看了手機中的影片。因為覺得老人的狀況不太尋常，那種痛苦的樣子很可能是某種症狀導致，便決定拍下那段影片。她的預感沒錯。與其說老人是因為受傷感到痛苦，主要原因還是遭受衝擊而引起宿疾發作。

雖然救護人員向她道謝，表示多虧了她才能迅速進行救治，但該怎麼說呢，對方肯定也在中途就發現狀況不對。到頭來，自己的行為只是出於外行人的淺薄知識，只是多管閒事罷了。

但當聽到對方向自己說著「謝謝」，感覺內心的不安立時消失無蹤，這才放下心來，差點忍不住落淚。

「其實啊……」老人躺臥在床上，苦笑著說：「我本來想去警署投訴，質問他們是不是打算對我的伙伴見死不救。代代木公園的那些人啊……」

咦？由香里不禁一愣，一時說不上話來。代代木公園的那些受害者，大多都是露宿街頭的遊民吧。他們是老人的伙伴？他明明打扮得這麼整潔？

「我前陣子才剛搬到一間關懷中心。但與那些人相處那麼長一段時間，真的發生了很多事。各式各樣的狀況都有。」

老人一臉懷念，但又顯得有些難受，彷彿咬著牙回憶般重重喘了口氣。「比如遇到酷暑差點死掉，或者彼此分享烤地瓜……也有些難以搬上檯面的事。」

由香里無法置信。她甚至想過老人溫和且彬彬有禮，就算經營一家小公司也不奇怪。

「我真是多嘴了。抱歉啊，到了這個年紀，說起回憶就沒完沒了。就算會忘記昨天發生的事，往事卻是要多少有多少。就算是想忘記的事也一樣呢。」

老人閉上眼睛，長長地吐了口氣。

「小姐，妳先走吧，然後忘了我這個人。但我希望妳能記得自己曾經救過一條生命。」

離開病房時，走廊上擠滿來來往往的人潮。許多被捲入爆炸中的傷者都在這裡接受治療。他們的家人正握緊彼此的手，祈禱著平安無事。

我活下來了。幸運地撿回一條命。在眾多的死難旁倖存下來。能表達這份心情的話語，只能由自己找到。

「由香里！」

走廊的那頭傳來母親的聲音。一旁是身穿西裝的父親。絕對會被他們訓斥。但現在，我卻急切期盼著他們的斥罵聲。

事件已經過去一個月了。

石川明日香並未承認罪行。她堅稱自己沒住過那棟合租屋，沒見過鈴木，也沒和他說過話。只是，辰馬曾經來找自己商量，有個奇怪的男人住進家裡，洗腦所有人，讓他感覺身處危險之中。無論是炸彈恐攻，還是殺害兒子等人的罪行，全是鈴木所為。就這樣，她在否認嫌疑的狀況下，接受了殺害辰馬的審判。

鈴木自始至終都宣稱擁有靈能力，以及被催眠且失去記憶。警方查不到確鑿的物證，甚至沒辦法確認他的戶籍。但迫於輿論壓力，檢方仍對他提出訴訟。不僅有堆積如山的間接證據，還有石川明日香的證言。在精神鑑定上也認定他具有責任能力。縱使會拖延審判，也幾乎能確定他會被判下極刑。

煽情的報導逐漸平息，人們終將遺忘那個男人的面孔。搭上電車，在自動販賣機購買飲料，觀賞棒球比賽。

那顆炸彈最終依然沒有找到。

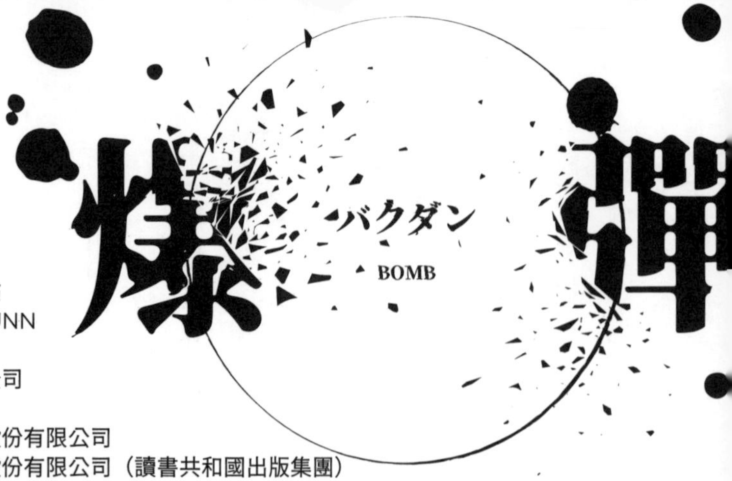

作　　者｜吳勝浩
譯　　者｜陳綠文

副 社 長｜陳瀅如
總 編 輯｜戴偉傑
責任編輯｜戴偉傑
特約編輯｜周奕君
行銷企劃｜陳雅雯、趙鴻祐
封面設計｜IAT-HUÂN TIUNN
內頁排版｜宸遠彩藝
印　　刷｜前進彩藝有限公司

出　　版｜木馬文化事業股份有限公司
發　　行｜遠足文化事業股份有限公司（讀書共和國出版集團）
地　　址｜231新北市新店區民權路108-3號3樓
電　　話｜(02)2218-1417
傳　　真｜(02)2218-0727
客服信箱｜service@bookrep.com.tw
客服專線｜0800-221-029
郵撥帳號｜19588272木馬文化事業股份有限公司
客服專線｜0800-221-029
法律顧問｜華洋法律事務所　蘇文生律師

初版一刷｜2024年9月

I S B N｜9786263147379（紙本）9786263147348（EPUB）
定　　價｜480元

國家圖書館出版品預行編目(CIP)資料

爆彈/吳勝浩著；陳綠文譯. -- 初版. -- 新北市：木馬文化事業股份有限公司出版：遠足文化事業股份有限公司發行, 2024.09　408面；14.8 x 21公分. -- (gr類型閱讀；57)　譯自：爆弾　ISBN 978-626-314-737-9(平裝)
861.57　　113012606